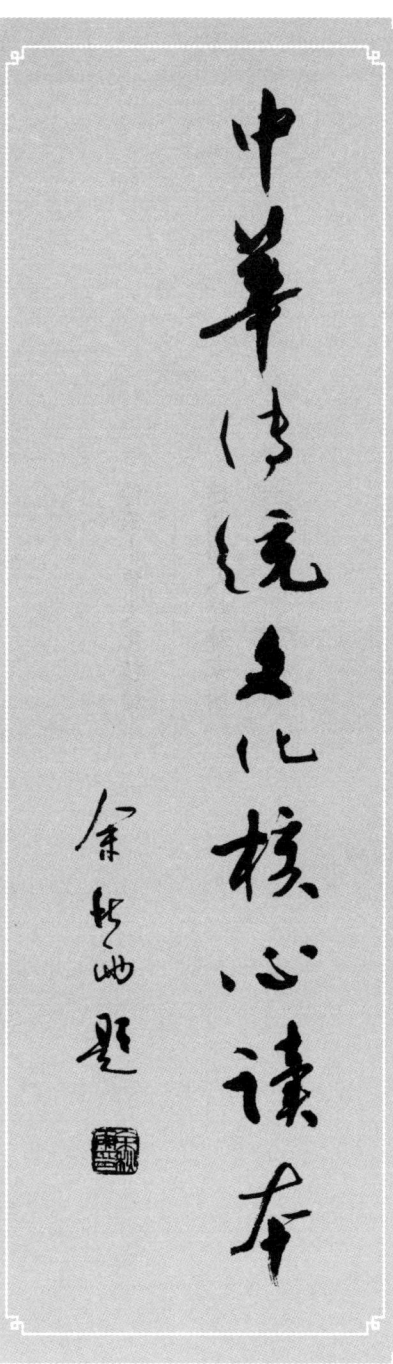

传承中华文化精髓

建构国人精神家园

中国对联·谜语故事

丁军杰/编

天地出版社 TIANDI PRESS

图书在版编目（CIP）数据

中国对联·谜语故事 / 丁军杰编. —成都：天地出版社，2019.9
（2021年3月重印）
（中华传统文化核心读本：精选插图版）
ISBN 978-7-5455-4839-6

Ⅰ.①中… Ⅱ.①丁… Ⅲ.①对联-作品集-中国 ②谜语-汇编-中国
Ⅳ.① I269②I277.8

中国版本图书馆CIP数据核字（2019）第076143号

ZHONGGUO DUILIAN · MIYU GUSHI
中国对联·谜语故事

出 品 人	杨　政
编　　者	丁军杰
责任编辑	陈文龙　沈海霞
封面设计	思想工社
内文排版	九章文化
责任印制	王学锋

出版发行	天地出版社
	（成都市槐树街2号　邮政编码：610014）
	（北京市方庄芳群园3区3号　邮政编码：100078）
网　　址	http://www.tiandiph.com
电子邮箱	tianditg@163.com
经　　销	新华文轩出版传媒股份有限公司

印　　刷	河北鹏润印刷有限公司
版　　次	2019年9月第1版
印　　次	2021年3月第3次印刷
开　　本	710mm×1000mm　1/16
印　　张	20.25
字　　数	408千字
定　　价	39.80元
书　　号	ISBN 978-7-5455-4839-6

版权所有◆违者必究
咨询电话：（028）87734639（总编室）
购书热线：（010）67693207（营销中心）

如有印装错误，请与本社联系调换

出版说明

中华文明历史悠久，源远流长。五千年的中华文明光辉灿烂，硕果累累，对后世产生了积极而深远的影响。作为华夏儿女，这是值得我们每一个人骄傲和自豪的地方。

中华传统文化，是中华文明在五千年的发展历程中诞生的成果之一，它以儒、道文化为主体，包含政治、经济、思想、艺术等各类物质和非物质文化。具体而言，中华传统文化包括诗、词、曲、赋、古文、书法、对联、灯谜、成语、中医、国画、传统节日、民族音乐等等，可谓博大精深，形式多样。

习近平总书记指出，中华优秀传统文化是我们最深厚的文化软实力，也是中国特色社会主义植根的文化沃土。中华优秀传统文化，滋养了中华民族的民族精神，赋予了中华民族伟大的生命力和凝聚力，是中华文明成果的创造力源泉。继承和发展中华优秀传统文化，学习、掌握其中的各种思想精华，不仅对我们树立正确的世界观、人生观、价值观大有裨益，而且也能为我们处理各种社会事务提供有益的启发和指导。

为弘扬中华优秀传统文化，满足广大读者对优秀传统文化的阅读需求，我们遴选了这套"中华传统文化核心读本·精选插图版"丛书。本丛书分"贤哲经典""历史民俗""文学菁华"三个系列，每个系列精选代表性的书目若干，基本涵盖了传统文化的各个类别。

为便于广大读者对传统经典的学习和吸收，本丛书对涉及古文的品种基本采用了注译和白话两种处理方式，以消除读者阅读的障碍。另外，本丛书每个品种都配有大量精美的古画插图，这些插图与内容互为补充，相得益彰，让读者在阅读中获得艺术的享受。

前言

中国文学的形式种类繁多，异彩纷呈。对联以其悠久的历史、精练的语言、独特的风姿、神奇的魅力和高雅的情趣跻身于中华文学之列，成为最具中国特色、拥有众多读者的文学形式之一。

对联是中国特有的文学艺术形式，其内容涉及政治、军事、历史、天文、地理、文学、艺术、风俗、民情、医学、农事等多方面的知识。

在中国古代多年的文人创作和民间创作中，流传着许多妙趣横生、富于哲理、充满智慧、意味深长的对联和对联故事。鉴于此，我们选编了《中国对联·谜语故事》一书，希望能为读者在茶余饭后、闲暇之余增添一份乐趣。

本书集古今对联故事之大成，编有二百余则故事，种类比较齐全，尤其在"奇""妙""趣"上下了很大功夫。

谜语是一种语言技巧、文字艺术。广义上的谜语，还包括射覆藏钩、拆白道字、手势画谜、诗钟酒令等各种斗智比巧的游艺活动。现在仍具有广泛群众基础的灯谜，正是从广义上的谜语中游离出来，并独立发展起来的，在发扬民族文化传统、丰富群众业余生活和启迪人们的智慧等方面，起着不可忽视的积极作用。

有了谜语，也就有了谜语故事。谜语故事是人们智慧的结晶，它以其特有的幽默、风趣、机智，历来为广大群众所喜闻乐见，传诵不衰。故事中涉及的谜语有字谜、物谜、诗词谜、书画谜、哑谜等，种类繁多；谜底涵盖语言文学、历史典故、名胜古迹及数学、医药学等，内容丰富，形式多样，读之情趣盎然，开阔视野，增长知识。

本书所收谜语故事丰富、题材广泛、形式多样，既可鉴赏，又可为学习创作新谜语提供借鉴和参考。

本书编排严谨，校点精当，并配以精美的插图，以达到图文并茂、生动形象的效果。此外，本书版式新颖，设计考究，双色印刷，装帧精美，除供广大读者阅读欣赏外，更具有极高的研究、收藏价值。

目 录

对联集萃

妙 趣

纪昀巧对乾隆联 …………… 002
古文、诗句联 ……………… 002
寒士贺礼联 ………………… 002
绝对联 ……………………… 002
禁中观猎联 ………………… 003
戴大宾巧对太守联 ………… 003
邱濬答联显壮志 …………… 003
李东阳妙句答英宗联 ……… 004
左宗棠趣答启蒙师联 ……… 004
白藕巧对联 ………………… 004
同音巧对联 ………………… 004
书名集称对联 ……………… 005
巧对续录联 ………………… 005
民间俗谚对联 ……………… 005
巧对乡绅联 ………………… 005

无情对 ……………………… 005
联痴巧对联 ………………… 006
地名趣联 …………………… 006
民国总统联 ………………… 006
喜与悲联 …………………… 006
观花鸟图联 ………………… 007
自题联 ……………………… 007
缺衣少食联 ………………… 007
秀才妙对联 ………………… 007
土地庙联 …………………… 008
父女妙对联 ………………… 008
杭州宝寺山麓大佛寺联 …… 008
山海联 ……………………… 008
赞春联 ……………………… 008
学童妙对联 ………………… 009
巧对联 ……………………… 009
太虚幻境联 ………………… 009

01

新婚妙对联 …………… 009	谐音讥讽旧政府联 …… 015
君臣妙对联 …………… 010	讽时局谐联 …………… 015
店主妙对天子联 ……… 010	讥讽科举取仕联 ……… 015
月下漫步联 …………… 010	言旧社会层层盘剥联 … 016
相思草联 ……………… 010	讥讽某县令联 ………… 016
词牌巧对联 …………… 011	题土地庙讽时局联 …… 016
父子妙对联 …………… 011	巧改成语咒列强联 …… 016
渡江联 ………………… 011	联句骂汉奸 …………… 017
妙对知府联 …………… 011	讥讽不学无术者联 …… 017
老少互祝联 …………… 011	讽两江总督联 ………… 017
登山观水联 …………… 012	讥讽依势待人者联 …… 017
师生巧对联 …………… 012	吴淞间缙绅联 ………… 018
巧对"将军"联 ………… 012	巧对联 ………………… 018
	中丞筹办妓捐联 ……… 018

谐 讽

	王畏岩巧讽六秀才联 … 018
讽教官联 ……………… 013	解缙对权臣联 ………… 019
讽李鸿章、翁同龢联 … 013	嘲安徽霍山县令祝寿联 … 019
讥讽袁世凯联 ………… 013	讽县令王寅门联 ……… 019
讽吹牛拍马者联 ……… 013	福州鼓山涌泉寺弥勒座联 … 020
郑板桥以联讽时 ……… 014	爱国志士自题联 ……… 020
讽秦桧夫妇联 ………… 014	慈禧太后生日联 ……… 020
讥讽老童生联 ………… 014	蒲松龄故居画像联 …… 020
讽袁世凯、汪精卫联 … 014	智通寺门联 …………… 021

讽西太后联 …………… 021	贵州修水龙岗山阳明洞联 … 026
宋湘羞举子联 ………… 021	故宫太和殿联 ………… 027
戏挽袁世凯联 ………… 022	故宫中和殿联 ………… 027
巧讽主考官联 ………… 022	故宫保和殿联 ………… 027
巧讽慈禧联 …………… 022	故宫乾清门联 ………… 027
口大欺天联 …………… 022	故宫养心殿联 ………… 028
讽粪税联 ……………… 023	故宫昭仁殿联 ………… 028
讽本钦联 ……………… 023	北海大悲真如殿联 …… 028
兵败山海关联 ………… 023	故宫太和门（左门）联 … 028
槐树联 ………………… 023	故宫乾清门（左门）联 … 029
挽讽秦桧联 …………… 023	故宫乾清门（右门）联 … 029
炭　联 ………………… 024	故宫交泰殿联 ………… 029
讽"公局"联 ………… 024	故宫文华殿联 ………… 029
妙讽国民政府联 ……… 024	故宫弘德殿联 ………… 030
讽挽光绪与西太后联 … 024	故宫太极殿联 ………… 030
巧讽洪承畴联 ………… 025	故宫长春宫联 ………… 030
嘲讽知府联 …………… 025	故宫景阳宫联 ………… 030
讽袁世凯联 …………… 025	故宫斋宫联 …………… 031
	故宫永和宫联 ………… 031
胜　迹	故宫景仁宫联 ………… 031
清乾隆题故宫三希堂联 … 026	故宫文渊阁联（一）… 032
题南京莫愁湖联 ……… 026	故宫文渊阁联（二）… 032
四川剑阁剑门关联 …… 026	金鳌玉蝀东桥联 ……… 032

03

颐和园佛香阁联 …………… 032
颐和园乐寿堂联 …………… 032
圆明园九州清晏殿联 ……… 033
承德避暑山庄万壑松风联 … 033
山海关联 …………………… 033
太原明远楼联 ……………… 034
南京秦淮河风月亭联 ……… 034
扬州史可法祠联 …………… 034
泰山极顶联 ………………… 034
高密郑康成祠联 …………… 035
蓬莱蓬莱阁联 ……………… 035
洛阳白马寺联 ……………… 035
南阳武侯祠联 ……………… 035
南阳医圣祠联 ……………… 036
巩义杜甫墓联 ……………… 036
岳阳楼联 …………………… 036
广州黄花岗七十二烈士墓联 … 037
广州黄埔军校旧址联 ……… 037
德阳庞统祠联 ……………… 037
泸定桥联 …………………… 037
凤阳大龙兴寺联 …………… 038
杭州岳飞墓联 ……………… 038
山海关孟姜女庙联 ………… 038

楚霸王爱妾虞姬联 ………… 038
川南雪山关联 ……………… 039
湖北石首秀林山刘备与孙夫人
　合祠联 …………………… 039
陕西咸阳荆轲墓联 ………… 039
浙江府贡院联 ……………… 039
北京通州运河河楼联 ……… 040
浙江杭州云栖寺联 ………… 040
南京莫愁湖胜棋楼联 ……… 040
湖南岳阳楼联 ……………… 041
山东曲阜孔府联 …………… 041
浙江杭州于谦祠联 ………… 041
广东广州萝岗寺联 ………… 042
杭州吴山极目阁联 ………… 042
曹娥孝女庙联 ……………… 042
泰山岱庙联 ………………… 042
题嵩山少林寺联 …………… 042
题广州西樵山仓颉祠联 …… 043

题　赠

题官署联 …………………… 043
书巢联 ……………………… 043
江西庐山白鹿洞书院联 …… 043

赠徐达联 …… 044	抗美援朝书画义卖展览
书院联 …… 044	会联 …… 049
自励联 …… 044	为中华崛起而读书联 …… 049
诚实做人联 …… 045	教人处事读书联 …… 050
墨竹联 …… 045	题船山土室联 …… 050
慎思堂联 …… 045	赠孙中山"同盟会"联 …… 050
自题联 …… 045	赠汤增璧联 …… 051
自警自励联 …… 045	赠王起联 …… 051
题赠屈复联 …… 046	自题联 …… 051
赠好友纪昀联 …… 046	
赠赵翼联 …… 046	❀ 行　业 ❀
赠魏成宪联 …… 046	开明书店联 …… 052
论读书学习联 …… 047	旧时文具店联 …… 052
赠忘年之交联 …… 047	旧时刻字店联 …… 052
劝学联 …… 047	画店联 …… 052
自题联 …… 047	治印家常用联 …… 052
赠魏源联 …… 048	西湖绿杨茶社联 …… 053
赠毛泽东主席联 …… 048	天心阁茶社联 …… 053
赠蒋经国联 …… 048	武昌戏院联 …… 053
自题联 …… 048	酒业戏台联 …… 053
湖南长沙天心阁联 …… 048	北京老字号仁和酒厂联 …… 053
自题联 …… 049	旧时剪刀店联 …… 054
挽莫愁联 …… 049	旧时豆腐店联 …… 054

饭店佳联 …………… 054	陶瓷店佳联 …………… 059
茶馆佳联 …………… 054	珠宝店佳联 …………… 059
邮电局佳联 …………… 054	自来水厂佳联 ………… 059
婚姻介绍所佳联 ……… 055	火柴厂佳联 …………… 059
眼镜店佳联 …………… 055	伞店佳联 ……………… 059
题工厂联 ……………… 055	扇子店佳联 …………… 060
题工业战线联 ………… 055	油漆店佳联 …………… 060
题工厂联 ……………… 055	花店佳联 ……………… 060
成都青城山茶园联 …… 055	旧货店佳联 …………… 060
题某餐馆联 …………… 056	
裁缝店联 ……………… 056	贺 庆
生意兴隆联 …………… 056	中秋节联 ……………… 061
题理发店联 …………… 056	元宵节联 ……………… 061
榨油联 ………………… 057	贺周梅初七十寿辰联 … 061
糖果店佳联 …………… 057	贺王子章入学联 ……… 061
照相馆佳联 …………… 057	贺康有为七十寿辰联 … 062
商业通用佳联 ………… 057	贺李鸿章七十寿辰联 … 062
中药店佳联 …………… 058	贺潘兰史六十寿联 …… 062
保险公司佳联 ………… 058	贺金子如新婚联 ……… 062
文具店佳联 …………… 058	贺新人七夕成婚联 …… 062
灯具店佳联 …………… 058	贺中华民国临时政府在南京
乐器店佳联 …………… 058	成立联 ……………… 063
化妆品店佳联 ………… 058	贺郭沫若寿联 ………… 063

春日婚联 …………… 063
冬日婚联 …………… 063
楹联丛话联 …………… 064
百岁老人贺寿联 …………… 064
阅微草堂联 …………… 064
贺袁枚寿联 …………… 064
群臣宴联 …………… 065
贺乾隆皇帝五十寿诞联 …… 065
祝乾隆皇帝八十寿诞联 …… 065
孟瓶庵师德配何太恭人七十
　寿辰联 …………… 066
除夕联 …………… 066
贺寿联 …………… 066
自寿联 …………… 067
贺镇江某知府官厅翻修联 … 067
贺友人新居落成联 …………… 067
临湘楼联 …………… 067
爱春楼联 …………… 067
贺学生陶亮生续弦联 …………… 068
杨浦大桥联 …………… 068
贺马相伯寿联 …………… 068
贺黄侃寿联 …………… 068
贺女新婚联 …………… 068

喜得贵子联 …………… 069
祝寿联 …………… 069
贺张大千寿联 …………… 069
贺冯玉祥寿联 …………… 069
贺贾敬之寿联 …………… 069
祝双寿联 …………… 070

❀ 寄 挽 ❀

挽朱筠联 …………… 070
挽桑调元联 …………… 070
挽钱大昕联 …………… 070
自题生圹联 …………… 071
挽林则徐联 …………… 071
挽周翠琴联 …………… 071
挽曾国藩联 …………… 071
挽谭嗣同联 …………… 072
挽秋瑾联 …………… 072
挽宋教仁联 …………… 072
挽曾朴联 …………… 072
挽蔡锷联 …………… 072
挽聂耳联 …………… 073
挽鲁迅联 …………… 073
挽鲁迅联 …………… 073

挽孙中山联 …………… 073	
挽马本斋母子联 ………… 074	❧ 集 联 ❧
挽母联 ……………… 074	杭州敷文书院联 ………… 079
挽蔡元培联 ……………… 074	金安清集联 ……………… 079
浙江杭州岳王庙联 ……… 074	麟游泰山集联 …………… 079
浙江杭州岳王庙联 ……… 075	姜白石词句联 …………… 079
挽亡妻联 ………………… 075	古诗词联 ………………… 080
哀挽刘统勋联 …………… 075	古诗词联 ………………… 080
挽鲍桂星联 ……………… 075	梁羽生集联 ……………… 080
挽讨袁英雄蔡锷联 ……… 075	集唐诗饮酒联 …………… 080
吊烈士秋瑾联 …………… 076	《三国演义》佳联（一）… 080
挽黄兴联 ………………… 076	《三国演义》佳联（二）… 081
挽傣族爱国人士刀安仁联 … 076	《水浒传》佳联（一）…… 081
挽叶挺军长联 …………… 076	《水浒传》佳联（二）…… 081
挽格达活佛联 …………… 077	《西游记》佳联（一）…… 081
挽张冲联 ………………… 077	《西游记》佳联（二）…… 082
挽廖仲恺联 ……………… 077	《西游记》佳联（三）…… 082
挽关天培联 ……………… 077	《封神演义》佳联 ……… 082
挽续范亭联 ……………… 078	《警世通言》佳联 ……… 082
挽齐白石联 ……………… 078	《红楼梦》佳联 ………… 083
自挽联 …………………… 078	《老残游记》佳联 ……… 083
挽宋教仁联 ……………… 078	集李杜诗联 ……………… 083
	集苏轼诗联 ……………… 083

集毛泽东诗词联 …………… 083	任三防主簿联 …………… 088
春　联 …………………… 084	劝诫酗酒者联 …………… 088
苏州沧浪亭集句联 ………… 084	邵锐集句联 ……………… 089
集句联 …………………… 084	郑成功集句联 …………… 089
登鹳雀楼联 ……………… 084	朱彝尊集句联 …………… 089
题李凝幽居联 …………… 084	杨法集句联 ……………… 089
浣溪沙联 ………………… 085	纪昀集句联 ……………… 090
书湖阴先生壁联 ………… 085	徐宗干集句联 …………… 090
浣溪沙联 ………………… 085	
巴山道中除夕夜有作联 … 085	❀ 住宅联 ❀
无　题 …………………… 085	自题门联 ………………… 091
钱塘湖春行联 …………… 086	大门联 …………………… 091
赋得古原草送别联 ……… 086	题住宅联 ………………… 091
月夜忆舍弟联 …………… 086	题何廉昉杕寓宅联 ……… 091
漫兴绝句联 ……………… 086	住宅联 …………………… 091
春望联 …………………… 086	厅堂联 …………………… 091
常州遗中联 ……………… 087	住宅联 …………………… 091
浣溪沙联 ………………… 087	题住宅楼阁联 …………… 092
浣溪沙联 ………………… 087	曲阜孔府书室联 ………… 092
寄李白二十韵联 ………… 087	住宅联 …………………… 092
不见联 …………………… 087	自题住宅联 ……………… 092
言志联 …………………… 087	栖凤室联 ………………… 092
浙江杭州岳庙联 ………… 088	题住宅联 ………………… 092

09

住宅联	092	住宅联	093
题住宅联	093	自题所居联	094
门　联	093	自题万松精舍联	094
厅堂联	093	住宅联	094
厅堂联	093	书斋联	094
书室联	093		

对联故事

八岁王洪对佳联	096	小丫鬟与马远斗对	101
程敏政妙对双关联	096	秀才弄联反被嘲	102
诸葛亮周瑜笔墨相讥	096	联讽洪承畴降清	102
李白联骂胡乡绅	096	萧燧巧改联	103
老鼠偷皇粮	097	粗毛野兽石先生	103
黄庭坚应联服众	098	曹雪芹应对骂财主	103
佛印巧对苏小妹	098	魏源应对骂文痞	104
王彝巧对客	099	穷书生联嘲张之洞	104
村童联讽"周不行"	099	蒋焘妙对拆字联	104
于谦不谦	099	小万安巧应对	104
邱濬应联争座	100	李自成即景妙对	105
农夫出联难孔子	100	这人没有心肝	105
李白应联退敌	101	李调元叔嫂端午趣对	105

李时珍续对娶妻 …… 105	王羲之三写春联 …… 115
"神童"李仕彬 …… 106	苏东坡改联 …… 116
纪晓岚替兄应对 …… 107	欧阳修答对过关 …… 116
周渔璜答对索书 …… 107	乾隆私访 …… 116
牧童联讽酸秀才 …… 107	秦涧泉恨题岳王坟 …… 117
童子县试答对 …… 108	苏东坡寺庙题联 …… 117
林则徐以父作马 …… 108	娃娃戏知府 …… 118
史致俨巧应拆字对 …… 109	大堂六部 小畜一院 …… 118
独眼才子刘凤诰 …… 109	嵌字联讽贪官 …… 118
刘墉山西认义女 …… 109	后人改联讽太守 …… 119
钟耘舫联斗朱秀才 …… 110	乌龟总姓乌 …… 119
刘道真戏妇遭讽 …… 110	熊卞斗对相讽 …… 119
州官放火 …… 111	飞黄腾达思旧对 …… 120
郑堂应对戏宦官 …… 111	赵尔巽遭骂 …… 120
小贩成大官 …… 112	苏、黄趣对 …… 121
知县快走 …… 113	替兄改对 …… 121
秀才改联骂贪官 …… 113	罄有鱼 …… 122
嵌名联巧骂大官僚 …… 113	钦差弄巧成拙反遭羞 …… 122
针锋相对巧答联 …… 113	秦少游与苏小妹 …… 123
学正巧对县官 …… 114	修改奇联妙句 …… 123
跛脚学生对独眼老师 …… 114	妙题商联 …… 124
八岁孩童续妙联 …… 114	唐玄宗亲试神童 …… 124
三分只是三分 …… 115	巧对成双喜 …… 125

11

药联良缘	125	苏东坡改联	136
添字改联	126	兄妹巧对互戏	136
文丑颜良	126	解缙应对不甘受辱	136
阎王怕和尚	127	解缙谐音巧改联	137
以牙还牙	127	解缙巧写婚丧联	137
一联吓走两教谕	127	"神童"出口成对	137
游士傲对富家子	128	叶宰相留宿状元家	138
辱人反遭人辱	128	同名人巧联	138
新娘巧骂歪生员	128	张居正自傲招祸	139
满朝荐讽县太爷	129	唐伯虎野外拾趣联	139
"六一居士"	129	一联两读	140
王安石三难苏学士	130	陈也罢	140
包公出对破奇案	130	周渔璜对联趣事	140
学台大人改匾	131	金圣叹临刑对佳联	142
林大钦巧对求渡	132	周秉成临乱不惊	142
徐文才赠联	132	刘伯温巧对朱元璋	143
醉酒妙联	132	候补道湖畔刁难李调元	143
二才子对妙联	133	君臣内廷趣对	144
戒珠寺其名由来	133	君臣斗妙联	144
拆字联拾趣	134	纪晓岚妙联趣事	145
"光棍"直联刺总督	134	王尔烈显才夺魁	146
买官遭讥	135	学子妙对不让师	146
晏殊请客	135	书生妙联出囚笼	146

结巴对对戏学监	147	红白对联	158
状元对联拒客	147	知府恃才讨没趣	158
十年难答一对	147	厅联显品性	160
弟子应对讽先生	148	小姐羞先生	160
考官趣批卷	148	恶财主弄巧成拙	161
郑板桥一联值千金	148	夫妻佳联贺寿星	162
何绍基挥毫成妙联	149	大名鼎鼎莫宣卿	163
街头妙对	149	王禹偁幼年妙对	163
八十老翁求寿联	149	御花园中巧对句	163
鲈鱼螃蟹对	150	李解苏联	164
学究有约才女无心	150	苏东坡即景联对	164
对课联佳偶	151	煮雪吟联	165
孙、朱二知县互嘲	152	兄妹巧得联	165
农夫妙对气阔少	153	"神童才子"非虚名	166
对联择偶受教诲	153	全家牛	166
龟鳖得言	154	巧骂皇亲	167
子解父难	154	爹对妈	167
童生巧对刁先生	154	巧联讥讽吴省钦	167
学童羞秀才	155	先生真才学	168
宋之问巧遇骆宾王	155	常遇春对句娶妻	168
神童王勃胸怀奇才	156	欧阳修茶馆妙对	169
杜牧亲访卖酒女	156	朱元璋郊外遇才学之士	170
月下美景佳联	157	朱元璋联句封官	170

刘伯温联对轶事 …… 171	秀才改联气权贵 …… 182
徐达百金求下联 …… 172	人名巧嵌联 …… 183
杨溥妙对救父 …… 172	才子讽考官 …… 183
神童奇才李开先 …… 173	"倪三怪"喷茶戏同僚 …… 183
神童解缙妙联趣事 …… 173	趣改门联 …… 184
妙联趣解 …… 174	苏小妹以联探女 …… 184
伶女有奇才 …… 174	牧童妙联难书生 …… 185
和尚求联 …… 175	牧童改联气不凡 …… 185
袁老者名不虚传 …… 175	李因培巧作谜联 …… 186
宋湘妙联戏权贵 …… 176	父子即景吟联 …… 187
戏题讽刺联 …… 176	李时珍巧对师联 …… 187
春联道穷苦 …… 177	一联好结忘年交 …… 187
才盛命短 …… 177	何孟春年少智高 …… 188
杨升庵巧得佳对 …… 178	小曹宗应联得大鱼 …… 189
师生春景对 …… 179	曹宗作联更夫免打 …… 189
严嵩巧对复字联 …… 179	才童应联得巡抚金腰带 …… 189
善对学士李东阳 …… 179	老学究联讽逢迎拍马 …… 190
阁下李先生 …… 180	改横额趣作讽联 …… 190
唐伯虎对句交友 …… 180	老百姓怒"挽"贪官 …… 190
乞丐巧对祝才子 …… 181	讽贪官连升三级 …… 191
林大钦实景妙对 …… 181	歪打正着巧姻缘 …… 191
李元阳联出四声调 …… 182	乾刘贺寿 …… 191
李灌十县联 …… 182	乾隆题联"皇家鞋铺" …… 192

少年中举希圣希贤 …………… 193
陈圆圆妙联拒做妾 …………… 193
金圣叹茶馆应联 ……………… 194
联难尚书女婢对 ……………… 195
小廷玉才华横溢承重担 ……… 195
一"子"百金 ………………… 195
纪晓岚探亲告假联 …………… 196

纪晓岚闲聊自难 ……………… 196
"仙人自白"联 ……………… 197
先生出联讽主人 ……………… 197
兄弟一联娶姐妹 ……………… 198
鳏夫出联试孀妇 ……………… 199
郑板桥应对驱恶霸 …………… 200

谜语故事

鲁班考孔圣 …………………… 204
伍子胥猜谜 …………………… 204
魏文侯送衣召子 ……………… 204
汉武帝猜谜评谜 ……………… 205
诸葛亮病危发兵 ……………… 205
张飞卖小猪 …………………… 206
曹操咏鸟考子 ………………… 206
曹操修门难匠人 ……………… 206
自无一是 ……………………… 207
小妹制谜难姐夫 ……………… 207
冯梦龙的谜语 ………………… 208
比珍珠更有价值 ……………… 208

谜底相同 ……………………… 209
一寸佳人 ……………………… 209
刘伯温画谏朱元璋 …………… 209
小姐出谜难书生 ……………… 210
一字千金 ……………………… 210
猜灯谜 ………………………… 211
丫鬟难倒先生 ………………… 211
半个鲁 ………………………… 212
先生考门生 …………………… 212
祝枝山猜谜 …………………… 213
智取玉雕 ……………………… 213
明太祖为牛贩写春联 ………… 213

王冕猜字	214	悬榜征射	224
陆游出谜教子	214	俏话连篇	225
一方素帕寄相思	215	老僧借竹	225
皇帝招贤解字	215	各斗巧思	226
巧骂和珅	216	夫妻逗乐	226
教师戏贪官	216	进士猜书	227
孔子劝顽童	216	险交白卷	227
项羽长叹	217	唐伯虎卖画	228
孔子出题	217	唐伯虎扇面隐语	228
韩信受书	218	祝枝山猜谜	228
我是和尚老祖宗	218	谜讽贪官	229
王冕讦字	219	解晋笑煞一群牛	229
刘老汉诉冤	219	考官谜试汤显祖	230
李二先生买荔枝	219	施耐庵茶馆"相面"	230
高爽题诗	220	李时珍求学问路	231
红娘索物	220	刘伯温巧救工匠	231
县官听讼拟物谜	220	巧救公公	232
草鞋情	221	陶潜为少女解谜	232
塾师吃瘪	222	燕窝与牛犊	233
才女试新郎	223	唐玄宗谜考孟浩然	233
草堂联句	223	醉客点菜	234
痛骂奴才	223	流浪少年白居易	234
但愿如此	224	刘禹锡巧出匠心	235

怀素和尚考徒弟	235	岁寒聚会	246
细雨洒轻舟	236	宋献策京城卖画	247
面试"神童"	236	康熙微服访贤才	247
王安石余兴未尽	237	康熙路考大学士	248
辛弃疾猜谜学武艺	237	吴育辨别牡丹图	248
罗贯中以词答词	238	慈禧作谜皇帝猜	249
老冬烘求药	238	曹雪芹解谜做菜	250
解缙巧解哑诗	238	姑娘去买药	250
吴殿邦中计	239	老农考孙子	250
哑谜治恶婆	240	张船翁考子	251
宋高宗立嗣	240	王秀才借物	251
顽童指路	241	昔日丰姿新样妆	251
墨客拜寿	241	八月十五光明月	252
庞显拜师	242	丘书生射"虎"	253
幽默学士	243	黄周星酬"落汤鸡"	254
巧遇伯乐	243	郑成功招贤	254
梁上君子	244	孔雀名花雨竹屏	254
追回钱财	244	乾隆放"虎"	255
贵在一字	244	纪晓岚难倒皇帝	255
寻你受考	245	苏小妹的新花样	256
黄庭坚中举	245	岳父助力破谜	257
宫女报案	245	才貌双全	257
贪心的妻子	246	雀屏选佳婿	258

虎丘山遇知音 …… 258	三男求一女 …… 269
杜门谢客 …… 259	老秀才买布 …… 270
珊瑚鞭打海棠灯 …… 259	诗隐成语 …… 271
店　嫂 …… 259	穷人的儿子 …… 271
姜太公到此 …… 260	巧服狂武生 …… 272
聪明的小二 …… 261	财主听故事 …… 273
韩信不肯反 …… 261	仆人的妙招 …… 273
叶天士处方 …… 261	醉汉和尼姑 …… 274
谋财害命 …… 262	秀才辱公子 …… 274
王举人告状 …… 262	秀才过桥 …… 274
农夫得妻 …… 263	故作风雅猜哑谜 …… 275
以诗考画 …… 263	悟空戏八戒 …… 275
童仆戏主 …… 264	老秀才出谜制胜 …… 276
鹿獐之辨 …… 264	店小二巧破字谜 …… 276
戏改古诗 …… 265	哑谜戏富豪 …… 277
怪翁捎"醋" …… 265	才子救酒家 …… 278
冯梦龙取物 …… 265	李调元写斗方 …… 278
登门显才 …… 266	知县请客 …… 278
名士试寒儒 …… 266	徐之才嘲戏 …… 279
戏谑土财主 …… 267	辛未状元 …… 279
秦桧剪烛 …… 268	王谢子弟 …… 280
拍案叫绝 …… 268	乞求赏识 …… 280
皇帝招驸马 …… 269	谜中佳品 …… 281

联句成谜 …………… 281
书生遇皇帝 ………… 282
滴酒未沾 …………… 282
贪官上大当 ………… 283
一见钟情 …………… 283
高天三尺 …………… 284
娘娘捎礼盒 ………… 284
背后大笑 …………… 285
小太监巧夺兵权 …… 286
寿　联 ……………… 286
见面礼 ……………… 287
车金相报 …………… 287
半山老人 …………… 288

文人点戏 …………… 288
王勃逛街 …………… 289
唐伯虎推窗 ………… 289
蒙头作诗 …………… 290
万事不求人 ………… 290
教谕赏花 …………… 291
王冕猜画 …………… 292
大惭而去 …………… 293
取物待客 …………… 293
巧分伯仲 …………… 294
花烛之夜难新郎 …… 294
数字家书谜 ………… 294

对联集萃

妙 趣

纪昀巧对乾隆联

乾隆 纪昀

南通州　北通州　南北通州通南北

东当铺　西当铺　东西当铺当东西

【赏析】

清高宗乾隆南巡时驻跸通州（今北京东郊），出上联，纪昀以下联应对。下联末"东西"一词为名词，在此与上联方位词"南北"相对，是此联巧妙之处。

古文、诗句联

纪 昀

太极两仪生四象
春宵一刻值千金

【赏析】

将两件不相干的事信手拈合，竟成巧对，作者谐谑之态呼之欲出。上联出自《易·系辞上》："是故易有太极，是生两仪，两仪生四象。"下联出自苏轼的《春宵》："春宵一刻值千金，花有清香月有阴。"一说一道士娶妻，其友人欲作联为贺，因其身份而得上联，却一时难觅下联，纪昀遂以苏轼诗句对之，字面相对严整，又切新婚情境。

寒士贺礼联

佚 名

君子之交淡如
醉翁之意不在

【赏析】

旧时某寒士逢友人做寿，无钱置办贺礼，遂以清水一盂相赠，附一笺书如上联。其友在笺上题以下联作对。上联隐一"水"字，用成语"君子之交淡如水"句；下联隐一"酒"字，取"醉翁之意不在酒"意，两人通达、淡泊之风跃然纸上。

绝对联

石延年

天若有情天亦老
月如无憾月常圆

【赏析】

　　石延年，河南商丘人，北宋文学家。上联出自唐李贺的《金铜仙人辞汉歌》，金铜仙人因不忍离别故土而深感凄苦，苍天因怜悯动情而衰老。相传司马光称此句为"奇绝无对"，石延年一次中秋赏月，兴到即成，对出下联。月圆则无憾，月缺则有怨。作者借自然景物抒发一生不得志之惆怅，情见乎辞。联语皆凝练之句，对得珠联璧合，千古流传。

禁中观猎联

风吹马尾千条线
日照龙鳞万点金

【赏析】

　　《坚瓠集》记朱元璋在禁中观猎，见马疾驰而过，出此上句。长孙朱允炆对以：雨打羊毛一片毡。单就文字、结构、比喻来讲，都还可以，就是立意不高，用语琐屑，形象不雅。朱元璋听了不悦。其四子朱棣见父亲皱眉，知侄子所对之句欠佳，忙以"日照"句应对。用"万点金"喻"龙鳞"确有气魄，又寓含帝王之意。朱棣后来果然从侄子手中夺得帝位，他便是明成祖。

戴大宾巧对太守联

戴大宾

龙飞
牛舞

【赏析】

　　明代弘治改元，莆田人进行迎春活动。当时戴大宾年纪尚幼，父兄抱他来看。有人指给太守说这是个神童，太守即以联对相试，说出"龙飞"，原以为他会对出"凤舞"，戴大宾即以"牛舞"相对。太守说不对，戴大宾说："《吴书》上说，'百兽率舞'，牛又怎么不舞呢？"太守以为言之有理，且嘉许其新奇。

邱濬答联显壮志

邱濬

谁谓犬能欺得虎
焉知鱼不化为龙

【赏析】

　　富豪恃财凌人，傲慢无礼。邱濬答联表现出自己的豪情壮志。答联充满辩证思维，文辞优美，对仗工整，足见邱濬才华不凡。

李东阳妙句答英宗联

明英宗　李东阳

书生脚短
天子门高

【赏析】

从辞采与结构可以看出，李东阳少富才华，且自然洒脱，从对句可以想象他的神童风采。他的应对表面讲的是客观事实，以他的才华，也许还有更深的含意。或挖苦门槛高立，阻遏人才；或是对笑他脚短的英宗反唇相讥，否认自己脚短，归罪宫殿门高，出语不卑不亢。

左宗棠趣答启蒙师联

左宗棠

子将父做马
父望子成龙

左宗棠

【赏析】

上联活画出父爱子，愿为子做牛做马的舐犊心情与神态。左宗棠的对句之所以深刻和耐人寻味，是因为它把父做子之马的目的表现了出来，同时也把天下父母都希望子女成才的那种心愿表现了出来，将上联提升到一个新的高度。

白藕巧对联

佚　名

一弯西子臂
七窍比干心

【赏析】

藕白嫩有节，且微弯，与人臂类似，以美女西施比之，极言其滑嫩白皙。以"西子臂"作喻激人联想，使人产生无限遐思。比干是殷纣王的忠臣，据说他心有七窍。藕有小孔，作者联想也极为贴切。作者以比干作比，一表其有学识，二说其怀忠心，且对仗工整，用语简洁，极为巧妙。

同音巧对联

佚　名

闲人免进贤人进
盗者莫来道者来

【赏析】

该联运用同音字构联，别出心裁。上联的意思是，这里不需要无事可做的闲散人员，这样的人只会吃闭门羹。这里敞开大门欢迎的，是德行高尚的人。下联警示盗贼不要进来，只欢迎有知识、有道德的人进来。

书名集称对联

汪 升

六韬三略
四书五经

【赏析】

文韬、武韬、龙韬、虎韬、豹韬、犬韬六卷称《六韬》。《三略》分上略、中略、下略。四书五经，是儒家九部经典的合称，一般地说，四书指《大学》《中庸》《论语》《孟子》，五经指《周易》《尚书》《诗经》《礼记》《春秋》。

巧对续录联

佚 名

望梅止渴
画饼充饥

【赏析】

上联语出《世说新语·假谲》，指借空想宽慰自己与别人。三国时曹操"望梅止渴"的故事，家喻户晓。下联语出《三国志·魏书·卢毓传》，也指用空想来安慰自己或别人。上下联均为三国史事，旨趣相同，骈偶工丽，确为妙对。成语对，比较容易对，但如此有趣的，并不多见。

民间俗谚对联

佚 名

子不嫌母丑
狗不厌家贫

【赏析】

见《巧对续录》。此为民间俗谚对，言人之常情，物之常理，不避同字，颇具情趣。

从修辞上说，这属于暗喻一类，用这两件人人皆知的事，来比喻人恋眷乡土、恋眷祖国之情。

巧对乡绅联

解 缙

小犬入门嫌路窄
大鹏展翅恨天低

【赏析】

相传明代有一位乡绅，想要教训一下解缙，便出了个上联"小犬入门嫌路窄"，解缙一想，立刻对出下联"大鹏展翅恨天低"。出句者本想以强凌弱，占上风头；对句者却能居高临下，抖尽威风。一个猥琐骂街，一个豪气逼人。此联奇在用喻，妙在反差。

无情对

佚 名

公门桃李争荣日
法国荷兰比利时

· 005 ·

【赏析】

就句意而言，上下联毫不相干，连相反都谈不上，但如分解成单词单字，按词义、字义、词性考虑对仗，法与公、国与门、荷兰与桃李，比利与争荣，时与日，却极为工整，从而产生浓厚的"对趣"。

联痴巧对联

方婺如

水如碧玉山如黛
云想衣裳花想容

【赏析】

清代方婺如，卧病在床，在弥留之际，听门中弟子二人议论："有句成诗'水如碧玉山如黛'不知如何才能对上。"方婺如于枕上听到后，低声答道："可对'云想衣裳花想容'。"说完就故去了。

联语摘引现成的诗句，偶对似出于自然，很有妙趣。方婺如临终不忘对句，可以算是"联痴"。

地名趣联

项炯

密云不雨　通州无水不通舟
钜野皆田　即墨有秋皆即麦

【赏析】

联语巧嵌北方（今属北京、河北、山东）地名：密云、通州、钜野、即墨，且以"通州"与"通舟"同音相谐，"即墨"与"即麦"（古音为入声字）同音相谐，连缀成趣。

民国总统联

王闿运

民犹是也　国犹是也　何分南北
总而言之　统而言之　不是东西

【赏析】

袁世凯于1912年登上"中华民国临时大总统"之位，民众依然处于水深火热之中。

湖南湘潭人清史馆馆长王闿运曾撰联："民犹是也，国犹是也；总而言之，统而言之。"意在嵌"民国总统"四字。有人加上"何分南北"和"不是东西"八字，直讽袁世凯。缀句多用虚词，安排巧妙。

喜与悲联

佚名

久旱逢甘雨　他乡遇故知　洞房花烛夜　金榜题名时
寡妇携儿泣　将军被敌擒　失恩宫女面　下第举人心

【赏析】

上联四句，古人称"四喜"，下联四句，古人称"四悲"。联语从"得意事""失意事"的总体意义上成为偶对。本联属自对，即久旱、他乡句，洞房、金榜句，寡妇、将军句，失恩、下第句，句中两两自对，上下联并不相对，这是对联对仗的一种常见对法。

观花鸟图联

朱元璋 刘基

几幅画图 虎不啸 龙不吟 花不馨香鱼不跳 成何良史
一盘棋局 车无轮 马无足 炮无烟火象无牙 照甚将军

【赏析】

联语中，良史，本指优秀史官。这里代指反映某一时代风貌、具有历史意义绘画的作者。照甚将军，意为凭什么而为将帅。将军，此处一词两用，一语双关，一是动宾结构，即将对方之军；一是名词，即棋局中的"将"或"帅"。

上联说画，有龙虎花鱼；下联说棋，有器械人马，可见气象，可见声势，立意不浅。

自题联

华罗庚

三强韩赵魏
九章勾股弦

【赏析】

上联中的"三强"说的是战国时代的韩、赵、魏三个国家，实际上却隐含着中国"两弹一星"元勋钱三强的名字。下联中的"九章"

指的是我国古代著名的数学著作《九章算术》，"九章"又恰好是大气物理学家赵九章的名字。华老将人名和数字巧妙地用在一起，信手拈来，巧妙之极。一词两义，妙语双关，文采四溢。

缺衣少食联

佚名

二三四五
六七八九

【赏析】

此谓缺字怪联。上联二三四五就缺一（衣）；下联六七八九就少十（食）。此种奇联、怪联，是作者苦心所造。这类对联，往往含有潜台词。我们欣赏对联时，要学会揣摩联中的潜台词。

秀才妙对联

佚名

黑白难分 教我怎知南北
青黄不接 向你借点东西

【赏析】

从前，某天晚上，乌云密布，有个爱作对联的人，正在家里吟哦，忽然想出上联。他便喃喃地念起来。这时，邻居穷秀才听到后，便推门而入，应声相对。主人说："你对上我的上联，借东西好商量！"秀才笑曰："我刚才进门的那句话，不正是下联么！"

主人一想，叫绝不已。

土地庙联

佚 名

求公公　公道明于千里月
愿婆婆　婆心忙似半山云

【赏析】

此联以求神者的口吻，求土地公公办事公道，愿土地婆婆心存仁慈。通联活泼生动，特别是"明"和"忙"二字，用得极富神韵。

父女妙对联

王汝玉

日晒雪消　檐滴无云之雨
风吹尘起　地生不火之烟

【赏析】

王汝玉年幼时，父亲见太阳出来，晒化屋顶上的雪，雪水从屋檐上如雨点般滴下，就拟出半边上联，叫王汝玉对出下联。七岁的王汝玉立即相对，王父听后，连声叫绝！下联比喻形象，极富蕴意，又与上联的构思、手法吻合，可谓奇妙绝对。

杭州宝寺山麓大佛寺联

佚 名

大肚能容　包含色相
开口便笑　指点迷途

【赏析】

此联抓住佛像外部特征，揭示内在禅意、哲理。全联形象生动，词亦有趣。

山海联

林则徐

海到无边天作岸
山登绝顶我为峰

【赏析】

据传，某年元宵节，有位私塾老师，给仅八九岁的林则徐拟出上联，叫他对出下联。联云："点几盏灯，为乾坤作福。"林则徐立即对曰："打一声鼓，替天地行威。"颇得老师赞赏。

又一次，老师带着学生游览鼓山名胜，叫学生以"山"和"海"二字，作一副七字对联。林则徐很快就作出来了。老师听后，又赞不绝口。诗言志，联亦可言志。此处，林则徐无论应对还是自拟对，除平仄、对仗工整外，还表现出他远大的抱负。

赞春联

汪先达

一树桃花红间白
两行杨柳翠饶青

【赏析】

联语中"红间白"，指粉红色桃花。"翠饶青"，指鲜绿色杨柳。表颜色的字用了四个，实指两种色样。"间"与"饶"二字，使本来呈静态的桃花、杨柳，变得异常生动。

学童妙对联

某学童

七黑八暗皆为夜
万紫千红总是春

【赏析】

七黑八暗，就是指"黑暗"，无非镶嵌进"七、八"二字，这是成语构成的一种方法，下联的"万紫千红"，也是同样的构词法。上下相比，一暗、一明、一色单、一鲜艳、一伤感、一乐观，对比强烈。

巧对联

毛先舒

五行金木水火土
七音徵羽角宫商

【赏析】

我国古代音乐有五音阶，依次为宫、商、角、徵、羽，相当于现代音乐符号1、2、3、5、6。而在角徵、羽宫之间各出一偏音，称变徵、变宫，相当于现代音乐之4、7二音，共称七音，其基础音阶形态仍为五音。下联以七统领五项物事，是非常巧妙的。

太虚幻境联

曹雪芹

假作真时真亦假
无为有处有还无

【赏析】

此联寓意深刻，至少有两层意思：其一，是在现象与本质意义上观察社会现象的"真假"与"有无"；其二，是在绝对与相对意义上认识现实与艺术形象的真假、有无。联语凝练，删繁就简，极有理趣，"亦"和"还"二字，使联末成回文对，显然这是表达意义的需要，但它回环往复的意味，仍能体会得出。

新婚妙对联

苏小妹　秦观

月朗星稀　今夜断然不雨
天寒地冻　明朝必定成霜

【赏析】

上联意在"今夜不雨（不语）"。

下联表示"明天成霜（成双）"。此联故事是虚构的，秦观与苏小妹没有成亲的事，但对联却是佳作：前面大肆铺垫渲染，都巧妙地为最后的"不雨"和"成霜"服务，极合自然事理，这样产生的双关效果则更强烈和出人意料。

君臣妙对联

乾 隆 纪 昀

客上天然居　居然天上客
人过大佛寺　寺佛大过人

【赏析】

此联属回文联，正读倒读，不害文意，不失平仄。联语巧用店名、寺名。论联艺有巧夺天工之妙，确为千古佳对。清末，有一书生，仍嫌对句不足，以"僧游云隐寺，寺隐云游僧"作下联，同样妙趣横生。

店主妙对天子联

朱 元 璋

小村店三杯五盏无有东西
大明国一统万方不分南北

【赏析】

联语精用数字、方位词，对仗工稳，立意合于时宜。以"东西"对"南北"，是典型的借对，即借"东西"（物件）两字所能表示的方位（东方与西方）与"南北"对。

月下漫步联

高 启 杨 基

玉兔捣药　嫦娥许我十五圆
喜鹊成桥　织女约郎初七渡

【赏析】

出句对明月而发奇想，下联仰河汉而动巧思，都是取材于嫦娥奔月、牛郎织女这些民间传说。十五月圆，普照天下，偏说"许我"，很有个性；玉兔捣药、喜鹊成桥，为子虚乌有之事，属奇思妙想，竟被说成真事一般。对句"初七"，指七月七日，民间称乞巧节，所幸"初"字可当数词用，也算是一巧。

相思草联

苏 轼 李之仪

草号相思　思岸柳眉弯腰细
花名含笑　笑石榴齿露皮斑

【赏析】

上联从"相思"想开去，所思在岸柳，柳叶眉弯，柳枝腰细；下联从上联"草"引出"花"来，推出"含笑"，笑那石榴果熟时裂口露子，皮色斑驳。全由"相思"二字，生发出两种形象，一正一反，耐人寻思。又用顶针的修辞方式，有声情并茂之美。

词牌巧对联

梁元锴

南乡子前　常忆秦娥寻芳草
西江月下　最念奴娇浣溪纱

【赏析】

联语是以词牌名成巧对。上联含"南乡子""忆秦娥""寻芳草"三个词牌；下联含"西江月""念奴娇""浣溪纱（沙）"三个词牌。

父子妙对联

顾鼎臣

柳线莺梭　织成江南三月锦
云笺雁字　传来塞北九秋书

【赏析】

上联以织布作比喻，描绘江南春色：柳条如线，飞莺如梭，织成江南三月锦绣美景。下联以鸿雁传书设喻，写塞北秋寒：云天如笺，秋雁如字，传来塞北秋寒之讯。

渡江联

佚名

树影横江　鱼游枝头鸦宿浪
山色倒海　龙吟岩畔虎鸣滩

【赏析】

联语上下均从树影、山色倒映水中构思：鱼游枝头，枝头是影；鸦宿浪尖，鸦是影。龙吟岩畔，岩畔是影；虎鸣沙滩，虎是影。察物细致，文思巧妙。联中事物也很搭配，树与鸦、江与鱼、山与虎、海与龙，都是一为景物，一为与之有关联的动物，显得十分严谨和谐。

妙对知府联

袁炜

湖山倒影　鱼游松顶鹤栖波
日月循环　兔走天边乌入地

【赏析】

联语借"湖山倒影"发端，写出水中鱼在"松影"中游泳，山上鹤之影又映在波中这样一种奇绝景象，欲对实难。袁炜不愧为奇才。月有"玉兔"之名、日有"金乌"之号，下联借代巧用，举重若轻，缀句成文而具合璧之妙。

老少互祝联

顾璘　张居正

雏鹤学飞　万里风云从此始
潜龙奋起　九天雷雨及时来

【赏析】

联语有叱咤风云的英雄之气。切合身份是作对联时应注意的，它有两方面内容，一是合乎自己的口吻，二是合乎对方的情况。顾璘称张居正为"雏鹤"，鼓励他"学飞"，张居正称顾璘为"潜龙"，祈祝他"奋起"，此联用词及语气都很贴切。

登山观水联

顾鼎臣

碧天连水水连天　水天一色
明月伴星星伴月　星月交辉

【赏析】

联语用复字、顶针格，上下联前句，主语宾语交叉使用，形成"小回文"。此联写山水壮观宏阔，写星月恬静怡神，均如诗如画，语言简练，意境深远。

师生巧对联

刘昌

酷日如炉云似火　烈石焚山
轻烟似缕雨如丝　经天纬地

【赏析】

上联如炉似火，已见炎夏烈日之酷，再以烈石焚山补充，更显炎热。下联似缕如丝，可想象出烟雨弥漫之状，又以经天纬地补足，更显得漫天细雨，不辨天地。上下相偶极为工妙，尤其经天纬地，似神来之笔。联中两个比喻词"如、似"，交替使用，行文生动。

巧对"将军"联

莫天祐　沈　龙

至勇至刚能文能武无上将军
大慈大悲救苦救难观音菩萨

【赏析】

联语用复辞格，尤以对句出于稚子之口，才思、文思非同小可。在生死关头，能以联相规劝，除要有才华之外，还要有胆量才行。

谐 讽

讽教官联

佚 名

动地惊天　脱裤打门斗五板
穷奢极侈　连篮买豆腐三斤

【赏析】

明清时县学中教官为最穷酸之官职，其属下除书吏外，仅一名门役而已，所以打门役屁股，于教官而言自是大事一桩。下联极写其穷况，令人读之忍俊不禁。

讽李鸿章、翁同龢联

佚 名

宰相合肥天下瘦
司农常熟世间荒

李鸿章

【赏析】

李鸿章，安徽合肥人，洋务运动的主要领导人之一，曾多次代表清廷签订卖国条约，并有受贿之嫌。翁同龢，江苏常熟人，曾任户部尚书。清代户部尚书亦司钱谷，故称司农。当时多年荒馑，时人多归咎于他。旧时往往对名位高者以其籍贯称之，故二人有"李合肥""翁常熟"之称。

讥讽袁世凯联

佚 名

起病六君子
送命二陈汤

【赏析】

六君子：杨度等六人组成"筹安会"拥袁称帝。二陈汤：袁世凯大势已去时，拥有地盘的亲信陈树藩、陈宦、汤芗铭又相继背叛袁世凯，宣布独立，袁遂气死。"六君子"与"二陈汤"又是中药名，有双关之妙。

讽吹牛拍马者联

冯梦龙

拍马
吹牛

【赏析】

故事说的虽是阴曹地府中事，实际上却是讥讽人间那些良心丧尽，心灵扭曲，毫无德行可言，一味对权势谄媚讨好，以捞取个人资本和好处的势利小人。该联简洁洗练，对仗工整。

郑板桥以联讽时

郑板桥

饱暖富豪讲风雅
饥馑画人爱银钱

【赏析】

上联的意思是：富豪人家食饱衣暖，没有米粮之忧，就要弄诗作文附庸风雅，用以装点门面，欺世盗名。下联的意思是：作为一个画家，应将作画看作是高尚的艺术行为，但对于一个衣食难继的画家，首先要挣钱养家糊口，于是出现了卖画求钱的画家。上联讥讽胸无点墨的富豪，下联描写穷困潦倒的画家。二者形成鲜明的对比。

讽秦桧夫妇联

佚 名

咳　仆本丧心　有贤妻何至若是
啐　妇虽长舌　非老贼不到今朝

【赏析】

作者借秦桧夫妇的互相指责，指出其残害忠良的历史罪责。上联的意思是：咳！我虽然本来就丧失良心，可是如果妻子贤良，我怎么能到这种地步？意谓秦桧虽罪恶多端，王氏的责任也不可推卸。下联的意思是：呸！我虽然是长舌妇，可若不是你老贼，我也落不到今天的地步。夫妻合伙做了一笔卖国求

荣、陷害忠良的肮脏交易，受到万民唾骂和指责。联中二人互相埋怨，互相怪罪，其丑恶嘴脸跃然纸上，真可以说是绘声绘色、活灵活现。作者嬉笑怒骂，别出心裁，独具一格。

讥讽老童生联

佚 名

行年八十尚称童　可谓寿考
到老五经犹未熟　不愧书生

【赏析】

该联是讥讽到老也未考中秀才的老童生的。上联说，年到八十岁了还是童生，可谓高寿而考；下联说，到老五经也没有学熟，可真不愧是书生。讥讽了终生应试而未考中，又尚不知悔的老童生的迂腐和痴心。下联"书生"一语双关，既是名词，也是词组（意为"书读得生"，与前句"未熟"相照应），极妙。全联讽刺意味浓，言在此而意在彼，由讥讽人到揭露科举制度弊端，很有教育意义。

讽袁世凯、汪精卫联

佚 名

国祚不长　八十多天袁皇帝
封疆何窄　两三条巷伪政权

【赏析】

本联把袁世凯和汪精卫两个卖国贼联系在一起，对其进行着意讽刺。袁世凯废民国建帝制，违背民愿，逆

历史潮流，只做了八十三天皇帝就一命呜呼了。汪精卫投靠日本人建立卖国政权，自命为主席，管辖区也不过几条巷子，说明他不得民心，很快垮台。上联从时间上说反动政权是短命的，下联从地域上讲卖国贼难以立足。上下联都充满对卖国贼的仇恨和诅咒。该联主要是针对汪精卫的，预示他很快垮台，尽现民众心声。

谐音讥讽旧政府联

刘师亮

民国万税
天下太贫

【赏析】

辛亥革命迫使清朝皇帝退位，建立了中华民国。民主革命的胜利果实，又逐渐被反动军阀窃取，结果军阀混战，烽火连天；苛捐杂税，多如牛毛；百姓不堪重负，饥寒交迫。民国初期，人们满怀期望，曾高呼"民国万岁"，以为从此可以"天下太平"了。但是袁世凯称帝、张勋复辟、直奉大战，却成了真正的"民国万税"和"天下太贫"。作者利用谐音将颂语变为讥讽，给了军阀一记响亮的耳光。当时该联在四川乃至全国都有很大影响。

讽时局谐联

佚 名

空袭无常　贵客茶资先付
官方有令　国防秘密休谈

【赏析】

上联的意思是，日本侵略者的飞机说不定什么时候进行空袭，茶馆的客人生命安全没有保障，店主唯恐茶客不等支付茶资就被飞机炸死，所以一进茶馆，先收茶资。下联的意思是，官方明令，不准议论国防大事。国家兴亡，匹夫有责。然而政府却明令"休谈"国事，这除了表明当局害怕民主，不敢广开言路，还说明他们心中有鬼，怕其卖国行径、媚敌事实传播开来，因而就以恐怖手段来压制人民。对联表面是就事论事，一副事不关己的样子，实则字里行间都是讥讽之意。

讥讽科举取仕联

佚 名

并未出房　亏得个白头发秀才
何尝中试　倒做了黑耳朵举人

【赏析】

上联说多年寒窗苦读都没有考中举人，满头白发了，还是个秀才；下联讲，秋闱又不中，考官见他可怜，赐给一个举人名额，岂不知已经是两耳昏聩的人了。

传说该联为安徽无为县某钦赐举人所写，发泄了对科举制度的不满与抗议。此联文字通达，中间的停顿利于抒发情感。

言旧社会层层盘剥联

佚 名

大鱼吃小鱼 小鱼吃虾 虾吃泥 泥干水尽

朝廷刮州府 州府刮县 县刮民 民穷国危

【赏析】

该联采用比兴手法。上联以鱼、虾、泥依次相欺的事实说明在生物界存在着以大欺小、以强凌弱的现象。下联直写社会现状，朝廷搜刮州府，州府搜刮县衙，县衙鱼肉百姓，搜刮民脂民膏。民不聊生，国家危急，朝廷朝不保夕。全联警示当局者不要挥霍无度、搜刮无限，同时也在哀叹百姓不堪重负，它是封建社会官府盘剥百姓的极好写照。

讥讽某县令联

佚 名

爱民若子 金子 银子 皆吾子也

执法如山 钱山 靠山 岂为山乎

【赏析】

起句都是引用此县官的原联，下面分别对"子"字和"山"字进行诠释，以县令的口吻，诙谐有趣。上联意思是：爱民若子，其实是爱金子、银子，它们才真是我的孩子呢！下联意思是：执法如山，我执法但看谁钱多，何人后台硬，难道真是山吗？全联揭露了旧官僚的贪婪和枉法，很有代表性，是针砭时弊、切中要害的好联。

题土地庙讽时局联

佚 名

夫人莫擦摩登红 谨防特务吊膀子

老爷快留八字胡 免得保长抓壮丁

【赏析】

上联是土地爷爷奉劝土地娘娘的话：夫人你不要抹胭脂擦口红，要防止特务看上你，对你无礼。下联是土地娘娘奉劝土地爷爷的话：老爷你赶快留八字胡吧，不然保长要抓你去当壮丁。全联针对当时的黑暗统治，给予无情揭露和鞭挞，用土地庙泥胎对话的口气，更为辛辣和深刻。

巧改成语咒列强联

陈良琛

日暮可堪途更远

中干其奈外犹强

【赏析】

上联的意思是，日本侵略者是落山的太阳，还能猖狂到几时呢？揭示了日本侵略者已是穷途末路，亡日就在眼前。下联的意思是，侵略者虽已内部气虚力竭，但外表还是强大的，也不能小看！揭露其本质，提示人们要坚持斗争，不要松懈麻痹。由于成语颠倒化裁，加之语气助词的运用，整个联句就显得很有战斗力。

联句骂汉奸

佚 名

杨三已死无苏丑
李二先生是汉奸

【赏析】

杨三指戏曲名家杨鸣玉，因其排行第三，人称杨三。他在演白蛇传时，讥刺了李鸿章的卖国行为，被李鸿章害死。

该联上联是对杨鸣玉去世表示惋惜，说因他的死所产生的苏丑空白无人填补。下联直截了当地对李鸿章进行了讽刺。该联最突出的特点是直抒胸臆，褒贬一目了然。文字简明扼要，对仗极为工整，讽刺性较强。

讥讽不学无术者联

佚 名

一代奇书镜花绿
千秋名士杜林胡

【赏析】

本联采取将错就错的手法，将错的东西录入联中，先让读者捧腹大笑，然后令其陷入深深的思索。该联寓冷静思索于幽默之中，由小映大，是联中珍品。

讽两江总督联

佚 名

两江呆人障
三省钓鱼行

【赏析】

上联归结两江一带军政吏治日趋颓败的原因是"呆人作障"，既讥讽两江总督的自我标榜、自我吹嘘，又揭露两江总督尤其是刘坤一以"两江保障"为幌子欺上瞒下，实际上却做尽坏事，他们是自欺欺人的"呆人"。下联意思是，刘坤一等人口说"钧衡"，却连一点行动都没有，实际上是沽名钓誉的行家，揭露了刘坤一等人的虚伪和愚蠢。此联采用巧妙的拆字法，增添了联语的谐趣，同时也达到了讥讽的目的。

讥讽依势待人者联

佚 名

坐　请坐　请上坐
茶　泡茶　泡好茶

【赏析】

全联文字简朴，不加雕琢，寥寥几字，僧人趋炎附势的丑恶嘴脸可见一斑，人们可以从僧人想到世人。本联讥讽僧人，也讥讽世俗，嬉笑中针砭时弊，是一剂匡正世风和医治流俗的良药。

吴淞间缙绅联

佚　名

一二三四五六七
孝悌忠信礼义廉

【赏析】

战国时思想家尹文称孝、悌、忠、信为四行，春秋时政治家管夷吾称礼、义、廉、耻为"四维"，这八个字在封建社会一直被奉为行为准则。可联语少了一个"耻"字，"无耻"！上联七个数，没有"八"字，"亡八"。全联意为"亡（王）八无耻"，是老百姓痛骂贪官污吏、土豪劣绅、文痞讼棍的快语，词语虽欠雅，倒也切中要害，痛快淋漓。

巧对联

廖道南　伦以训

人心不足蛇吞象
天理难亡獭祭鱼

【赏析】

联语暗以籍贯相讽。伦以训是广东人，那里当时被称为蛇蛮之地，上联以蛇代论，讥笑他贪心不足。廖道南是湖南人，那里水产丰富，民间多晒鱼干，常以干鱼讥笑人，下联的鱼指廖道南，说他升迁，如同贪吃的獭被用于祭祀一样，最终没有好下场。獭祭鱼，见《礼记·月令》，獭贪食，常把捕到的鱼陈列在水边，如陈物而祭祀一般。

中丞筹办妓捐联

佚　名

大中丞借花献佛
小女子为国捐躯

【赏析】

清光绪年间，某中丞以增加国库收入为名筹办妓捐，使妓业合法化，有人以此联进行嘲讽。

此联命意正大，直刺时弊，短而有力。联中一些词有专指的谐趣：花，为妓业之称；佛，指慈禧太后（人称"老佛爷"）；捐躯者，卖身也，形容从妓的小女子，再恰当不过了。

王畏岩巧讽六秀才联

王畏岩

六秀才只通六窍
万景楼遗臭万年

【赏析】

清末嘉定中学堂内，有六个秀才教师，名为先生，实则不学无术。百姓都很讨厌他们。一天，他们同游嘉定城外高标山万景楼，游兴所至，共同凑了一副对联，贴在楼上："六秀才同游一日，万景楼从此千秋"。当地名士王畏岩特别厌恶这六个狂妄无知之徒，于是作了上述这副对联。说"六窍"是隐切"一窍不通"；说"万景楼遗臭万年"，是指他们的那副对联在楼上万年遗臭。联语用复辞、隐词格的手法，进行讽刺，有令人回味的意趣。

解缙对权臣联

解 缙

二猿断木深山中　瞧小猴子也敢对锯

一马失足淤泥内　看老畜生怎能出蹄

【赏析】

这副对联情通理顺，利用文字的同音异义的特点，使一句话同时涉及两件事情。"小猴子"与"老畜生"分别代指两种不同年龄的人；"对锯"与"对句"，"出蹄"与"出题"皆音同义异，达到了一语双关、一击二鸣的艺术效果。

嘲安徽霍山县令祝寿联

佚 名

大老爷做生　银也要　钱也要　红白兼收　何分南北

小百姓该死　麦未熟　稻未熟　青黄不接　有甚东西

【赏析】

在写作手法上，该联全用反对法。"小百姓"反对"大老爷"，"该死"反对"做生"，"青黄不接"反对"红白兼收"，"有甚东西"反对"何分南北"，用语针锋相对，含意深刻，创作上艺术手法的运用是十分成功的。

讽县令王寅门联

佚 名

王好货　不论金银铜铁

寅属虎　全需鸡犬牛羊

【赏析】

这副对联在创作手法上有如下三个特点：一是用典恰到好处，二是比喻形象生动，三是对首嵌法的运用。这里将王寅二字分别嵌藏于联首，如不细看，难解联意；如若详加分析，则有谜语风味，非常吸引人，解了联意之后，颇能愉悦身心，给人以痛快之感。

福州鼓山涌泉寺弥勒座联

王廷珍

日日携空布袋　少米无钱　却剩得大肚宽肠　不知众檀越　信心时用何物供养

年年坐冷山门　接张待李　总见他欢天喜地　请问这头陀　得意处是甚么来由

【赏析】

这副对联用语通俗、幽默、诙谐。联语构思精巧，匠心独运，对于佛门圣地的大菩萨也极尽褒贬之意，但不用一般的铺陈叙说，而是褒中夹嘲，贬内含笑。

在写作手法上，该联的显著特点是设问法运用恰到好处，把对联中蕴含的诗情、哲理、褒贬……留与世世代代读者去思索，去品味，去回答。

爱国志士自题联

佚名

内无相　外无将　不得已玉帛相将　将来怎样

天难度　地难量　这才是帝王度量　量也无妨

【赏析】

这是与中日甲午战争相关的对联。上联拟伊藤博文嘲笑口气，傲气凌人，不可一世。下联拟李鸿章辩解口语，对李鸿章打肿脸充胖子，恬不知耻地装出宽宏大量的媚态进行了辛辣的嘲讽。全联使伊藤的狂妄和李鸿章的厚颜无耻跃然纸上，足以省人。

慈禧太后生日联

章炳麟

今日到南苑　明日到北海　何日再到古长安　叹黎民膏血全枯　只为一人歌庆有

五十割琉球　六十割台湾　而今又割东三省　痛赤县邦圻益蹙　每逢万寿祝疆无

【赏析】

慈禧太后过七十岁生日时，强令全国为她祝寿。章炳麟作对联予以有力地讽刺。上联连用三个"到"字，点明慈禧太后不顾人民死活，贪图享乐的几个典型事例。下联紧扣慈禧太后掌权时所发生的令人痛心的事，揭露和控诉她给国家、民族造成的灾难和危害。该联的特点是语言辛辣，笔触犀利，对比巧妙，将无耻文人阿谀慈禧"一人有庆，万寿无疆"的媚语，颠倒用之，其讽刺效果真是妙不可言。

蒲松龄故居画像联

郭沫若

写鬼　写妖　高人一等

刺贪　刺虐　入骨三分

【赏析】

上联称赞蒲松龄写的关于狐仙鬼怪的小说故事,思想格调比一般文人墨客写的文章要高出一筹;下联则进一步指出他讽刺贪官污吏,嬉笑怒骂皆成文章,写得极为深刻有力。此副对联寓意深刻,语言诙谐,对偶工整,堪称佳作。

予的一个严重警告;三是对联表面上是对破寺老僧所处的荒凉之景的装点,实际上是对宁荣二府未来衰败之景的暗示。此对联反映了作者对社会的深刻了解和对现实生活的熟悉,没有作者的生活阅历和对世道的体察,绝对写不出这样贴切的对联。

讽西太后联

佚　名

垂帘廿余年　年年割地
尊号十六字　字字欺天

【赏析】

这副对联虽然简短,然而讽刺十分有力,字字如刀直刺慈禧。上联追述史实,指斥慈禧腐朽无能,割地求和,丧权辱国,清室为最;下联揭露慈禧尊号的虚伪性,考其言行,无一字相符,她权欲、淫欲、贪欲、名利欲、忌妒欲古今少有地集于一身,真是字字欺天。

智通寺门联

曹雪芹

身后有余忘缩手
眼前无路想回头

【赏析】

这副对联的特点是语浅而意深。它的深层意思在于:一是联中的"忘缩手""想回头",词意深远,耐人寻味;二是该联为贾雨村所见所思,联系一下贾雨村在宦海中的沉浮,又何尝不是对他本人在日后仕途上事先给

宋湘羞举子联

宋　湘

东鸟西飞　满地凤凰难下足
南麟北跃　遍地虎子尽低头

【赏析】

据传,广东梅县宋湘是岭南一位才子。一次,他进省城科考时,许多举子欺负他,刻薄地拟出上联,叫他对下联。出完上联,他们哈哈大笑,哪知宋湘应声相对。这突如其来的反

击，使他们暗暗羞愧，并赞许宋湘的才思敏捷。

宋湘的下联与上联针锋相对，不但内容对得恰切，而且很有气势，较上联更高一筹。妙极！

戏挽袁世凯联

佚 名

总统府　新华宫　生于是　死于是
推戴书　劝进表　民意耶　帝意耶

【赏析】

袁世凯妄图称帝，结果遭到全国人民声讨，不久帝位夭折，自己亦郁郁而死。某生巧作此联，暗加讽刺，讽意入木三分。

巧讽主考官联

佚 名

左丘明两眼无珠
赵子龙一身是胆

【赏析】

清代科举考试，弊端层出不穷。康熙年间，一次江南乡试，正主考姓左，副主考姓赵，他们受贿将富商程某等数人录为举人。落第的考生不服，便把一尊财神塑像抬到文庙，又将科场大门上的"贡院"匾额，改成"卖完"二字，当作横批。然后在大门两旁，贴出上述对联。这样一闹，左、赵二人，都受到严惩。

此联用典奇妙，切合二主考姓氏，痛骂左某"两眼无珠"，录取不才；又

揭发赵某"一身是胆"，贪财枉法。全联构思用意，贴切精妙。

巧讽慈禧联

章太炎

万寿无疆　普天同庆
三年败绩　割地求和

【赏析】

慈禧生日，章太炎拟出此联进行讽刺，真可谓入木三分。

口大欺天联

佚 名

少目焉能评文字
欠金安可望功名

【赏析】

清乾隆时，有个吴省钦，为直隶学政，一向玩权受贿，士人恨之入骨。

某年乡试，他又被任命为主考官。有位穷秀才，无钱贿赂，自知无望，于是就愤然在考场门口，拟题一匾一联。这一匾一联，弄得那位吴大人名声扫地，无法混下去，朝廷也只得在临试前，撤其主考，另找别人代替。

此联横批为：口大欺天，巧将"吴省钦"三字拆开，分解成句，词语紧切人事，讽刺极为深刻、自然。

讽粪税联

郭沫若

自古未闻粪有税
而今只有屁无捐

【赏析】

据传，郭沫若十四岁时，他离家到乐山去念书。进城时，他目睹守门官吏、衙役见老百姓挑一担粪，也要求捐上一个铜板。他一气之下，就写出这副讽刺性极强的对联，以表示抗议。

讽本钦联

佚 名

一木焉能支大厦
欠金何必起高楼

【赏析】

清代长沙有个巡抚，名叫陈本钦。他在任职期间，突然提出要重修自己的书院和楼房，于是巧立税捐名目，搜刮民财。待修建完工后，有人将"本钦"二字，拆开写出此联，加以讽刺。

兵败山海关联

佚 名

八哨勇同行　幸免头颅葬冀北
半文钱不值　有何面目见江东

【赏析】

昔湖南巡抚吴大澂，平日好谈兵法，并以枪法自负。某年朝廷令他领兵出山海关，与日本作战，结果战败，回湖南继任。当时某人拟出此联，进行嘲讽。

联语辛辣，爱自夸兵法者足戒。

槐树联

佚 名

君王有罪无人问
古树无辜受锁枷

【赏析】

这里的古树是指北京景山东麓之槐树。崇祯十七年，李自成率农民军攻入北京，崇祯帝仓皇出逃，在景山（煤山）东麓的一棵槐树上自缢身死。后来，清兵占领北京后，清统治者为收买人心，认为崇祯之死，罪在"槐树"，故用铁链锁住此树。

作者拟联，采用对比手法，讽喻更为深刻有力。

挽讽秦桧联

秦涧泉

人从宋后羞名桧
我到坟前愧姓秦

【赏析】

秦涧泉，江苏南京人。清乾隆时的状元，官至侍讲学士。上联"人从宋后"是推广而论，"羞名桧"是指人皆以起名"桧"而感到羞耻。下联"我到坟前"切时切地，切人切情，作为秦氏后裔，见先祖跪地遭人唾骂，自然而生"愧姓秦"的感慨，既有自惭之情，又有自解之意。此联构思新巧，立意深刻，既切合身份，又不失身份，尤为可贵的是作者毫不忌讳，观点明确，虽无一字谈秦桧所作所为，但"羞名桧""愧姓秦"六字分量足矣。联语直言秦桧之名，不仅置之句末，还将其名姓颠倒，寓意更深。

炭联

徐宗干

一味黑时犹有骨
十分红处便成灰

【赏析】

作者借炭燃烧前后的变化，运用"隐曲"的修辞法撰联，含而不露地嘲讽了旧时那些在官场仕途上迷醉于利禄者。这些人未曾发迹也即"黑"得还不为人所知时，还不至于那样低三下四、奴颜婢膝，可是当他们有朝一日平步青云后，马上变得骄横跋扈、不可一世。但是，物极必反。这类得意忘形的小人必将因其丑行恶迹而遭人唾骂，最终难逃脱"十分红处便成灰"的下场。

讽"公局"联

石达开

公肥几只狗
局瘦一方民

【赏析】

石达开，广西贵县人，太平天国名将，被封为翼王。此联讽地主恶霸所开设的"公局"，一针见血地揭穿"公局"敲诈勒索、中饱私囊的实质，怒斥土豪劣绅如同畜生。"公"取公然之意，"局"取骗局之意，"肥""瘦"之对，有如匕首，极富讽刺性。

妙讽国民政府联

佚 名

顾此失彼
问东答西

【赏析】

此联主要讽刺抗战时期，国民政府仍大量设置各类顾问、专员、参议等闲职，只领薪水，不负实际责任。上下联当句成对（"失彼"对"顾此"，"答西"对"问东"），上下句又互相对仗，十分工整。寥寥八个字，使这些庸吏之态跃然纸上。

讽挽光绪与西太后联

佚 名

洒几点普通泪
死两个特别人

【赏析】

1908年，清光绪皇帝与西太后相继去世。朝廷下令各家各户都要贴挽联，当时一个读书人贴了这副对联。这副对联的格调，用现在的话说，就是"调侃"。"普通""特别"两个词，是既普通又特别的传神之处。

巧讽洪承畴联

佚　名

君恩深似海矣
臣节重如山乎

【赏析】

明朝大臣洪承畴与清军作战被俘投降，后在清朝为官。他降清后，曾自书门联：

君恩深似海
臣节重如山

有人在两联之末分别加上"矣""乎"二字，将洪联表忠心的意思完全转了个个儿，变作辛辣的讽刺。这种将别人的联语添上尾巴的形式，称为"续句联"。续句联多含讽刺、谐趣，以续成之后恰与原联意义相反者为佳。

嘲讽知府联

佚　名

一目不明　开口便成两片
草头割断　此身应受八刀

【赏析】

清代汉阳知府梁鼎芬借办新政损害商民，有人在其衙门贴此联相讽。上下联分别将"鼎""芬"作拆字格处理，另有横额"黄粱一梦"，切其姓氏。

讽袁世凯联

佚　名

四世公卿绳祖武
一朝总统继孙文

【赏析】

袁世凯本来是世代武职，一朝得势，竟捞了一个总统当。上联中用了《诗经》中的"绳其祖武"一语。原语的意思是，踏着祖先的足迹继续前进，比喻继承祖业。上联的"祖武"与下联的"孙文"相对，字面上对得严丝合缝，而在文义上却是毫不相干，有无情对的意味，显得很可笑。

胜　迹

清乾隆题故宫三希堂联

乾　隆

深心托豪素
怀抱观古今

【赏析】

上联出自南朝宋颜延之的《五君咏·向常侍》："向秀甘淡薄，深心托豪素。"豪素，即毫素，指笔和墨。下联谓在鉴赏之中体味古今贤人的胸襟抱负。

题南京莫愁湖联

佚　名

明月几时有　更上层楼　听棋子声中　谁操胜算
美人犹未来　且摇小艇　向藕花香里　自遣闲情

【赏析】

观上、下联，分明有一个"我"在听英雄棋盘落子（湖边有胜棋楼，相传明太祖朱元璋与大将徐达在此赌棋，徐达赢棋，太祖遂将莫愁湖赐他），且与美人相约。有胜负待决的悬念，又有水上花间的闲情，读来有声有色。

四川剑阁剑门关联

佚　名

蜀道关山险
剑门天下雄

【赏析】

剑门关如一柄利剑，直刺云天，"蜀道难，难于上青天"，于剑门可谓不相上下。十字之内，蜀道剑门之雄险毕见。

贵州修水龙岗山阳明洞联

佚　名

刚日读经　柔日读史
十年树木　百年树人

【赏析】

明代王阳明被贬为龙场驿丞时居

于此地，且曾在此聚徒讲学。刚日、柔日：每月十日中一、三、五、七、九日，即奇数日，为刚日；二、四、六、八、十日，即偶数日，为柔日（见《礼记·曲礼上》）。将经、史分开研读，为古人读书习惯。十年树木，百年树人，语出《管子·权修》。

故宫太和殿联

乾 隆

龙德正中天　四海雍熙符广运
凤城回北斗　万邦和协颂平章

【赏析】

符广运，是指国家的治理已达到"帝德广运"的理想境界；颂平章，意即天下人都歌颂朝廷治理有方。此皆属议论，精彩处则在上下联的首句：龙德如日正中天，光曜天下；凤城似北斗回旋，号令四方。大笔挥洒，从容自信，意象神奇。全联天上地下，遥相呼应，勾画出一幅太平盛世图。

故宫中和殿联

乾 隆

仁寿握乾符　万国车书会极
中和绵鼎篆　九天日月齐光

【赏析】

君命神授是乾隆皇帝在众多宫廷题联中反复强调的一个主题，此联则进一步道出了神授的两个法宝：仁寿（施以仁政以图长治久安）与中和（适中恰当，协调和顺）。乾隆皇帝通过此联告诉人们：仁寿就是我掌握的乾符，也是我一统天下的根本；中和就是我所秉承的鼎篆，它如同日月普照人间。仁寿与中和都是儒学的精要，乾隆皇帝的治国思想，于此可窥一斑。极，在此联中是个仄声（入声）字，不能读平声（阳平）。

故宫保和殿联

乾 隆

凝鼎铭而当阳　圣箓同符日月
握乾枢以御极　泰阶共仰星云

【赏析】

此联是自我标榜之作。用词玄奥，态度从容。大意为：我治理天下是上天的旨意，这就如同日月运行一样明确无误；我称帝执掌皇权以来，使得国泰民安，受到了人们的景仰。此联内容苍白无力，却在遣词造语上独见功夫，字里行间隐然透出一股稳健的霸气。

故宫乾清门联

康 熙

帝座九重高　禹服周疆环紫极
皇图千祀永　尧天舜日启青阳

【赏析】

此联作者以极雅致的语言，极形象地讲述了极普通的道理：人民群众（老百姓）是立国之本。此联作者能清醒地认识到这个至关重要的问题，是难能可贵的。

极，在此联中是个仄声（入声）字，不能读平声（阳平）。

故宫养心殿联

乾　隆

旭日射铜龙　　上阳春晓
和风翔玉燕　　中禁花浓

【赏析】

"旭日射铜龙"，笔意刚健，令人仿佛能见到日光直射铜龙之时所发出的光彩。"和风翔玉燕"，和风之中飞过一只玉燕，又平添了一份轻柔之美。刚健与轻柔交织在春晓花浓的上阳禁中里，构成了全篇意境的和谐美。

故宫昭仁殿联

康　熙

风奏南薰调玉轸
霞悬东壁灿瑶图

【赏析】

此联，看似写景，细敲"南薰""东壁"二词，可知全联是在歌颂文治：教化民众的各项举措，就像和煦的南风奏响动听的乐曲；典籍中蕴含的宝贵思想，灿若云霞，为我们描绘出美好的蓝图。全联笔调高雅，语气稳健，意境美妙。

北海大悲真如殿联

乾　隆

日月轮高　　晛七宝城如依舍卫
金银界净　　涌千华相正现优昙

【赏析】

作者先说京城与佛教的密切关系，再写大悲真如殿的佛事之盛。全联意在扬佛。

佛寺楹联，大都采用佛家术语，表述玄奥的内容。如果不是精通佛学，对佛学有深刻理解，是不易撰写出好的佛寺楹联的。就此联而论，没有半点儿令人开悟或启人心智的东西，唯在形式上，采用了一些佛家语汇装点门面而已。

故宫太和门（左门）联

佚　名

日丽丹山　　云绕旌旗辉凤羽
祥开紫禁　　人从阊阖觐龙光

【赏析】

上联描写故宫太和门门前的环境。红日初升，使丹山显得更加壮丽，旌旗在云中作响，凤羽在阳光下熠熠生辉。虚写皇宫，实写仙境，这种运用浪漫手法的描写，把人们带入了神话般的境界。下联写紫禁城打开了吉祥之门，大臣们就此步入"天宫"，去觐见那位光彩照人的"真龙天子"。作者着力把皇宫装点成仙宫，以便烘托皇帝的风姿。皇帝见了此联，自然会龙颜大悦；而此联对入朝觐见的大臣们也具有心理上的提示作用：对皇帝要有景仰之心，决不能产生欺君之妄想。

故宫乾清门（左门）联

佚　名

紫极正中央　万国共球并集
青阳迎左个　千门雨露皆新

【赏析】

此联歌颂国家的强大和天子的德政。万国以紫极为中心，竞献共球以示归顺；天子的德政恰如春风化雨滋润万物。以"中央"对"左个"，堪称妙绝！"集"是仄声（入声）字，不能读平声。

故宫乾清门（右门）联

佚　名

昊英辟春阳　瑞气常浮五雉
羲和回日驭　卿云时捧双龙

【赏析】

此联是一曲赞美皇帝的颂歌。与乾清门左门楹联相比，此联更多了几分古雅与仙气。上下联的首句，以伐木杀兽的昊英和驾驭太阳的羲和，比喻皇帝神勇非凡；上下联的次句又进一步把皇宫写成了天宫。

故宫交泰殿联

乾　隆

恒久咸和　迓天休而滋至
关雎麟趾　立王化之始基

【赏析】

此联论皇家婚姻。联中不说"白头到老"，而说"恒久咸和"；不说"才子佳人"，而说"关雎麟趾"，到底不俗！"迓天休而滋至"，把男女洞房写得儒雅非凡，并且进一步阐明这是"立王化"的需要，真可谓大手笔也。

故宫文华殿联

张居正

四海升平　翠幄雍容探六籍
万几清暇　瑶编披览惜三馀

【赏析】

作者写皇帝读书学习的情形，与其说是称赞皇帝好学不倦，不如说是在劝勉皇帝注意读书。无论怎样去理解，此联总能被皇帝所赏识，并能避免居心不良的大臣的挑剔，成为臣僚在宫廷少数几副能留得住的题联。"籍"是仄声（入声）字，不能读平声。

故宫弘德殿联

乾 隆

得句因新意
耽书是宿缘

【赏析】

上联说出了文学创作和文学鉴赏中的一个重要原则,那就是立意新颖,不落俗套。所谓"新意"即指此。下联写自己非常爱好读书。读书的爱好实际上是经过长期熏陶培养而成的,作者则把爱好读书归结为"宿缘",即前生与书有缘。对此,我们不能照字面的意思去理解。诗的语言,锤炼到一定火候,便不可用逻辑思维来推敲,而应以形象思维去欣赏,对下联的理解也应如此。

故宫太极殿联

康 熙

以仁义为巢　凤仪阿阁
与天人合撰　象供宸居

【赏析】

此联写天下归附,兼议使归之道。以一禽一兽入联,顿使全联生出活泼之趣。仁义道德之类,本来是早就说烂了的老话,作者竟能翻出新意,足见匠心。把四方来朝的原因归结为"与天人合撰",儒雅之至!其实这就等于说是"秉承天意"。现在看来,这纯属无稽之谈,但在当时却被认定为不可移易的真理。"阁"是仄声(入声)字,不能读平声(阳平)。

故宫长春宫联

慈 禧

月傍九霄　众星齐北拱
山呼万岁　爽霭自西来

【赏析】

此联,写慈禧与群臣的关系,表达了慈禧在融洽的氛围中所产生的愉快心情。

"月傍九霄",表明夜空清朗,清辉满天。其实,这是在借皓月当空自喻独尊天下的显赫地位。接下来,以"众星齐北拱",亦即群星都朝向北斗,来比喻群臣都听命于朝廷。以上两句,慈禧以夜空的星月,形象而巧妙地说明了自己与群臣的关系,亦即"垂帘听政"的关系,同时还暗示了自己是皇权的实际执掌者的特殊身份。慈禧在写完宁静、高远、神秘的夜空之后,笔锋突然转向现实社会,"山呼万岁",极言呼声之高。"爽霭自西来",令人身心清爽的气息从西山飘来,写出了慈禧听到赞颂后的心情。

全联先写天上,再写人间;有景有情,清新畅快,与那些风格肃穆沉稳的宫廷楹联相比,更有情趣。

故宫景阳宫联

康 熙

颂启椒花　百子池边日暖
觞浮柏叶　万年枝上春晴

【赏析】

比和兴，是传统的文学创作手法。椒花开了，便想到子实繁衍；由子实繁衍，便会想到子孙满堂；由子孙满堂，便会想到承传延续。柏叶入杯，便想到枝叶繁茂的柏树，由枝叶繁茂的柏树，便想到万古长青，由万古长青，便想到帝业的永久不衰。以寻常小事起兴，连连设喻，表明作者时时处处都在牵挂着子孙与未来，因此也就使此联充满了无限希望与寄托。"日暖"和"春晴"，对塑造此联意境具有重要作用。由于有了日暖，百子池才得以沐浴在温暖的阳光下，百子池畔的百子，也才得以生活在温馨的环境中。由于有了春晴，万年枝才会繁茂葱郁，而大清帝国，也就显得愈加生机勃勃了。

故宫斋宫联

雍 正

一编金鉴怀无逸
五夜铜签警未央

【赏析】

此联以日常用品起兴，意在说明帝王要勤奋谨慎，而不要淫乐荒政。上联写照镜子的时候要想到借鉴古训，不要贪图享乐；下联写在听到报更点的时候，要想到珍惜时间，不要放任自流。从风格看，此联写得凝练而劲健；从内容看，积极上进，又与众多歌功颂德的宫楹联大不相同；从联意看，作者写的是晨起之时、入睡之际的两件事，可见此联是由朝乾夕惕铺叙生发而成。

故宫永和宫联

乾 隆

黄道呈祥　八表星环紫阙
青阳布泽　三阶日丽丹霄

【赏析】

此联描写举国上下的一派大好形势，犹如一幅艳丽的画卷，恰似一曲热情的颂歌。黄、紫、青、丹，尽情涂抹；天上、地下，灿烂辉煌。

故宫景仁宫联

乾 隆

春纪八千　和风翔寿宇
皇居九五　香露霭仙宫

【赏析】

此联写晚风与晨露，作者借题发挥而有所寄托。上联写风，是写寿宫（景仁宫）晚间的和风。夜晚，和风吹拂，使寿宫充满了吉祥的气氛。下联写露，是写仙宫（景仁宫）早晨的香露。清晨，花间的雾霭凝成了香露，浸润着仙宫的砖瓦栏阶，使仙宫平添了几分宁静和空灵。

上下联的首句，分写时间和地位；上下联次句中"风"和"露"相互衬托，揭示出全联赞美皇权的悠久和尊贵的主旨。

故宫文渊阁联（一）

乾　隆

荟萃得殊观　象阐先天生一
静深知有本　理赅太极涵三

【赏析】

乾隆皇帝嗜书，尝自称"或见奇书辄手抄"（故宫景福宫题联）。当时《四库全书》藏于文渊阁，联中所云即以此而发。上下联的首句极力称赞《四库全书》规模大（殊观）、质量好（有本）；上下联的次句则极言《四库全书》内容包罗万象。全联稳健儒雅。"一"是仄声（入声）字，不能读平声（阴平）。

故宫文渊阁联（二）

乾　隆

壁府古含今　藉以学资主敬
纶扉名副实　讵惟目仿崇文

【赏析】

作者除了称赞文渊阁藏书宏富之外，还讨论了藏书的意义。作者认为，藏书是一件雅事。但是，有藏书并不等于有学问。如果把藏书用来装点门面，那就大错特错了。藏书的意义在于利用藏书加强学习和修养，成为名副其实的有学问的人。全联议论恰到好处，末句的反问足令徒有虚名者汗颜。

金鳌玉蝀东桥联

赵　翼

玉宇琼楼天上下
方壶圆峤水中央

【赏析】

明清时期，是我国古典园林发展的晚期，造园家们所奉行的是"壶中天地"的造园原则。再现仙境，更是造园家们潜心追求的目标。此联虽写临桥所见，却也高度地概括了当时园林建构的精髓，在园林文化发展史上具有重要意义。

颐和园佛香阁联

佚　名

鉴映群形润万物
贯穿青琐带紫房

【赏析】

此联是联坛妙品。上联形容佛法广大，下联形容香气缭绕，全联则暗嵌"佛香"二字。上联写清，下联写风，全联则暗嵌"清风"二字。上联写清水泽被天下，下联写春风浩荡吹拂，全联则暗寓"皇恩"二字。

颐和园乐寿堂联

乾　隆

乐在人和　肯寄高闲规宋殿
寿同民庆　为申尊养托潘园

【赏析】

颐和园的乐寿堂，在乾隆时期属清漪园，是乾隆皇帝为庆祝他生母六十寿辰而修建的。此联为乾隆皇帝在乐寿堂建成之后题写的。联中表明清漪园的"乐寿"与赵构的"德寿"有本质的不同。清漪园的"乐寿"是由于在地理上确实是依山傍水，名副其实。

圆明园九州清晏殿联

乾 隆

所无逸而居　动静适征仁智
体有常以治　照临并叶清宁

【赏析】

作者提出了作为帝王应注意的四个方面：第一，在生活上，不能荒淫放荡；第二，行为举止，都要符合仁智要求；第三，治理天下，要体会上天运行的规律；第四，体察社会，使其更加清净安宁。将其悬于殿中宝座两侧，既用以自勉，也可激励群臣，奋发向上，以期携手共赴强国之途。

承德避暑山庄万壑松风联

纪　昀

八十君王　处处十八公　道旁介寿
九重天子　年年重九节　塞上称觞

【赏析】

出自清代著名学者和文学家之手的这副对联，抓住了时、地的景物特点，物以"松"为主体，人以"寿"为祝颂，构成了一幅"万壑松风""称觞介寿"的风物画。联内以"八十"对"十八"，又以"九重"对"重九"，这种颠倒对仗手法的运用，使全联在平白自然中见工巧，在严谨之中尽显飘逸。

山海关联

乾　隆

两京锁钥无双地
万里长城第一关

【赏析】

山海关是长城东端的重要关隘，位于今秦皇岛市，北依燕山，南临渤海，因此得名。这副对联便是对山海关简明扼要而又传神的介绍和描绘。"两京锁钥"说明山海关在军事上的极端重要性，突出了它扼守门户的特殊地位，由此引出了"无双地"的评价，有理有据。

太原明远楼联

张之洞

秋色从西来　雁门紫塞
明月几时有　玉宇琼楼

【赏析】

太原的明远楼，又称为贡院，是封建时代进行科举考试的地方。明清两代科举乡试的时间由唐代的春夏之交改在秋天八月进行，称为秋闱。这副对联就是由太原贡院的秋闱引发而写的。上联抓住了时、地的特点，给人以肃爽凝重的感觉；下联化用苏轼著名的中秋词《水调歌头》，这种"把酒问青天"和"高处不胜寒"的深沉思绪引发人们对仕途和人生的嗟叹。

南京秦淮河风月亭联

朱元璋

佳山佳水佳风佳月　千秋佳地
痴声痴色痴梦痴情　几辈痴人

【赏析】

作者将几多秦淮故事，隐于纸背，只拿出两挂珠玑示人，亦足以悦目抨心。地佳人痴，说尽了秦淮风月；妙词趣语，皆出自儿女情怀。联中"佳""痴"二字反复出现，此亦渲染手法，亦说明联家运笔灵活多变，不拘一格。

扬州史可法祠联

严问樵

生有自来文信国
死而后已武乡侯

【赏析】

此联用类比之法成联，令史可法与文天祥、诸葛亮二人相比肩，只字不言史公而句句言史公，是此联妙处。清人梁章钜评此联云："自是天造地设语，他有作者，不能出此范围"。

泰山极顶联

王讷

地到无边天作界
山登绝顶我为峰

【赏析】

泰山极顶，即泰山最高处。这副

对联可以说是别开生面，发人欲发而难发、欲抒而难抒之情。

高密郑康成祠联

金岱峰

微言守遗　当奉大师为表帜
实事求是　敢从二氏问薪传

【赏析】

郑康成祠即郑公祠，是为纪念东汉著名经学家郑玄在他的家乡高密郑公后店村而建的。这副对联分别对郑康成"微言守遗"地研究经学的治学精神和"实事求是"地研究经学的治学态度以及取得的卓著成就给予了充分的肯定，并称赞他为经学大师，无愧于学人的表率，认为他与著名学者马融、何休一脉相承，是经学史上里程碑式的人物。本联以事论人，立论有力，于工整的对仗中油然而生敬佩之情，取得了理与情相表里的艺术效果。

蓬莱蓬莱阁联

刘海粟

神奇壮观蓬莱阁
气势雄峻丹崖山

【赏析】

对联分咏蓬莱阁和丹崖山，赞美蓬莱阁"神奇壮观"，称颂丹崖山"气势雄峻"，字里行间透出一股壮美崇高之气，寄托了一股积极向上的情思。此中用语，铿锵有力，以论断式的评说表达强烈的感情，造就了"指点江山"的气势，不愧是丹青大家的手笔。

洛阳白马寺联

佚　名

风调雨顺
国泰民安

【赏析】

我国古代以农业立国，而农业收成的好坏，在很大程度上取决于天时，即所谓靠天吃饭。所以，人们企盼风调雨顺，天公作美，五谷丰登，生活幸福。而国泰，又是生活幸福的社会条件。一个是自然条件，一个是社会条件，缺一不可。该对联反映了千百年来广大劳动人民渴求美好生活的愿望，语言通俗易懂。

南阳武侯祠联

顾嘉衡

心在朝廷　原无论先主后主
名高天下　何必辩襄阳南阳

【赏析】

此联立意新颖，评说别开生面。作者告诉人们，诸葛亮对蜀汉忠心耿耿，"鞠躬尽瘁，死而后已"。诸葛亮功高北斗，名垂宇宙，是中国历史上的杰出人物。既然如此，又何必无休止地争论他的出生地是襄阳还是南阳呢？对联作者看大端而舍末节，见识高超脱俗。

诸葛亮

【赏析】

杜甫是伟大的现实主义诗人，被称为"诗圣"。忧国忧民，既维护国家民族的完整统一，又同情社会离乱状况下悲苦无告的百姓，是杜甫诗歌的主题。上联描写诗人爱国之志，下联表述诗人忧民之思。联语是对杜甫诗歌的概括总结，也是对杜甫品格的高度评价。诵联语，联想其诗，追忆其人。

岳阳楼联

佚 名

对月临风　有声有色
吟诗把酒　无我无人

南阳医圣祠联

沈济苍

勤求古训
博采众方

【赏析】

联语概括了医圣张仲景对医学的重大贡献，并说明这些成就来自他的"勤求"与"博采"，圣之为圣，是因为他倾注了全部身心和毕生心血。

巩义杜甫墓联

龚依群

以忠爱为心　国步多艰　匡时句出惊风雨
为生民请命　恫瘝在抱　警世诗成泣鬼神

【赏析】

上联写登上岳阳楼，临风赏月，有声有色，声色迷人。下联写把酒吟诗，心物交融，物我两忘。此景此情，何以写之？陶渊明《饮酒》诗"此中有真意，欲辨已忘言"，或可得之。联语八个动宾结构平仄成对，有节奏，有韵味。

广州黄花岗七十二烈士墓联

黄 兴

七十二健儿　酣战春云湛碧血
四百兆国子　愁看秋雨湿黄花

【赏析】

上联概括起义情况。革命党人攻打两广总督衙门，经过一昼夜激战，有七十二位健儿英勇地倒在血泊中。下联写国人对烈士的怀念。四亿同胞，面对秋雨黄花，无限沉痛，无限悲悼，无限怀念。秋雨，比喻黑暗统治势力。作者黄兴参加领导了广州起义，所以此联倾注了作者的感慨与哀思。

广州黄埔军校旧址联

佚 名

升官发财　请走别路
贪生怕死　莫入此门

【赏析】

1924年，孙中山创办了黄埔陆军军官学校，培养革命军事干部。这里"党纪似铁，军令如山"（黄埔军校另一楹联），是以革命为宗旨，培养革命人才的地方。想升官发财的人，请到别的地方去；贪生怕死的人，不要到这里来。联语阐明了黄埔军校的性质。议论从否定角度生发，用语通俗而令人肃然起敬。

德阳庞统祠联

佚 名

明知落凤存先帝
甘让卧龙作老臣

庞统

【赏析】

上联赞颂了庞统用生命保护刘备的壮烈义举，下联颂扬庞统让贤的高尚品格。全联着重从庞统的死来揭示其忠肝义胆，表现了作者对庞统的崇敬之情。

泸定桥联

朱 德

万里长征犹忆泸关险
三军远戍严防帝国侵

【赏析】

上联回忆了当年红军飞夺泸定桥的可歌可泣的英雄事迹；下联告诫戍边的人民解放军官兵，一定要时刻警惕，严防帝国主义的侵略。全联居安思危，语重心长，表现了朱德同志高瞻远瞩的宽广胸怀。

凤阳大龙兴寺联

朱元璋

大肚能容　容天下难容之事
开口便笑　笑世间可笑之人

【赏析】

此联悬于北京潭柘寺、扬州天宁寺天王殿等多处，是颇具影响的一副对联。大旨是面对胖弥勒祀像转移感情，把作者情感移入祀像，加以形容，使之与观众、读者沟通。联语整体妙在发挥了"移情"的作用，又具体运用了"顶真"的技巧，显得音调铿锵而格调乐观，并能给人以人生哲学方面的思考。

杭州岳飞墓联

徐氏女

青山有幸埋忠骨
白铁无辜铸佞臣

【赏析】

此联直抒胸臆，淋漓尽致地抒发了人们爱憎分明的感情，表达了国人对民族英雄的无比崇敬和怀念，及对卖国贼的无比憎恨，有着深刻的思想内容。

山海关孟姜女庙联

文天祥

秦皇安在哉　万里长城筑怨
姜女未亡也　千秋片石铭贞

【赏析】

这副对联充满了感情，爱憎鲜明。上联说，秦始皇如今在哪里呢？他因为修筑万里长城而被人民怨恨；下联说孟姜女并没有死啊，望夫石上铭刻着她的忠贞，流传千秋。

楚霸王爱妾虞姬联

倪元璐

虞兮奈何　自古红颜多薄命
姬耶安在　独留青冢向黄昏

虞姬

【赏析】

项羽被汉军围困在垓下（今安徽

灵璧南）时，哀叹大势已去。项羽歌罢，虞姬以歌和项羽。上下联平顶，巧嵌"虞姬"二字。全联描写虞姬红颜薄命，情景凄凉。

川南雪山关联

蔡锷

是南来第一雄关　只有天在上头
许壮士生还　将军夜渡
　　作西蜀千年屏障　会当秋登绝顶
看滇池月小　黔岭云低

【赏析】

蔡锷将军于1916年率护国军北上讨伐袁世凯，从云南经黔西，后上川南古蔺边境的雪山关（海拔1800多米）。当时天刚亮，蔡将军回首南眺，只见烟波飘渺，黔岭云横，感慨之余，挥笔撰出此联，后由当地县令书刻于关口小庙石柱上。

湖北石首秀林山刘备与孙夫人合祠联

佚名

锦绣江山　半壁雄心敌吴魏
风云儿女　千秋佳话掩甘糜

【赏析】

上联描写刘备抗击吴、魏的雄心壮志，下联描写刘备与孙夫人同甘共苦的真挚感情，全联重点是描写刘备的情与志。

陕西咸阳荆轲墓联

佚名

身入狼窝　壮士匹夫生死外
心存燕国　萧寒易水古今流

【赏析】

此联写荆轲带着秦逃亡的将军樊於期的头和夹有匕首的督亢（今河北易县、涿州市、固安一带）地图，作为进献秦王的礼物。献图时，图穷匕首见，他刺秦王未遂，而被杀死。此联高度概括出荆轲的胆略以及荆轲豪迈的壮士气概。

浙江府贡院联

阮元

下笔千言　正桂子香时　槐花黄后
出门一笑　看西湖月满　东浙潮来

【赏析】

　　贡院是科举进行乡试的场所，在此考试被选中的则为"举人"，即常说的"中举"，其考试时间在秋季。此联首先点出时间为"桂子香时，槐花黄后"，正是"下笔千言"抒怀写意的好时节；接着又写"出门一笑"，喜看"西湖月满，东浙潮来"，实际是对入场考生的激励和鼓舞，以"月满"喻称心，以江潮喻心潮。作者措辞典雅，诗意浓郁，实为佳联。

北京通州运河河楼联

程德润

　　高处不胜寒　溯沙鸟风帆　七十二沽丁字水

　　夕阳无限好　对燕云蓟树　百千万叠米家山

【赏析】

　　上联写水道纵横多如"丁字"形，"高处不胜寒"用苏轼词句，以衬河楼之高，以沙鸟飞鸣、风帆高悬勾勒出极目远眺的河中之景，境界开阔辽远，有着水天一色的绘画效果。下联"夕阳无限好"用李商隐诗句，以夕阳、白云、绿树、青山组合成一幅色彩纷呈而又井然有序的立体画卷。此联巧借古句，以抒己意，落笔破题，明心见志，给人以极美的观感和极深的印象。

浙江杭州云栖寺联

苏洵

　　水自石边流出冷

　　风从花里过来香

【赏析】

　　作者将诗意的感受"冷"和"香"藏于具体可感的形象之后，透过审美媒介"水自石边"和"风从花里"，以唤起读者的自我想象，从而使人们不得不叹服"流出冷""过来香"确是极具韵味的神来之笔。

南京莫愁湖胜棋楼联

朱元璋

　　世事如棋　一着争来千古业

　　柔情似水　几时流尽六朝春

【赏析】

　　相传明太祖与徐达曾在此下棋，朱元璋输后便将湖送给徐达。此联表现了朱元璋取得天下后的欣喜与感慨。上联以棋局喻世事，以棋高一着可胜论述自己成功的原因，寓庄于谐，得意之情溢于言表。三国的吴，东晋，南朝的宋、齐、梁、陈都在南京（旧称建康、建业）建都，历史上合称"六朝"。下联以湖水喻柔情，在感叹江山兴废无常的同时，也表现了封建帝王在强悍之外也有几分柔情。

湖南岳阳楼联

李东阳

吴楚乾坤天下句
江湖廊庙古人情

【赏析】

"天下句",指杜甫《登岳阳楼》诗"吴楚东南坼,乾坤日夜浮"句,范仲淹《岳阳楼记》中有"居庙堂之高,则忧其民;处江湖之远,则忧其君"的句子。表现了无论从政还是退隐,均忧国忧民的感情。联语借古人诗文,抒自己心志,给人印象极深。

山东曲阜孔府联

李东阳

与国咸休　安富尊荣公府第
同天并老　文章道德圣人家

【赏析】

上联写"公府第"生活安定,家资充裕,地位崇高,与国家同享福禄。下联写"圣人家"的"文章道德",即指孔子创建的儒学精神,将万古流传,与天下同存。此联语意深沉,气度非凡,极切孔府。更有趣的是联语后由纪昀书出,他故意将"富"字上面的一点漏写,而又将"章"字下面的一直穿过"日"字,与上面"立"字的一点相连,其意蕴为"富贵无头""文章通天"。

浙江杭州于谦祠联

王守仁

赤手挽银河　公自大名垂宇宙
青山埋白骨　我来何处吊英贤

【赏析】

"赤手"强调于谦孤军奋战、赤胆忠心的可贵品格。"挽银河"喻消除战乱,拯救社稷。"公自"句化用杜甫"诸葛大名垂宇宙"句意,表达了对于谦功绩的敬重之意。因于谦被害之后尸骨易地,所以下联发出了"何处吊英贤"的慨叹,这既是对于谦被诬惨遭英宗杀害的愤懑与不平,也含有对于谦的英魂长留于青山的颂扬之意。全联语浅意深,感叹之情溢于言表。

广东广州萝岗寺联

海 瑞

石磴泉飞山愈静
洞门云掩昼多阴

【赏析】

上联采用虚写有声的手法，万籁俱静而偶有声响作反衬，显出山间更加幽寂。下联写山洞的高深，用白云掩洞的具体形象描绘了洞穴的清幽。全联突出了禅寺超尘绝世的意境。

杭州吴山极目阁联

徐 渭

八百里湖山　知是何年图画
十万家烟火　尽归此处楼台

【赏析】

作者大气磅礴地抒发了自己的所见和所思。所见即上联的发问：八百里的湖光山色，是何年造物主画就？所思即下联的结论：十万家的袅袅炊烟，置身此处楼台一目了然。赏读此联引人遐想，使人兴味盎然。

曹娥孝女庙联

徐 渭

事父未能　入庙倾诚皆末节
悦亲有道　见我不拜也无妨

【赏析】

上联指出：既然你没有侍奉父亲的孝心，那么来此倾尽诚心烧香礼拜，不是本末倒置吗？下联代曹娥而言：如果你真有办法使双亲得到欢愉，那么见了我也用不着顶礼膜拜了。此联借孝女曹娥之口，无情地揭露了假道学的虚伪本质，讽刺了淡薄的世态人情，构思新颖，发人深思。

泰山岱庙联

赵 翼

云行雨施　不崇朝而遍天下
理大物博　祖阳气而发东方

【赏析】

上联通过泰山云动雨落而顷刻润遍天下，说明其对化育万物的神奇作用。下联则以统领万物、治理天下的"王者"比喻泰山，进一步说明东方的泰山为春天阳气之所出，从而使世间万物得以萌生。

题嵩山少林寺联

乾 隆

玉岫香云开法界
珠林花雨静禅心

【赏析】

嵩山为佛教圣地。此联阐说佛教经义，以丽句演绎佛理，乾隆帝文采于此可见一斑。

题广州西樵山仓颉祠联

海 瑞

干国家事
读圣贤书

海瑞

【赏析】

　　仓颉，相传为黄帝史官，汉字首创者。此联颂扬仓颉，而八字言明自己志向，非持身廉介之海刚峰，不能为之。

题 赠

题官署联

余 玠

一柱擎天头势重
十年踏地脚根牢

【赏析】

　　此联是余玠初到任时，为行署大门撰写的。"一柱擎天"比喻可担负重任的栋梁之材。"头势"，指形势。"踏地"即"脚踏实地"之略语，指做事稳健踏实，不浮夸。此联的横额为：靠实功夫。横额与联语相互烘托，更见其诚实之态度、扎实之政务、务实之精神。

书巢联

陆 游

万卷古今消永日
一窗昏晓送流年

【赏析】

　　陆游，浙江绍兴人，南宋爱国诗人。作者酷爱读书，孜孜不倦，废寝忘食，将自己住室取名"书巢"，并题此联。联语正是作者一生"读书有味身忘老"的生动写照。

江西庐山白鹿洞书院联

朱 熹

日月两轮天地眼
诗书万卷圣贤心

【赏析】

联语以日月作喻,将明亮的太阳和皎洁的月亮喻为天地的眼睛,时时刻刻注视着人们的一举一动,为此,做人要襟怀坦白,光明磊落。这个比喻新颖独到,有深刻的立意。下联劝勉人们只有读万卷诗书,方能领会圣贤之心,即聆听圣哲贤达的有益教诲,以增强自身的修养。

朱熹

赠徐达联

朱元璋

破虏平蛮　功贯古今人第一
出将入相　才兼文武世无双

【赏析】

徐达是明初名将,为灭元兴明立了首功。朱元璋夸赞说:"受命而出,成功而旋,中正无疵,昭明乎日月,大将军一人而已。"上联是对徐达功勋的高度评价。下联是对其"才兼文武"的深情称颂。联语用词准确,气势不凡,褒扬备至,笔力雄健。

书院联

顾宪成

风声　雨声　读书声　声声入耳
家事　国事　天下事　事事关心

【赏析】

上联形象地描绘出自然界的风雨声与朗朗的读书声交织在一起的情景;下联表现了明代东林党人反对"读死书""死读书",而提倡"事事关心"的政治抱负。上联的"风声""雨声"为双关语,兼指自然界的风雨和政治上的风雨。这就使得此联的含意更加深刻。

自励联

胡寄垣

有志者事竟成　破釜沉舟　百二秦关终属楚
苦心人天不负　卧薪尝胆　三千越甲可吞吴

【赏析】

破釜沉舟最早见于《孙子·九地》:"焚舟破釜,若驱群羊而往。"西楚霸王项羽曾用此法,置之死地而后生,大败秦兵。春秋时越王勾践战败,以"卧薪尝胆"刻苦自励,志图恢复打败吴国。此联用熟语,用典故,对仗工整,结合自然,寓意深刻,充分表现了作者坚韧不拔的意志和百折不挠的毅力。

诚实做人联

魏象枢

欺人如欺天 毋自欺也
负民即负国 何忍负之

【赏析】

上联明确指出，做人应当诚实，不可欺瞒行世，否则"进学不诚则学杂，处事不诚则事败，自谋不诚则欺心而弃己，与人不诚则丧德而增怨"。古人云："国以民为本，民安则国安。"下联强调居官不可辜负民众的期望，严正指出"负民即负国"。作者用"毋自欺也""何忍负之"警策自己，表现了难能可贵的进步思想。

墨竹联

郑　燮

虚心竹有低头叶
傲骨梅无仰面花

【赏析】

上联借竹叶向大地下垂，竹内空心，言其虚心，喻指谦逊自尊的品格。下联以画面上用巧思之笔绘出的花蕊不向上之梅花，言其傲骨，比喻决不逢迎权贵，不屈从强权的傲岸性格。此联既是所绘墨竹、梅花的形象写照，又是作者自己人格、精神、情操的生动体现，构思巧妙，寓意深远，有较强的感染力。

慎思堂联

吴敬梓

读书好　耕田好　学好便好
创业难　守业难　知难不难

【赏析】

联语指出从事任何职业都有前途，关键是要精通它；做任何事都会遇到困难，重要的是要知难而进，勇于克服困难。联语巧用复字，将生活中易被忽视的道理，用浅显明白的语言表现得十分透彻，读来令人"慎思"。

自题联

左光斗

霁月光风在怀袖
白云苍雪共襟期

【赏析】

此联自题，用以抒怀言志。"霁月光风"，本用以形容雨过天晴的明净景象，后用以比喻人的品格气度。上联激励自己应有广阔的胸襟和坦荡的心怀。"襟期"，指抱负，志愿。下联砥砺自己的志向要像白云苍雪那样明净而不染。联语设喻抒怀，意味隽永，实为作者高风亮节的生动写照。

自警自励联

袁崇焕

心术不可得罪于天地
言行要留好样与儿孙

【赏析】

上联指出道德修养应当高尚，做人必须坦诚磊落。《管子·五辅》云："为人父者慈惠以教。"下联指出为人处世应严以律己，给后代儿孙树立可以学习效仿的榜样。袁崇焕悲壮的一生，证明此联正是作者品德与情操的写照。他也因其高风亮节而受到后人的推崇和敬重。

题赠屈复联

金埴

兰畹骚翁为远祖
梅花仙客定前身

【赏析】

屈复游浙江时，与金埴相见于杭州，两人一见如故，相互称许。屈复有意定居西子湖畔，故吟"此生安得西湖死，添个梅花处士坟"。联语暗隐"屈复"二字，上联"兰畹骚翁"指屈原，与其同姓，故"为远祖"。"梅花仙客"与屈复诗"梅花处士"同为一人，即北宋诗人林逋，字君复，下联用以代指"复"字，并借屈复诗意，称"梅妻鹤子"的林逋早已为其"定前身"。联语切人切事，周至自然。

赠好友纪昀联

刘墉

两登耆宴今犹健
五掌乌台古所无

【赏析】

这是刘墉为纪昀所住的阅微草堂而题。"耆宴"指乾隆举办的两次千叟宴，纪昀也两次参与盛会。"乌台"即御史台，清代称都察院，是最高监察机构。史载纪昀曾五任左都御史。联题阅微草堂，作者确实"阅微"，抓住生活中特有的细节，以"今犹健""古所无"对好友表示钦敬和祝福。"浓墨宰相"题联赠"谐联大师"，着实有趣。

赠赵翼联

刘墉

务观万篇　半皆归里作
启期三乐　全是达生言

【赏析】

赵翼是著名诗人、史学家，官至贵西兵备道，后辞官归里，潜心著述，以文著称。陆游号务观。上联用陆游一生近万首诗多半是归里所作比赵翼。下联用庄子达生喻赵翼清静自娱，祝其长寿。春秋时荣启期曾说："吾得为人，一乐也；吾得为男，二乐也；吾年九十，三乐也。"风流倜傥、才华横溢的赵翼著述颇丰，年近九十而终。

赠魏成宪联

阮元

两袖清风廉太守
二分明月古扬州

【赏析】

御史魏成宪出使扬州时，阮元书赠此联送行。明代名臣于谦有诗云："清风两袖朝天去，免得闾阎话短长。"上联寄语魏成宪，到扬州任职要谨慎自律，做一个"廉太守"。唐代诗人徐凝《忆扬州》诗有"天下三分明月夜，二分无赖是扬州"句。下联表面写扬州风光秀美，实则以扬州富足繁荣，劝勉魏成宪要更加注意，万不可奢靡，当让面前"清风"常拂，心中"明月"永照。

论读书学习联

张廷济

读书心细丝抽茧
练句功深石补天

【赏析】

张廷济，浙江嘉兴人，清代收藏家。此联用蚕结茧抽丝及女娲炼五色石补天为喻，生动地说明读书须心到、作文应练功的道理，构思巧妙，设喻精当。

赠忘年之交联

包世臣

读古人书
友天下士

【赏析】

联语既是对传统治学、处世之道的高度概括，也是作者亲身实践所获经验的凝练总结。包世臣作为长者，以此精辟深邃之语赠年轻朋友，充满了真挚诚恳的殷殷激励之情。

劝学联

颜真卿

黑发不知勤学早
白首方悔读书迟

【赏析】

颜真卿，陕西西安人，唐开元进士，官至吏部尚书，书法家。此联摘自其《劝学》诗，已成为广泛流传的劝学联。"黑发"指少年，"白首"喻老年。两者对比鲜明，告诫人们要珍惜青春，刻苦学习，奋发向上，"莫等闲白了少年头，空悲切"，到时悔之晚矣。

颜真卿

自题联

林则徐

海纳百川　有容乃大
壁立千仞　无欲则刚

【赏析】

　　上联以"海纳百川"作喻，告诉自己应当谦虚谨慎，胸怀宽广，广泛听取各种不同的意见。下联以"壁立千仞"为喻，勉励自己要抛却私欲，做个正直坚强、刚直不阿的人。上下联的最后一字，是用孟子"其为气（吾善养吾浩然之气）也，至大至刚"的语意。此联正是林则徐精神品格之写照。其气概不凡，操守可嘉。

赠魏源联

龚自珍

读万卷书　行万里路
综一代典　成一家言

【赏析】

　　龚自珍，浙江杭州人。清道光年间的进士，思想家、文学家、近代改良主义的先驱者。此联赠好友魏源。上联用古人成句，寓含读书要联系实践的道理。下联指出做学问要在综合前人典籍的基础上，融会贯通，去伪存真，努力有所发现，然后自树其帜，"成一家言"。

赠毛泽东主席联

齐白石

海为龙世界
云是鹤家乡

【赏析】

　　以大海作为龙的世界，将云天视为鹤的家乡，比喻奇妙，出语雄健，

韵味浓郁，形象传神。

赠蒋经国联

于右任

计利当计天下利
求名应求万世名

【赏析】

　　此联不仅阐明了"利""名"二字的内涵，并晓以"天下""万世"之理，表达了以民族利益、国家前途为重的思想和感情。廖承志同志致蒋经国先生的信中，曾引用此联。

自题联

熊亨翰

读万卷书　还需行万里路
享百年寿　何如作百世师

【赏析】

　　上联将司马迁的治学经验"读万卷书，行万里路"略作改动，寓含学习革命理论更需结合革命实践的道理。下联说不管活多大岁数，也不如当一个培育栋梁之材的教育家。此联赋予旧词以新的思想内容，也表现了作者古为今用、推陈出新的非凡才能。

湖南长沙天心阁联

叶圣陶

天高地迥
心旷神怡

【赏析】

　　叶圣陶，江苏苏州人，著名作家、教育家。上联语出王勃《滕王阁序》："天高地迥，觉宇宙之无穷。"下联语出范仲淹《岳阳楼记》："登斯楼也，则有心旷神怡，把酒临风，其喜洋洋者矣。"联借嵌"天心"二字，引此两句寓指天心阁有滕王阁"觉宇宙之无穷"之气势，登楼则让人有"其喜洋洋者矣"的心境，全联看似信手拈来，若不将名篇名句烂熟于心，岂能如此自然贴切？

自题联

朱自清

但得夕阳无限好
何须惆怅近黄昏

【赏析】

　　朱自清，江苏扬州人，诗人、文学家。此联借用唐代李商隐"夕阳无限好，只是近黄昏"诗句，反其意而成。作者改铸旧句，赋以新意，充分表现了他热爱生活、积极乐观的心态。

挽莫愁联

易君左

与尔同销万古
问君能有几多

【赏析】

　　上联出自李白诗《将进酒》，下联出自李煜词《虞美人》，均将最后一个"愁"字去掉，意正为"莫愁"，恰为被挽者芳名。尤令人叹服者，是情注乎中，悲溢于外，引人共鸣，感人至深。

抗美援朝书画义卖展览会联

刘少奇

唇亡齿寒　辅车相依
披发缨冠　众志成城

【赏析】

　　上联出自《左传·僖公五年》，"辅"为颊骨，"车"为齿床。两个成语均喻利害关系，十分密切。下联"披发缨冠"出自《孟子·离娄下》，形容因急迫而来不及整容。"众志成城"语出《国语·周语下》，意为万众一心，像坚固的城堡一样不可摧毁，喻团结一致，力量无比强大。此联由四个成语组成，气势雄浑，含意精深，极有鼓舞性，一时传为佳话。

为中华崛起而读书联

何殿甲　周恩来

不为列强之奴仆
誓做中华之主人

【赏析】

少年周恩来曾被四伯父从江苏淮安接到辽宁沈阳，进东关模范学校读书。暑假期间，周恩来常去同学何履祯家温课。何履祯的爷爷何殿甲，是位富有正义感的博学之士。他见周恩来谈吐得体，举止不凡，便出了"不为列强之奴仆"这个上句，要周恩来对出下句。周恩来被老人忧国忧民的精神所感动。他想到自己立志"为中华之崛起而读书"的誓言，当即便以"誓做中华之主人"的豪言壮语相对，表现出了聪明的才智、高尚的情操、远大的理想和坚定的信念。何殿甲老先生听罢，含泪赞道："周生年少而有大志，奇才，奇才！"

教人处事读书联

周恩来

与有肝胆人共事
从无字句处读书

【赏析】

古人以"肝胆相照"谓朋友间真诚相待。上联所说的"有肝胆人"，即有崇高理想、远大抱负、刚毅性格、勇敢精神、正义感的人。无数事例说明，与这样的人共事，在任何情况下，都可以同甘共苦，为实现共同的目标而并肩战斗。下联论述了实践出真知的读书之道。即读书不可忽视社会实践的大课堂，必须在实践中增长知识和才干。事实证明，善读书，不唯书，把"有字书"与"无字书"结合起来读，是丰富知识，取得成果的重要准则。此联讲处世之道，谈读书之理，言简意赅，催人奋进。

题船山土室联

王夫之

清风有意难留我
明月无心自照人

【赏析】

王夫之于明亡后隐居于衡阳石船山，此联表明其气节。上下联首的"清""明"即代指清朝、明朝。

赠孙中山"同盟会"联

章太炎

有志者　事竟成　济河焚舟　十万秦师终入晋
苦心人　天不负　卧薪尝胆　三千越甲足吞吴

赠王起联

夏承焘

三五夜月朗风清　与卿同梦
九万里天空海阔　容我双飞

【赏析】

上下联前半句起铺垫作用，表现主题着重在后半句。"与卿同梦"，写所想一致，所谓心有灵犀是也。"容我双飞"，写志存高远。我，复指我们。二人都在万里长空翱翔，共达理想境界。情真意切，是该联最大特点。

【赏析】

上联用春秋时秦国将领孟明视渡河焚舟，终胜晋国的故事。下联用越王勾践卧薪尝胆、励精图治终灭吴国的故事。

自题联

恽代英

日出而作　日入而息
各尽所能　各取所需

【赏析】

上下联分别集自《乐府诗集·击壤歌》和马克思的《哥达纲领批判》。联语充分表达了作者对共产主义事业的坚定信念，及其为之奋斗不息的可贵精神。

赠汤增璧联

黄兴

立节可为千载道
成文自足一家言

【赏析】

上联讲节操，称汤增璧人品高尚；下联讲文才，称其文章自成体系。立节：树立品节。一家言：有独特见解、自成体系的论说，司马迁《报任安书》中有"亦欲以究天人之际，通古今之变，成一家之言"之句。

行业

开明书店联

佚 名

开来而继往
明道不计功

【赏析】

开明书店创建于 1926 年，是当时的六大书店之一。联语嵌店名，寥寥十字即概括了该店的特点和奉献精神。下联出自《汉书·董仲舒传》："正其谊不谋其利，明其道不计其功。"

旧时文具店联

佚 名

自古三端轻武库
而今四宝重文房

【赏析】

四宝指笔墨纸砚，古称文房四宝。三端语出《韩诗外传》，指文士笔端、武士锋端、辩士舌端。

旧时刻字店联

佚 名

六书传四海
一刻值千金

【赏析】

六书即六体，《汉书·艺文志》："六体者，古文、奇字、篆书、隶书、缪篆、虫书，皆所以通知古今文字，摹印章，书幡信也。"下联截取苏轼诗"春宵一刻值千金"，取"刻"字的动词意义，有移花接木之妙。

画店联

佚 名

天外江山来笔底
胸中丘壑写毫端

【赏析】

联语切合中国书画的笔墨精神和传统题材。

治印家常用联

佚 名

铅椠刀笔古所有
金石刻画臣能为

【赏析】

此联作者一说为吴昌硕，一说为齐白石。化用李商隐《韩碑》诗"愈拜稽首蹈且舞，金石刻画臣能为"句成联。

西湖绿杨茶社联

佚 名

桃花潭水汪伦宅
芳草斜阳孙楚楼

【赏析】

取李白"桃花潭水深千尺,不及汪伦送我情","朝沽金陵酒,歌吟孙楚楼"的诗意。孙楚是晋代名士,才华横溢。

天心阁茶社联

佚 名

天下有情人　都成眷属
心头无限事　齐上眉梢

【赏析】

在上下联之首嵌入"天心"二字,这种形式称为鹤顶格。

武昌戏院联

佚 名

底事干卿　风吹皱一池春水
多情笑我　浪淘尽千古英雄

【赏析】

《雪浪斋日记》中记载,冯延巳作《谒金门》,中主李璟戏曰:"吹皱一池春水,干卿底事?"对曰:"未若陛下,'细雨梦回鸡塞远,小楼吹彻玉笙寒'也。"上联用此故事。下联由苏轼《念奴娇·赤壁怀古》句化来。

酒业戏台联

佚 名

正值柳梢青　乍三叠歌来　劝君更尽一杯酒
如逢李太白　便百篇和去　与尔同销万古愁

【赏析】

上下联后段都为唐诗诗句。以"李太白"对"柳梢青"构思尤为精巧。

北京老字号仁和酒厂联

佚 名

莲比君子　菊咏高士
仁登寿域　和跻春台

【赏析】

　　莲比君子：宋周敦颐《爱莲说》誉莲为花之君子。菊咏高士：晋陶渊明爱菊，并作有多篇咏菊诗文。"高士"即隐者。仁登寿域：取《论语·雍也》中的"知者乐，仁者寿"之意。和跻春台：由《老子·上篇》"众人熙熙，如享太牢，如登春台"化来。上联隐指该厂名产莲花白、菊花白，下联嵌厂名"仁和"二字。

旧时剪刀店联

佚　名

剪将淞水
快若并州

【赏析】

　　杜甫的《戏题王宰画山水图歌》中有这样一句诗："焉得并州快剪刀，剪取吴淞半江水。"联语由此化来，切合行业特点，有简捷之妙。

旧时豆腐店联

佚　名

一肩担日月
双手转乾坤

【赏析】

　　日月：当时的豆腐有黄白两色（黄色系用黄栀子水浸过），一黄一白，故以日月作比喻。转乾坤指推磨。

饭店佳联

佚　名

充饥不必图画饼
止渴何须望梅林

【赏析】

　　此联分别关合"吃""喝"。虽用两个典故，却都家喻户晓，质朴而有文采，通俗而又含蓄。

茶馆佳联

佚　名

佳肴无肉亦可
雅谈离我难成

【赏析】

　　该联运用对比手法，强调饮茶的作用，晓人以理，动人以情。上联由局外之人说无肉可制佳肴，冷静客观；下联用第一人称道出离茶难成雅谈，亲切自然。"亦可""难成"，措辞虽然委婉，态度却颇肯定。

邮电局佳联

佚　名

送佳音飞骑连万户
报喜讯银线达九州

【赏析】

　　这是一副邮电局的佳联。上联写邮递对象之多，遍及千家万户；下联写通话范围之广，直达九州各地。全联以"佳音""喜讯"反映祖国蒸蒸日上，人民安居乐业；以"飞骑""银线"比喻邮车轻便迅捷，话线畅通无阻。词语中充满热爱本职工作，服务四方顾客的自豪感。

婚姻介绍所佳联

佚 名

欣当月老牵赤线
乐作红娘搭鹊桥

【赏析】

这是一副不可多得的婚姻介绍所佳联。使用典故，自然恰当，作者信手拈来，读者过目难忘。

眼镜店佳联

佚 名

不是胸中存灼见
如何眼底辨秋毫

【赏析】

此联由眼镜可以矫正视力的常识，引发出人类须有真知灼见的道理，既富教益，又很有趣。两句为流水对，意脉颇为连贯；运用反问语气，尤能令人深思。

题工厂联

佚 名

龙飞腾　捷报传四海
虎生翼　奇迹扬五洲

【赏析】

龙腾虎跃，"捷报""奇迹"频传四海五洲，何等激动人心。个别对仗、平仄失调。

题工业战线联

佚 名

独木难撑大厦
众志可夺天工

【赏析】

此联道出万众一心，才能创造人间奇迹；否则，就像独木那样，是难以支撑大厦的。上下联以比喻对比手法，突出"众志"之重要性。

题工厂联

佚 名

树雄心　实现祖国四化
立壮志　攀登世界高峰

【赏析】

此联对杖工整，其雄心壮志可见一斑。

成都青城山茶园联

佚 名

河声岳色精神在
虎仆龙宾左右偕

【赏析】

此联准确地反映了青城山的特色。

生意兴隆联

唐寅

生意如春意
财源似水源

【赏析】

此联比喻生动贴切，将生意兴旺比作春意无限，把财源充盈比作水源无尽。喻体浅明，雅俗共赏。"生意"又别解为"生机"，与"春意"联系极其自然。商家货币周转有如流水，以"水源"相喻，十分恰当。

题某餐馆联

佚 名

宰天下有如此肉
治大国若烹小鲜

【赏析】

此联语气不凡，很切题意。

裁缝店联

杨士奇

金针引动独龙行
银剪裁开双凤舞

【赏析】

"金针"，传为织女所赠，得之手艺更精。"独龙行"一喻针线飞动，二喻穿针引线人手动自如。"双凤舞"一喻布剪开之形状，二喻裁布缝衣者动作漂亮潇洒。联语形象鲜明，措辞生动，想象丰富，极切裁缝的职业特点。

题理发店联

董邦达

相逢尽是弹冠客
此去应无搔首人

【赏析】

上联用"弹冠相庆"之典，联指脱帽理发。下联的"搔首"本指挠头。

《诗经·邶风·静女》中有这样一句："爱而不见，搔首踟蹰。"联以"无"字，意为不再烦闷而感到欣喜。联语诙谐风趣，既切理发特点，又寓乐观之情。

榨油联

陶澍

榨响如雷　惊动满天星斗
油光似月　照亮万里乾坤

【赏析】

陶澍少年时，曾为村中新盖的榨油坊撰写此联。上下联第一字为"榨油"，属鹤顶格嵌字联。此联点题明确，用语贴切，气势不凡。

糖果店佳联

佚名

沉李浮瓜添雅兴
望梅剥枣佐清淡

【赏析】

本联列举四种干鲜果品，经销商品使人一目了然。上联袭用曹丕语，下联化用曹操事（望梅止渴），使得作品含蓄凝练，别开生面。

照相馆佳联

佚名

今日留影取姿随便
他年再看其乐无穷

【赏析】

照片是主人往日形象与生活的真实再现与反映，能勾起人们的美好回忆与无限遐思。此联紧紧抓住这一特征，吸引顾客，招揽生意。上联嘱咐留影"取姿随便"，意在打消顾客的顾虑；下联断言再看"其乐无穷"，旨在鼓励人们拍照。全联通俗易懂，平实自然。

商业通用佳联

佚名

经营不让陶朱富
贸易长存管鲍风

【赏析】

这是一副商业通用佳联。上联称道经营致富，下联提倡商业道德。此联将管鲍友情引入经贸领域，确有脱胎换骨之妙。

管仲

中药店佳联

佚 名

神州到处有亲人　不论生地熟地
春风来时尽著花　但闻藿香木香

【赏析】

这副对联情真意切，感人肺腑。上联说明店主待顾客的态度：将客人视为亲人，急其所难。下联表达店主对病人的祝愿：药到病除，恢复健康。全联巧嵌药名，一语双关。

保险公司佳联

佚 名

有物皆可保无虞
是灾便能险化夷

【赏析】

该联第五个字分别嵌以"保""险"，属于"嵌字格"中的"鹤膝格"。上联宣传"有备无患"的道理，一个"皆"字说出了保险项目之多；下联介绍"逢凶化吉"的功能，一个"便"字讲明了保险信誉之高。

文具店佳联

佚 名

放眼橱窗尽是文房四宝
兴怀风雅广交学海众儒

【赏析】

本联首先介绍经营项目——琳琅满目者尽是文房四宝，然后说明经营目的——店主与顾客广交学海众儒。主题明确，格调高雅。

灯具店佳联

佚 名

光耀九天能夺月
辉煌一室胜悬殊

【赏析】

本联抓住灯具特征，突出表现灯光之亮。"九天能夺月""一室胜悬珠"的大胆夸张，确能给人留下深刻印象。

乐器店佳联

佚 名

韵出高山流水
调追白雪阳春

【赏析】

音乐是人类智慧的结晶，也是人类文化生活的重要内容。店主把顾客视为自己的知音，盼顾客奏出美妙的乐曲，亲切感人，格调高雅。

化妆品店佳联

佚 名

淡浓随意着
深浅入时新

【赏析】

此系化妆品店佳联，却未出现化妆品名，委婉含蓄，不落俗套。上联袭用典故，以美女西施比喻化妆之人，令人欣喜；下联化用典故，由作品合适反归化妆入时，富有新意。

陶瓷店佳联

佚 名

硗硗难免于缺
皦皦却能不污

【赏析】

这副对联抑扬有致，寓意深刻。上联承认陶瓷"难免于缺"的短处，下联说明陶瓷"却能不污"的长处；上联提醒人们勇于承认自身不足，下联鼓励人们出于污泥亦应不染。辩证写来，启人联想。

珠宝店佳联

佚 名

珠光腾赤水
宝匣蕴蓝田

【赏析】

该联嵌珠宝二字，属于"鹤顶格"，经营项目，一目了然。赤水之珠，蓝田之玉，一虚一实，摇曳多姿。

自来水厂佳联

佚 名

但得穷源溯流法
所居廉泉让水间

【赏析】

此联既流露了厂方探源溯流、开辟良好水源的赤诚之心，又表达了他们希望家家户户都喝上甘泉的美好愿望，读之颇受教益。

火柴厂佳联

佚 名

光学根诸燧氏
华风化及焠儿

【赏析】

本联追溯火柴起源，其重要作用不言而喻。句首嵌以"光华"二字，火柴功用、特征极为概括；句末人名、物名自然而对，亦为人们称道。

伞店佳联

佚 名

看我当头撑掩盖
赖君妙手护跳珠

【赏析】

这副对联运用拟人手法，以伞的口吻写出。先是自夸——当头之上，为人遮盖；后是夸人——妙手相撑，方可护雨。全联自信而不狂傲，自谦却不谄媚，恰到好处，生动有趣。

扇子店佳联

佚　名

右军五字增声价
诸葛三军听指挥

【赏析】

小小扇子，平凡至极，店家却能挖空心思，招徕顾客。上联写书圣泼墨，于是身价倍增；下联写儒帅挥动，三军令行禁止。这就突破了生风驱暑的日常作用，升华到助人治国的巨大功能。

油漆店佳联

佚　名

以素为绚
取精用宏

【赏析】

上联介绍油漆功用——素地之上，可以绘出绚丽图案；下联说明油漆来源——大自然。全联立意明确，层次清晰，深入浅出。

花店佳联

佚　名

匠心独运
着手成春

【赏析】

诗歌有"诗眼"，散文有"文眼"，对联也有"联眼"。此联联眼，在一"春"字。鲜花是大自然的造化，人造花是设计师的创作，它们体现了春天的生机，也象征着人世的美好。作者紧扣此旨，先写构思，再写效果，清晰醒目，颇为贴切。

旧货店佳联

佚　名

我岂肯得新忘旧
君何妨以有易无

【赏析】

旧货店联所见不多，本联弥足珍贵。上联是自白，果决而有幽默感：店家决不得新忘旧，收旧利旧、变废为宝的服务宗旨一语道出；下联是鼓励，委婉而有煽动性：顾客尽可以有易无，调剂余缺、勤俭节约的传统美德值得赞扬。

贺 庆

中秋节联

佚 名

玉宇琼楼　照澈一轮皎月
珠宫贝阙　平分五夜天香

【赏析】

玉宇琼楼出自苏轼《水调歌头》"我欲乘风归去,又恐琼楼玉宇,高处不胜寒"一句。珠宫贝阙:以珠贝为宫阙,原指水神之居所,此泛指天府。五夜:古时将一夜分为甲、乙、丙、丁、戊五段,称五夜。

元宵节联

佚 名

春色无边　良宵玉宇初圆月
太平有象　火树银花不夜天

【赏析】

太平有象:《资治通鉴》中有这样的文字:"会上御延英,谓宰相曰:'天下何时当太平,卿等亦有意于此乎?'僧孺对曰:'太平无象。……'""太平无象"是说天下太平并无一定标准,此联反其意而用之,认为目前生活安定、经济发展,已达到太平繁荣的标准。

贺周梅初七十寿辰联

沈葆祯

众寿朋来　而我独羁千里足
倾心兄事　为君多读十年书

【赏析】

当时沈葆祯在两江总督任上而周梅初居福州。周梅初长沈葆祯十岁,沈葆祯自况当多读十年书。寿联重在读书事,跳出凡人窠臼。

贺王子章入学联

王志初

早许惠连才　天下文章已无我
差同郗鉴识　座中子弟独奇君

【赏析】

惠连才:南朝宋谢惠连十岁能属文,书画并妙。无我:《宋书·谢庄传》:"袁淑文冠当时,作赋毕,赍以示庄,庄赋亦竟。淑见而叹曰:'江东无我,卿当独秀;我若无卿,亦一时之杰也。'遂隐其赋。"郗鉴识：东晋郗鉴善风鉴，招坦腹东床的王羲之为婿。吴恭亨《对联话》评此联说："扫尽一切门面语，故称佳对。"

贺康有为七十寿辰联

梁启超

述先圣之玄意　整百年之不齐
入此岁来已七十矣
奉觞豆于国叟　致欢忻于春酒
亲受业者盖三千焉

【赏析】

上联集《汉书·郑康成传》句，下联集《东都赋》及《汉书·儒林传》句，严整古肃，用于弟子为师贺寿，恰如其分。

贺李鸿章七十寿辰联

佚 名

天生以为社稷
人望之若神仙

【赏析】

甲午战争后，李鸿章以大学士兼直隶总督任上，值其七十寿辰。上联用李晟典，下联用李邺侯典，切李姓。

贺潘兰史六十寿联

何诗孙

诗功喜与年增健
人寿欣逢月正圆

【赏析】

潘兰史为清末力倡新学者之一，曾游历欧洲，晚年隐居上海，以诗画寄兴。上联写其晚年诗画生活和闲逸心态。下联属平常祝寿语。

贺金子如新婚联

刘师亮

子兮子兮　今夕何夕
如此如此　君知我知

【赏析】

子兮两句集自《诗·唐风·绸缪》"今夕何夕，见此良人；子兮子兮，如此良人何！""如此"两句为不可告人之耳语，《后汉书·杨震传》中有"天知地知，我知子知"句。联首嵌"子如"两字，通联构思奇巧，略带调侃而含蓄。

贺新人七夕成婚联

佚 名

试问夜如何　牛女双星度河汉
欲知春几许　凤凰比翼下秦台

【赏析】

"试问夜如何"出自苏轼词《洞仙歌》。"牛女双星"取秦观《鹊桥仙》"纤云弄巧，飞星传恨，银汉迢迢暗度"词意。

贺中华民国临时政府在南京成立联

佚 名

滚滚长江　流不尽我族四千六百余年无量英雄无量血　放眼觇钟山王气　楚水霸图　半壁奠东南　大野玄黄　已遂秋风变颜色

茫茫震旦　要争个全球八十三万方里自由民意自由魂　举手庆汉日再中　胡尘一扫　雄师捣西北　卿云纠缦　重安禹甸仗群材

【赏析】

钟山王气：钟山即紫金山，王气指象征帝王运数的祥瑞之气。《太平御览》引《金陵图》云："昔楚威王见此有王气，因埋金以镇，故曰金陵。秦并天下，望气者言江东有天子气，凿地断连冈，因改金陵为秣陵。"震旦：古印度语音译，即中国。卿云：即庆云，古代称为祥瑞之气。纠缦：萦回舒展貌。"卿云纠缦"出自舜帝让位于禹时与臣僚所唱之《卿云歌》："卿云烂兮，纠缦缦兮，日月光华，旦复旦兮。"

贺郭沫若寿联

叶 挺

寿比萧伯纳
功追高尔基

【赏析】

这副寿联写出了叶挺对郭老的尊敬和赞誉，同时，也表现出叶挺的革命乐观主义精神。它鼓励、鞭策革命同志不懈努力，将革命进行到底！孙中山先生有"革命尚未成功，同志仍须努力"的遗训，这正是叶挺的这副寿联的实际内涵。

春日婚联

佚 名

柳暗花明春正半
珠联璧合影成双

【赏析】

这副对联是"喜联"中的佳作。它切时、切景、切情，成功地描绘了成婚的时日，勾画了一对美满夫妻的形象，充分表达了作者的衷心祝福。联语虽短，但将成婚的时日、情景、人情一揽联中，并借助比喻修辞手法融入作者的情感，使该联情景交融而不同凡响，较之常见喜嫁联语，略高一筹。

冬日婚联

佚 名

皓月描来双燕影
寒霜映出并头梅

【赏析】

这是一副寓意深刻、意境深远的冬日婚联。它运用比拟、比喻、象征等多种修辞手法，表示了对新婚夫妇的美好祝福，给人以一种清新愉悦的感觉。

楹联丛话联

李渔

七夕是生辰　喜功名事业从心处处带来天下巧

百花为寿域　羡玉树芝兰绕膝人人占却眼前春

【赏析】

上联紧扣"七夕是生辰",结合"乞巧"之习俗,极事铺陈,用以颂祝,说生在此日,自会诸事顺遂,奇巧称心。下联巧借"百花为寿域",引出"玉树芝兰",加以发挥,说住在此地,才使满堂子孙围绕膝前,福寿绵延。此联用字考究,诗情浓郁,虽然以生辰及所居论及事业子孙有迷信之嫌,但借吉庆语贺寿辰,也是一种可行的方法。

百岁老人贺寿联

王文清

人生不满公今满

世上难逢我竟逢

【赏析】

上联"人生不满"巧妙运用古诗句,指出活到百岁极其罕见,而"公今满"三字贴切地表明为百岁寿星而贺。此联最大的特色就是歇后藏词,全联不见"百"或"百岁"的字样,而让人读来便知是为百岁寿翁而作,确为巧思。另外,"满""逢"均为双字,充分表达了喜悦与祝颂之情,俗中见雅,幽默风趣,增添了无穷韵味。

阅微草堂联

梁同书

万卷编成群玉府

一生修到大罗天

【赏析】

上联赞纪昀"编成"了"万卷"巨著为"群玉府"增添了无价宝书。"大罗天",道家语,在三清之上,为最高境界。下联接上联而誉,说纪昀正因为有如此丰功伟绩,才终成正果,"修到大罗天"。

贺袁枚寿联

梁同书

藏山事业三千牍

住世神明五百年

【赏析】

"藏山事业"指著述,语出《汉书·司马迁传》,"三千牍"用以形容著述甚丰。上联称寿主的著作对后世贡献极大。"神明",可解作人的精神。"五百年"取赵翼"江山代有才人出,各领风骚数百年"之意。下联称寿主事业及精神流芳后世。此联围绕寿主事业"藏山"、精神"住世"来贺,言近旨远,别具深情。

群臣宴联

乾隆 纪昀

玉帝行兵　风刀雨箭云旗雷鼓天为阵

龙王设宴　日灯月烛山肴海酒地当盘

【赏析】

乾隆皇帝一日设宴招待群臣,席间电闪雷鸣,大雨倾盆,当即出此上句要众臣续对。出句颇为巧妙,且有气魄,后只有纪昀所对中圣意。纪昀解释说:"圣上为天子,故风雨云雷任从驱遣,威震天下;臣乃酒囊饭袋,故视日月山海都在筵席之中。可见,圣上好大神威,为臣不过好大肚皮耳!"乾隆听了,笑逐颜开,说:"爱卿饭量虽好,如无胸藏万卷,也不会有如此之大肚皮!"群臣一片惊叹。

贺乾隆皇帝五十寿诞联

纪昀

四万里皇图　伊古以来　从无一朝一统四万里

五十年圣寿　自兹以往　尚有九千九百五十年

【赏析】

上联以"从无一朝一统四万里"的皇家版图写起,盛赞乾隆皇帝的文治武功,辉煌业绩。下联从皇帝又称"万岁"入笔,已有"五十年圣寿"的乾隆,距"万岁"不是"尚有九千九百五十年"的寿数吗?此联以数字的工对见奇,看似平铺直叙,却妙趣横生,故时人称其"气象高阔,设想奇创","对幅折颂万岁,工慧绝伦"。

祝乾隆皇帝八十寿诞联

纪昀

八千为春　八千为秋　八方向化八风合　庆圣寿八旬逢八月

五数合天　五数合地　五世同堂五福备　正昌期五十有五年

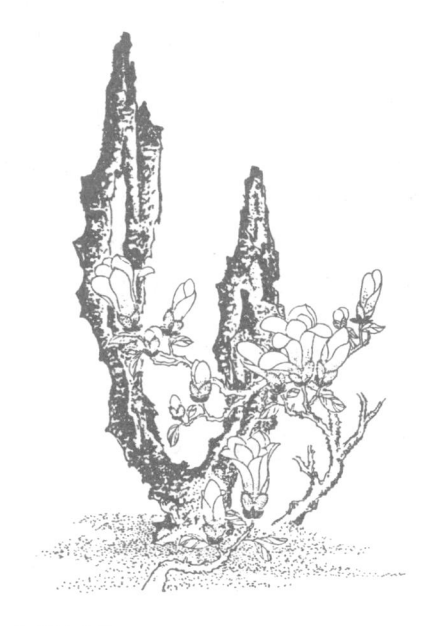

【赏析】

上联从"八旬"寿"逢八月"出发,

连用六个"八"字，恭贺乾隆八十寿诞，并称"八方向化"，"八风"祥和，恰切典雅，充满喜庆。下联从"天数五，地数五"引出"五十有五"，连用六个"五"字，与上联六个"八"字工稳对仗，同时紧扣乾隆五十五年，借以祝福昌期永盛，福寿绵长。《楹联丛话》称此联"竟如天造地设"，着实不虚。就嵌字贴切而言，此联确实可圈可点。

孟瓶庵师德配何太恭人七十寿辰联

梁际昌

人间贤母曾推孟
天上仙姑本姓何

【赏析】

联语紧扣孟夫人何氏娘婆二家之姓氏选词用典，颂祝之意自在其中。孟母断机三迁教子成才，联以此来称颂孟夫人之贤。何仙姑乃八仙之一，用仙女长生不老，来祝贺何氏之生日，联末分别嵌"孟""何"二字，尤见巧思。一个"孟"字，除明切何氏夫家之姓外，还暗点出孟子之母及何氏亦孟家之母，一箭三雕。

除夕联

陶澍

除夕月无光　点数盏灯　替乾坤增色
新春雷未动　擂三通鼓　代天地扬威

【赏析】

陶澍九岁那年除夕，祖父出此上句令他应对。只见陶澍兴冲冲地搬来一面鼓，没等放稳，便猛擂起来。震耳的鼓声，把全家人都招了过来，人人都觉得惊奇，连祖父也有点摸不着头脑，便问小孙儿："不好好对句，怎么倒擂起鼓来了？"陶澍扬头一笑，说出对句。

贺寿联

王原祁

疏松影落空坛静
细草春香小洞幽

【赏析】

王原祁，江苏太仓人。清康熙年间进士，官至户部侍郎。此联是给友人贺寿的寿联，但字面上不见一个"寿"字，只从侧面表达祝寿之意。"松"寓"寿比南山不老松"之意，"坛静""洞幽"皆可使人宁神静气。《黄帝内经》云："静则神藏，静者寿。"明喻暗寓，祝词巧妙。

自寿联

乾 隆

七旬天子古六帝
五代孙曾予一人

【赏析】

上联通过历代帝王高寿者寡这一现象，反衬自己年届古稀实属幸事，自豪之情溢于言表。乾隆写此联时已见了曾孙，可谓五世同堂，而这一点又是"古六帝"不如他的，越发感到欣喜。此联充分表现了乾隆自认是福寿双修的帝王的愉悦心情，本无多少深意，只是引述得体，概括简洁，相互比较，突出特点，实为一种别致的写法。

贺镇江某知府官厅翻修联

吴山尊

山色壮金银　惟以不贪为宝
江流环铁石　居然众志成城

【赏析】

上联意为：镇江有金山、银山，是富庶肥美之地，但只有不贪婪才是真正可贵的。下联意为：滔滔江水绕东吴孙权所建铁瓮城而去，但团结一致的民众，要比铁瓮城还坚固。联语的最大特点是借祝贺之名，行劝谏之实。

贺友人新居落成联

吴熙载

热不因人　翁之乐者山林也
居虽近市　客亦知夫水月乎

【赏析】

上下联末句分别剪裁宋代欧阳修的《醉翁亭记》和苏轼的《前赤壁赋》中的名句，写出了新居的位置和友人的情趣，既雅致又贴切。

临湘楼联

王闿运

松柏岁寒心　平仲昔来曾筑室
潇湘水云色　元晖吟望试登楼

【赏析】

"平仲"是北宋政治家寇准的字。"元晖"，北魏尚书左仆射，颇爱文学。此联赞颂好友才学，并以"松柏岁寒心"勉其做一位志行高洁之士。

爱春楼联

孙中山

爱国爱民　玉树芝兰佳子弟
春风春雨　朱楼画栋好家居

【赏析】

孙中山曾先题一联："博爱从吾

志，宜春有此家。"巧妙地嵌入"爱春"二字，并阐述了同盟会"博爱""宜春"的理想和主张。作者意犹未尽，又书此联，进一步强调了培育后代旨在"爱国爱民"的思想。"玉树芝兰"语出《晋书·谢安传》，喻有志可成才之子女。两联三嵌"爱春"，情真意切。

贺学生陶亮生续弦联

林思进

上弦渐满元宵月
携手重评绮阁花

【赏析】

林思进，四川华阳人，曾任内阁中书，后在蜀中执教四十年。用受赠者陶亮生的话说："婚期为正月十三日。"故上句这样说。下句庄雅之至。

杨浦大桥联

邓小平

喜看今日路
胜读百年书

【赏析】

1994年春节期间，邓小平在上海市委领导陪同下，视察了浦东开发区，并高兴地登上杨浦大桥，看到改革开放以来上海日新月异的新面貌，他欣然吟出这两句，同时对人们表示，这不是诗，而是他内心的感受。其实，这正是一副短小精悍的对联，极具鼓舞性。

贺马相伯寿联

章炳麟

鲁连抗议定完赵
烛武老年犹见秦

【赏析】

该联用鲁仲连、烛之武两则典故，对马相伯老人敢于斗争的高尚品格作了赞扬。马老晚年积极投身抗日救亡工作，曾联名发表抗日宣言，该联隐含对马老的肯定。上下联俱用典，是该联一大特色。

贺黄侃寿联

章炳麟

韦编三绝今知命
黄绢初裁好著书

【赏析】

太炎先生为学生祝寿，意在表彰学生，激励学生，从联文用典用事中可看出太炎先生这番美意。然而，事有凑巧，黄侃将此联高悬室内后，有人挑剔地指出，此联不吉利，因为十四字中含有"黄绝命书"四字。黄侃便撤下了此联。而不久之后，黄侃果然因病去世了。太炎先生绝无预言学生短命之意，一切皆属巧合。

贺女新婚联

方地山

两小无猜　一个古钱先下定
四方多难　三杯淡酒便成婚

【赏析】

作者将儿女婚事轻描淡写，既是写实，也表现了其性格的豁达和诙谐，读来十分耐人寻味。

喜得贵子联

方观承

与吾同甲子
添汝作中秋

【赏析】

甲子，指六十花甲，是说自己的儿子与自己干支相同，正好差六十年。中秋，即八月十五，其子生日的第二天便逢中秋，故有对句之说。联语以巧合之事表现作者志得意满的心情。

祝寿联

佚　名

万古希逢　岂止三四五六
一人有庆　直至亿兆京垓

【赏析】

清乾隆五十五年乾隆帝八十"万寿节"，朝臣、外官献上大量楹联庆寿。联语用数字颂庆事，又用了夸张、简略等形式，别有意趣。

贺张大千寿联

方地山

八大到今真不死
半千而后又何人

【赏析】

此联把祝贺寿辰和歌颂业绩结合起来，且以"祝贺寿辰"为表，以"歌颂业绩"为里，对张大千在画坛上继往开来的历史地位作了充分的肯定。上联表面上说"八大"，实际上是说张大千。下联是一个问句，紧承上句而来，意思是说现在出现了张大千这样的绘画大师，那么，绘画界五百年后又有哪位英才会问世呢？

贺冯玉祥寿联

邓颖超

写诗写文章　亦庄亦谐如口出
反帝反封建　不挠不屈见襟期

【赏析】

这副寿联对冯玉祥这位历尽曲折、追求进步的民主战士给予了高度的评价。上联概括了冯玉祥的文笔。下联赞颂了冯玉祥崇高的精神和历史功绩。全联通俗易懂，含蕴深刻，贴切自然，对仗工整。

贺贾敬之寿联

郑　林

活到老　学到老　老不服老
画亦精　字亦精　精益求精

【赏析】

"老不服老"，"精益求精"，此种精神，实为可贵。上下联结构，采用了落帘式和连环式，可资借鉴。不足之处，有的平仄、对仗不够工稳。

寄挽

祝双寿联

张岐山

人近百年犹赤子
天留二老看玄孙

【赏析】

上联除颂赞寿者夫妇道德品格外，还含有祝愿他们返老还童的心意。下联以"看玄孙"作为"天留二老"的理由，风趣而深情地祝二老长寿。原联为避康熙皇帝玄烨之讳，将"玄孙"写作"元孙"，今特意恢复，更见对仗工整。此联字字扣题，自然贴切，平中见奇。

挽朱筠联

纪昀

学术各门庭　与子平生无唱和
交情同骨肉　俾予后死独伤悲

【赏析】

朱筠长于金石、书法，纪昀为经学大师，但不善书。当时仕途、文苑，朱、纪齐名。梁章钜评曰："非筠河（朱筠字）先生不能当斯语，非文达（纪昀谥号）师亦不敢作斯语。"

挽桑调元联

沈德潜

文星　酒星　书星　在天不灭
金管　银管　斑管　其人可传

【赏析】

文星：即文昌星，传说中为主管文运的星宿。酒星：即酒旗星。书星：文星之别称，一说即书神。金管：本指箫笛类乐器，亦指名贵之笔。银管：以银为管之笔。斑管：以斑竹为管之笔。联语以三星、三管誉逝者学问、品调。

挽钱大昕联

梁同书

名在千秋　服郑说经刘杜史
神归一夕　仙人骨相宰官身

【赏析】

钱大昕精通辞章、音韵、训诂、金石。服郑：指东汉经学家服虔、郑玄。刘杜：指西汉刘向、晋杜预。宰官身：佛语，指佛能变各种身形，用以指钱氏为官不过现为尘世之身，其实为仙佛之体。

钱大昕

自题生圹联

毕 沅

读书经世即真儒　遑问他一席名山　千秋竹简

学佛成仙皆幻境　终输我五湖明月　万树梅花

【赏析】

真儒之见，名士之风，此联可见！

挽林则徐联

左宗棠

附公者不皆君子　间公者必是小人　忧国如家　二百余年遗直在庙堂倚之为长城　草野望之若时雨　出师未捷　八千里路大星颓

【赏析】

遗直：指人耿直，有古人的遗风。庙堂：指朝廷。草野：指民间。时雨：及时之雨，比喻百姓所望之善政善行。颓：陨落。

挽周翠琴联

陆眉生

生在百花先　万紫千红齐俯首

春归三月暮　人间天上总销魂

【赏析】

周翠琴生于农历二月十四（旧俗二月十五为百花生日），卒于农历三月末，联语以受挽者生、死之日为对，颇富文采。

挽曾国藩联

彭昌禧

韩欧无武　郭李无为　集数子所长　勋华巍焕

衡岳之高　洞庭之大　叹哲人其萎　云水苍茫

【赏析】

上联以韩愈、欧阳修、郭子仪、李光弼等文武名人作比，下联则切以曾氏湖南籍贯。

挽谭嗣同联

康有为

复生　不复生矣
有为　安有为哉

【赏析】

谭嗣同字复生。上联表示对死者的哀痛之情，下联抒发自己的悲观、无奈。挽联中嵌入双方名字，尚属少见。

挽秋瑾联

悲哉　秋之为气
惨矣　瑾其可怀

【赏析】

上下联嵌逝者名字。"秋之为气"的出处有二，一是秋瑾就义前曾索笔写下"秋雨秋风愁煞人"七字，一是欧阳修《秋声赋》："悲哉，此秋声也……""瑾"指美玉，喻逝者人如其名。

挽宋教仁联

佚　名

桃园何处寻渔父
博浪翻教刺子房

【赏析】

宋教仁为湖南桃源人，号渔父。博浪沙本是张良（子房）命壮士椎击秦始皇处，下联反写秦皇使人刺张良，实指袁世凯指使人刺杀宋教仁。

挽曾朴联

吴　梅

平生事业鲁男子
半世风浪孽海花

【赏析】

上联讲曾朴毕生的事业都反映在其自传体小说《鲁男子》中。下联写其代表作《孽海花》的影响。

挽蔡锷联

小凤仙

不幸周郎竟短命
早知李靖是英雄

【赏析】

上联以周瑜（36岁而死）比蔡锷（死时35岁），下联用李靖的故事而自拟红拂，所比堪称得体。

红拂

挽聂耳联

冼星海

乐府久凋零　学就成连人已逝
吹台遥怅望　化为精卫客应归

【赏析】

聂耳为《义勇军进行曲》（即中国国歌）的曲作者。成连：春秋时著名琴师，相传俞伯牙曾从其学琴。吹台：相传为春秋时师旷吹乐之台。上联用古代制曲的典故概括聂耳生平及艺术，下联以精卫填海的典故悼聂耳溺海，寄望其灵魂再回故国。

挽鲁迅联

徐懋庸

敌乎友乎　余惟自问
知我罪我　公已无言

【赏析】

鲁、徐二人原有师生之谊，后因"大众文学"与"国防文学"口号之争而产生分歧。联语叙述友谊及论争事，有遗憾、自伤之情。

挽鲁迅联

蔡元培

著述最谨严　岂徒中国小说史
遗言犹沉痛　莫作空头文学家

【赏析】

蔡元培任北大校长时，曾聘鲁迅讲授"中国文学史"。当时一些反动文人攻击鲁迅著作中只有《中国小说史略》还算过得去，蔡元培在此处充分肯定鲁迅的作品。鲁迅遗嘱第五条写道："孩子长大，倘无才能，可寻点小事情过活，万不可作空头文学家和美术家。"蔡元培在下联寄以有为青年埋头学问、勿做有名无实的文人的深意。

挽孙中山联

杨　度

英雄做事无他　只坚忍一心　能全世界能全我
自古成功有几　正疮痍满目　半哭苍生半哭公

【赏析】

作者在这副挽联中颂扬了孙中山先生坚忍不拔的斗争精神，以及他对世界做出的贡献及对作者本人的帮助。同时，作者也以十分沉痛的心情，对孙中山先生的去世表示了哀悼。尤其值得一提的是，作者在悼念孙中山时，念念不忘的仍是国家和民族的前途和命运，他将孙中山的去世看作是中国人民的一大损失。"半哭苍生半哭公"，充满了忧国忧民之意和对孙中山去世的悲伤之情，同时也更突出了孙中山先生的伟大和不朽。

挽马本斋母子联

朱 德

壮志难移　回汉各族模范
大节不死　母子两代英雄

【赏析】

此联用通俗易懂的语言，高度赞扬了民族英雄马本斋母子。联中特别指出，马本斋母子不仅是回族人民的楷模，也是汉族人民以及中华各族人民反抗日本侵略者的典范。这一高度评价，对鼓舞各族人民的抗日斗志具有积极作用。

挽母联

毛泽东

疾革尚呼儿　无限关怀　万端遗恨皆须补
长生新学佛　不能住世　一掬慈容何处寻

【赏析】

这副挽联表达了毛泽东与母亲之间的深情。上联从记述母亲病危思儿的情景写起，下联写母亲希望自己长寿但却未能久住人世。全联由追思养育之恩表达孝敬之情、痛悼之意，写得哀婉动人。

挽蔡元培联

毛泽东

学界泰斗
人世楷模

【赏析】

上联赞蔡元培先生的学问成就，下联颂蔡元培先生的高尚人格。虽寥寥八字，却将蔡先生之道德文章作了高度概括。

浙江杭州岳王庙联

王文清

万里坏长城　南渡朝廷从此小
一抔留古墓　西湖烟水到今香

【赏析】

上联以史笔痛斥南宋朝廷自毁长城，南渡偏安苟且，一个"小"字既指疆土变小，也寓被人轻视，反衬了岳飞的伟大。下联颂赞抗金英雄岳飞虽死犹生，古墓让人凭吊，英灵与湖山同在，更使西湖之地因其万古流芳。

岳飞

浙江杭州岳王庙联

吴芳培

千秋冤狱莫须有
百战忠魂归去来

【赏析】

上联"莫须有",出自《宋史·岳飞传》,下联"归去来",取自陶渊明的《归去来辞》。联语痛斥了以"莫须有"(也许有)为名的"千秋冤案",呼唤昭雪后的英雄"百战忠魂"早些归来,充分表达了对岳飞的爱戴和景仰之情,有着极强的感染力。

挽亡妻联

梁同书

一百年弹指光阴　天胡靳此
九十载齐眉夫妇　我独何堪

【赏析】

上联说时光飞逝,一百年也不过弹指一挥间,老天为什么如此吝啬?质问中尤见感情分量。下联用"举案齐眉"熟典,形容作者与夫人共同生活时互敬互爱,幸福和谐。接着写妻先亡故,更觉形单影只,哀伤痛惜之情溢于言表。联语简明质朴,十分感人。

哀挽刘统勋联

纪昀

岱色苍茫众山小
天容惨淡大星沉

【赏析】

刘统勋是乾隆时的东阁大学士兼军机大臣,此为刘统勋去世后纪昀特撰的挽联。因他是山东人,又是群臣之首,故将他喻为五岳之首的泰山,用杜甫"会当凌绝顶,一览众山小"诗意,以"众山小"喻包括自己在内的群臣。在上联喻其高位后,下联写其哀荣,这样一颗巨星陨落了,连上天也为之含悲而黯然失色,喻指乾隆皇上亲往吊唁,痛哭失声。联语运用恰当的比喻,真诚地表达了崇敬之情和缅怀之意。

挽鲍桂星联

姚祖同

云路仰鸿仪　不少丹忱悬日月
烟霄惊鹤化　空留奇气郁诗篇

【赏析】

"鸿仪",比喻人的风采。上联赞颂逝者一生性情耿直,丹忱可敬,人格高尚,光照日月。"鹤化"是死的讳称。下联称友人虽驾鹤而去,但其诗文才气永留人间。联语对仗工整,"仰"表敬佩,"惊"寄沉痛,读来情真意切,感人至深。

挽讨袁英雄蔡锷联

孙中山

平生慷慨班都护
万里间关马伏波

【赏析】

"班都护"指东汉名将班超,曾

任西域都护。班超胸有大志，投笔从戎。这副对联借此概括蔡锷的生平及非凡抱负。"马伏波"，东汉名将马援，以功封为"伏波将军"，后在平息叛乱时病死军中。史载云阳令朱勃上书论其功，有"间关险难，触冒万死"之语。"间关"，历经道路艰险。此联赞颂蔡锷为革命大业鞠躬尽瘁、死而后已的精神。联语用典恰切，概括力强，着墨不多，却极有分量。

吊烈士秋瑾联

孙中山

江户矢丹忱　感君首赞同盟会
轩亭洒碧血　愧我今招侠女魂

【赏析】

上联说：在日本的江户（东京的旧称），你矢志革命事业，具有忠贞之心，我非常感激你最先赞同同盟会的主张。下联说：你在轩亭口英勇就义，为国殉难，我现在来此招魂祭祀，深感惭愧，觉得对不起抛头颅、洒热血的先烈们。全联情真意切，充分表达了作者对烈士的缅怀之情和景仰之意，真挚感人。

挽黄兴联

孙中山

常恨随陆无武　绛灌无文　纵九等论交到古人　此才不易
试问夷惠谁贤　彭殇谁寿　只十载同盟有今日　后死何堪

【赏析】

上联以助汉高祖刘邦定天下的文臣随何、陆贾的能文缺武，名将绛侯周勃、灌婴能武缺文，来比衬和颂赞黄兴文武双全，是不可多得的人才。"九等"，班固在《汉书》中把人才品级分为九等。下联以世代称誉的伯夷、柳下惠来比喻黄兴忠贞，又以彭祖、殇子一寿一夭的典实叹息黄兴的早逝（卒年四十二岁）。作者还追思与逝者在同盟会并肩战斗的十年往事，以"后死何堪"抒发了悲悼之情。

挽傣族爱国人士刀安仁联

章炳麟

三字奇冤生竟雪
一腔热血死难消

【赏析】

上联指刀安仁曾被云南军阀诬以"叛国心"逮捕，解至北京囚禁，后经孙中山、黄兴营救出狱，得以"奇冤生竟雪"。下联对刀安仁满腔热血投身革命，反遭陷害，身心受到折磨过早去世，表示极大的义愤。联语言词慷慨，既是对逝者的沉痛哀悼，又是对军阀的有力鞭挞。

挽叶挺军长联

刘伯承

勒马黄河悲壮士
挥戈易水哭将军

【赏析】

此联为挽曾任新四军军长的叶挺而撰。上联中的"悲壮士"引荆轲受命去刺秦王嬴政的故事，临行前唱道："风萧萧兮易水寒，壮士一去兮不复还。"以"不复还"寓叶挺不幸遇难。联语以"黄河""易水"指作者率军鏖战的地方，借"壮士"比喻"将军"，一"悲"一"哭"，感情真挚而凝重，有极大的感染力和号召力，读后使人化悲痛为力量。

挽格达活佛联

刘伯承

具无畏精神　功烈久垂民族史
增几多悲愤　追思应续国殇篇

【赏析】

此联旗帜鲜明地赞扬了格达活佛崇高的爱国主义精神，及其永载民族史册的伟大功绩。"国殇"指为国牺牲的人。下联愤怒谴责帝国主义特务的罪恶行径，再次表达了对为国捐躯者的真诚哀悼。

挽张冲联

周恩来

安危谁与共
风雨忆同舟

【赏析】

此联意为：你英年早逝，今后革命事业的安和危，谁来与我分担呢？想想过去几年里，我们如同坐在同一条船上，与狂风暴雨搏斗，历经艰险和锻炼。在成语"安危与共""风雨同舟"中加入"谁""忆"二字，更显感情真挚，寄意深沉。

挽廖仲恺联

何香凝

夫妻恩今世未全来世再
儿女债两人共负一人完

【赏析】

上联说，你我夫妻恩爱未曾白头到老，且待来生再续缘；下联说，培育儿女的责任本应由两个人共同承担，如今将由我一人去完成。

挽关天培联

林则徐

六载固金汤　问何人忽坏长城
孤注空教躬尽瘁
双忠同坎壈　闻异类亦钦伟节
归魂相送面如生

【赏析】

这副挽联写得语挚情深，全联正反相对，投降卖国者和爱国壮士的对照，若一抔黄土的渺小映衬一座大山的伟岸。

挽续范亭联

毛泽东

为民族解放　为阶级翻身　事业垂成　公胡遽死
有云水襟怀　有松柏气节　典型顿失　人尽含悲

【赏析】

上联高度评价了续范亭同志"以天下为己任"而舍身奋斗的一生。下联高度赞扬了续范亭同志襟怀坦白、气节高尚。全联通俗晓畅，一气呵成，属对工稳，感情诚挚，悲壮之情，催人泪下。

挽齐白石联

郭沫若

百岁老人永使百花齐放
万年不朽赢得万口同声

【赏析】

这副挽联表达了郭老对齐白石这位绘画艺术大师的敬仰与悼念。全联赞扬了齐白石先生一生在艺术上的追求和成就。

自挽联

翁同龢

朝闻道夕死可矣
今而后吾知免夫

【赏析】

上联集自《论语·里仁》，下联引自《论语·泰伯》。此联有对保君兴国理想未能实现的悲叹，又有对可免"地方官严加管束"的慰藉，更有"莫将两行泪，轻向竖曹弹"（翁的绝笔诗句）的愤慨。

挽宋教仁联

易顺鼎

既生瑜　何生亮
卿不死　孤不安

【赏析】

易顺鼎，湖南汉寿人，近代学者。宋教仁被袁世凯派人暗杀后，作者戏以袁世凯口吻撰此联。此联集《三国演义》五十七回、六十一回句，一针见血地揭露袁世凯视宋教仁为眼中钉，欲置其于死地的凶恶面目。联语虽为集句，但巧妙精湛，讽刺可谓犀利。

集联

杭州敷文书院联

朱彝尊

入则孝　出则弟　守先王之道以待后学
诵其诗　读其书　友天下之士尚论古人

【赏析】

此联是让人们规范为人之道，为学之道，读圣人的经典文章，结交品德高尚的人，继承先人名哲的思想精华。

金安清集联

金安清

小子听之　濯足濯缨皆自取
先生醉矣　一丘一壑亦陶然

【赏析】

本联典出《孟子·离娄上》："有孺子歌曰：'沧浪之水清兮，可以濯我缨；沧浪之水浊兮，可以濯我足。'孔子曰：'小子听之，清斯濯缨，浊斯濯足矣，自取之也。'"比喻荣辱皆由自取。

麟游泰山集联

彭玉麟

我本楚狂人　五岳寻仙不辞远
地犹鄹氏邑　万方多难此登临

【赏析】

上联集李白诗句，切彭玉麟的故乡湖南。下联集唐玄宗、杜甫诗句，切时间、地点。清廷刚刚镇压了太平军，这边捻军还在与朝廷对抗，对清廷而言，真是"多难"。

彭玉麟

姜白石词句联

陈师曾

歌扇轻约飞花　高柳垂阴　春渐远汀洲自绿
画桡不点明镜　芳莲坠粉　波心荡冷月无声

【赏析】

陈师曾专集数十副姜白石词长短联，仅此副得以流传。梁启超《饮冰室诗话》在谈到陈师曾所集联时写道："所集的都是姜白石句，我当时一见，叹其工丽。今年我做这个玩意儿，可说是受他冲动。"又，黄秋岳《花随人圣庵摭忆》中说："前人集词为联，多摘四字八字为偶对，至多十余字，师曾始专集姜白石词为长短联语数十。"

古诗词联
梁启超

银汉是红墙　一带遥相隔
鸾镜与花枝　此情谁得知

【赏析】

上联出自毛文锡的《醉花阴》，下联出自温庭筠的《菩萨蛮》。

古诗词联
梁启超

水殿风来　冷香飞上诗句
芳径雨歇　流莺唤起春醒

【赏析】

"冷香飞上诗句"造境极佳，系出自姜白石《念奴娇》："嫣然摇动，冷香飞上诗句。"

梁羽生集联
梁羽生

四海翻腾云水怒
百年淬厉电光开

【赏析】

上联集自毛泽东的词《满江红》："四海翻腾云水怒，五洲震荡风雷激。"

下联集自龚自珍的《己亥杂诗》："廉锷非关上帝才，百年淬厉电光开。先生宦后雄谈减，悄向龙泉祝一回。"

集唐诗饮酒联
佚　名

劝君更尽一杯酒
与尔同销万古愁

【赏析】

上联出自王维的《渭城曲》："劝君更尽一杯酒，西出阳关无故人。"下联出自李白的《将进酒》："五花马，千金裘，呼儿将出换美酒，与尔同销万古愁。"

《三国演义》佳联（一）
佚　名

淡泊以明志
宁静而致远

【赏析】

《三国演义》第三十七回《司马徽再荐名士，刘玄德三顾草庐》记：刘备冒着风雪到卧龙冈拜访诸葛亮，见其中门之上书有此联。未睹其人，先见其心——一位恬淡寡欲而志向明确、身处草野而可负大任的高士形象跃然门上，呼之欲出。运用对联刻画人物，也是《三国演义》留给我们的宝贵遗产。

《三国演义》佳联（二）

佚 名

赤面秉赤心　骑赤兔追风　驰驱时无忘赤帝

青灯观青史　仗青龙偃月　隐微处不愧青天

关羽

【赏析】

《三国演义》第七十七回《玉泉山关公显圣，洛阳城曹操感神》记：关羽死后，显圣护民，人们为之建庙，并撰此联。短短三十四个字，刻画出关公红光焕发的面容、驰逐沙场的英姿以及灯下仗刀读书的伟岸身影，也歌颂了他那一心报效汉帝、时刻不负青天的赤胆忠心。

《水浒传》佳联（一）

佚 名

醉里乾坤大

壶中日月长

【赏析】

《水浒传》第二十九回《施恩重霸孟州道，武松醉打蒋门神》记：武松来到快活林，见到蒋门神酒店门前一带绿油栏杆，插着两面销金旗，其上书有此联。这是文学名著中出现较早的酒店佳联之一，数百年来传诵不衰。

《水浒传》佳联（二）

佚 名

世间无比酒

天下有名楼

【赏析】

《水浒传》第三十九回《浔阳楼宋江吟反诗，梁山泊戴宗传假信》记：宋江怒杀阎婆惜后，刺配江州。一日走到浔阳楼前，见到此联。上联盛赞酒之无与伦比，下联称颂楼之名播天下，语言虽然平实，气势却颇夺人，这为后文所写宋江题反诗作了有力的烘托和铺垫。

《西游记》佳联（一）

佚 名

静隐深山无俗虑

幽居仙洞乐天真

【赏析】

《西游记》第十七回《孙行者大闹黑风山，观世音收伏熊罴怪》记：孙悟空为讨回被盗的袈裟来到黑风洞，见到二门之上书有此联。它刻画了黑风洞的"幽雅"环境，也表达了熊黑怪不俗的"志向"，生动凝练，酣畅淋漓。

《西游记》佳联（二）

佚 名

丝飘弱柳平桥晚
雪点香梅小院春

【赏析】

《西游记》第二十三回《三藏不忘本，四圣试禅心》记：唐僧师徒四人来到一座庄院，门两边的金漆柱上贴着此联。这副对联以"丝"状"弱柳"，以"雪"状"香梅"，比喻精当，描绘细腻。"飘"和"点"两个动词，也极传神。

《西游记》佳联（三）

佚 名

长生不老神仙府
与天同寿道人家

【赏析】

《西游记》第二十四回《万寿山大仙留故友，五庄观行者窃人参》记：四圣试禅心后，唐僧师徒继续西行。他们走到一观宇前，看见其门上贴有此联。该联集中突出"长寿府"，既体现了万寿山的特点，又切合镇元大仙的身份。

《封神演义》佳联

佚 名

三千社稷归周主
一派华夷属武王

【赏析】

《封神演义》第六十七回《姜子牙金台拜将》记：姜子牙被周武王拜为大将军，他在岐山将台边，看到牌坊之上书有此联。这显然是说书人附会，姜子牙的时代还没有对联呢。此联以夸张手法表现武王威势，气魄宏大，出语不凡。

周武王

《警世通言》佳联

佚 名

酿成春夏秋冬酒
醉倒东西南北人

【赏析】

《警世通言》第二十卷《计押番金鳗产祸》记：周三杀了计押番夫妇后来到镇江府，看到一家酒店门前的招子上写有此联。上联写酿酒，一年四季，频频不断；下联写饮酒，四面八方，绵绵不绝。全联对仗严整工稳，语言通俗简洁。

《红楼梦》佳联

佚　名

世事洞明皆学问
人情练达即文章

【赏析】

《红楼梦》第五回《游幻境指迷十二钗，饮仙醪曲演红楼梦》记：贾宝玉随秦可卿来到上房内间，见到此联。此联原意在于规劝人们明了世事，通晓人情，以便明哲保身，青云直上，因而引起宝玉反感。今人则往往剔除其封建糟粕，赋予其进步内容，即鼓励人们研究世上诸般事物，通晓人间各种情理。

《老残游记》佳联

佚　名

愿天下有情人　都成了眷属
是前生注定事　莫错过姻缘

【赏析】

《老残游记》第十七回《铁炮一声公堂解索，瑶琴三叠旅舍衔环》记：老残被黄人瑞领到新房，见到墙上贴有此联。第二十回结尾老残的信中亦有此联。这副对联原是西湖月老祠联，作者一再引用，借以表达自己对自由爱情的向往与歌颂。

集李杜诗联

谢元淮

举头望明月
荡胸生层云

【赏析】

李白、杜甫是唐代最伟大的诗人，《静夜思》《望岳》又是人们最熟悉的作品。作者信手拈来，竟成集联上品。宋人陆游说："文章本天成，妙手偶得之。"集联亦如文章，正赖"妙手"之"偶得"！

集苏轼诗联

闻一多

遥看北斗挂南岳
常撞大吕应黄钟

【赏析】

这是闻一多先生四十年代居于昆明时挂在书案旁的一副对联。上联借"北斗"和"南岳"比喻中国共产党及其解放区；下联借"大吕"和"黄钟"比喻自己的行为与中国共产党的主张。全联托物咏志，一气呵成，表露了这位爱国志士向往光明、追求进步的高洁情怀。

集毛泽东诗词联

李一氓

天兵怒气冲霄汉
帝子乘风下翠微

春联

佚名

闻鸡起舞
跃马争春

【赏析】

1981年（鸡年）《羊城晚报》于春节前征联，应征作品有六万余副，最后选出优秀作品十六副，此联获一等奖。出句用晋代祖逖故事，是用典，旨在激励民众为四化建设早练本领，增长才干。对句反映骏马逢春，奔腾跃进的局面。命意积极进取，激人立志奋进。此联言简意深，高度概括，各行各业，皆可适用。

苏州沧浪亭集句联

梁章钜

清风明月本无价
近水遥山皆有情

【赏析】

这是一副巧妙的集句联，上联见欧阳修长诗《沧浪亭》，下联见苏舜钦诗《过苏州》。虽是集句，读起来却是一副佳联，上下契合，天衣无缝。上联，清风明月是无价之宝，意境是那样雅淡、疏朗；下联，远山近水都是有情之物，情韵是那样缠绵、妩媚。

【赏析】

此联运用夸张手法，融汇神话传说，想落天外，色彩瑰丽。

集句联

佚名

诸葛一生唯谨慎
吕端大事不糊涂

【赏析】

短短十四字，高度概括出两个历史人物的性格特征。全联对仗工稳，用词老练。

登鹳雀楼联

王之涣

欲穷千里目
更上一层楼

【赏析】

此对偶句，表现出作者开阔的胸怀，从某种意义上揭示出"站得高才能看得远"的道理，故能给予人们积极进取和奋发向上的力量。

题李凝幽居联

贾岛

鸟宿池边树
僧敲月下门

【赏析】

通过对偶句的画面，表现出幽居人家，月夜寂静清幽，恬淡闲适之美。特别是其中的"敲"字，不仅切合月下僧的身份，更富于神韵。

浣溪沙联

晏 殊

无可奈何花落去
似曾相识燕归来

【赏析】

作者触景生情,感伤落花飘零,流水无情;此联表面写惜春,实际是在眷恋旧情。景以情合,意在言外。

书湖阴先生壁联

王安石

一水护田将绿绕
两山排闼送青来

【赏析】

以上对偶句,是王安石写山水的名句,前句是写绿水的清柔,后句是写青山的雄丽。"绿绕"和"青来",极具艺术之美。

王安石

浣溪沙联

秦 观

自在花飞轻似梦
无边丝雨细如愁

【赏析】

此联描写春天的飞花、细雨,婉丽有趣,轻柔纤美,且极为幽闲。"梦""愁"二字,美极、幽极、妙极!

巴山道中除夕夜有作联

崔 涂

乱山残雪夜
孤独异乡人

【赏析】

在这乱山、残雪夜里,在异乡山中孤独地度过除夕,无疑会引发对远方亲人的思念。句中字里行间,满是乡愁,感叹人世浮沉,江湖漂泊。

无 题

李商隐

春蚕到死丝方尽
蜡炬成灰泪始干

【赏析】

以上对偶句,是写爱情的名句。它借春蚕到死丝方尽,借蜡炬成灰泪始干,来比喻情思缠绵,爱心坚贞,思恋伊人,至死不渝。后人引用这两句话,除描写爱情外,也用来描写为国为民献出自己一切的人。此对偶句，文辞婉转，音律和谐，曲折细微，感情深厚。

钱塘湖春行联

白居易

乱花渐欲迷人眼
浅草才能没马蹄

【赏析】

春日到来，野外花繁草绿，令人眼花缭乱；丛生的嫩草，已能遮住路过的马匹的马蹄。语中"迷""没"二字，使春景更富有生气、春意更浓。

赋得古原草送别联

白居易

远芳侵古道
晴翠接荒城

【赏析】

虽是古道，仍长着芳草；虽是荒城，仍充有晴翠。这不但切题，亦显出春天的活力。

月夜忆舍弟联

杜甫

露从今夜白
月是故乡明

【赏析】

此联描写游子漂泊在外，思念家乡之情。特别"月是故乡明"，更表现出游子对家乡的深切思念。

漫兴绝句联

杜甫

颠狂柳絮随风舞
轻薄桃花逐水流

【赏析】

此联写暮春景物，感伤于春光将逝。

春望联

杜甫

感时花溅泪
恨别鸟惊心

【赏析】

这两句描写诗人触景生情，移情于物。花鸟本为人娱乐之物，但因感时别恨，却使诗人见后，反而落泪惊心。此联含蓄深厚，格律严谨，为古今绝唱。

常州遗中联

李合章

路已近时翻觉远
人因垂老渐知秋

【赏析】

联中描写的这种心理状态，人皆有之。作者细微的内心感受，特以文字表述出来，不仅有趣，而且令人深思。

浣溪沙联

周邦彦

新笋已成堂下竹
落花都上燕巢泥

【赏析】

此联描写物之变化，感叹岁月如流，物换星移！

浣溪沙联

吴文英

落絮无声春堕泪
行云有影月含羞

【赏析】

这两句描写春日的夜景，文辞清婉，极为柔美，含有忧郁春愁。

寄李白二十韵联

杜甫

笔落惊风雨
诗成泣鬼神

【赏析】

这两句是杜甫歌颂李白诗仙的名句，后人常用来赞美那些才华出众的作家。

不见联

杜甫

敏捷诗千首
飘零酒一杯

【赏析】

这两句是杜甫对李白一生的概括和评价。"敏捷诗千首"，是赞美李白超人的才华；"飘零酒一杯"，是描写他一生飘零却又爱喝酒。高度概括，亦具匠心。

言志联

梁同书

官如草木吾如土
舌有风雷笔有神

【赏析】

上联以"官如草木吾如土"为喻，用五行"木克土"之说，称居官对己不利，故诗中又有"劝子勿为官所腐"句。梁同书后来绝意仕途，故用苏诗以自况。下联出自《和王斿二首》之一，是苏轼称赞王安国的话。梁同书工书法，诗多雅音，文亦清峭，为时人所称许。故梁同书引苏轼此句抒怀言志，确能表现出他的才华及其处世的态度。

浙江杭州岳庙联

王莘

天下太平　文官不爱钱　武官不惜死
乾坤正气　在下为河岳　在上为日星

文天祥

【赏析】

岳飞曾说："文官不爱钱，武官不惜死，天下太平矣！"上联将岳飞名句略做变动，既是对岳飞的称颂，也是对天下文臣武将的劝勉。下联化用文天祥的代表作《正气歌》之句，意思是正直刚毅的气节，如同天地间的浩然之气，在下可化为江河山岳，在上可化作日月星辰，千秋永在，万古长存。此联虽用前人成句，但不落窠臼，有所创新，语义浑成，气势磅礴，读之心灵为之震撼。

任三防主簿联

余小霞

与百姓有缘　才来此地
期寸心无愧　不鄙斯民

【赏析】

上联作者称自己到此，是"与百姓有缘"，十分亲切。下联"期寸心无愧"，是保证不做问心有愧之事，更允诺"不鄙斯民"。"鄙"，轻视，看不起。这副对联体现了作者的民本思想。

劝诫酗酒者联

黄庭坚

断送一生唯有
破除万事无过

【赏析】

此联是黄庭坚将韩愈的"断送一生唯有酒"和"破除万事无过酒"两句诗，各舍去最后的"酒"字而得，目的是阐明酗酒的害处。此联运用"藏尾法"，集句去尾，配成工整的巧对，委婉而讽，启人反省，劝诫之旨，不言自明。联尾的"过"字，是"过于""超过"的意思，应读平声。

邵锐集句联

邵 锐

共占春风　何处无桃李
一帘秋霁　窗外有芭蕉

【赏析】

邵锐，浙江杭州人，明正德年间的进士，官至太仆卿。有专集宋词词句的《衲词楹贴》传世，叶恭绰称其集句联"机杼在心，有如己出"。此联集苏轼的《诉衷情》、张先的《百媚娘》、姜白石的《翠楼吟》、陆游妾的《生查子》词句而成。上联写桃李"共占春风"，既写春景之态，又传春景之神。下联写秋日雨停初晴，芭蕉碧绿。透过这一片秋色，引起人们广泛的遐想，颇耐吟咏。

郑成功集句联

郑成功

养心莫善寡欲
至乐无如读书

【赏析】

郑成功，福建南安人，明清之际抗击荷兰殖民者的名将，民族英雄。上联出自《孟子·尽心下》，意思是：修养心性的最好方法是减少私欲。事实证明，"寡欲"是心灵的净化剂，它能使人胸怀坦荡，品格高尚，意志坚强。郑成功正是以此为铭，不断砥砺和鞭策自己，才使自己成为顶天立地的民族英雄。下联句出《史典·愿体集》，"至乐无如读书"是古今卓有成就的名人共同的感受。当然，他们"读书"是与"养心"结合在一起的，所以才能真正"乐"在其中。

朱彝尊集句联

朱彝尊

文章千古事
社稷一戎衣

【赏析】

山西太原晋祠唐碑亭上有此联。上联语出杜甫《偶题》诗："文章千古事，得失寸心知。"下联语出杜甫《重经昭陵》诗："风尘三尺剑，社稷一戎衣。"联语引申为李世民也曾自着戎装奋勇征战，才得到江山社稷。全联上写文治，下述武功，言简意赅，形象生动。集句联由清代书法家德砚香书，因文与书俱佳，其拓片深受中外人士喜爱。

杨法集句联

杨 法

清机发妙理
高步超常伦

【赏析】

杨法，江苏江宁人，清代学者。上联集自西晋曹摅的《思友人》诗："精义测神奥，清机发妙理。"下联集自三国魏嵇康的《言志》诗："远想出弘域，高步超常伦。"联意表示为人要以纯洁的心机生出高妙的道理，为文要以率直的性灵创作出思想情趣佳妙的作品。总之，不要弄虚作假，这样才能阔步前进，超越常人的水平，实现远大的理想。

纪昀集句联

纪 昀

新鬼烦冤旧鬼哭
他生未卜此生休

【赏析】

上联集自杜甫的《兵车行》："新鬼烦冤旧鬼哭，天阴雨湿声啾啾。"联语借此斥责庸医。下联集自李商隐的《马嵬·其二》："海外徒闻更九州，他生未卜此生休。"联语借此控诉庸医。联语虽讽庸医，但却未正面写，而是以患者"未卜"而"休"成为"鬼"的悲惨命运，对庸医的无能与可恶，予以有力地鞭挞，犹如针砭，入骨三分。

徐宗干集句联

徐宗干

仰之弥高　钻之弥坚　可以语上也
出乎其类　拔乎其萃　宜若登天然

【赏析】

上联集自《论语·子罕》和《论语·雍也》，联意为：抬头仰望，越望越觉得高；迈步钻进，越钻越觉得深，险峻深邃，可谓"至高无上"。下联集自《孟子·公孙丑上》和《孟子·尽心上》，联意为：泰岳为千山万壑中的出类拔萃者，登其峰巅，宛如置身九天云外。此联集句精当，语意双关，用以写山，生动形象；用以喻人，贴切自然，可谓情景交融，浑然一体。

住宅联

自题门联

陆旁和

近市声喧　清风明月不用买
贫家客少　鸟语花香自可人

【赏析】

作者虽家贫、少客，但"清风明月"，"鸟语花香"，亦能自得其乐。

大门联

佚　名

对门开竹径
临水种梅花

【赏析】

自我美化环境，乐得其所。联中暗含作者耿介之性格。

题住宅联

李叔同

天意怜幽草
人间爱晚晴

【赏析】

此联意境悠闲，表现出作者对生活的热爱。

题何廉昉试寓宅联

曾国藩

千顷太湖　鸥与陶朱同泛宅
一分明月　鹤随何逊共移家

【赏析】

环境明媚、幽静，借典亦佳。

住宅联

佚　名

石井深泉冷
闲庭异草香

【赏析】

少有客人拜访，门庭冷落；但异草之香，主人仍觉有趣。"异"对"深"，"香"对"冷"，此谓词性宽对。

厅堂联

佚　名

忠厚传世远
勤俭沿家昌

【赏析】

联语近于格言。"忠厚""勤俭"，乃是处世、立业之本。

住宅联

佚　名

庭院暖风　池塘微雨
桃花春岸　杨柳画桥

【赏析】

全用名词组联，构成一幅春景盎然的画图，确实不易。全联颇有宅在画中、人在画中之感。

题住宅楼阁联

佚 名

溪云初起日沉阁
山雨欲来风满楼

【赏析】

集名句成联，意在阐明此宅之处所和特定的自然美景。

曲阜孔府书室联

佚 名

天下文官祖
古代帝王师

【赏析】

此联以儒家观点，赞颂了孔子。

住宅联

佚 名

月无贫富家家有
燕不炎凉岁岁来

【赏析】

此联贵在谈人之未谈。作者借物寓意，暗示自家贫寒，而"月""燕"却不嫌弃，至于人怎样呢？将潜台词隐去。

自题住宅联

孙星衍

莫放春秋佳日过
最难风雨故人来

【赏析】

言理实际，发人寻味。故人冒风雨而来，可见友谊之深厚。

栖凤室联

梁鼎芬

零落雨中花　春梦惊回栖凤宅
绸缪天下事　壮心销尽石鱼斋

【赏析】

情文娓娓，有闲居失落之感。

题住宅联

朱汝珍

一路沿溪花覆水
几家深树碧藏楼

【赏析】

"花覆水""碧藏楼"，真是妙笔生辉，巧莫能及。

住宅联

佚 名

竹里登楼人不见
花间觅路鸟先知

【赏析】

体察入微，描述恰切；构思奇妙，富有深层美感。

题住宅联
赵之谦

阶前碎月铺花影
天外斜阳带远帆

【赏析】

作者从不同时间、空间角度，摄取最美的景物构联，使住宅幽美的环境，立时呈现于读者眼前。

门联
佚名

传舍十数迁　傍谁门户
眷属二三口　累我饥寒

【赏析】

此联字里行间都充满了牢骚和报怨。屡迁，大约因贫而迁，其对现实生活的不满可见一斑。

厅堂联
佚名

奇石尽含千古秀
异花长占四时春

【赏析】

奇、异之物，往往有其独特的美；作者用此等题联，深知其美。

厅堂联
佚名

看竹客来双屐雨
寻诗人坐一庭秋

【赏析】

读此联，有两处可稍停顿：一是"看竹"和"寻诗"，一是"看竹客来"和"寻诗人坐"，而后者更妥。如读时不会停顿，领会联中意韵就差一些。"一庭秋"，用得壮阔有情致，可见作者颇有笔墨功力。

书室联
李石贞

彼何人　予何人　都是穿衣吃饭
穷亦命　达亦命　不如闭户读书

【赏析】

此联文字通俗，朗朗上口。联中虽含愤懑，但又归于宿命观。

住宅联
彭文勤

何物动人　二月杏花八月桂
有谁催我　三更灯火五更鸡

【赏析】

此联自问自答，问得奇特，答得巧妙，颇有意味。

自题所居联

徐春浦

山横前榭瓦都绿
日射榴花楼映红

【赏析】

此联用词新艳，描述巧妙，借物衬物，物美味浓。

自题万松精舍联

汪蟠春

得地自收风月景
替天多植栋梁材

【赏析】

此联气势恢宏，美极，壮极，含意亦深厚。

住宅联

周凤楞

天地为庐　一代栋梁材　皆庇宇下
桑麻绕屋　十年生聚策　自在个中

【赏析】

此联磊落雄奇，读之爽然。此乃难得之佳联。

书斋联

邓元白

茅屋八九间　钓雨耕烟　须信富不如贫　贵不如贱
竹书千万字　灌花酿酒　可知安自宜乐　闲自宜清

【赏析】

作者生活虽清淡，但内心却恬适。自乐"钓雨耕烟"，用词精确、含蓄，极富韵味。

对联故事

八岁王洪对佳联

明朝人王洪,为闽中十才子之一。王洪中进士后授翰林院检讨,曾参与修订《永乐大典》。后来,有一次他因事不应诏,被同僚排挤。

相传王洪小时候就很有才华。八岁那年,家人在旧屋上建造新楼,有人见此景作了一联:

地楼上起楼　楼间无地

联中连用了三个"楼",且首尾两字相同,一时无人对出。小王洪也思索着,见院内天井里有口井,不是井中井吗?于是顺口对出了下联:

天井中开井　井底有天

大家一听,拍手叫好。

程敏政妙对双关联

古时有个人名叫程敏政,自幼多才,人称"神童"。宰相李资爱其文才,便把他召入京城,随后又将女儿许配给了他。

一日,李资宴请程敏政,当着满堂宾客出了一上联,请程敏政来对:

因荷而得藕

程敏政指着席上的果品,出口对道:

有杏不须梅

有个客人不以为然,说这个下联太一般了。李资听了大笑:"你难道没看出来吗?我们是言此而喻彼,别有一层意思呢!"客人仍不解,向程敏政请教,程敏政立即写道:

因何而得偶

有幸不须媒

客人听后便领悟了,不禁佩服,连称"妙联"!

诸葛亮周瑜笔墨相讥

诸葛亮在江东与周瑜、鲁肃共商孙、刘两家联合破曹大计时,常与周瑜打一些笔墨官司。

周瑜气量狭小,却常常自命不凡。有一次,他以诸葛夫人黄氏面丑为题,对诸葛亮吟道:

有目也是䀛　无目也是丑

去掉䀛边目　加女便成妞

隆中女子生得丑　百里难挑一个妞

诸葛亮听罢微微一笑,立刻反唇相讥:

有木也是桥　无木也是乔

去掉桥边木　加女便成娇

江东美女数二乔　难保铜雀不锁娇

二乔指大乔小乔,小乔是周瑜的妻子,而曹操慕二女美名,特筑铜雀台欲以金屋藏娇。

李白联骂胡乡绅

唐朝开元年间,十四岁的李白已在南浦名扬全城。有位姓胡的乡绅不学无术,却爱附庸风雅,常常胡诌几句打油诗,俗不可耐。胡乡绅五十大寿之日,宴请全城富户名流,并请李白赴宴。

李白

酒过三巡，胡乡绅虚情假意地对李白说："听说贤侄才华横溢，老夫这里有一上联，却苦于没有下联，今特请大家来对。"说完，摇头晃脑地念道：

　　梁山栽大竹　无须淋水

胡乡绅自以为这上联是川东三个县名组成的绝对，哪知李白随口答道：

　　南浦人长寿　何惧丰都

众人听罢，频频点头称赞对仗工整。胡乡绅亦无话可说。过了一会儿，胡乡绅想寻机讽刺李白好喝酒，便指着墙壁上挂的一幅画让众人看。画上有一个老神仙，怀抱一只大酒坛，睡在岩石上，不知是喝醉了还是睡着了，坛口朝下，酒正在往下流。胡乡绅装腔作势地说道：

　　酉加卒是个醉　目加垂是个睡　老神仙怀抱酒坛枕上偎　不知是醉还是睡

众人一听，不由暗暗替李白担心。李白却不慌不忙地指着肥胖如猪的胡乡绅答道：

　　月加半是个胖　月加长是个胀　胡乡绅挺起大肚当中站　不知是胖还是胀

众人一见胡乡绅那副模样，不禁捧腹大笑起来。胡乡绅非常尴尬，可又不便发作，只好强装笑脸，暗自打起了鬼主意。

这时，酒席已散，胡乡绅陪众人到花园散步，只见荷花池中有几只小鹅在戏水，便借题发挥，指着小鹅讥讽李白年少恃才：

　　白鹅黄尚未脱尽　竟不知天高地厚

这时恰好有一只乌龟从水里伸出头来，东张西望，李白便脱口答道：

　　乌龟壳早已磨光　可算是老奸巨猾

话刚一出口，众人又忍不住大笑起来，胡乡绅气得干瞪眼，无话可说。

老鼠偷皇粮

唐朝时，武康县出了个才子名叫孟郊。孟郊出身低微，但读书用功，文才出众。

一年冬天，有个钦差大臣来到武康县视察工作。县太爷大摆宴席，为钦差大人接风。正当县太爷举杯说"请"，钦差大人点头应酬的时候，身穿破烂绿色衣衫的小孟郊走了进来。县太爷一见很不高兴，眼珠一瞪喝道：

"去去去，来了小叫花子，真扫雅兴。"

小孟郊气愤地顶了一句：

"家贫人不平，离地三尺有神仙。"

"哟！小叫花子，你甭狮子开大口，我倒要考考你。我出个上联，你若对得出，就在这里吃饭。若是对不出，我就判你私闯公堂，打断你的狗腿。"钦差大臣阴阳怪气地说。

"请吧。"小孟郊一点也不害怕。

钦差大人自恃才高，又见对方是个小孩，便摇头晃脑地说：

小小青蛙穿绿衣

小孟郊见这位钦差大臣身穿大红蟒袍，又见餐桌上有一道烧螃蟹，略一沉思，对道：

大大螃蟹着红袍

钦差一听，顿时气得浑身发抖，但有话在先，又不好发作，便对县官说："给这小儿一个偏席，赏他口饭吃，看我再和他对。"

钦差三杯酒入肚，又神气了起来，他瞥了一眼小孟郊，又阴阳怪气地说：

小小猫儿寻食吃

小孟郊看着钦差大臣，又看看溜须拍马的县太爷，心想，你们这帮贪官污吏，便怒气冲冲地回敬道：

大大老鼠偷皇粮

钦差大臣、县太爷一听吓得目瞪口呆，惊出了一身冷汗。原来他们吃的正是救灾的银子，真可谓做贼心虚。

黄庭坚应联服众

有一次，北宋诗人黄庭坚游玩至小乔梳妆楼下，有人走过来，对黄庭坚道："不久前，本地有位才女，新婚之夜，仿效苏小妹三难新郎之举，以此楼为题出一上联，要新郎对出下联，否则不准进入洞房。可那新郎却未能对出，竟至后来因此郁郁而死。我辈才疏学浅，也一直无以为对，幸好先生大驾光临，务请赐教，以开茅塞。"说罢吟出那句上联：

梳妆楼头　痴眼依依　痴情依依　有心取媚君子君不恋

黄庭坚很是聪明，那人语音刚落，他就听出了弦外之音。心想，他们将我比作痴女献媚，真是可笑可恼，若不想个妙句回敬一下，他们必定小瞧于我。正思索间，他抬头看见延支山上叶落花残，顿时文思泉涌，于是，便语带讥讽地说："可叹那位新郎心窄命薄，死得可怜，我来替他对上一联，以便让他在九泉之下得以瞑目。"言罢吟道：

延支山上　落木萧萧　落花萧萧　无缘省识春风春难留

众人听了，不由暗暗叫苦：黄庭坚在对句中自比春风，将他们比作依附春风的花草树木，却文辞精妙，不露一点痕迹，因此，众人虽然被他捉弄，但又不得不叹服他才智超群。

佛印巧对苏小妹

苏东坡同他的朋友佛印和尚谈论佛事，佛印大吹大擂说自己佛力广大，佛法无边。躲在帘子后面的苏小妹听到了，有意讽刺一下这个大言不惭的和尚，便写了一句上联，叫使女拿出去，让苏东坡转给佛印对下联。

苏东坡看了，边交给佛印，边笑着说："有意思，有意思。"原来，那上联是：

人曾是僧　人弗能成佛

佛印知道这是挖苦自己的，但又不甘心认输，经过一阵思索，写出了下联，也交给苏东坡。苏东坡一看下联是：

女卑为婢　女又可称奴

他连连称好，并说："不但对得工整，还反戈一击，妙极了。"

王彝巧对客

元末明初文学家王彝，少年时便聪慧异常、机敏过人。有一次，客人出了一个上联，请他来对：

天上星　地下薪　人中心　字义各别

此对中的"星""薪""心"，音同义别，下联也必须对等才能符合要求。客人本想借此来难倒他，谁知他不假思索，立即应道：

云间雁　檐前燕　篱边鹦　物类相同

下联中的"雁""燕""鹦"，也是音同义别，而且都属鸟类，对得工整巧妙。

村童联讽"周不行"

湘江橘子洲头，有个天星阁。相传古时有个姓周的官员到这里游乐，见几只鸽子停在天星阁上，便想炫耀一下自己射箭的本领，拉弓朝鸽子射去，不料没有射中，鸽子飞了。他感到很没面子，垂头丧气地走进阁里。有个随从人员见此情景，立即献殷勤道："大人拉弓的时候，大家一喧哗，把鸽子吓飞了，这不要紧，大人文武兼备，何不吟诗取乐？"一语说动了周大人的心，他也想借机卖弄一番，便说："我出个上联，你们来对，对上了赏银十两。"说罢，他以刚才看到的鸽子为题，出了个上联：

天星阁　阁落鸽　鸽飞阁未飞

随从人员一个个抓耳挠腮，绞尽脑汁，都无法对出下联。忽然，一个临时来给官员们侍茶的十岁村童插嘴说："大人，我看这对子没有什么难的，不知我对得对不得？"周大人说："有什么对不得的？你只管对来，对得好就把银子赏给你。"村童听了，当着大家的面对道：

水陆洲　洲停舟　舟行洲不行

在当时，橘子洲又叫水陆洲。大家一听，齐声道好，周大人也不住地点头，亲手把银子赏给了村童。过了几日，周大人回到家里，将对联之事讲给夫人听，期望得到夫人的称赞。不料夫人听完后却说："笨蛋，'洲不行'就是'周不行'呀，你被村童戏弄了，笑你射箭不行，你还高兴什么？"夫人这话被丫鬟们传了出来，从此人们就背地里把周大人称作"周不行"。

于谦不谦

于谦是明朝浙江钱塘人。幼年时，他的母亲把他的头发梳成双髻。有一天，他到乡间的学堂去，一个叫兰古春的僧人看到他这副模样，戏道：

牛头且喜生龙角

于谦应道：

　　狗嘴何曾吐象牙

于谦回到家后对母亲说："以后不要梳成双髻了。"

又过了几天，兰古春恰好路过学堂，见于谦头发被梳成三岔，又戏道：

　　三丫如鼓架

于谦对道：

　　一秃似擂槌

兰古春赞其才思敏捷，于是告诉于谦的老师说："这孩子长大必定是国家栋梁。"

两年以后，于谦果然成了县学生员。当时恰好有一巡按到那里的一座寺院游玩，随从官员有一人指着殿中佛像道：

　　三尊大佛　坐狮　坐象　坐莲花

一时无人能对，有人说："可让于谦这小秀才来试一试。"于谦也不谦让，随口答道：

　　一介书生　攀凤　攀龙　攀柱子

众人无不拍手称好。

邱濬应联争座

明代作家邱濬，字仲深，广东琼山人。邱濬幼年在学堂读书，一天，大雨滂沱，教室里有的座位处漏雨，他与一个富人的儿子争坐不滴水的座位，两人相持不下。老师说："不要争了，我有一五字联，能对出的坐好位置。"于是念道：

　　细雨肩头滴

富人之子一听，顿时目瞪口呆。邱濬却胸有成竹，应声道：

　　青云足下生

老师于是把好位置分给了邱濬。

富人之子不服，回家告诉了他的父亲，其父大怒，派人把邱濬叫来，气急败坏地喝道：

　　谁谓犬能欺得虎

邱濬鄙视一笑，从容答道：

　　焉知鱼不化为龙

富人见他出口不凡，怕他将来做了大官会找他的麻烦，于是只得作罢。

农夫出联难孔子

一次，孔子和学生颜回外出回家，走到半路上看到一个农夫挑了一担泥放在路上，路很窄，孔子过不去，那农夫笑着对孔子说："先生，我出一个对子，你若对得上，我就把泥挑走让你过去，若是对不上，那你就自己挪动这担泥。"

孔子道:"什么对子?"

　　一担重泥拦子路

这个对子巧妙地将孔子的名字仲尼和学生的名字子路联在了一起。对子巧妙,孔子苦苦思考也对不上。这时他的学生颜回走上前来,去挑那一担泥。颜回本是一个文弱书生,怎么也挑不起来,手上、衣袖上都沾上了泥巴。那农夫哈哈大笑。孔子也禁不住笑了起来。眼前的一切让孔子茅塞顿开,于是他大声说道:

有了,对上了,是:

　　两个夫子(农夫、孔夫子)笑颜回

那农夫一听,赶忙挑走泥,让孔子过去了。

李白应联退敌

唐玄宗李隆基在位时,大唐经过"安史之乱"国力大减。唐朝周边小国想借此扩充地盘,高丽便是其中之一。高丽王为了了解大唐朝廷内有无文能安邦、武能定国的人才,就请人写下一副对联到大唐下战表探虚实。

高丽使臣携战表对联来到都城长安,见到玄宗呈上对联。上联是:

　　琵琶琴瑟八大王王王在上

唐玄宗见此联内含挑衅与杀机,十分气恼,与文武众大臣商量对策。身为翰林院供奉的李白觉得为国效力的机会来了,就叫人取来文房四宝,写下下联:

　　魑魅魍魉四小鬼鬼鬼犯边

对得工整又义愤填膺,高丽国使臣带此联回国,高丽王见大唐虽经战乱但不乏人才,便打消了犯边的念头。

小丫鬟与马远斗对

据说,被人称为"南宋四家"之一的马远,小时候性顽贪玩,不喜读书。

一天,马远偷偷溜出学馆,跑到池塘边,攀柳折枝,搅水逐鱼,好不痛快。他玩得正高兴,邻居一个丫鬟担着两只水桶走来。马远怪她搅了兴致,想吓她一下。等那丫鬟打满水挑起想走之时,躲在树后的马远,"呔嗨"一声大喊,吓得姑娘跌坐地上,水也洒了一身。马远还不罢休,装腔作势地喊道:

　　挑水丫头谁家女

没想到那丫鬟竟低头回敬了他一句:

　　混账小子隔墙人

这与马远的问话恰成一副对联,马远想不到这个丫鬟居然很有才气,又出一联吟道:

　　翠芦碧荷　且问你谁人栽就

此时,丫鬟已经重新把水打满,挑起水桶,边走边答:

　　绿蓼红菜　原是它天然生成

马远听了又是一惊,等再想开口,那丫鬟已挑着一担水,头也不回地走了。

马远碰了钉子,无精打采地回到家里,忽听窗外传来一阵笑声。他起身抬头朝外一看,原来是刚才那个挑水丫鬟，隔墙踏梯，拽着他家墙边桑枝，正摘桑椹吃呢。这回可有机会报复那个丫鬟了，马远便干咳一声，高声问道：

　　南院北邻近居　偷摘人家桑椹子　该也不该

　　只见丫鬟双手扶墙，微微一笑，不慌不忙地对道：

　　东游西逛瞎混　不读古今圣贤书　羞也不羞

　　一句话揭到痛处，马远羞得哑口无言。

　　自那以后，马远改变了以前的态度，专心读起书来。后来，他不但在写诗作文章方面很有成就，而且还画得一手好画，与著名画家刘松年、李唐、夏圭并驾齐驱，被尊为"南宋四家"。

秀才弄联反被嘲

　　明初大学士解缙因擅长对对联，被人们誉为"对联大师"。随着名声越来越大，许多人都来向他请教。但也有一帮自恃才高的人不服气。一天，有个秀才，要来与他比试比试。

　　两人一对阵，这个秀才便摇头晃脑地念道：

　　牛跑驴跑跑不过马
　　鸡飞鸭飞飞不过鹰

　　解缙听了，感到这个秀才可鄙可笑，当即就写了一副对联送给他：

　　墙上芦苇　头重脚轻根底浅
　　山间竹笋　嘴尖皮厚腹中空

　　这副对联，把那个搬弄是非又无真才实学的秀才描绘得惟妙惟肖，想嘲弄人的人反被嘲弄，秀才狼狈不堪，无言以对。

联讽洪承畴降清

　　明末重臣洪承畴是福建南安人。此人平时道貌岸然，开口忠君，闭口爱国，并亲笔撰书一联挂于中堂：

　　君恩深似海
　　臣节重如山

　　真是信誓旦旦，念念不忘忠君、守节。可是等到清兵入关，洪承畴在松山被俘，最后却屈膝投降了。

　　之后，他的许多同僚，如史可法、郑成功等人，坚决抗清，甚至壮烈牺牲。人们鉴于这忠奸分明、真伪若揭的洪承畴现象更加敬仰民族英雄，谴责民族败类，于是有人把洪承畴的对联改为：

　　君恩深似海矣
　　臣节重如山乎

　　洪承畴在自己六十岁生日时，大摆宴席，隆重庆寿。他的一个"门生"引以为耻，于是披麻戴孝，用竹竿挑一对联前往"祝寿"。人们蜂拥围观，只见对联上写：

　　史鉴流传真可法
　　洪恩未报反成仇

　　联中嵌名歌颂史可法，并与"承畴"谐音直指他"洪恩""成仇"。

　　当时以史可法同洪承畴进行忠奸对比，撰文写诗颂忠责奸的文字甚多。其中还有一副两人名字的对联，写得更妙，曾不胫而走，传遍全国。联曰：

　　父成丑　子成丑　父子成丑

洪承畴
君可法　臣可法　君臣可法
史可法

萧燧巧改联

清朝乾隆年间，广东有一个举人名叫萧燧。一天，他在新会县看到一个大族门前，贴了一副炫耀门第的对联：

巷有几人　举贡　监员　进士
家无别业　诗书　礼乐　文章

萧燧见他们如此不知羞耻，便挥笔改写了对联：

巷有几人　化子　舞蛇　弄术
家无别业　琵琶　绰板　三弦

这一改，把那些高门大户都给贬低了，使他们哭笑不得。

粗毛野兽石先生

蒲松龄在写《聊斋志异》之前，在乡里就凭借其才气出了名。有一个石先生，不服气要与他一比高低。

这天，他们碰在一起。石先生看见一只小鸡死在砖墙后面，于是便出了个上联难为蒲松龄：

细羽家禽砖后死

蒲松龄一听，这是糟蹋我呀！我也得给他点颜色看看。他装作无能的样子说："我不会对对子。既然石先生逼着我对，我就一个字一个字对着看，请先生帮我一字一字录下来，要不，过后我自己就忘了。"石先生差点笑出声来：一个字一个字对，说不定出什么洋相呢！他满口答应下来。

蒲松龄大智若愚，一本正经地说：石先生幸灾乐祸，一本正经地记：

"粗对细，行吗？""行。"记个"粗"。

"毛对羽，行吗？""行。"记个"毛"。

"野对家，行吗？""行。"记个"野"。

"兽对禽，行吗？""行。"记个"兽"。

"石对砖，行吗？""行。"记个"石"。

"先对后，行吗？""行。"记个"先"。

"生对死，行吗？""行。"记个"生"。

"完了，你念念。"

石先生便念道：

粗毛野兽石先生

刚念完，顿时觉得羞愧难当，自认倒霉。从此以后，他再也不敢小瞧蒲松龄了。

曹雪芹应对骂财主

香山四王府村只有两眼水井，一眼在街中心，一眼在财主张伯元家后花园里。张伯元依仗权势，硬是把街中心的井给填了。人们要吃水只能到他家里去挑。他在井旁放了一个瓦罐，谁要挑水就得投一个铜钱，所以村民们恨透了他。张伯元还写了一个上联：

丙丁壬癸何为水火

张伯元扬言：只要有人对出下联，

他就认输，不再收水钱。

曹雪芹得知后，心想，这有何难。他叫人拿来纸笔，挥笔写道：

　　甲乙庚辛什么东西

上联丙丁为火，壬癸为水；下联甲乙属东，庚辛在西，不仅对得工整精妙，还骂了张伯元。从此以后，四王府村的人吃水再也不用花钱了。

魏源应对骂文痞

清代文学家魏源，字默深，湖南邵阳人。魏源十一岁那年，当众揭露了一个文痞抄袭他人诗作。那文痞恼羞成怒，指着灯笼里的蜡烛用顶针法出了一上联：

　　油蘸蜡烛　烛内一心　心中有火

魏源毫不示弱地答道：

　　纸糊灯笼　笼边多眼　眼里无珠

那文痞挨了骂，接着用拆字法又气冲冲地出了一上联：

　　少小欺大乃谓尖

魏源立即回敬道：

　　愚犬称王即是狂

那文痞见斗不过他，只好灰溜溜地跑了。

穷书生联嘲张之洞

清末，张之洞在湖北任督军一职，有个穷书生不满于当时的贪官污吏作威作福，想借个机会骂一骂张之洞，

出出怨气。于是，写了一上联，寄给张之洞，要张之洞对下联。其联云：

　　之字路偏要你走

张之洞及其幕僚看后，冥思苦想多日，始终无法对出。无奈之际只得求教于那位穷书生。书生寄来的下联竟是明显嘲笑他的：

　　洞中怪且奈我何

蒋焘妙对拆字联

明文学家蒋焘，字仰仁，长洲（今属江苏苏州）人。八岁那年，他父亲的一位朋友来访。谈话中，那友人出了一个上联让众宾对，联曰：

　　冻雨洒窗　东二点　西三点

这是拆字联，很有诗意。在座的人绞尽脑汁，也没人能对出下联。蒋焘看见他们正在吃西瓜，想了一阵忽然有了灵感，于是高声念道：

　　切瓜分客　上七刀　下八刀

诵完后，在座的人无不拍手称奇。这副对联难得的地方，在于上联拆"冻洒"二字，下联拆"切分"二字，而又十分符合全联所表达的事实。

小万安巧应对

万安是明朝正统年间进士，四川眉山人，学识渊博，历仕英宗、代宗、宪宗、孝宗四朝，当过吏部尚书、华盖殿大学士。相传他自幼学习对联，很有诗才。有一次，一位远客到他家来，坐在阶前，对着天空吟诵：

日在东　月在西　天上生成明字

但他却怎么也对不出下联，不觉抓耳挠腮，频频抬须。万安见了，不禁觉得好笑，说："这有何难，我对给你看。"随口念道：

子居右　女居左　世间配定好人

李自成即景妙对

明末农民起义领袖李自成是陕西米脂人。据说他十岁那年，一天傍晚，雨过天晴，月光皎洁，他的老师乘兴叫他来对对联。老师出的上联是：

雨过月明　顷刻呈来新境界

李自成想了许久，尚未对出恰当的下联。谁知天有不测风云，霎时狂风顿起，云遮月蔽，李自成见景生情，随即对道：

天昏云暗　须臾不见旧江山

这人没有心肝

文素臣在十岁的时候，听文客们称赞一副古对，文客们都说它古今少有：

三光日月星
四诗风雅颂

相传下联是苏东坡对的，文素臣颇为不屑地说："嗨，像苏东坡这样对法，我都可以对好几个。"

文客们见他小小年纪，口气却这么大，都说道："那你对一个来听听。"于是文素臣便不加思索地念道：

五脏脾肺肾

文客说："五脏还有心肝呢？"

文素臣说："我说的这人没有心肝。"文客们一听哄堂大笑。

李调元叔嫂端午趣对

清代文学家、戏曲理论家李调元是四川人，乾隆年间进士，自幼聪明伶俐、能诗善对。

一年端午节，李调元来到厨房见粽子已熟，立刻向他三嫂要粽子吃。他三嫂爱五弟（李调元在家中排行第五）才思过人，便随口吟道：

五月五日　五弟厨房讨粽子

让李调元答对。

李调元略一思索，嫌联中"讨"字不雅，又转眼见厨房有焦黄喷香的油炸糍粑，禁不住说道："我不要粽子要糍粑。"三嫂笑道："糍粑来之不易，昨晚半夜才舂完。对不出下联，什么都不要想！"李调元灵机一动，应声答对：

三更三点　三嫂檐下偷糍粑

"偷"对"讨"，妙趣横生，叔嫂二人相视大笑。后又各改一字：

五月五日　五弟厨房吃粽子
三更三点　三嫂檐下舂糍粑

李时珍续对娶妻

明代药圣李时珍不但精通药物，也擅长诗词赋对。传说有一次，李时珍从山上采药归来，见当地药铺门前人头攒动，便上前观看。原来是药铺

105

王掌柜眼见年迈，想给自己的独生女儿掌珠招一个女婿，掌珠便出了一个上联悬挂于店铺门前，言明谁能对出下联便以身相许，一时吸引来众多年轻人。这个上联是：

　　刘寄奴插金簪戴银花　比牡丹芍药胜五倍　从容出阁　含羞寄往槟榔

李时珍一看，此联嵌入九味中药名，流露了小姐含羞招婿的意思，别有一番苦心。他沉思了片刻，让人拿来文房四宝，一挥而就写下下联悬挂了上去。周围的人看到这情景纷纷品头论足，王掌柜闻声赶出店门，看那墨迹未干的下联：

　　徐长卿持大戟跨海马　与木贼草寇战百合　旋复回朝　车前欲会红娘

此联也含九味中药名，且表明向小姐求婚的意愿。王掌柜见此联不凡，便问是何人所作，李时珍站出施礼。王掌柜见他一身尘土有些不高兴，随即吟出一联：

　　一身蝉衣怎进将军府

李时珍不卑不亢应对：

　　半支木笔敢书国家志

王掌柜有些惊异，又出一药联道：

　　扶桑白头翁有远志

李时珍接口答对：

　　淮山红孩儿不寄生

王掌柜见李时珍的应对无可挑剔，且人也气宇不凡，心里有些喜欢，正欲作主将女儿许配于他，不想掌珠从屏风后走出来，轻轻吟出一联道：

　　听徐长卿奏黄芩　沉香阁内曲曲惊云母

李时珍闻声看去，见王小姐长得如花似玉，不觉怦然心动，情不自禁出口应道：

　　闻女贞子弹枇杷　防风屏前声声动天仙

掌珠一听欢喜不尽，含羞掩面而去。王掌柜见状大喜，择个吉日，大宴宾客，让女儿与李时珍完婚。后来李时珍编撰《本草纲目》，其妻掌珠也耗费了诸多心血，给予了极大帮助。

"神童"李仕彬

相传清朝末期，有位人称"神童"的李仕彬，自小勤思好学，深得先生青睐。有一年大年初一，李仕彬的父亲背着他去给先生拜年，先生见他穿着新衣服，便出联道：

　　三尺天蓝缎

李仕彬边向先生拜年，边想着来时见到的药柜上的药名，随即对上：

六味地黄丸

这时，恰逢师娘上楼，先生再出对曰：

登楼望南北

李仕彬拿着糖果，在屋里边吃边走边对：

行路吃东西

先生望着门外河上的断桥，又出上联：

今日过断桥　断桥何日断

李仕彬随口答道：

明朝奔明月　明月几时明

先生又指着烛台吟道：

火烛冲天亮　文光射斗

李仕彬到屋外点燃一个爆竹，回来应对道：

惊爆落地响　怒气冲天

先生喜不自胜，连连称赞："真乃神童也！"

纪晓岚替兄应对

纪晓岚小时候很聪明。九岁那年的一日响午，学堂读书的哥哥还没有回来，于是他便摇着一根牛皮鞭去学堂找。原来，老师出了个上联，哥哥还未答上来。联曰：

苇秆织席席盖苇

纪晓岚求老师道："我替哥哥对可以吗？"老师听他奶声奶气，便笑着说："那你对吧！"哪知他看看牛鞭便脱口对上：

牛皮拧鞭鞭打牛

老师又诧异又高兴，连忙放他哥哥回家吃午饭。

周渔璜答对索书

传说在康熙年间，贵州贵阳来了个有学问的巡抚。在一个圆月朗照的夜晚，他带着一帮文客，到南明河畔赏月，看到倒影横在江上，忽生灵感，随口吟出一副对子的上联：

树影横江　鱼游枝头鸦宿浪

文客们摇头晃脑、纷纷称赞，却没有一个人能对出下联。后来，巡抚就把这半副对子贴在城门上，并加贴告示，以重赏征求下联。

一日，周渔璜到贵阳，见了告示一把扯下。当时，周渔璜还是个小孩，守告示的公差十分惊奇，很快把他带到公堂。巡抚命他当堂应对，周渔璜提笔一挥而就：

山色倒海　龙吟岩畔虎眠滩

对的也是倒影，生动逼真，巡抚拍案叫好，叫人端出金银相赠。周渔璜分文不取，只想要几本书，巡抚就叫人挑一担书给他送去。

牧童联讽酸秀才

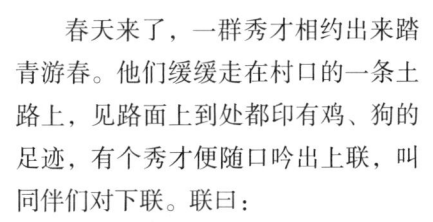

春天来了，一群秀才相约出来踏青游春。他们缓缓走在村口的一条土路上，见路面上到处都印有鸡、狗的足迹，有个秀才便随口吟出上联，叫同伴们对下联。联曰：

鸡随犬行　遍地梅花竹叶

一下子把大家给难住了，个个搜肠刮肚，苦思冥想，还是不能对上。这情景被路边一个放牧的小孩瞧见了，他

107

觉得十分好笑，高声说道："这有什么难对的，现成的就有一个。"几个秀才看着这个牧童，怪声怪气地笑了起来，讥笑道："放牛的，你对对看。"牧童顺手指指路上的羊屎马粪，大声对道：

羊跟马走　连路松子核桃

大家一看，那羊屎真像是松子，马粪也像是核桃，不禁倾倒，不再作声。殊不知，牧童是在借下联讥刺他们哩！说他们像羊屎马粪。

童子县试答对

清朝学者阮元，字伯元，江苏仪征人。他曾督学某省，有童子九岁参加县试，阮元看他年幼，于是用自己的名字出对曰：

阮元

那童子随口对道：

伊尹

伊尹是商初大臣。从字面上看，"尹"是"伊"的偏旁，"元"是"阮"的偏旁，对仗工整。因此阮元对那童子的文才感到惊讶。

又有一次，一个客人指着当地知府冯驯说：

冯二马　驯三马　冯驯五马

那童子随口应道：

伊有人　尹无人　伊尹一人

客人暗暗称赞他文才非常。

林则徐以父作马

清末政治家林则徐是福州人。林则徐童年时，一天放学回家，路见一群乡人对着池塘里游来游去的鸭子，正在做对对联的游戏，有一人拟一上联曰：

母鸭无鞋空洗脚

上联有了，可是没有人能对出下联。林则徐在一旁想了一会，便对曰：

公鸡有髻不梳头

众人皆称他对得好。

据说林则徐赴乡试时，父亲恐他年龄小远行疲累，就要他骑在自己肩上。进考场时，主考官因为他年龄小，即兴出一联让林则徐对，作为进考场的条件，联曰：

以父作马

这使林则徐的父亲羞得面红耳赤，很是难为情，可是骑在父亲肩膀上的林则徐可真不简单，他眼珠一转，应道：

望子成龙

这四字，看来似平易，但就当时当地而言，林则徐要替自己和父亲解嘲，真可以说除了这四个字外，再没有更圆满的说法了。主考官听了暗暗称奇。

史致俨巧应拆字对

清人史致俨，字容庄，号望之，江苏江都人。他九岁参加县试时，县令出一上联考他。联曰：

闲看门中月

史致俨想了想便随口应道：

思耕心上田

县令称他是奇才。因为这是拆字对，"閒"（简体为"闲"）拆成"门中月"，"思"拆成"心上田"。下联"思耕心上田"五字，极有理趣，可称名对。

独眼才子刘凤诰

清乾隆年间，江西萍乡人刘凤诰进京应试，考中了第三名进士。按照当时的科举制度，皇帝在放榜前，要亲自会见新科进士，并进行殿试，然后御笔点出前三名，即状元、榜眼、探花。刘凤诰相貌平常，小时候贪玩，伤了一只眼睛。殿试时，乾隆皇帝看到他的相貌，心里有些不快，本想取消他的探花资格，但又怕被人议论"以貌取人"。于是，特出一联，试试他的真才实学。乾隆皇帝的上联是：

独眼不登龙虎榜

刘凤诰听了，知道是针对自己的相貌来的，立即对道：

半月依旧照乾坤

乾隆皇帝听了，又惊又喜，因为下联的意境深远，说明刘凤诰不但有文才，而且更有抱负。乾隆一时兴来，又以四方星辰为题，再出上联：

东启明　西长庚　南箕北斗
朕乃摘星汉

刘凤诰马上对出：

春牡丹　夏芍药　秋菊冬梅
臣是探花郎

乾隆皇帝心花怒放，喜上眉梢，欣然命笔，点他为探花。

刘墉山西认义女

一年夏天，刘墉带着家将刘青到山西私访。这天到了一处鸟语花香的所在，毒日当头，酷暑难耐，二人感到口渴，便四处找水喝。正行间，看见一村姑在井上打水，刘青乐得急忙跑到井边，摸出钵子就向桶里舀水。"慢！你这人连句招呼都不打，这水能随便喝吗？""咋啦，还得花钱不成？""钱不稀罕，讨水先得对诗，对得上喝蜜也不难！"刘青听了连忙说："好，俺对！"于是村姑微微一笑，连出四句：

哪样东西高起天？
哪样东西矮起地？
哪样东西苦中苦？
哪样东西甜如蜜？

刘青嘻嘻一笑，慢悠悠地回答：

上有瑶池高起天，下有龙泉矮起地，唯有黄连苦中苦，菠萝汁子甜如蜜。

"俗，太俗！另从孝字打头对。"

"这……"刘青一听直挠头皮，张口结舌没词了。刘墉见他出丑，赶紧帮忙说道："俺来对。"

孝顺爷娘高起天，后娘的孩子矮起地，无儿寡妇苦中苦，过门的新娘甜如蜜。

"嘻嘻，您老人家胡子一大把，学问还不浅，索性再考考您吧，听着，我出个上句。"

吕梁山前一门独户三进士

刘墉立即对道：

齐鲁大地一山一水一圣人

村姑一听，又甩出一绝句：

传山西鬼君窃师扬四海

联中的"鬼君窃师"分别指鬼师张陵，君师赵中元，窃师时迁。刘墉不慌不忙地对道：

话山东皇帝仙君震环天

联中的"皇"指三皇，"帝"指五帝，"仙君"指泰山供奉的碧霞元君，俗称泰山奶奶。那村姑听完对句，知道自己碰上了"大学问"，不再发难，拎起水桶扭头就走。刘青一看急眼了："你等等，想要赖不成，快拿水来！"

"傻样，本姑娘早把蜂蜜泡好了，快领那位大爷随我来……"

刘墉打心眼里佩服姑娘的才智，当场把她认作了干闺女，接着又把她许给了刘青。隔了几年，刘墉抬举刘青做了吕梁山左一路副将，随后刘青又调任山东督台府总兵，村姑也成了三品诰命夫人。

钟耘舫联斗朱秀才

号称"对联天子"的四川文人钟耘舫，才华盖世，从来不屑与权贵往来。一日，善于巴结逢迎的当地秀才朱某来钟家提出比赛对联，并出上联道：

大丈夫半截人身

"大丈夫"三字的下部均可截下"人"字，意在讽讥钟耘舫莫以"志士"自足，"大丈夫"亦是凡人，没什么了不起。钟耘舫早想教训一下朱某，于是略加思索了一下，对道：

朱先生三个牛头

这"朱先生"三字的半截都为"牛"字之头，对联的意思是提醒朱某不要一味攀附权贵，甘当权贵的"憨牛"。

刘道真戏妇遭讽

相传，晋代有个读书人叫刘道真，由于兵荒马乱，为生计所迫，他在河边帮人牵船。有一天，刘道真正在牵

船时，看见河中有位老妇人操橹划船。刘道真自恃能诗能文，便嘲笑这位老妇人：

> 女子何不调机弄杼 因甚傍河操橹

没想到，这位老妇人却立刻回敬道：

> 丈夫何不跨马挥鞭 因甚傍河牵船

刘道真听了，羞得满脸通红。

还有一次，刘道真同朋友在一间茅屋中共用午饭，看见一位身穿黑衣的妇女，领着两个小孩走过。刘道真又嘲笑起她们来了：

> 一羊引双羔

这位妇人回头瞪了刘道真一眼，正言回答：

> 两猪共一槽

刘道真连碰了两次软钉子，以后再也不敢小看妇女了。

州官放火

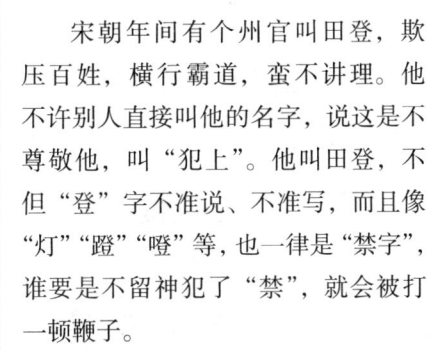

宋朝年间有个州官叫田登，欺压百姓，横行霸道，蛮不讲理。他不许别人直接叫他的名字，说这是不尊敬他，叫"犯上"。他叫田登，不但"登"字不准说、不准写，而且像"灯""蹬""噔"等，也一律是"禁字"，谁要是不留神犯了"禁"，就会被打一顿鞭子。

这年正月十五即将到来，正月十五是元宵节，也叫灯节。家家户户要挂灯、赏灯，叫作"放灯"。田登让人在城里贴出告示，规定正月十五怎么过。那告示上写着："本州依例放火三日。"

怎么写"放火"呢？本该写"放灯三日"，那"灯"字不是不准写吗？起草告示的只好写"放火"了。

老百姓看了，感到又好气又好笑：大过节的，连灯字都不准说，这是什么世道！于是有人就借此编了一副对联：

> 只准州官放火
> 不许百姓点灯

但是不敢贴出去，老百姓就在私底下一传十、十传百地传开了，并且一直传到现在。

郑堂应对戏宦官

明朝正德年间，有个姓王的太监坐镇福州，仗势欺人，作威作福。有一年，他做六十大寿，竟把戏台搭在闹市区朱紫坊巷口，行人往来都得从

台下钻过，百姓敢怒却不敢言。

　　有位秀才名叫郑堂，见此情景非常生气。他挺身而出与太监说理。这天，他故意穿着大皮袄，手执大纸扇去与太监争辩，驳得太监无言以对。为了争回脸面，王太监说："拆戏台可以，但你得对个对子，对得好就拆，对不好，请你也得钻戏台。"郑堂同意，太监说：

　　　　穿冬衣　执夏扇　不知春秋

　　郑堂知道他讽刺自己，便不慌不忙地道出下联：

　　　　朝北阙　镇南邦　没有东西

　　周围百姓立即会意地大笑起来，弄得王太监面红耳赤灰溜溜地认输了。原来这"没有东西"既笑他没有学问，也讽刺他是个"阉官"胯下无物，有何可神气的？

小贩成大官

　　明朝万历年间，福建泉州东石乡有一名士蔡逢益，为人耿直，有些骄傲。他一面开私塾，一面苦读。

　　一天，他为学生留的作业是对联：

　　　　木叶落尽山露骨

　　学生们谁也对不上。这时，村里来了一位卖书笔的小贩，帮助孩子们对出：

　　　　莲房抽高水穿心

　　蔡逢益知道是别人代作的，就找来小贩，当面奚落他：

　　　　锡瓶圆广　何必旁边插嘴

　　小贩回答：

　　　　铁锁方型　岂知内里参差

　　蔡逢益见此人如此放肆，接着出对：

　　　　狂犬无知　敢入深山斗虎豹

　　小贩见教书先生出言不逊，也便针锋相对：

　　　　困龙未遇　暂来浅水伴鱼虾

　　蔡逢益恼羞成怒，竟抽出扇子朝对方头上打去，由动口变成动手。小贩只好忍辱离村。这位卖书笔的小贩从此便刻苦攻读，竟屡试连中，出任广东布政使，这个人叫林奏我。这时，蔡逢益也弃文习武，被提升为广东南海郡的总兵，在林奏我管辖之下。

　　本来，林奏我对一扇之仇耿耿于怀，他夫人从"坏事变好事"的角度劝说他应将蔡总兵当作恩人看待。林奏我认为有理，所以派人去请总兵速来。

　　这蔡总兵性格刚烈，误认为此去凶多吉少，便吞金自杀了。林奏我闻讯赶来，扶棺痛哭，向众人说明原委，人们都为蔡总兵的死感到惋惜。

知县快走

明朝末年，在鲁西南地区发生了严重的天灾，先旱三月，后涝半年，粮食颗粒无收，民不聊生。第二年春天，正值青黄不接的时候，一个县令却大办生日，为了勒索寿礼，他不顾百姓死活，派出爪牙，四处抢掠。百姓十分气愤，经过商议撰写了一副对联，趁黑夜的时候贴到了县衙门口：

县太爷过生日　金也要　银也要　鸡也要　黑白不分一把抓

小百姓过灾年　糠没有　菜没有　柴没有　青黄不接万家空

横批：知县快走

天亮后，这副对联恰好被前来视察灾情的巡抚看到了，巡抚马上奏明圣上，县官被革了职。

秀才改联骂贪官

传说明朝末年，湖北襄阳有一个进士，补缺做了知县。此人为官甚贪，搜刮民脂民膏，苛捐杂税，弄得百姓怨声载道。这个贪官却毫不在意，依然我行我素。百姓对这个狗官极为憎恨。一年春节将临，这个贪官在家门口贴了一副对联，吹嘘自己的政绩，联曰：

爱民若子
执法如山

老百姓见了无不嗤之以鼻，其中有个姓杜的秀才，更是气愤至极。他早就对贪官的恶行恨之入骨，今又见其恬不知耻，厚颜自吹，不觉义愤填膺。只见杜秀才稍一沉思，便在上下联后各添了一句，改成了：

爱民若子　金子银子　皆吾子也

执法如山　钱山靠山　岂为山乎

这副对联经秀才这么一改，撕掉了贪官"廉明清正"的假面具，暴露了贪官污吏狰狞的面目。

嵌名联巧骂大官僚

明末清初，江苏吴江有个大官僚名叫金之俊，字起凡。他平日放纵儿孙家仆横行乡里，作恶多端。当时有人针对他的人品和作为，专门写了一副对联：

从明　从顺　从清　三朝之俊杰

纵子　纵孙　纵仆　一代起凡人

这副对联，巧妙地把他的名"之俊"和字"起凡"写入联内，构思奇巧，自然贴切。对这个一生毫无骨气，却放纵家人作恶的大官僚，进行了无情的揭露和嘲讽。

针锋相对巧答联

清初，南方有个姓任的主事官，他喜欢议论朝政，抨击时弊，不免得罪了一些有钱有势的官宦人家。

一天，皇上派了一个姓管的御史官到这个地方来考察，当地的豪绅伺机出来对任主事官恶意攻击，讲他一无是处，管御史只听一面之词，不加考察，便对主事官严加训斥："我听说你喜欢教训别人，这不好。现在我有一副对联，让你来对。"说罢，便念出了上联：

　　说人之人被说人之人说　人人被说　不如不说

任主事官针锋相对地对出下联：

　　管官之官受管官之官管　官官受管　何必多管

管御史听后，瞠目结舌，拂袖而走。

学正巧对县官

清朝初年，一学正与一秀才争夺家产，秀才上告县衙。县官断案前却先出对联相难，上联曰：

　　学正不正　诸生皆以为歪

秀才听了，以反驳口气对了下联：

　　相公言公　百姓自然无讼

县官顿时面带愧色，哑口无言。

上联是县官出的歪联，不分是非，"学正"与"诸生"（俗称秀才）全都没理。"不正"则为"歪"，并字倒也自然。下联亦用并字。"言公"即"讼"，意思是说：如果你断案公道，百姓自然也就不来起诉告状了。联语明白如话，言之有理，对那个持歪理的糊涂县官是绝妙的讽刺。

跛脚学生对独眼老师

从前有一个跛脚学生，自幼聪明，但很调皮，常常不把教自己的私塾先生放在眼里。先生非常生气，便写了一个上联挖苦他：

　　跛脚鸡跳簸箕　簸箕压着跛脚鸡

先生还告诉那个学生说："你要是能对出下联，我从此不当先生了。"学生一看，见先生借生理缺陷讽刺自己，很不服气，马上针锋相对地对出下联：

　　独眼龙打灯笼　灯笼照着独眼龙

这先生恰好瞎了一只眼，被学生戏称为"独眼龙"，他一听下联气得要命，但是从心里佩服学生，说道："我不如你。"

八岁孩童续妙联

相传有一年除夕之夜，有一人仰望天空，不见月亮，随口说出一联：

天上月圆　人间月半　月月月圆逢月半

　　他欲对下联，苦思良久，终究对不上来。恰好身旁有一个八岁的孩童说："我来对对看。"这孩童高声念出了下联：

　　今夕年尾　明朝年头　年年年尾接年头

三分只是三分

　　从前有一个聪明的学生，在私塾里读书。逢年过节，这个学生总要恭恭敬敬地给老先生送礼，但每次都只送三分银子。这私塾老师家里贫穷，想多积攒点银子接济家里，便想法子向学生讨要，于是在过中秋节前，给这学生出了个上联：

　　竹笋出墙　一节须高一节

　　意思是要学生多送点礼，这学生会意，却对道：

　　梅花逊雪　三分只是三分

　　学生是借"梅虽逊雪三分白"的诗意，用得很巧。私塾先生不甘心，又用一上联说明道理：

　　大鱼吃小鱼　小鱼吃虾　虾吃泥　泥干水尽

　　学生想了半日，终于对出下联，交给老先生：

　　朝廷刮州府　州府刮县　县刮民　民穷国危

　　意思是说，你有你的难处，我有我的难处，大家都穷，没有办法，只好这样。先生看了，不住地点头，从此以后，过节加礼的事再也不提了。

王羲之三写春联

　　一年腊月，东晋著名书法家王羲之，从老家山东迁到浙江绍兴安家落户。乔迁之喜又值新春之乐，王羲之兴致勃发，随手挥写了一副春联：

　　春风春雨春色
　　新年新岁新景

　　王羲之叫儿子贴在门口，不料贴后不久，对联就被人悄悄揭走了。之后他又写了一副对联：

　　莺啼北里
　　燕语南郊

　　谁知此联又被酷爱他手迹的人偷偷揭去了。临至除夕，急得王夫人不得不催他再写一副。王羲之略一沉思，微笑着取过文房四宝，又捻笔写了一副，叫儿子将对联拦腰剪断，各先贴上半截：

　　福无双至
　　祸不单行

王羲之

这半截对联贴出后，果然再没有人来偷了。初一凌晨，幽默的王羲之亲手将春联的后半截贴在下面，于是就变成了下面这副对联：

福无双至今朝至

祸不单行昨夜行

街邻一看，无不拍掌称妙。

苏东坡改联

相传，苏东坡在年轻时就博览群书，倍受称赞，因而颇有些骄傲。一次，苏东坡乘兴在门前写了副对联：

识遍天下字

读尽人间书

没过几天，来了一位白发老人，拿着一本小书，说特来向苏东坡请教。苏东坡接过一看，竟连一个字都认不得。老人笑着说："还望博学的小苏赐教。"苏东坡被羞得面红耳赤，只得认错："请老伯原谅小生一时狂妄。"老翁走后，苏东坡立即在原来的门联上加了两个字，改成了七字联：

发愤识遍天下字

立志读尽人间书

从此以后，苏东坡闭门不出，孜孜不倦去攻读，终于在学问上取得了惊人的成就。

欧阳修答对过关

少年时代的欧阳修家贫如洗，为觅生计和求学，四处奔波。十二岁那年的一天，他身背书囊，匆匆行至襄阳城下，见城门已关，抬头望见城头有一个老兵把守，便拱手施礼道："烦请老伯开门，放学生进城好吗？"老兵问："城外何人？为何现在进城？"

欧阳修答道："读书人远道而来，进城求宿。"老兵本不敢违例开城门，但听出是个很懂礼貌且有点口才的学生，顿起爱怜之心，说道："既是书生，我出一联，对得出，放你进城；对不出，明晨再进。"欧阳修答道："遵命。"老兵念道：

开关早　关关迟　放过客过关

欧阳修一听这上联，略一思索看似随便说出，其实叠字连用，暗藏机巧，便接上说："出对子容易，对对子难啊，请先生先对吧。"老兵大声道："我是要你对的！"欧阳修笑道："学生已经对过了。"老兵一想，恍然大悟，立即下城楼开了城门。

原来欧阳修是这样对的：

出对易　对对难　请先生先对

乾隆私访

据说有一年春节，乾隆微服出游，走到一个村子里，见一家门口贴着一副对联：

横批：先斩后奏

站街头数一数二

出门去盖地遮天

乾隆皇帝一看，心说："好哇！站在街头数一数二，数他大了；出门去盖地遮天，多么威风！还敢先斩后奏。我这当今的皇上，还没封过这么大的官呢！"有心要上门问罪，可又一想，常言说能人背后有能人，我还是先了解清楚再说，可别闹出笑话来，于是便走到这家门前拍了拍门。

过了一会儿，从里面走出一人，乾隆一看竟是个身穿粗布短衣，头戴毡帽的平平常常的庄稼老汉。乾隆上前问道："您老是当家的？"老头说："对呀，这位先生有事吗？"

乾隆说："没事，没事，我看您门口这副对联写得妙，特来向您请教！"老头儿笑了。说："唉，俺们满脑袋的高粱花儿，请个什么教啊！"

"您家有当官的？"

"别说俺这一辈子，往上推个十辈八辈，也没个官呀！"

"那你们家门口上的对联是怎么回事？"

"哎呀，是为这事啊？那是孩子瞎写的！"

"'站在街头数一数二'是怎么回事？"

"噢，我大儿子是个贩粮食的，每天到集市上用斗给人家量粮食，量一斗喊一声：'哎唉——一啦！''哎唉——二啦！'为的是让买主卖主都明白，这不是站在街头数一数二吗？"

乾隆一听乐了，"噢，原来是这么回事！"又接着问，"那'出门去盖地遮天'呢？"

"唉，我二儿子是个棚匠，每天出去给人家搭席棚，搭上棚可不就盖地遮天了吗？"

乾隆大笑起来："那先斩后奏呢？"

老头说："提起这事，也是笑话，我三儿子是个厨师，给人家做饭，杀鸡宰鹅之后，再烧成熟的，好让人家吃呀，这不是先斩后奏吗？"乾隆听后哈哈大笑，连声称赞说："聪明！聪明！"

秦涧泉恨题岳王坟

西湖多名胜，名胜多楹联，岳飞的墓和庙更是如此。

清乾隆年间，江苏金陵（今南京）人秦涧泉到杭州游西湖。秦涧泉字涧泉，中过状元，文才出众，为人正直。当他和一帮文友来到栖霞岭下的岳飞墓前时，朋友们指着坟前被反绑双手、朝坟下跪的秦桧等铁人铸像，对他揶揄说："涧泉兄，尊祖这般模样，您可有题咏让我们拜读一二呀？"

秦桧是南宋建康（今南京）人，所以朋友们将他扯成秦大士的祖上。不料，秦涧泉并未因朋友们的揶揄而生气。他略一思索，便挥笔写道：

人从宋后羞名桧
我到坟前愧姓秦

这副楹联，切景、切事、切人，言简意赅，对仗工整，既表现了秦涧泉对卖国贼的口诛笔伐，也为西湖岳飞墓增添了一副佳联。

苏东坡寺庙题联

传说有一次苏东坡游莫干山走累了，到山中小庙休息。庙中主事老道见来了个衣着俭朴的陌生人，就泛泛地说："坐！"又对道童喊："茶！"两人落座交谈后，老道发现对方字字珠

玘，才华横溢，料想此人来历不凡，就请客人进厢房叙谈。入室后，老道客气地说："请坐！"又叫道童："敬茶！"再一打听，方知来者是赫赫有名的苏东坡。老道连忙作揖打拱地引苏东坡进客厅，忙不迭地说："请上坐！"并吩咐道童："敬香茶！"临走的时候，老道请苏东坡题副对联留念。苏东坡含笑挥笔，瞬间就写好了。上联是：

　　坐　请坐　请上坐

下联是：

　　茶　敬茶　敬香茶

老道看过之后，顿觉羞愧难当。

娃娃戏知府

清咸丰年间，热河知府卜昌欺负塞外没有人才，便微服去热河诗社寻衅滋事。适逢两个娃娃在家，卜昌喝令他们快去找社主。一个小孩道："今天就我俩在家，要对诗，只管赐教。"

卜昌觉得好笑，便出句道：

　　两火为炎　既然不是盐酱之盐　为何加水便淡

一个小孩朝卜昌做了个鬼脸，笑眯眯地对道：

　　两土为圭　既然不是乌龟之龟　为何加卜成卦

另一个道：

　　两日为昌　既然不是娼妓之娼　为何加口便唱

两个娃娃拿卜昌的名字糟蹋戏弄，使他异常难堪。从此以后，卜昌再也不敢藐视热河的文人了。

大堂六部　小畜一院

清朝时候，云南建水县有个名叫曾彬的读书人，生性诙谐，傲慢不羁。一日，有个邻居向他哭诉冤情，他便到县衙门讨要一张状纸，小吏开玩笑道："曾元公，你曾来要过几次状纸，可从没给过我们什么赏赐，这回我先出副对子，你对上了，我才给状纸。"

小吏念道：

　　刑户吏礼工兵　大堂六部

曾彬对道：

　　马牛羊鸡犬豕　小畜一院

小吏一听吓得赶紧把状纸拿出，打发曾彬走了。

嵌字联讽贪官

清朝有个叫王寅的县官，贪赃枉法，欺压百姓，百姓恨之入骨。

一天清晨，衙役们见衙门大门上贴着一副对联，就赶快去禀告王寅。王寅出来一看，见对联写的是：

王好货　不论金银铜铁
　　寅属虎　全需鸡犬牛羊

　　这联联头嵌着"王寅"二字。王寅暗想：这联把本官比作春秋战国时代的齐宣王啊！齐宣王贪财，见金银就眼红。本官比他贪性还大，连铜铁都要，还把本官比作老虎……真是岂有此理！他越想越生气，就赶紧命衙役们把对联撕了下来。

后人改联讽太守

　　三国时著名的"赤壁之战"，发生在湖北省蒲圻县西北的长江南岸，但有人误将黄冈城西门外的赤鼻矶当作"三国赤壁"，赤壁古遗址长期以来一直争论不休。

　　清朝黄州（今黄冈）有个太守，以贪污受贿闻名乡里，为标榜自己的"政德"，他曾经在黄州城外的放龟亭题一联曰：

　　　　昔日黄州如何　今日黄州如何　请君且自领略
　　　　这是赤壁也可　那是赤壁也可　何必苦为分明

　　后人根据这位太守的"德行"，把对联一改，竟惟妙惟肖地讥讽了他贪官的形象。联曰：

　　　　原告送钱若干　被告送钱若干　请君且自领略
　　　　这边有理也可　那边有理也可　何必苦为分明

乌龟总姓乌

　　清朝的制度规定，在翰林院中，凡资格较老者，都称为"老先生"，年轻的也不例外。

　　清道光年间，有一位姓乌的官员到浙江省当巡抚，翰林院一翰林前去拜见，乌巡抚出联嘲弄他：

　　　　鼠无大小皆称老

　　这位翰林也不示弱，随口应道：

　　　　龟有雌雄总姓乌

　　那位姓乌的巡抚，自讨没趣，赶忙岔开了话题。

熊卞斗对相讽

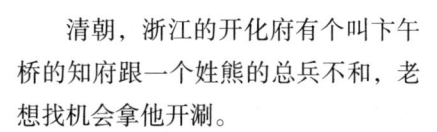

　　清朝，浙江的开化府有个叫卞午桥的知府跟一个姓熊的总兵不和，老想找机会拿他开涮。

　　有一天，卞知府想出了一个办法——在熊总兵的姓上做文章。他把

"熊"字下边的四点,比作四条断了的狗腿;上边的"能"字,说成"能者"——能干的人。他编好了一句话,派人给熊总兵送去。

熊总兵接过来一看,是写给自己的一句话:

能者多劳　跑断四条老狗腿

联中把"能"字下面的四个"点"比作四条狗腿,这分明是卞知府在骂熊总兵是条老狗。

熊总兵琢磨出其中的意味来以后,气得吹胡子瞪眼,可自个儿是个武将,不会舞文弄墨。他就把文书请了来,让文书也编句话,骂骂姓卞的,替自己出出气。

文书想了一会儿,就盯上了"卞"这个姓。"卞"字正好是"下"字上露出了一点,不正像个乌龟刚刚探出头来吗?文书有了主意,就笑着写了个下联:

下流无耻　露出一点乌龟头

熊总兵一看,乐坏了,赶紧打发人给卞知府送去。卞午桥一看气坏了,但也没办法,真是自讨没趣。

飞黄腾达思旧对

清朝有位姓胡的文人,在落魄之年,给人当塾师。主人总感觉他不是很对自己的心意,想辞掉他。

有一日,下着大雪,主人大宴宾朋,来赴宴的都是本地名流。胡先生也被破例邀请来参加宴会。席间,雪越下越大,可以看见窗外的竹子都被雪压弯,竹枝垂到地上。主人对胡先生说:"有个对子,请你对一下。能对上呢,你还继续做你的塾师;否则,恐怕我要另请高明了。"说完,出了一对:

雪压竹枝头扫地　只因腹内空虚

胡先生知道,这是主人逐客的办法,想让自己当众出丑,十分气愤。人到情急之时,经常因为紧张而导致思维短路。胡先生一时想不出更好的下联,又愧又愤,只得离开此地了。

几年后,胡先生飞黄腾达,官至军门。有一天,胡军门手下的人找到当年下逐客令的主人。虽说是"大人有请",那个主人的心却也乱跳不止,不知是福是祸。

一见面,胡军门说:"您的那副对子,我一直没忘。"

故主人吓得一哆嗦,赶忙下跪:"小的不该如此,请大人恕罪。"

胡军门说:"请起,请起。出对以判赏罚,何罪之有?只是这对子出得太好了,害得我想了好几年。昨日春游,见柳枝为风所动,飘飘忽忽,猛然悟出对句,今日特请故主人过目,看可否交卷?"说完,取出一纸,上面写着:

风吹柳叶背朝天　足见眼前轻薄

这位故主人知道是在嘲笑他当初"轻薄",羞愧无言,连忙叩谢而去了。

赵尔巽遭骂

清朝末年,赵尔巽任四川总督。此人是一个生性刻薄,气量狭窄的人。

四川人深受其害，当地人都非常恨他。曾有人作了一副嵌进他名字的对联：

尔小生　生来刻薄

巽下断　断绝子孙

因为赵尔巽没有儿女，所以下联骂他断子绝孙。好事者把这副联贴在成都总督府衙门口，赵尔巽知道了很是生气，亲自把联语改为：

尔小生　生来可恶

巽下断　断不容情

从这两副联语中，可以看出四川人对他的怨愤，也可以看出赵尔巽的性情。

苏、黄趣对

苏东坡有一个好友叫黄山谷，两人常在一起作一些趣对。有一次，两人在松树下饮酒下棋，忽然树上掉下一颗松子，恰好落在棋盘上。苏东坡诗兴大发，捡起松子说："我出一个对，你若对不出来，罚酒三杯，如何？"黄山谷大笑道："大胡子有这等雅兴，定当奉陪，请吧。"东坡随口吟道：

松下围棋　松子每随棋子落

黄山谷早已有了下联，但却故意伪装出很难对的样子。东坡捧杯正要罚他，黄山谷猛地抢过酒杯，一饮而尽，大声对道：

柳边垂钓　柳丝常伴钓丝悬

日落归家时，黄山谷道："曹子建能作七步诗，我们对个三步联如何？若三步对不上，罚完以后，可以后退七步再对。"东坡点点头，说："黄兄，请吧！"黄山谷看看眼前的景物吟道：

晚霞映水　渔人争唱满江红

吟罢，黄山谷想拖苏东坡迅速走完三步，以便罚他后退七步，谁知东坡朝下一蹲，身材矮小的黄山谷怎么拉也拉不动。突然，东坡站起身来哈哈大笑，随即对道：

朔雪飞空　农夫齐歌普天乐

替兄改对

相传苏东坡和弟弟苏辙，约着僧友佛印，一起出游巫山。突然间佛印出了个异字同音的对子，要求苏东坡对下联，联曰：

无山得似巫山好

东坡不加思索，立即对出下联：

何叶能如荷叶圆

苏辙在一旁说："兄长的下联对得还不甚工整，不如改一改。"东坡问道："怎么改？"苏辙便念道：

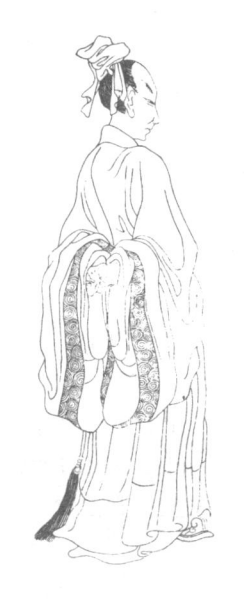

苏辙

何水能如河水清

东坡与佛印一听，以"水"对"山"更显得工整，齐声叫好。

罄有鱼

一天，苏东坡一面吃鱼喝酒，一面作诗，忽然间发现自己的和尚朋友朝书房走来，他觉得这里杯盘狼藉，颇不雅观，便将鱼盘子端在书架上，藏好了酒壶、酒杯，装出没有吃喝的样子。谁知和尚早把东坡的举动看在眼里，一进门就故意向东坡请教"蘇"（苏）的写法。东坡边写边说："草头下面，左边是魚（鱼），右边是禾。"和尚说："把'魚'放在草头上面行不行呢？"东坡忙摆手："哪有这个写法？"和尚便笑着指指书架上的鱼盘子："那就把它拿下来吧。"东坡恍然大悟，二人拍手大笑，开怀畅饮。

又隔了几日，东坡去拜访和尚，一进房就闻到鱼肉味，但除了一只大罄外，房里没有什么可以藏东西的地方，和尚却不露声色。东坡故意说："今天请你对一联。"和尚点头说："请出上联吧。"东坡淡淡一笑，念道：

向阳门第春常在

和尚很是诧异："怎么念这个老对子？"顺口对上：

积善人家庆有余

话音刚落，东坡哈哈大笑，说："既是罄（庆）里有鱼（余），那快拿出来吃吧！"和尚也笑着拿出鱼来招待东坡，说道："真是拿你没有办法呀。"

钦差弄巧成拙反遭羞

苏东坡被贬黄州后，仰慕他文名的人纷纷而来，使黄州成了文人云集之处。朝廷知道了这个情况，派了一名钦差前来，名为巡视讲学情况，实际是暗中调查苏东坡有什么不轨的行为。钦差三访两查，抓不到苏东坡的什么把柄，想从学生身上找岔子，提出要当面考查苏东坡学生的学习情况。苏东坡便把学生召来，钦差指着半山的一座白塔，出了一个上联叫学生对：

宝塔尖尖　七层四面八方

学生们原以为要考律赋诗文之类的，想不到考的却是对句，一时紧张，对不上来。钦差逐个地问："你会对吗？"可是学生们个个都伸出一只手来摇。钦差以为可以借此来压一压苏东坡了，很是得意，嘲笑苏东坡道："学士，你的这些学生……哼，怎么教的？"苏东坡泰然自若地反问道："他们不是很不错吗？"钦差冷笑一声："连一个对子都对不上来，还不错呀？"东坡大笑起来："谁说对不上来，他们个个都对上了，只是你没有领悟过来，你还不如我的学生哩！"钦差十分惊异："什么？他们不都摇手了吗？对在哪里？"东坡说："摇手就是默对，我念给你听。"随即吟道：

玉手摇摇　五指三长两短

钦差不由吃了一惊：这下联同他出的上联对得很工整！本想出苏东坡的丑，却没料到弄巧成拙，显得他连苏东坡的学生都不如。钦差又羞又恼，无颜逗留黄州，不久便悄悄离开了。

秦少游与苏小妹

宋朝词人秦观,字少游,因才华过人,目空一切,单单只佩服苏家父子。他听说苏东坡的小妹苏小妹,不但相貌端秀,而且才华出众,有心前去看一番。他从扬州来到京城,探知苏小妹要到庙里上香,就装作游方道士前去。苏家小妹一下轿子,秦少游便迎上去,以道士的身份用对联向她化缘:

小姐有福有寿　愿发慈悲

苏小妹本想给他点施舍,但细观其言行,觉得可疑,便改变主意,边走边应道:

道人何德何能　敢求布施

秦少游一听,对得不错,便"咬"住不放,又出一对:

愿小姐身如药树　百病不生

苏小妹不屑回顾,只是随口对道:

随道人口吐莲花　半文无舍

看着苏小妹走进殿去,秦少游心中顿生爱慕之情,一直等在门口。苏小妹上完香,上轿时,秦少游又上前说道:

小娘子一天欢喜　如何撒手宝山

苏小妹见这个年轻道人缠着自己,觉得不像个正经人,心觉厌烦,脱口道:

疯道人凭地贪痴　哪得随身金穴

秦少游见苏小妹果然名不虚传,便去苏家求婚。到苏家求婚的子弟络绎不绝,苏洵让每个求婚者写一篇文章,交女儿批阅。苏小妹在秦少游的文章上批道:"不与三苏同时,当是横行一世。"苏洵便将苏小妹许给了秦少游。后来成婚时,苏小妹才发现秦少游就是那个"疯道人"。

修改奇联妙句

相传苏小妹偶然写出一联句:

月下杜鹃喉舌冷
花前蝴蝶梦魂香

苏东坡称为妙句,并拿此句向宾客们炫耀。王安石知道后,嘱咐仆人说如此如此。

苏东坡送客出来,见门口一人,摆着一张桌子,布标上写着:"专门修改天下奇联妙句。"苏东坡有意难他,当众出示苏小妹的妙句命他修改。那人看了道:"这两句不通!"东坡问:"为什么不通?"那人说:"月下的杜鹃，如果闭着嘴飞的，风吹不进喉舌，何以会'喉舌冷'呢？花前的蝴蝶，多半还是飞着的，并未睡熟，何以会'梦魂香'呢？这岂不是不通吗？"众人说："你是'专修天下奇联妙句'的，依你看该怎么改呢？"那人说："要大修还是小修？"众人说："大修怎样？小修又怎样？"那人道："大修干脆另作两句，小修就按她的原句改一改。"众人说："麻烦你就按原句改一改吧！"那人提起笔来，将原句改为：

啼月杜鹃喉舌冷
眠花蝴蝶梦魂香

苏东坡是肚量宽广之人，款待了那人之后叹道："吾自此方知天下之大，奇才之多也。"但他不知道，那修改奇联妙句之人正是王安石的仆人伪装的。

妙题商联

有个商人准备开店做生意，请唐伯虎为他写对联。唐伯虎提笔写下"生意如春意；财源似水源"。岂知商人很不满意地说："这两句太抽象，最好写看得见摸得着的，多多益善的那种。"

于是唐伯虎想了想，又写道：

门前生意　好似夏夜蚊虫堆出堆进
柜里铜钱　要像冬天虱子越捉越多

商人一看，连连拍手称赞："这好，这好，这两句太合我意了。"

唐玄宗亲试神童

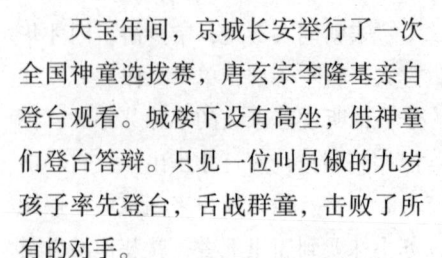

天宝年间，京城长安举行了一次全国神童选拔赛，唐玄宗李隆基亲自登台观看。城楼下设有高坐，供神童们登台答辩。只见一位叫员俶的九岁孩子率先登台，舌战群童，击败了所有的对手。

唐玄宗非常高兴，将员俶叫到身边问："还有比你更聪明的孩子吗？"员俶回答说他的表弟李泌年方七岁，才学比自己更高。玄宗立刻派人飞马把李泌接来。李泌来的时候玄宗正与燕公张说对弈，玄宗便让张说以象棋为题，试试李泌的才学。张说出一上联道：

方若棋盘　圆若棋子　动若棋生　静若棋死

李泌稍加思索即对：

方若行义　圆若用智　动若骋材　静若得意

玄宗听后觉得答得别致，寓意深刻，连忙把李泌抱在怀里说："因为你年纪还小，如果七岁封官，不利于才

唐玄宗

智的发展。"接着又嘱咐李泌的父母要用心教子，使其将来成为国家的栋梁之材。

后来，李泌确实不负众望，大展宏图，成为肃宗、代宗、德宗三朝重臣。

巧对成双喜

相传，王安石年轻时赴京赶考，路过马家镇，见马员外大门口挂着一只走马灯，贴有一副上联：

走马灯 灯走马 灯熄马停步

王安石一时对答不出，却默记在心中。

他赶到考场，主考官指着厅前随风飘动的飞虎旗，出对曰：

飞虎旗 旗飞虎 旗卷虎藏身

王安石心领神会，便将马家镇的"走马灯"上联，随口应对。主考官听了，拍手叫好。

王安石考罢回家，路过马家镇时，见"走马灯"联仍贴在马员外大门口，喜出望外，便以主考官的"飞虎旗"联应对。该联便为：

走马灯 灯走马 灯熄马停步
飞虎旗 旗飞虎 旗卷虎藏身

马员外见他才华不凡，当即以女相许，并择吉日在马府完婚。当新人拜天地时，又报来喜讯：王安石金榜题名了。

王安石心中喜上加喜，趁着酒兴，信手在一大红纸上写下"囍"，贴在大门上，并吟诗曰："巧对联成双喜歌，马灯飞虎结丝罗。"

一副对联，成全了王安石人生两大喜事。

药联良缘

王维是唐朝著名诗人。相传他年轻时在居士山隐居读书。一日王维病了，便上附近街市去买药。来到一家药铺门前，见柜台里侧坐着一位素雅端庄的少女，他心中不禁暗暗称奇：乡村市井怎么有这样的美女呢，实在难得。心中又暗道：不知其学识如何，待我试她一试。于是上前施礼道：

"姑娘，小生今日上街忘记带药方，想凭记忆买几样药不知可否？"

姑娘彬彬有礼笑答：

"方便顾客是医家的本分，敝店虽小但药材齐全，客官只管开口无妨。"

王维想了想说道："一买宴罢客何为。"

"宴罢酒酣客当归。"姑娘莞尔一笑答对。

王维接着说："二买黑夜不迷途。"

"夜不迷途是熟地。"姑娘不慌不忙回答。

王维继续说:"三买艳阳牡丹妹。"

"牡丹花妹芍药红。"姑娘紧接答道。

"四买赴征万里路。""万里戍疆有远志。"

"五买百年美貂裘。""百年貂裘好陈皮。"

"六买八月花吐蕊。""秋花朵朵点桂枝。"

"七买难见熟人面。""难见熟人是生地。"

"八买酸甜苦辣咸。""世人都称五味子。"

"九买蝴蝶穿花飞。""香附蝴蝶双双归。"

"十买青藤缠古树。""青藤缠树是寄生。"

答对至此,王维连声称妙,买了几味药告辞而去。他暗自思忖:一个民间女子竟有如此才华,自己求学岂能懈怠?从此更加勤奋苦读。后来王维金榜题名,于是穿戴青衣便巾到该药铺向姑娘求婚,两人喜结良缘,传为千古佳话。

添字改联

清朝末年,开封府管辖下一个新捐的知县,为了遮掩他的昏庸贪婪,上任第二天就在县衙门前贴出一副对联标榜自己:

一不要钱　二不要命
三不要官　四不要名

没过几天,百姓就看透了他,知道他是一个贪赃枉法、草菅人命的狗官。有一天天还没亮,便有人在那副对联上,每句之后加了两个字:

一不要钱嫌少　二不要命嫌老
三不要官嫌小　四不要名嫌臭

文丑颜良

清朝末年,太史徐花农到广州任主考官。开平有个姓方的大财主,为了让儿子见太史花了不少银子,最后终于带儿子见到了太史。太史要方公子即席写几个字,方公子就提笔写了"一品当朝"四个字。太史受了贿赂,又见他如此恭维,于是就录取他做了贡生。

大家都知道方公子没有什么才学,所以放榜之日,议论纷纷。那些受了十年寒窗之苦而没有考上的儒生,更是愤愤不平。因为方公子的相貌很漂亮,有人便拿这一点并结合他

颜良

写文章水平低的事实来讽刺，在榜旁边贴上一副对联：

　　不嫌文丑
　　唯爱颜良

文丑、颜良都是《三国演义》中的人物，"文丑"字面意思是文章写得不好，而"颜良"字面意义是容貌美丽，用得真是巧妙，尖锐地批评了主考官的徇私丑行。

阎王怕和尚

从前，有个和尚，整天装神弄鬼，骗取钱财。他到处嘘吹凡给菩萨捐香油钱的就可"免祸消灾"，又在庙门口挂一副对联：

　　经忏可超生　人敬神一诚有感
　　钱财能通冥　神应人万福无穷

一天，有个书生去庙里游玩，和尚又要他捐助香油钱，并愿为他念经解罪。书生说："如果一个人犯了死罪，请你念经可活，那阎王可就怕你了？你一万年也死不了喽？若捐了钱的人，菩萨就保佑，没捐的就不保佑，那强盗杀人抢劫了很多钱，都送给菩萨，菩萨就保护他无罪。这菩萨岂不成了大大的贪官了吗？"书生的话把和尚驳得哑口无言，可是旁边有个信女却说书生是"欺神灭相"。书生见这种愚昧迷信的人还有不少，于是干脆在庙门口写了一副对联：

　　经忏可超生　难道阎王怕和尚
　　钱财能通冥　岂不菩萨是赃官

此联尖锐泼辣，幽默风趣，一针见血地揭露了迷信骗人的实质，说明"念经""敬香"都是荒唐的迷信。

以牙还牙

一天，一位姓刘的游学先生，来到江西瑞州府李员外家。李员外的塾师李宝是员外的族侄，本无多少文采，只因倚靠着员外家的势力，骄矜无比，常以大馆主自居，根本瞧不起没有私塾馆可以落脚的游学先生。今见这游学先生衣衫破烂，只夹着一把露出伞骨的破伞，便想奚落他一番，于是便指着那伞出一上联：

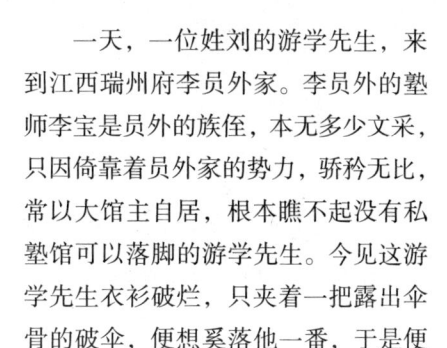

　　破伞无衣露出几根穷骨

刘先生知他名虽咏伞，实是骂他。因而也指着门口的一张管耙不慌不忙地答道：

　　粪耙有管翘起两个獠牙

意思是说，你不过是教了个粪耙似的"馆"，有什么值得张牙舞爪，神神气气的呢！这以牙还牙的反击，使这坐馆的李先生知道来者不凡，因而傲气顿消，礼请刘先生去客厅用茶。又经一番谈论交流之后，坐馆先生自知不是他的对手，只得吩咐下人备酒，盛宴款待他。

一联吓走两教谕

从前，贵州有两个教谕，一个叫冷超儒，一个叫钱登选，任文庙祭祀之职，教育县学里的生员。但因他俩都是靠贿赂取得官职的，所以被读书人所鄙视。有人写了一联，张贴在文

庙的大门上：

不读书以超儒　士心皆冷

未通文而登选　人谓有钱

这副对联嵌了二位教谕的姓名，讽刺他俩没有真才实学。他俩看了对联，觉得羞愧就托病辞官，远走他乡了。

游士傲对富家子

相传有个富家公子，晚饭后出门散步，隐约见远处有一游士匆匆而来，害怕他前来投宿，忙在大门一边写上一行字：

树大根深　不宿无名小鸟

接着命仆人把大门紧闭。游士来到门前，果然想借宿一夜，却见门上那行字，知道人家不想留宿游士，不禁冷笑一声，提笔在大门的另一边写上下联：

滩干水浅　难藏有角蛟龙

写毕，昂首阔步，飘然而去。一心想奚落人的富家公子，反而被人奚落了一番。

辱人反遭人辱

从前，有位木匠，不但手艺精巧，喜欢读书，而且颇为通晓诗词文章，人称"儒匠"。

可是，附近道观中有一个道士，却瞧不起这位民间"儒匠"。有一次，他请木匠去观中做木活，对匠人说："听说你是个'儒匠'，我出个对联，考你一下如何？"匠人应允后，道士念出上联：

匠名儒匠　君子儒　小人儒

木匠一听，知道道士出言不逊，就以牙还牙、反唇相讥地对道：

人号道人　饿鬼道　畜生道

道士本来是以挑衅者的姿态，想侮辱匠人，不料却被匠人羞辱了一番，他无言可答，只好反赔笑脸，向匠人道歉。

新娘巧骂歪生员

李秀才新婚之夜，一帮生员前去闹洞房。有个歪秀才出了个歪点子：闹房人同新娘赛对子。闹房人作一副，新娘也要作一副，谁作不出就灌谁喝酒。新娘点头同意。歪秀才甩甩袖子，诌出一副歪对：

生铁是铁　熟铁也是铁　生砧熟捶铁打铁

男人是人　女人也是人　男

上女下人叠人

众人听了哄堂大笑，他以为占了便宜，可以难倒新娘了。新娘一听这粗野的歪对，随即指着壁上的《舞狮》《弄猴》两副彩画，正色地回击一联曰：

弄子弄狮　一副假头皮　难充真兽

画工画猴　这等无心腹　枉作生猿

"生猿"与"生员"谐音，意思是骂他们这些不学无术的秀才是"假头皮""无心腹"的野兽。实在骂得狠，骂得巧，这些想讨便宜的歪秀才，羞愧地一哄而散。

满朝荐讽县太爷

麻阳县兰里街边的水星阁庵堂，是满朝荐年轻时候读书的地方。在满朝荐九岁那年的一天上午，县太爷路过学堂边的断溪口桥，前呼后拥，来往行人都不敢从这过，纷纷绕道回避。

满朝荐却一点也不畏惧，他手执白扇，大摇大摆，直往桥上走去。走到县太爷轿边，停了下来，用白扇遮住脸蛋，偷看县太爷的模样。县太爷发觉后嘲笑他：

白扇遮牛面

满朝荐见他头戴纱帽，连忙回答说：

乌纱罩狗头

县太爷喝令衙役们捉拿满朝荐问罪。满朝荐却不慌不忙地说："大人既出上联，小辈若答对不工，可以罚打手心。"县太爷想了半天，自知满朝荐下联对得有功夫，不好无端找麻烦，只好罢休。

"六一居士"

据说，古代有位给谏大夫（官职）亲自送儿子到考场应试。可是，这位公子平日懒惰成性，吃不了苦，不学无术，胸无点墨，竟将"才郎"写成"豺狼"，"权也"写成"犬也"，别字连篇，洋相百出。考官将其试卷评为六等，他才貌双全的妻子知道后，羞得无地自容，一怒之下自尽了。

考试完毕，考官拜见给谏大夫，才知这位公子是给谏大人的儿子，马上将其改为一等。次日，此事传开，有人悄悄写了一副对联贴在给谏大夫门上。其上联曰：

权门生犬子

熟悉内情的人看了后，拍手叫好，

再看下联：

> 才女嫁豺狼

大家无不为给谏儿媳的死感到惋惜，并且给这位"给谏"公子送了个雅号——六一居士。

王安石三难苏学士

相传王安石曾出对三难苏学士，第一句是：

> 一岁二春双八月　人间两度春秋

因为那年恰好闰了个八月，而且是正月和十二月都有立春，确是"两度春秋"。东坡虽有奇才，但这上联出得奇巧，一时也找不出合适的下联。现在已有后人代苏东坡对出了下联：

> 六旬花甲再周天　世上重逢甲子

王安石考东坡的第二句对是：

> 七里山塘　行到半塘三里半

原来苏州金阊门至虎丘这一段路叫作"山塘"，约有七里之遥，中间有一地名叫半塘。东坡不久前到过此地，故王安石出此句难他，东坡果然又被难住了。不过，后人假托乩语，也把此句对了出来，下联为：

> 九溪蛮洞　经过中洞五溪中

王安石的最后一句是：

> 铁瓮城西　金玉银山三宝地

原来润州（今江苏镇江），古名铁瓮城，临于大江，其地有金山、银山、玉山，山上有佛殿僧房，当时苏东坡恰好刚游览过，王安石便出了这一上联来难他。多时寻思，东坡还是不能成对，只好谢罪而去。这一句至今无人对出下联，请诸君不妨一试。

包公出对破奇案

北宋庐州合肥（今属安徽）人包拯，为官正直，铁面无私，民间都尊称他为包公。相传有一次，他带着包兴，微服私访，了解到了一个奇案：

有一位徐老汉，夫妻年过半百，膝下只有一个十八岁的孩子。不久之前，老夫妇为儿子娶了亲。新娘子聪明贤惠，全家人都很满意。

新婚之夜，新娘听说新郎常跟同窗在楼上通宵读书，便出一对考他：

> 点燈登阁各攻书

这是一个连环对。"登"与"燈"、"各"与"阁"既是音同，前者又是后者的组成部分，而且"点"与"燈"的声母也是相同的，要对出下联，也必须符合这一要求，新娘子开玩笑说："对不出来，不准进洞房。"偏偏新郎太固执，一时答不出来，竟赌气到学堂去了。

第二天，新娘发现新郎愁眉不展，

包拯

便问是何缘故，新郎说："我正为答不出你的对联发愁呢！"新娘说："你昨夜不是对上了吗？"新郎感到很奇怪，说："我昨夜在学堂里过夜，并没有回家，怎么说对上了呢？"新娘子知道被人钻了空子，失去了贞操，悔恨交加，一气之下便上吊死了。

一见出了人命案子，当地官府硬将书生捉拿归案，屈打成招，秋后问斩。徐夫人闻讯，也投河自尽。

包公听到了这个案件后，觉得内中必有蹊跷，当晚就寄宿在徐老汉家。他认为，要破此案，必须对出这个对子来。下联是什么？新娘已死，无从知道，因此要把这下联思考出来。夜深了，他还在后院中来回踱步，走得腿酸了，索性叫包兴搬来一张太师椅，倚坐在梧桐树旁，对月凝思。想着，想着，对子终于被他想出来了。

天亮之后，包公来到县衙，叫人贴了张榜，上写要在本地选取一些有才学的人，带进京城做官。榜贴出去后，书生们纷纷前来应考，谁知包公什么也不考，只出一个"点燈登阁各攻书"的对子给人对。许多人对不上，只得扫兴而退。忽然又来了一个书生，年纪不到二十岁，长得还不错，眼睛滴溜溜转了几转，假装思索了一下，就对出下联道：

移椅倚桐同賞月

众人叫好，包公一听，恰好与自己想的一字不差，这下联中的"倚"与"椅"右半部分相同，"同"是"桐"的声旁，读音都相同，而且"移"与"椅"声母也相同，正好符合上联要求。书生见包公点了点头，便得意扬扬地问："不知大人肯不肯带学生进京！"包公一阵冷笑，"行，我带你进京！"说罢惊堂木一拍，左右立即把那书生捆绑起来。书生到此时方悟，但为时已晚，只好从实招供了。

原来，那晚新郎赌气跑到学堂去，便将对句的事向同窗们说了。那书生灵机一动，便乘夜潜入新郎家应对，新娘子暗中不辨真伪，以致酿成了悲剧。幸得包公思得巧对，终于破了这个奇案。

学台大人改匾

明朝万历年间，湖北天门的钟惺、谭元春开创了厚今薄古的"竟陵学派"。有人称赞他们，题了一块"楚有材"的匾额赠送给他们，悬在他们的学院门上。主持乡试的学台大人见了，心中很是不服，特地来到他们的住处，想做一番验证。不料，钟惺、谭元春二人外出未归，学台大人便命随从将"楚有材"的匾额取走。不久，钟、谭二人回来，得知此事后，立刻赶到学台大人坐的船上，问道："堂堂学台大人，怎么会偷我竟陵木板？"学台大人假意道歉，便乘机拿出一道道难题相试，钟、谭二人对答如流。最后，学台大人出了一个上联，要他们答对，联曰：

秤直　勾弯　星朗朗　能知轻知重

学台大人是以秤自比，暗说自己是伯乐。钟、谭二人早已明白，开口对道：

磨大　眼小　齿稀稀　可分细分粗

学台一听，知道他俩是以石磨自喻，说明有人推动便会为国出力，于是赞不绝口。钟、谭二人要将匾取回，学台笑说："这匾少写了一字，我想改一改再送回去。"后来，学台大人果真把三字匾改成了四字匾："唯楚有材"。挂在武昌阅马场牌楼上。

林大钦巧对求渡

　　林大钦，广东潮州人，明嘉靖十一年状元。有一年，他被朝廷派往某地任主考官，傍晚时，要渡汉水，却又找不着渡船。林大钦正在发愁，忽见芦苇中有一渔翁划着一只小船。林大钦于是上前请求渔翁渡他过河，并说明他是某地的主考官。渔翁笑着说："好吧，你既为主考大人，估计是有才华的高人。老朽平生有一上对，苦无下对。你若能为我对出下对，我就送你过汉水，否则免谈。"林大钦点头答应。渔翁于是指着船尾插舵的小孔念道：

　　孔子生舟（周）末

　　孔子，是儒家的创始人，生于公元前551年，属西周末年。这里的"孔子"又是一语双关。林大钦绞肠苦思，一时不能对上。

　　正在为难之际，恰好乌云密布，雷声轰隆，一道闪电自汉水那边飞舞而起。林大钦顿时有了灵感，马上对道：

　　光舞（武）起汉中

　　光武，是东汉开国皇帝刘秀的年号。刘秀本是西汉皇族，王莽末年农民起义爆发，他乘机于家乡湖北（属汉中）起兵，公元25年称帝。这里的"光武"，也是一语双关，真是妙手偶得。渔翁听了林大钦的下联，二话没说，高高兴兴地渡他过了汉水。

徐文才赠联

　　明朝有位落榜书生，大年初一登门给江南才子徐文才拜年。徐文才亲自下台阶迎接，设宴款待。酒席间，书生向徐文才求教："请问贤翁，人世间作何事最为体面，且有出息？"

　　徐文才端杯沉吟了片刻，捋须笑云："待老夫写副对联送你，你自会明白。"说罢取过文房四宝，悬肘疾书，撰了一副意味深长的对联：

　　读书好　种田好　学好都好
　　读书难　种田难　知难不难

　　那贫苦但却好学的书生读罢，感激不已，拱手拜道："老师此联，妙微精深，实属至理名言。"回家后便将它端端正正贴于书房门口。从此他白日勤劳耕耘，晚上挑灯夜读，终于在乡试中脱颖而出，成了举子。

醉酒妙联

　　有一天，唐伯虎与友人对饮，喝得酩酊大醉。友人乘着酒兴，出对道：

　　贾岛醉来非假倒

　　贾岛，唐代晚期诗人，以苦吟而闻名。这里用他的姓名贾岛谐音为

"假倒"，以切合当时醉得东倒西歪的情景。唐伯虎稍加思索，对道：

刘伶饮尽不留零

刘伶，西晋"竹林七贤"之一，以嗜酒著称。这里也用他的姓名"刘伶"谐音为"留零"，以切合当时把酒喝得点滴不剩的情景。

二才子对妙联

唐伯虎同祝枝山相约去野外游玩，来到河边，见几个农夫用水车灌田，看着看着，祝枝山顺口咏出一句，叫唐伯虎对下句。上句为：

水车车水水随车　车停水止

时值盛夏，烈日当头，晒得二人汗流浃背，他们忙到河边柳荫下乘凉。唐伯虎边想边抽出折扇扇风，扇着扇着，忽然想出了下联：

风扇扇风风出扇　扇动风生

戒珠寺其名由来

古城绍兴昌安门内，有一座高不过百米的蕺山。山南有一座戒珠寺，相传是王羲之由山东南来会稽山阴当地方官时所建造的。

戒珠寺里面的陈设布置与众不同。在通常供奉弥勒佛的地方，却塑着一尊王羲之的坐像，两侧各有一个童子：一个手执拂尘，另一个怀抱双鹅。山门上还有一副幽默的楹联：

此处既非灵山　毕竟什么世界
其中如无活佛　何用这样尊严

原来，这里面有一段故事：王羲之喜欢鹅。山阴有个道士，养的鹅体形高大，威武神气。王羲之见了十分中意，当场应道士所求，写了一部《道德经》，换回了几只鹅。这个"书成换白鹅"的故事，后来传为文坛佳话。

谁知换鹅以后弄出了一宗冤案。

传说王羲之有一颗珠宝，经常用双手来摩挲，以活动手指关节，使书写时手指灵活。有一天，这颗珠宝突然丢失了。他怀疑是被寄居在他家里的一个和尚偷去，就对这个寄居的和尚冷淡起来。这个和尚心知此事，也不申辩，竟绝食而死。不久王羲之家中杀鹅时，才发现宝珠被大白鹅吞下肚了。王羲之悔恨不已，便把这座建筑连同周围的山地，全部送给佛门作为寺庙。蕺山从此被人称作"戒珠山"，而这座屋院则被称为"戒珠寺"。

· 133 ·

拆字联拾趣

唐代，有一位与骆宾王同朝为官的大臣名叫马周，其字亦宾王。清代嘉庆年间，有人据此戏拟一联：

马宾王　骆宾王　马骆各宾王

当时无人能对出下联，此联遂成一"绝对"。道光癸卯年的时候，皇上派大臣龙主僖和龚宝莲分别出任贵州省与云南省的主考，此事触动了一直关心此联的一叶姓文士的灵感，他一下子便对出了下联：

龙主考　龚主考　龙龚共主考

上联巧在"马骆各"，下联妙在"龙龚共"，可谓是珠联璧合、妙趣天成。

据说，乾隆皇帝有一次在观看一位倪姓宫女的歌舞时，龙颜大悦，兴致勃勃地拟出一上联：

妙人儿倪氏少女

将"妙"字拆成"少女"，把"倪"字拆成"人儿"，可谓精巧之极。哪知那倪氏少女文才也极佳，立即随口对出一下联：

大言者诸葛一人

下联也相应地将"大"字拆成"一人"，把"诸"字拆成"言者"。上下联对得工整贴切，乾隆皇帝禁不住拍案叫绝。

"光棍"直联刺总督

清朝末年，湖北黄陂有个叫郑传直的人，有胆有识，爱打抱不平，乡亲们亲切地称他为"直哥"。

乡间那些地主豪绅，对郑传直又恨又怕，总想除掉他。一天，几个豪绅串通一气，捏造罪名，到县衙告了郑传直一状。县官把郑传直传到县衙，对他说："今有地方绅士告状，说你横行乡里，是条'光棍'（指地痞、流氓）。我今出一联，你若能当堂对来，可免于处罚，不然就要治罪。"说完念道：

云锁高山　哪个尖峰敢出

县官的出联有双重含义，从直观上看，是讲自然景象，云涌高山，盖住山峰。实则是以势压人，暗喻自己是一县的父母官，谁敢出来闹事？

郑传直心想，你别摆架子装腔作势，我上无父母，下无妻小，孤身一人，倒也确是"光棍"（单身汉），看你能把我怎么样，想罢对道：

日穿破壁　这条光棍难拿

这下联也语意双关，一是说阳光穿过破壁，在室内形成的似柱形的光无法拿取；二是暗示自己并未犯罪，你凭什么来拿我？不仅对仗工整贴切，完全符合上联的意境，而且理直气壮，毫不示弱。县官瞠目结舌，只好退堂。

时隔不久，知府巡查到黄陂，县官告知此事，知府不以为意地说道："一个乡下佬，哪会那么厉害，把他传来见我。"郑传直再次被传到县衙，知府不屑一顾地说："郑传直，听说你是条'光棍'？"郑传直答道："我是一条有刺的棍子！"知府愤然说道："我今天要看你这根棍子上有多少刺！我出一上联，你若能对出下联则罢了；若对不出，我要把你这根刺棍削成光棍。"说完念道：

叶落枝枯　看光棍如何结果

这联明显在奚落威胁郑传直。郑传直十分气愤，心想：好一个知府，无缘无故如此欺人，我无牵无挂，怕你不成？他略加思索说道："回禀知府大人，下联已经想好，只是不敢说出口。"知府说："说吧！恕你无罪。"郑传直大声念道：

刀砍斧劈　是总督（苑）

念到这里，故意停下来。知府催促道："是总督怎么样？"郑传直继续念道：

也要拔根

知府听了，火冒三丈，本想要削这根"刺棍子"，不料自己当众出丑。他欲治郑传直的罪，可一来有言在先，二来也无理由，只好将怒气暗压下去。

买官遭讥

从前，扬州有个陈见山，是药铺的掌柜。他做药材生意发了大财，就想当个官。那时当官要先通过科举考试，可陈见山除了认识几味中药名外，对诗文一窍不通。怎么办呢？他有钱呀！就花钱买了个五品官儿，也穿上了五品的官服。碰见什么公开活动的场合，这位陈掌柜就大摇大摆地穿起官服出头露面。人们见他来，都在背后议论他，鄙视他花钱买官。

一次，陈见山又穿官服出席一个酒会，一进门就大模大样地往中间一坐，摆起官架子来。有个书生看他这样子，非常生气，脑子一转，想了个主意。

他对大家说："我有个对子，只有上句，请各位对个下句。"说完，念出上句：

五品天青褂

话音刚落，就有人明白了他的意思，立刻接着对出：

六味地黄丸

在座的人，听了都哈哈大笑。陈见山气得脸都白了，一甩袖子离开了酒席。

晏殊请客

晏殊当了一辈子大官，家里有的是钱，他又很豪爽，特别爱交朋友。这么一来，好多文人名士都成了他家的座上客。他的幕僚里边有两个很有学问的人，一个叫王琪，另一个叫张亢。

这两个人都长得其貌不扬，张亢满身肥肉，是个大胖子，王琪老爱叫他"肥牛"。王琪跟张亢正好相反，骨瘦如柴，是个小瘦子，张亢叫他"瘦猴"。这两个人很要好，平时还总爱开个玩笑。

有一天，晏殊请客。大伙儿喝得正到兴头上时，王琪瞅着张亢，笑嘻嘻地说：

张亢触墙成八字

意思是说，张亢一撞上墙，就成了个"八字"。这是在挖苦张亢，说他是头笨牛，牛脑袋撞上墙，头上的两个犄角一分开，不正像个"八"字吗？大伙儿一听，哄堂大笑。

张亢脑子转得快极了，听了马上反唇相讥，冲着王琪说：

　　王琪望月叫三声

　　这句里边的"叫三声"是个典故。古代诗歌里有一句"猿啼三声泪沾裳"，意思是一听见猴子那凄凉的叫声，不由得勾起了自己的伤心事，流下的眼泪把衣裳都给沾湿了。这是在嘲笑王琪是只猴子。

苏东坡改联

　　据说苏东坡的妹妹苏小妹才貌双全，琴棋诗画样样精通，一时间，京城里都知道苏小妹是才女。许多皇亲国戚、王孙公子前来求婚，络绎不绝。

　　一天，苏东坡的政敌、权臣的儿子方若虚，也送上几篇诗文，前来求婚。苏小妹仔细看过诗文后，觉得没什么文采，见地平庸，便提笔批一联于文尾曰：

　　笔底才华少
　　胸中韬略无

　　文卷退了出来，东坡一看大吃一惊，担心触怒权臣，惹出是非。他想把这批联裁掉，无奈批字紧连正文，不好下手。正在他焦急万分之时，忽然眼前一亮，急中生智："我何不把这批文添改两字，变成赞颂之词诓他。"于是，他模仿小妹笔迹，在批联后加上两字，变成：

　　笔底才华少有
　　胸中韬略无穷

并对对方说："小妹脸长额高，相貌丑陋，实不敢高攀。"说着拿出他同小妹的戏诗为证。方某一见也就不再强求了。

兄妹巧对互戏

　　据说，苏东坡脸较长，苏小妹额较高。一日，两人见面，苏小妹先发制人，取笑苏东坡说：

　　去年一滴相思泪
　　至今流不到腮边

　　东坡毫不示弱，随即挖苦道：

　　未出房门三五步
　　额头先到画堂前

　　接着，苏小妹端来一盘破开的盐蛋给他下酒，并又吟一联曰：

　　剖开舟两叶　　内装黄金白玉

　　这是就破开的盐蛋而言的"谜语对"。东坡一时想不到对句。小妹正准备讥笑他。忽然一颗石榴从树上掉下，石榴壳被摔碎了。东坡顿悟，立即对道：

　　打破坛一个　　中藏玛瑙珍珠

解缙应对不甘受辱

　　明朝的解缙在为官之前就才学出众，名声在外。一天，朝廷里有位大官将解缙传去，却又不让他进大门，而让他进旁边的侧门。解缙不愿受这侮辱，坚决不进去，大官闻讯，叫人送出了个上联来：

　　小犬入门嫌路窄

　　解缙随口对曰：

　　大鹏展翅恨天低

大官开了大门让他进来相见,看见解缙穿的绿色衣袄,就奚落他说:

出井蛤蟆穿绿衣

解缙指着大官身上的红袍答道:

落锅虾公着红袍

大官领着解缙漫步在府宅的园林内,园中奇花异草,生机盎然。大官又出了上联:

蒲叶 桃叶 葡萄叶 草本木本

解缙对曰:

梅花 桂花 玫瑰花 春香秋香

从此以后,大官对解缙的才学甚是钦佩。

解缙谐音巧改联

解缙的一个朋友想和他开玩笑,在门口贴了这样一副对联:

闲人免进

盗者休来

解缙一看,便在上下联后各添了三字,巧用了谐音字"贤"和"道",这样使原来的对联变成了:

闲人免进贤人进

盗者休来道者来

由此可见这位对联大师的生花妙笔非同一般。

解缙巧写婚丧联

明朝时期有个大户人家,腊月二十九这天准备娶媳妇。不料,这天刚吃过早饭,老当家的死了。按照习俗:年前死了人,必须年前埋。这年偏偏是个小尽——第二天就是大年初一了。改婚期吧,不行,亲戚朋友早已到齐,贺礼也收了一大堆。于是,决定先埋了人,再举行婚礼。

这对联怎么写呀?账房先生自知写不了,就连村里的几个秀才也不知如何下笔。恰巧,解缙这天也在这家帮忙,有人见他挑着水桶走了过来,就提议让他编一副对联。账房先生不以为然地摇摇头。解缙一见他这副神气样,便放下水桶,拿起笔来,蘸好墨汁,写出了上联:

遇丧事 行婚礼 哭乎笑乎

细思想 哭笑不得

账房先生一见,吃了一惊:"呀,起笔不凡。"

解缙头也不抬,又是一阵紧写,下联又出来了:

辞灵柩 入洞房 进耶退耶

再斟酌 进退两难

解缙把笔一放,挑上水桶走了。

账房先生忙喊:"解先生,对联还没有横批。"

解缙回过头来,喊了横批是:"乐极生悲。"

"神童"出口成对

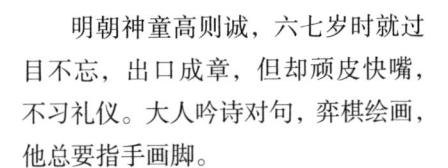

明朝神童高则诚,六七岁时就过目不忘,出口成章,但却顽皮快嘴,不习礼仪。大人吟诗对句,弈棋绘画,他总要指手画脚。

一日,他父亲请一个乡绅吃饭。

父亲立在门口迎接客人，他穿了一件绿袄随父跑去门前左顾右盼。有位乡绅穿着红袍向父亲鞠躬施礼，他也随父躬身还礼。乡绅见他活泼可爱，出一联戏耍他：

  出水蛙儿穿绿袄　美目盼兮

高则诚立即对道：

  落汤虾子着红衫　鞠躬如也

父亲端来茶点款待客人，他趁父亲沏茶之机，迅速从桌上偷去两个"状元红"就吃。乡绅见他如此大胆，故意对他父亲说：

  小儿不识道理　上桌偷吃

高则诚把头一歪，瞪他一眼说：

  村人有甚文章　中场出对

"中场出对"一语双关：既怪客人不该对其父"告状"，又说出对联。主人与客人会心而笑。

叶宰相留宿状元家

明朝天启元年，宰相叶向高路过福州府，看望新科状元翁正春。在谈笑中，叶向高说："老夫今晚恐怕回不去了。"翁正春知他今夜想在此留宿，便道：

  宠宰宿寒家　穷窗寂寞

叶向高见联中用的全是宝盖头的字，先是一惊，沉思片刻，对道：

  客官寓宫宦　富室宽容

次日早饭后，翁正春送叶向高上路，经过一池塘，叶向高说："翁公昨夜讲'穷窗寂寞'，我看不对，您看——"说完出了一联曰：

  七鸭浮塘　数数数三双一只

翁正春被将了一军，看了看池塘，眉头一皱，当即对道：

  尺鱼跃水　量量量九寸十分

说罢，二人会心地笑了起来。

同名人巧联

明朝文学家李梦阳，曾任户部郎中。有一天，他发觉有一个青年人与他同名，在当时一般老百姓是要避忌与朝廷官人同名的。李梦阳对这个青年说："你怎么和我同名呢？现在我出一联给你对，若对得不好，你得改换名字。"说完，他出一上联曰：

  蔺相如　司马相如　名相如实不相如

蔺相如，战国时期赵国大臣，司马相如，西汉辞赋家，名同人不同，此联切合他们两人的情况。那青年听后，眉头微微一皱，略微思索片刻对出下联曰：

  魏无忌　长孙无忌　尔无忌吾亦无忌

信陵君

魏无忌，战国时有名的"信陵君"，长孙无忌，系唐初大臣。下联用"无忌"系双关语，说他们二人都不要忌讳。李梦阳听了，十分欣赏这个青年的才智，不但没有忌讳，还亲自向上级举荐他。

张居正自傲招祸

明代宰相张居正自幼才思敏捷，"神童""才子"的桂冠戴了不少；但由此亦使他产生了骄傲自满、目空一切的思想。据说，张居正同艾自修是好朋友，这年两人同时中举，但张居正名列前茅，而艾自修却列榜尾。这时，张居正洋洋自得，出一上联给艾自修对：

　　艾自修　自修没自修　白面书生背虎榜

联中挖苦艾自修是"背榜"的书生。艾自修羞愧万分，一时不能答复，但从此埋下"怀恨报复"之心。后二人又都中进士，并同在京城为官，可张居正却官运亨通，位极人臣，当了宰相；艾自修仍居其下，一直无缘报复，只有耿耿于怀，长期忍耐。

忽一日，艾自修发现张居正与太后有"私通嫌疑"，于是续对张的下联交给皇帝。联曰：

　　张居正　居正不居正　黑心宰相卧龙床

皇帝闻之大怒，将张居正革职，发配边疆。由此可知"满招损，谦受益"其言不谬；刻薄、戏言真是惹祸之根。

唐伯虎野外拾趣联

有一天，唐伯虎闲来无事，一人来到野外游玩。他到了一个村庄，看见一个中年妇女一边打扫地上乱放着的柴，一边喊她的小叔子快来帮她把柴捆绑起来，以便搬回家去。唐伯虎于是得一上联：

　　嫂扫乱柴呼叔来

此对颇为奇妙，"嫂"与"扫"，"叔"与"束"都是同音义异。唐伯虎一时也想不出下联来，只好边走路边想，不觉来到另一个村庄，见一少女挑着一担水，由于扁担没扎稳，桶掉下地来摔散了，忙叫她小姑拿去箍紧。小姑笑着说："她小姨，不用慌，由我来箍。"唐伯虎见此情景，于是又得出了下联：

　　姨移破桶令姑箍

此对也很奇妙，"姨"与"移"，

"姑"与"箍"都是音同义异。该上下联对仗工整自然，可谓是妙手偶得，别出心裁呀！

一联两读

明朝著名画家祝枝山，对吟诗作对也很擅长。有一次，他被一员外请去写春联。他想跟员外开一个小小的玩笑，凝思片刻，便提笔写下一副妙联，只听员外念道：

　　明日逢春　好不晦气
　　终年倒运　少有余财

读完，员外便把脸沉了下来，很不高兴。祝枝山大笑一声，说道："员外不必生气，你念错了，请听我念。"说罢高声念道：

　　明日逢春好　不晦气
　　终年倒运少　有余财

员外一听，转怒为喜，立刻准备酒席款待他。

陈也罢

明朝有个陈愧斋，此人性子温顺。当翰林时，有客人来，他叫人倒茶，夫人说："没有泡。"他说了声"也罢"，又问茶叶在哪儿。夫人答："没有买。"他又说了声"也罢"了事。客人一听，不禁笑出声来，当时的人因此称他为"陈也罢"。

后来陈愧斋升为南京太常卿，赴任前与门生饯别，有的人竟流下了泪。当时大学士李东阳也在场，见这情形，不觉吟了一句谐语联：

　　师弟重分离　不升他太常卿也罢

"陈也罢"一听，马上应声对道：

　　君臣难际会　便除我大学士何妨

人们一听，不禁大笑；一个说"不升也罢"，一个还嫌官升得太小。不过，应对十分敏捷，却也难得。

周渔璜对联趣事

清代著名诗人周渔璜，名起渭，号桐野，贵阳人。

据说，周渔璜曾路过一个寨子，见男女老少守着一口枯井发愁，不知出了什么事。他走过去询问，老人们告诉说：村子长年缺水吃，去年挖了这口井，谁知才出了一昼夜水，就又干涸了。后来，有个道人来到井边，用木炭在石壁上写下半副对子，说只要有人对上了，井水自然会冒出来。可是村里没有识字的人，没法对，所以发愁。周渔璜到石壁前一看，只见写的是：

弯腰桃树倒开花　蜜蜂仰采

他想了想,安慰大家说不用发愁,随即从地上拣起半截木炭,在石壁上写出下联:

歪嘴石榴斜张口　喜鹊横戳

刚一落笔,只听咕噜一声,井里又冒出水来了。从此,人们就把这井称为"渔璜井"。

后来周渔璜考中了翰林。第二年春天,告假回家探亲。四乡五邻的亲朋好友欢天喜地,杀猪宰羊,在当年周渔璜读书的学堂里,摆了几十桌十分丰盛的宴席,给周渔璜接风洗尘。

乡亲们请周渔璜坐了上席,又特意用轿子把当年教周渔璜的高老先生抬来,请他坐在席上陪客。

酒过三巡,高老先生觉得把自己安排在周渔璜之下就座,很不应该。于是他便乘着酒兴,对周渔璜说:"学生大人这次回家探亲,真是四乡邻里的无上荣幸,愿在大人面前卖丑,出一小对,以助酒筵之乐。"

周渔璜连忙起身,向老先生拱了拱手,微微一笑,说:"先生德高望重,学生还应多多请教才是。"

老先生点点头,随口念道:

鼻孔子　眼珠子　珠(朱)子高于孔子

周渔璜听了,抿嘴一笑,恭恭敬敬斟上一杯酒,双手端着送到高老先生面前,深深地鞠了一躬。接着说:"学生因先生教诲,才有今日,请先生先饮此杯,学生才敢放肆。"

老先生很是高兴,双手接过酒杯,一饮而尽。然后说:"岂敢!岂敢!大人乃朝廷命官,老朽冒犯了。"

周渔璜道:"学生才疏学浅,对得不当,还望先生多加指教。"说着就大声对了出来:

眉先生　胡后生　后生长过先生

高老先生听罢,拍掌大笑道:"好对子!好对子!不愧是我的好学生!"

周渔璜任浙江主考,刚到杭州就被一群考生团团围住。这群考生听说周大宗师是贵州的"蛮子",以为他只能念几句《千字文》罢了,哪有什么资格当主考!便相互约定,借"欢迎"主考的机会故意刁难一下,使他当众出丑。一位被众考生推举出来的代表高声问道:

洞庭八百里　波滔滔　浪滚滚　宗师由何而来

周渔璜答道:

巫山十二峰　云重重　雾霭霭　本院从天而降

这群考生见周大宗师才学非凡,顿时目瞪口呆,深为自己的莽撞行为感到后悔。

江南有个叫碧波洞的游玩处,景致奇特,但要进洞一游,先得乘小船到洞口凉心亭。一天,主考官周渔璜前去观赏,乘轿到上船处,并无一只小船。叫唤多时,才从洞口悠悠划过来一只小船,船头站着一个书生,躬身对周主考说:"洞口有把关的,怕过不去。"主考不高兴:"莫非是个将军在那儿把关?"书生道:"不是将军,是一边的对联,对得出就进,对不出就没有脸面进！"主考问道："怎么写的，你念念。"书生念道：

　　赤耳银牙玉白兔　望明月卧青草池中

周渔璜微微一笑，唤侍从取来纸笔，写道：

　　乌须铁爪紫金龙　驾祥云出碧波洞口

写完后递了过去，书生一看，觉得很满意，才撑过小船，恭请主考上去，慢慢划进洞中。

周渔璜曾经奉旨阅兵江淮。一日闲暇无事，便前往镇江著名的古刹金山寺游览。金山寺长老听说钦差大人生于贵州这个"荒蛮之邦"，便露出鄙夷的神色。当时恰好天降大雨，雨水淋打着江边的沙滩。长老故作谦逊地说："贫僧偶尔想到一副对子的上联，苦于不知下联如何应对，恳请钦差大人赐教。"接着他念出了上联：

　　雨打沙滩　沉一渚　陈一渚

周渔璜明白他的意思，便指着祭坛上摇曳不定的烛光回答：

　　风吹蜡烛　流半边　留半边

长老听罢，十分惊讶，连声称赞："奇才，奇才！钦差大人真是奇才！"

金圣叹临刑对佳联

明末清初的学问家金圣叹，曾经点批过不少的书籍。相传有一次他到一座寺庙闲住，半夜起来想点批佛经，便来见庙里的长老，说明来意。长老知他有才，故意先出个对子，叫金圣叹对：

　　半夜二更半

金圣叹听了，怎么也想不出下联。长老说："你什么时候对出下联，什么时候让你点批佛经。"想到天亮，金圣叹还是对不出下联，只好扫兴而去。

后来，金圣叹因抗粮一案被判死刑，临刑时正是八月中秋，忽然想起欠下的下联：

　　中秋八月中

金圣叹盼咐儿子，要他把下联告诉老和尚……可惜，他再也不能点批佛经了。

周秉成临乱不惊

周秉成十岁考中秀才，成了轰动一时的人物。很快，他的名声便传开了。

俗话说："人怕出名猪怕壮。"羡慕的人固然不少，妒忌的人却更多。一次，外乡戏班子来演戏，差一副戏台的对联。村里几位"才子"互相推诿道："周秀才妙笔生花，还是请他来写吧。"

恰巧，这一天周秉成与邻村一位秀才发生口角，心烦意乱，加之在场的人多，乱哄哄的，他心不在焉，提起笔来，竟一连写下三个"乱"字。

围观众人暗暗吃惊，以为这下糟了。那些心术不正的文人却暗暗高兴，等着看他的笑话。周秉成一时也发了慌，又写出一个"乱"字来，可这四个"乱"字，如何连缀成文？周秉成猛然一惊，又很快镇定下来，稍加思索，然后挥笔疾书，一会儿就写就一副绝妙的对联：

乱乱乱　乱不出纲常伦理
演演演　演的是古今忠奸

围观者齐声喝彩，那些想看笑话的人也不得不佩服他的应变能力。

周秉成乡试、会试、殿试连中三元，出任湖北学台。自古以来的举子，有治国安邦之能的少，玩弄文字游戏的多。这一日考试前，举子们写了一句上联贴在贡院的照壁上：

半朝微雨　洗宇宙之轻尘
润江之光　湖之光　海之光
登云路　望五百明川　瞻星　瞻斗　瞻日月

周秉成乘轿来到，举子中有人故意大声说："真正绝对，怕是连学台大人也对不上了。"周秉成听到后，下轿一看上联，知道是学子们在"考"自己，便从容对道：

一介儒生　读孔孟之遗书
中解之元　会之元　状之元
入翰林　推十八学士　安家　安民　安国邦

下联对得非常妙，对句中所显示出的周秉成光彩照人的经历和所抒发的宏大抱负，让一个个举子都非常佩服。

刘伯温巧对朱元璋

明太祖朱元璋，出身贫寒，少时放过牛，当过和尚，没有机会念书。但他是一个很有抱负的人，经过自己刻苦学习，颇通文墨，会吟诗、作文，还特别喜欢题联。传说，朱元璋无论行军打仗、饮酒下棋、微服出访、登堂进庙都喜欢谈论对联，常常和大臣、文人、农民，甚至儿童对对子。

朱元璋出兵攻打姑苏那年，行军中，就以"天口"二字，题了一上联：

天下口　天上口　志在吞吴

给朱元璋出谋划策的大臣刘伯温一听，知道朱元璋将"天口"二字上下各一拼，即拼出"吞""吴"两字。于是，他以"人王"二字，绝妙地对出下联：

人中王　人边王　意图全任

还有一次，朱元璋与刘伯温下棋，朱元璋吟了一句上联，示意刘伯温应对。联文是：

天作棋盘星作子　日月争光

刘伯温脱口答道：

雷为战鼓电为旗　风云际会

候补道湖畔刁难李调元

湖南抚台宴请四川名士、调任广东某府学政的李调元，并在洞庭湖畔召集当地文人墨客，为李饯行。来宾中有一个候补道，得意于自己在作对联上有所长，为卖弄才华，提出与李调元联诗作对，以助筵席酒兴。

候补道抬头四望，见岸边不远处，

李树一片，果实累累。他触景生情，抬手指着李调元说道：

李打鲤　鲤沉底　李沉鲤浮

当时正值仲夏，百花怒放，群蜂纷飞，时而遇风扑地，时而无风即飞，忙着采花酿蜜。李调元触景生情，文思涌出，马上对出了下联：

风吹蜂　蜂扑地　风息蜂飞

"妙妙妙！"来宾们无不拍案叫绝，候补道感到李调元才思果然不凡，于是想了一下，又道出一个更难的对子：

四维罗　夕夕多　罗汉请观音　客少主人多

李调元听他说完，饮酒一杯，道出了下联：

弓长张　只只双　张生求红娘　男单女成双

这下联不仅用典有据，对仗严密，而且内容上也针锋相对。候补道暗暗佩服，抚台及众位才子也点头称绝。

君臣内廷趣对

清乾隆帝生性风趣，每当退朝回到内廷时，常对几位宠信的大臣说："上朝的时候再行君臣的礼仪，退朝的时候，只有朋友的乐趣，你们不必拘谨。"

一天，他与几位大臣在内廷打麻将，一张八仙桌围坐君臣四人。乾隆忽然问道："八仙指哪八位仙家？"一个平日也爱打趣的大臣回答道："八仙者，指吕洞宾、汉钟离、曹国舅、张果老、李铁拐、韩湘子、蓝采和、何仙姑也。"乾隆说：

七男一女同桌凳　何仙姑怎不害羞

那位爱打趣的大臣对道：

三宫六院多姬妾　圣明主理当自爱

乾隆脸色陡变，但那位大臣神色坦然地问道："皇上，臣的对子工整还是不工整？"乾隆再一吟诵，确觉不仅对得工整，而且对得有理，于是怒气渐消。

君臣斗妙联

有一次，乾隆皇帝与大学士纪晓岚对句为戏。乾隆说：

两碟豆

纪晓岚对道：

一瓯油

乾隆改口说：我念的是

　　两蝶斗

纪晓岚应对道：我念的是

　　一鸥游

乾隆又说：我念的是

　　林间两蝶斗

纪晓岚又应道：我念的是

　　水上一鸥游

　　三个"回合"过后，君臣二人相视而笑，心中均叹服对方才思敏捷。

纪晓岚妙联趣事

　　纪晓岚自幼聪明伶俐，记忆力、理解力都很强，其四叔纪容雅，对他特别喜爱，常在课余教他对对子。单字对、两字对、三字对，乃至五七言对他都学习过。内容都是他所熟悉的人、事、物等，时间一长，屋里屋外的事物几乎都对到了。

　　这天，他又到四叔家里学对对子，他四叔一时想不出新鲜题目来，就说："你在屋里自己找吧，看看什么没有对过，就以什么为题。"纪晓岚在屋里东瞅瞅西瞧瞧，最后看到四婶坐在炕上做活，小脚露在外面，那双绣花软鞋十分惹人注目。他便指着四婶的小脚说："只有这没对过。"四叔抿嘴一笑，吟出一联：

　　三寸金莲瘦

纪晓岚机灵地对道：

　　一双绣鞋轻

　　四婶听了，停下活来对纪晓岚嗔怪道："小兔崽子，这也能用来作对子吗？"晓岚还未申辩，其四叔又吟道：

　　人谁不有脚

纪晓岚又笑嘻嘻地接对：

　　何必动无名

　　这么一答，把四婶四叔逗得哈哈大笑。

　　乾隆皇帝在带领群臣巡视江南的途中，见一池塘里的荷花正含苞待放，犹如红拳紧握，忽有所感，于是出一上联让纪晓岚对：

　　池中莲苞攥红拳　打谁

　　纪晓岚抬头见池边剑麻绿叶挺拔，遂对道：

　　岸上麻叶伸绿掌　要啥

　　下联不仅对得工整，而且意境切合时宜，更难能可贵的是"要啥"对"打谁"趣味吻合，颇有韵味，细细回味，使人拍案叫绝。

　　纪晓岚走路很快，真可谓"行如风"，每次入朝，同僚们都赶不上他。彭元瑞，号云楣，江西南昌人，当时任编修。一次，他和同僚们玩对对子的游戏，纪晓岚听到后，马上对出，对得工整而妥帖。全联是：

晓岚确是神行太保
云楣不过圣手书生

众人听了皆叫绝。"神行太保"和"圣手书生"是《水浒》中人物戴宗和萧让的绰号，以此为对，又嵌了双方的名字，真是妙极。

王尔烈显才夺魁

乾隆年间，有一天，顺天府贡院里，开始乡试的第一场考试。考生多是直隶的，辽东考生寥寥无几，王尔烈是其中的一个。

盛暑炎热，富家子弟们都穿绸着缎，显得凉爽华贵，王尔烈穿着家常衣服，样子很寒酸。一个麻子考官走过来，见他旧布袍下露出肥大的青布裤子，便开玩笑地说：

小书生两腿木耳

王尔烈认为这是有意取笑自己，便毫不客气地回敬了一句：

老大人一脸花椒

考官没想到会受到穷学生的当众挖苦，顿时面红耳赤。为了博回面子，他又想出一句：

乱石山稀烂梆硬

王尔烈毫无难色，对出下联：

热河水翻滚冰凉

还没有考试，就和考官成了对头，王尔烈心里便有点犯嘀咕了。多亏这个考官爱才，看出这个生员不一般，也不计较王尔烈的鲁莽，仍然秉公判卷。

三场考下来，王尔烈得到第一名，到京后，他又考了头名状元，成为嘉庆帝的老师，这是后话了。

学子妙对不让师

清朝末年举人何淡如，以擅长诙谐对联闻名。年少时，他拜蔡西湾为师，师徒俩曾去过一个名叫"猪北窦"的地方。一日，老师以此地名出联曰：

猪北窦

何淡如即以老师姓名对曰：

蔡西湾

老师哑然失笑。原来，"猪"谐音为"朱"，与"蔡"姓借对。"窦"的意思是"洞"，与"湾"对。接着蔡西湾又以何淡如的衣饰出联云：

皮背心衬绣花雪帽

何谈如见蔡西湾手持旱烟袋，对道：

血牙嘴镶斑竹烟筒

老师虽然受到了讽刺，却暗喜有这么一个聪明学生。

书生妙联出囚笼

相传，明英宗时，皇室宁王朱宸濠在江西南昌横行霸道，仗势欺人。有一次，一个书生因为写文章触恼了宁王，宁王就把书生关在后花园的铁笼子里。这天，宁王到后花园池边赏鱼与荷花，兴致骤起，吟出上联让随从应对：

地中取土　加三点以成池

那些随从本来皆是酒囊饭袋，一个个抓耳挠腮，无言以对。这时，关在铁笼子里的书生对出了下联：

囚内出人　进一王而得国

此副联妙就妙在下联，书生用宁王上联之法，"囚内出人"，意思是把我从铁笼里放出来。后半句说出宁王造反夺皇位的想法。于是，宁王把书生放了。岂不知，后半句"王"进"口"内，岂不也成囚犯了。书生用下联既保全了性命，又咒骂宁王企图谋反，没有好下场。不出所料，后来宁王果然造反，被明英宗活擒，自事起至失败仅43天。

结巴对对戏学监

从前，某朝某年，朝廷派了一位学监到湖北松滋视察科举方面的事。学监听说这个县的农民周结巴很有名气，就下令召见他。

学监见周结巴一身土气，两脚黄泥，实在不雅观，便问道："你会诗文吗？"周结巴说："凡……凡是人家会……会的，我也……也会一点。"学监看他口气不小，出了一联，让他对：

　　花园里桃花香　荷花香　桂花香　花香香花花花香

这时，周结巴一个字也说不出来。学监问："既然也会一点，为什么不对呢？"周结巴答："桃……花在春，荷……荷花在夏，桂花在秋，花园……园里怎能同……同时看见呢？"

学监一听，自知考虑不周，便红着脸说："你对下联就是，管它什么时候开呢？"周结巴说："那么小……小人就以歪对歪了。"说完断断续续地念出下联：

　　大街上人屎臭　猪屎臭　狗屎臭　屎臭臭屎屎屎臭

学监听了哭笑不得，十分尴尬。事情传到朝廷，一个堂堂学监被乡野村夫戏弄，成何体统。吏部听闻此事后向皇上参了一本，革了学监的官职。

状元对联拒客

从前，有位穷秀才，有时向一些有钱亲友借贷，而亲友们不但不给，还常常把他拒之门外。

后来，他考中了状元，荣归故里。当地名流缙绅和原先那些有钱的亲友，都备了厚礼，约定某日去状元府攀附巴结。新状元非常痛恨这些势利小人，到了那天，他不但不准备酒席欢迎，而且还在关着的大门上贴了一副对联，拒绝接见这些势利小人。对联曰：

　　忆当年　一贫如洗　缺柴缺米　谁肯雪中送炭
　　到今朝　独占鳌头　有酒有肉　都来锦上添花

十年难答一对

有一位秀才，好作诗答对。一天，他外出游玩，来到一棵大柿子树下面。秋风一吹，树叶纷纷落地，所剩树叶寥寥无几，树枝条光溜溜的。这时从对面来了一个浪荡子弟，秋风一吹，冷得他浑身发抖。秀才见景生情，随口吟出上联：

柿叶凋零看光棍如何结果

他这是一语双关，借"事业"和"柿叶"的谐音。他吟完，沾沾自喜。可怎么也想不出下联来。

过了十年，秀才考中举人，当上了县官。一天，一个狱卒手拿一个破枷向这位县太爷禀报说："禀老爷，这面盘头枷眼子已破，怎么办？"这位县太爷立即提笔写了下联：

枷门破坏问眼子怎样成人

这也是借"家门"和"枷门"的谐音，一语双关，与上联对的那真是天衣无缝。县太爷又拍手说：

十年难答一对 几乎愁白头

狱卒也笑而随口答道：

一枷成全两人 马上卸红装

县太爷听了大笑说："对子答的调皮，却也够味儿。"

弟子应对讽先生

从前，有位教书先生嗜酒如命，一喝酒就撒酒疯。有一天，先生出对子让弟子对。先生说：

风

弟子对：

雨

先生说：

催花雨

弟子对：

撒酒疯

先生又说：

园中阵阵催花雨

弟子又对：

席上常常撒酒疯

先生说："你虽然对得好，只是不该揭我的短。"

弟子说："先生若是不改过，那我就是先生的先生了。"

考官趣批卷

清朝有一次科举考试，试卷中有一句"昧昧我思之"。这句话出自《书经·秦誓》，"昧昧"在这里表示"沉思"的样子。

有一位考生，不知当初就没记准"昧昧"两个字如何写，还是精神不集中别有所思，把"昧昧"误写成"妹妹"。四书五经中的一句话，在他笔下成了谈情说爱的话：

妹妹我思之

批卷的考官见了，觉得又可笑，又可气。一般人说不定批个"回去查书""文字不通""胡说八道"之类的气话，偏偏这位批卷的考官生性幽默，挥笔批成一副工整的对句：

哥哥你错了

郑板桥一联值千金

郑板桥是清代著名的画家、诗人和书法家。每天前来向他索要字画的人络绎不绝。据说有一位大盐商，听说郑板桥的字画名声很大，他想房间里要是挂上一副郑板桥的亲笔对联，他也能够挤入"雅士"的行列了。

于是，他就来到郑板桥家请求郑板桥为他写副字。郑板桥故意把价钱说得很高，开口就要一千两银子。大盐商一再还价，郑板桥最后把价钱降下一半。郑板桥说："我这里有个规矩'先付钱，后写字'。"大盐商只好忍痛把讲好的五百两银子给了郑板桥。郑板桥收好银子后，铺纸蘸墨，笔似龙飞蛇走，一下子写出了上联：

　　饱暖富豪讲风雅

写完，毛笔一放，转身就走。大盐商忙拽住郑板桥的衣袍说："先生，你只写了上联呀！"郑板桥笑着说："你只付了一半钱呀！"

大盐商知道中了郑板桥的计了，没办法，把另外五百两白银也交给了郑板桥。郑板桥这才续写了下联：

　　饥馑画人爱银钱

他写好了笑笑说："我们画画的不像你们商人那样高雅，你们看不起金钱，我们却'爱财如命'呀！哈哈哈！"

何绍基挥毫成妙联

何绍基是清朝道光年间的进士、湖南道州人，字子贞，做过编修、四川掌政。据说有一商人，父母去世后他想将父母进行合葬，但却误将父葬在西边，母葬在东边，违背了旧时规矩，商人便在坟前立两个石柱，准备写一副对联，以求补正。请遍了乡中精通文墨的人，都写不了。最后请到何绍基，他笑着说："试试看。"随即提笔写道：

　　生前既不离左右
　　死后何必分东西

观者无不赞赏。后来，他家附近东岳庙里有一个和尚死了，小和尚跑来请他写副挽联，他二话不说，就提笔写了一句：

　　东岳寺死个和尚

小和尚一看，顿时叫嚷起来，说："这样谁都会写，何必请你动笔？"何绍基笑了笑说："你不要着急，看下面就明白了。"接着续到：

　　西竺国添一如来

小和尚恍然大悟，高高兴兴拿着对联走了。

街头妙对

清代诗人宋湘，因为擅长书法和对联而名噪一时。传说一次他外出游玩，经过某一村镇时，在十字街头的墙上写了一上联：

　　一条大路通南北

他走后多日，又路过此地，见无应对下联，于是便自对下联：

　　两边小店卖东西

该联的巧妙之处，在于全联嵌有"东南西北"四字。

八十老翁求寿联

清文学家刘凤诰，字丞牧，号金门，江西萍乡人。他才思敏捷，妙笔生花。据说有一老翁用贵重的纸请他写一副寿联，当时他正趴在桌旁写字，随口问道："老丈何时出生？"老翁说："十一月十一日。"刘凤诰随即在纸上写道：

十一月十一日

老翁看了暗暗叫苦，但不敢出声。刘凤诰又问老翁今年高龄。老翁说："正好八十岁。"刘凤诰于是接着书写下联：

八十春八十秋

老翁一看，非常高兴，对刘凤诰非常感谢。

鲈鱼螃蟹对

清末张之洞任两江总督时，有一次微服私访，来到松江府，碰到一位老同学，两人就拉起家常。这老同学没有官职，在一个缙绅的家里当私塾先生，他见张之洞穿着百姓衣裳，问是否官场受挫，张之洞避而不答。这天，正巧逢松江知府办寿，缙绅接到邀请，要私塾先生同去，张之洞说："我也要去看看。"于是三人同行，来到松江府。张之洞本来要给松江知府一个措手不及，怎奈张之洞是秘密出行，知府也不认识他，不但得不到特殊礼遇，反而受尽了冷落和白眼。宴会开始时，张之洞耐不住了，抢步入堂，毫不客气地在首席上坐下来。他这一举动，使满屋子的官员瞠目结舌。知府见一个"百姓"如此大胆地落座，不禁恼火，但当着众多客人又不便发作，怕冲了"寿"气，于是走到张之洞面前，指着桌上一道名菜说道：

鲈鱼四鳃　独占松江一府

言下之意，知府是以鲈鱼自比，指明自己是"土皇帝"。张之洞早已听出此意，不慌不忙地抓起筷子，指着另一道名菜，说：

螃蟹八足　横行天下九州

客人们见他俩一来一往，互不买账，颇觉有趣，互相窃窃私语。知府是个机灵人，听了下联，感觉到此人有来头，急忙退席找私塾先生探问。当他知道此人是两江总督时，十分尴尬，只得向张之洞叩头谢罪。

学究有约才女无心

古时候有位老秀才屡试不中，只得在家开个私塾，当了教书先生。他总觉自己才华横溢，满腹经纶，所以经常咬文嚼字，吟诗作赋。有人送了他个绰号——"老学究"。

有一年暮春，一个儿童来拜师求学。老学究想试试他的功底，随口出了个上联：

四野绿阴迎夏至

学生一听，傻了眼，这个上联景致、节气同时出现，不太好对，便摇了摇脑袋，没言语。老学究暗道："此徒虽不伶俐，好在忠厚老实，这孩子还是可以教的，先收下吧！"

谁知第二天一大早，学生风风火火地跑来找老学究，迫不及待地对了下联：

一庭红雨送春归

"哎呀，好！"老学究禁不住大吃一惊，这下联和上联可谓对仗贴切。"一庭"对"四野"，"红雨"对"绿阴"，"送春归"对"迎夏至"，真是珠联璧合！可转念一琢磨，这学生昨日还很愚钝，今朝怎么变聪明啦！不对，一定是别人帮他对上来的。仔细一问，学生照直说了："是我姐姐对的。"

"什么，你姐姐？你姐姐多大了？"老学究欣喜若狂地问。

"年方二八。"学生毫不介意。

傍晚放学，老学究特意把学生叫过来，满脸堆笑地说："爱徒，你姐姐乃当世罕见才女，为师再出一联，请她一对。"说罢，嬉皮笑脸地吟了上联：

好书勤诵读

第二天一早，老学究早候在门外，等那学生来到，忙问："可有下联？"学生随口回答说：

佳句费推敲

"啊，又是一个绝妙佳句，难得，难得！"老学究赞不绝口，他真想见一见这位才女。于是到了晚上放学的时候，他又把那学生叫来，别出心裁地出了一上联：

有约桃花坞

吟罢，再三叮嘱学生，要他姐姐来对，千万不要忘了。第二天，下联对了回来，也是五个字：

无心坐杏坛

这下可把老学究乐坏了。看来无心坐杏坛，是有意赴桃花坞啦！他索性停了一天课，要前去拜会学生的姐姐。邻居小秀才见了，却"哼哼"冷笑起来。

这一笑不要紧，把老学究笑得丈二和尚摸不着头脑，忙问是怎么回事。小秀才酸溜溜地做了回答："老先生，您的上联云'有约桃花坞'，想前去会面，欲交桃花运。哈哈，不巧啦！这位千金回说'无心坐杏坛'。你有约，人家无心。这杏坛不就是孔夫子讲学的地方吗？毫无疑问，是看不上你这个儒生。"

老学究如梦初醒，在小秀才的笑声中，羞得满面通红，抬不起头来。

对课联佳偶

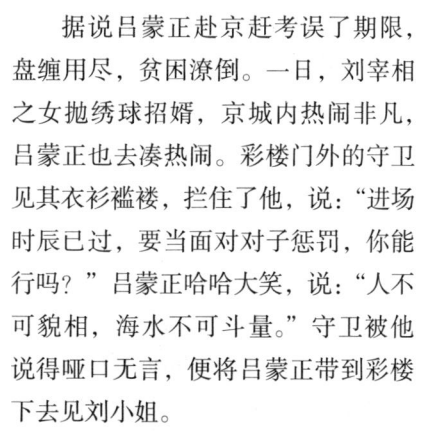

据说吕蒙正赴京赶考误了期限，盘缠用尽，贫困潦倒。一日，刘宰相之女抛绣球招婿，京城内热闹非凡，吕蒙正也去凑热闹。彩楼门外的守卫见其衣衫褴褛，拦住了他，说："进场时辰已过，要当面对对子惩罚，你能行吗？"吕蒙正哈哈大笑，说："人不可貌相，海水不可斗量。"守卫被他说得哑口无言，便将吕蒙正带到彩楼下去见刘小姐。

端坐在彩楼上的刘月娥小姐，年方二九，聪明俊俏，琴棋书画样样精通，说媒的人踏破了门槛，求亲的不是皇亲国戚，便是官家子弟，刘宰相唯恐答应这家得罪那家，为此伤透脑筋，只得张榜"抛彩球"招亲。刘宰相将此事和女儿一讲，刘小姐伤心啼哭，说："彩球不长眼睛，岂不断送了女儿终身？"刘宰相说："老夫一言九鼎，岂能反悔？"刘小姐要求父亲在榜上加一条：抛球之日，须准时入场，若过时辰，当面对对子惩罚。刘宰相不明女儿之意，刘小姐说："有了这一条，纨绔子弟、绣花草包、不学无术之辈定然早早进场；饱学才子才敢姗姗来迟……"刘宰相一听有理，便答应了女儿的要求。

此刻，吕蒙正被带到彩楼下，刘小姐撩起帘子一看，见吕蒙正虽然衣衫褴褛，却是五官端正，双眼炯炯有神，颇有几分书生之气。她命贴身丫鬟梅香前去问过姓名年龄，便出了一题：

黑白未分此去不知南北

吕蒙正脱口而出：

青黄不接特来讨点东西

刘小姐听了吕蒙正的对子，觉得不错，平仄对仗讲究，但欠高雅，便又出一题：

荷叶鱼儿伞

吕蒙正一边吟诵，一边整了整衣冠，笑了笑答道：

花絮虱儿窝

刘小姐又出一对：

一杆银枪能挡雄兵百万

吕蒙正挥了挥讨饭棒随声应道：

半段竹竿驱走恶狗千条

刘小姐暗暗思忖，吕蒙正果然才

吕蒙正

华出众，连对三联对答如流，只可惜张口不离破烂、乞讨，不禁感到又好笑又生气。梅香有心成全吕蒙正，便对小姐说："吕相公穷途落魄，苦在其中，对出的对子当然含有苦味。"她凑到小姐耳边小声嘀咕了一番，小姐笑了笑，又出了一个新对联：

十字街头叫老爷老爷老爷老老爷

吕蒙正忽然眼睛一亮，脱口而出：

金銮殿上喊万岁万岁万岁万万岁

瞬时，刘小姐笑逐颜开，撩起珠帘，手捧彩球走到台前，向并非有意求亲的吕蒙正抛去。吕蒙正眼快手疾，撩起破棉袍，一下接住了彩球。

孙、朱二知县互嘲

清末，湖南长沙县的县官姓朱，邻县的善化县县官姓孙。一次，朱知县请孙知县赴宴，席间，朱知县出了个对联让孙知县对：

园门不紧　跳出孙悟空　活

妖怪怎能善化

孙知县听了，这分明是姓朱的戏辱自己，但又一时对不出来。孙知县回去后，也想了个主意，先将一头死猪抛入湘江上游，即请长沙县朱知县来赴宴。席间，孙知县指着漂过来的死猪说："上次你出的对，我对出下联了。"随即念道：

　　湘水横流　浮来猪八戒　死畜牲流落长沙

朱县官一听，脸上火辣辣的。

农夫妙对气阔少

从前，有个姓张的财主少爷考中秀才之后，便在家里张灯结彩敬奉天地祖宗。少爷兴奋之际，想当众卖弄文才，便找正在院里吃饭的一群帮工对对子。帮工中有位年老的农夫，很痛恨张家对帮工的刻薄，正想倒倒苦水，便站起来答对。张少爷摇头晃脑地出句道：

　　四书五经有趣有味

农夫举起手中的饭碗答：

　　一日三餐无油无盐

那张少爷不觉一惊，再也不敢小瞧这老头，便以祠堂为题出了一句：

　　十根金龙柱　十颗小圆珠　十对宫灯十红十绿

农夫晃晃手中的碗筷接对：

　　一只青花碗　一个大缺巴　一双筷子一白一乌

这时，张少爷听出农夫借答对奏起弦外之音，便没有好气地发火道：

　　哼　吃老子的　喝老子的　还不知足

农夫毫不示弱，盯着祠堂敬祖宗的供桌回对：

　　嗬　敬祖宗的　拜祖宗的　当然嫌少

那张少爷被气得哑口无言，在场的众帮工齐声叫好。

对联择偶受教诲

聚居在湘鄂西的土家族，有着古老的传统文化，不仅能歌善舞，也喜欢咏诗联对。当地流传着一个以对联择偶的故事：

土司王爷的妹妹田娥，有几分斯文，她说谁对上她的对联，就嫁给谁。

一天，有一位年逾花甲的老翁前来应对。附近百姓都来看热闹，田娥又气又恼，将应对者臭骂一通：

　　白日堂中　白发老翁　老皮老肉老骨头　呸　你还不滚下去　哼哼　今生无偶

田娥出了这个上联，众人"哗"然；白发老翁却一笑置之，并答道：

　　红罗帐里　红粉佳人　细腰细腿细眉目　嘿　我这就迎上来　嘻嘻　前世有缘

田娥听罢，目瞪口呆。众目睽睽之下，堂堂土司之妹，哪能言而无信，只好答应与老翁结为夫妻。老翁却说："切勿口吐狂言。我已年老，只是以此来告诫你们年轻人罢了。"田娥连忙下拜。

龟鳖得言

从前有个穷秀才叫万福，应考落榜，孑然一身，四处流浪。有家开旅店的母女俩，招他为婿。此事被一个常来住店的旅客孙得言知道了，孙得言有意要奚落他们一番，便作了个上联：

店女坐门招穷夫　来时万福去时万福

"万福"既是人名，又是女子的礼仪，兼有两种含义。店女想到这旅客的名字，就对道：

龙王下诏求直谏　鳖也得言龟也得言

她把孙得言比作龟鳖，使得这位旅客很狼狈。

子解父难

传说，清朝年间江西有一个姓王的穷秀才，由于家里很穷，常常带着十一岁的儿子去帮人运东西，挣点钱养活家人。秀才的儿子是一个聪明懂事的孩子，他一边干活一边勤奋学习。

有一次，他们父子二人外出干活，又累又饿，便到路旁的一个饭馆里休息吃饭。他们要了二两酒，两个烧饼，两只螃蟹，但在吃完算账时，钱不够了，小伙计便和他们吵嚷起来，还说了些很难听的话。

老掌柜闻声而出，一看是老熟人，便热情地拉着秀才父子进了里屋。他让秀才对一个联句，如果能对上，酒饭钱就免了。掌柜的所出联句是：

吃蟹不足吃蟹足　蟹足也不足

王秀才听了，怎么也对不上来，十分狼狈。这时，秀才的儿子也在一旁沉思，忽然，他儿子看见街上有一个小男孩骑着一头瘦驴过去，马上就有了联句，他代替父亲答道：

骑驴硌腚骑驴腚　驴腚还硌腚

这下子，儿子为父亲解了难题，老掌柜的惊喜地夸赞说："这孩子真聪明，真是青出于蓝胜于蓝啊！"

童生巧对刁先生

早先，读书人都喜欢对对子。先生出上联，学生对下联，要对仗工整，讲究平仄和押韵。

有一日，一位姓刁的先生出了一句歪联：

抓而痒　痒而抓　不抓不痒不痒不抓　抓抓痒痒　痒痒抓抓越抓越痒　越痒越抓

先生说完让学生对。学生们想了半天也没有一个人能对出下联来。

先生骂了一句："你们这些废物，看哪个学生先答出来。"

有一个学生听罢，心想：就以"先生"二字来对。于是他站了起来，说："先生，我来对。"先生点了点头，学生开口对道：

生了死　死了生　有生有死有死有生　生生死死　死死生生先生先死　先死先生

先生听了，气得半死，跌坐在椅子上，半天说不出话来。

学童羞秀才

从前，有个很狂傲的秀才，学问虽不多，但总爱显示自己，因而人们都叫他"狂秀才"。

有一天，狂秀才出门，来到了一所学堂前，他看见一群学童兴趣十足地在交谈着什么，他想让这个学馆里的老师出来，和他比试比试才学。于是，他往大门口一站，大声说道：

　　稻粱菽麦黍稷　这些杂种哪个是先生

那一群学童听了秀才的联句，都愣住了，不知道如何应对，秀才可得意了。这时，一个眉清目秀的小学童站起来，把小胸脯一挺，伸出大拇指，很神气地对道：

　　诗书易礼春秋　许多正经何必问老子

狂秀才听了，羞得脸面通红，只好在一大群学童的哄笑中，赶快溜走了。

宋之问巧遇骆宾王

唐初诗人宋之问，一天来到杭州灵隐寺寄宿。时值秋夜，触景生情，随口吟成一句：

　　岭边树色含风冷

他想再吟一句，合成一联，不料一时对不上来，便在殿前反复吟着这一句。

一位端坐在蒲团上的老僧，蓦然回头说："少年公子，何必只把风景挂在口头，如此苦搜枯肠？"

宋之问吃了一惊，便问："难道师父也能对对子？"

老僧说："贫僧虽不善吟咏，但你那一句，我却早对好了。"宋之问忙向他请教，老僧吟道：

　　石上泉声带雨秋

宋之问听罢，纳头便拜："老师父原来是个诗人，请受晚生一拜！你老既出口成章，胸中必藏万卷诗书。我见灵隐泉石秀美，想吟一联作为纪念，又一时想不出佳句，只吟了上联，请师父帮我续出下联。"说着，随即吟出：

　　桂子月中落　天香云外飘

老僧接着吟道：

　　楼观沧海日　门对浙江潮

宋之问十分佩服这位老僧。后来，他才知道，这个老僧就是著名诗人骆宾王，他与徐敬业在扬州起兵反对武则天，失败后，便独自隐居灵隐寺为僧。

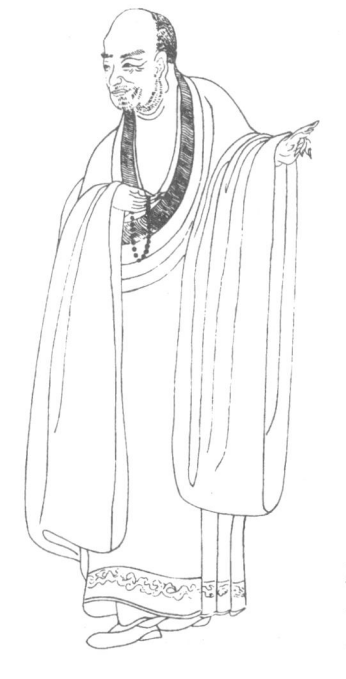

骆宾王

神童王勃胸怀奇才

王勃，古绛州龙门人。唐代大文学家，所作《滕王阁序》成为千古名篇，他与杨炯、卢照邻、骆宾王号称"唐初四杰"。他自幼聪慧过人，七八岁即能作诗，有"神童"之称。

他父亲王福畤是朝廷的官员，有一次，王福畤一位姓朱的朋友生了儿子，他带王勃同去祝贺。朱家客人想当面试试这个"神童"的才华，便指着门上的珠帘对王勃说：

门上挂珠帘　你说是王家帘朱家帘

王勃随口答道：

半夜生孩儿　我管他子时儿亥时儿

此联把"珠"拆成"王""朱"，"孩"拆成"子""亥"，对得非常巧妙。众人听了，赞不绝口，并建议王福畤让他参加大考。恰逢这年京城大考，主考官见王勃不过是个矮小儿童居然也来赶考，便有些看不起，张口说道：

蓝衫拖地　怪貌谁能认

王勃马上答道：

紫冠冲天　奇才人不识

主考官一惊，觉得这小孩子果然才学出众，便让他考试，后调出王勃的卷子一看，文章甚佳，所以王勃十九岁时就做了朝散郎。

杜牧亲访卖酒女

唐朝池州刺史杜牧，听说有一位聪明的卖酒姑娘，于是便想去拜访。一天，他一身书生打扮，带着一个年轻衙役，让他打扮成书童，来到这家酒店。走进店内，见正面堂中有一扇木板虎壁，虎壁正中挂着一幅水墨画《醉八仙》，两旁配着一副对联：

座上客常满

杯中酒不空

这是酒店一般通用联。店堂中间摆着四张方桌，上放文房四宝，大概是供那些文人骚客咏诗题联之用。杜牧便在一张空桌旁坐下。这时，只见一个眉清目秀，身穿淡红色衣裳的姑娘，从虎壁后面转到杜牧桌前，这位姑娘叫杏云，她开口问道：

先生　初次光临小店　幸甚幸甚

杜牧把眼睛向年轻的衙役瞄了一下，示意叫他回话。衙役受过杜牧的教养熏陶，也能咏诗联句，立即上前答话：

姑娘　几番欣闻大名　拜访拜访

杏云一听这位"书童"的答话，也

是对仗的，暗想书童竟有如此口才，主人一定是博学多才，这倒是求教的好机会。于是又问："先生，请点美酒佳肴，以助雅兴。"这时，杜牧说了一声："随便来点什么吧。"杏云原以为他有妙语相对，可他居然这样说话，莫非此人胸中无才，她细看这位客人，四十岁出头，举止端庄，不像花花公子。她边思索边下厨房去拿酒菜。

一会儿，杏云一手端着两碟菜，一手持酒壶杯筷来到客人桌前，把两碟菜摆在桌上，放好杯筷说：

一把酒壶手中拿

说完往客人面前一放。书童一边筛酒，一边望着杏云绯红似霞的两颊，顺口说道：

两朵杏花腮边开

杏云并不娇羞，继续试探他们到底是不是饱学之士。她说："先生，贵书童有如此学问，小女很想聆听请教。"杜牧这时拿起那银光闪闪的锡壶抑扬顿挫地说：

白锡壶腰中出嘴

杏云一听，不假思索地指着桌上竹筷说：

金竹筷身上刺花

杜牧笑了一笑，一本正经地说："姑娘，对得倒也可以，不过，我这上联是拟人化的，'腰'乃是人的躯干部分，而'嘴'是五官之一。你的下联'身上刺花'，'花'是人的哪一部分？"

杏云听他一剖析，意识到这下联平庸，一时对不上好的来，便转身送酒去了。待她过来时，书童神秘地一笑说："姑娘，你的下联没有对上，我们相公这酒也咽不下呀！"杏云两颊红了，一直红到耳根，半晌答不出话来。接着书童又施加压力说："要是对不出，你的酒店就乖乖关门，拿一把铜锁锁着吧！"杏云毕竟是个伶俐的姑娘，听到"铜锁"二字，脑子转了转，忽然灵机一动，便有了下联：

紫铜锁腹内生须

这时，杜牧畅饮一杯，赞道："姑娘真聪慧。"说完又举杯畅饮，饮完后，付了酒账，和"书童"欲走。杏云忙上前问道："请教先生贵姓大名？"杜牧说：我的姓名是：

半边林靠半坡地
一头牛挂一卷文

杏云低头琢磨一下，忽然想：啊！原来是刺史杜牧大人！便"扑通"往下一跪道："刺史大人！民女失敬，恕罪！恕罪！"杜牧赶快扶起杏云。衙役在一旁又问她："姑娘，你姓什么？"杏云答道："民女名和姓都在酒店正面那副对联上。"杜牧和衙役望去，那副对联是：

但凭水流浇红杏
借助火光烧彩云

衙役琢磨上下联的末一个字合起来正好是"杏云"的名字，而姓呢？一定是在联中，可自己却一时解不开。杜牧却笑道："有水能'浇'，有火方'烧'，如无水火呢？"

衙役"啊"了一声说："杏云姑娘姓'尧'！"

月下美景佳联

唐代的李群玉是有名的才子，他

·157·

的诗文意境优美。他小时候熟读诗书，常常和老师在一起吟诗作对，老师很欣赏他的聪明好学，也经常指点他。

有一次，明月当空，师生俩一起到外面散步，他们走在一条小路上，远处传来了寺庙的钟声。小路两旁是竹林，竹林里不时飘来阵阵花香，在这幽静的环境中，老师诗意勃发，信口吟出了一句上联：

　　　风吹钟声花间过　又香又响

李群玉也被周围的景色迷住了，听到老师的对联，他环顾四周，看见明月的光芒皎洁如水，两旁的竹林中不时有萤火虫飞来飞去，萤火虫的光亮忽明忽灭，时隐时现，就马上对道：

　　　月照萤灯竹畔明　且亮且凉

上下联句很巧妙地把明月照耀下的景色描绘出来，使人觉得身临其境，这真是一幅美妙的图画。

红白对联

在除夕夜，有一个贪赃枉法的县官，在县衙门上贴了一副对联。上联是：

　　一心为民两袖清风三思而行四方太平五谷丰登

下联是：

　　六欲有节七情有度八面兼顾九居德苑十分廉明

横额是：

　　福荫百姓

大年初一的早晨，知县还没有起来，衙门就已经被人围得水泄不通，还不时有人喝彩："好呀！写得妙极！"他听后急忙起身，端个茶壶在院中走来走去，得意扬扬。突然，一衙役匆匆跑来说："老爷，不好了，不知道是谁在红对联上面又贴了一副白对联。"他急忙跑出去看，只见那白对联的上联是：

　　十年寒窗九载熬油八进科场七品到手六亲不认

下联是：

　　五官不正四蹄不羁三餐饱食二话不说一心捞钱

横额是：

　　苦煞万民

知县见此联后气得脸色煞黄，使劲摔掉手中的茶壶，拼命去撕白对联，围观的群众一个个笑得前仰后合。

知府恃才讨没趣

明代戏剧家汤显祖有四个门生：

陈际泰、罗万藻、张世纯、艾南英，并称"四才子"。

某年，有一两榜出身的知府到他们的故乡抚州上任，听说了四才子的名声，不大服气，便命人叫他们三天内到府衙来与他对对子。过了两天，全无动静，知府以为他们不敢前来。第三天便坐轿出去拜客。下午知府回来时，路过当地一个叫文昌桥的地方，只见四个汉子袒胸露腹，横卧桥上，知府差人上前去问，方知是四才子前来找知府对句的。知府叫他们说出上联，四才子齐声念道：

上文章　下文章　文章桥上晒文章

知府想了半天，不得佳句，只得甘拜下风，不敢过桥，于是绕道而走。他黄昏时分来到一个叫黄昏渡的渡口，渡边有个村子叫前黄昏，对岸有个村子叫后黄昏。知府忽然来了灵感，终于想出了下联。回到府中，正想召四才子前来，哪知四才子早已派人送来了下联：

前黄昏　后黄昏　黄昏渡前遇黄昏

正与知府所作一字不差。知府无话可说，但心中不服，还想等待机会报复。

过了两个月，知府特意乔装打扮，诈称外乡儒生，邀请四才子到一客栈饮酒。四才子不知底细，如期赴约。酒过三巡，但见对门玉茗花盛开，异香飘来，知府信口念道：

香生玉茗春三月

玉茗堂是汤显祖的书室，所以汤显祖被称为"玉茗先生"。陈际泰一听，心中笑道：这真是班门弄斧了。于是从容答道：

光照临川笔一枝

汤显祖是临川人，人又称"临川先生"。

知府见被对上，又指着远处的宝塔道：

宝塔七八层　中容大鹤

这上联看上去平淡无奇，实是利用抚州方言"容"与"庸"、"鹤"与"学"的谐音，暗藏了《中庸》《大学》两本书名。这句子不好对，四才子一时都被难住了。恰好此时，他们的书童正闲得无聊，顺手翻着一本通书（皇历），被罗万藻无意中瞥见，他顿时有了灵感，高声对道：

通书十二页　里记春秋

通书固然记载四时节令，而《礼记》《春秋》又暗藏其中，果然对得妥帖。

知府到此时，只得拿出最后一招：

文昌桥上　秀才赤身露体

斯文丧尽

四才子一听，方知此人就是知府大人，也毫不客气地回敬道：

　　　　黄昏渡前　府尊搜肠刮肚
脸面丢光

知府弄巧成拙，自讨没趣，灰溜溜地走了。

厅联显品性

明末有两位读书人，在当时都小有名气，一个叫倪鸿宝，一个叫吕晚村。有一次，倪鸿宝去拜访吕晚村，看见他的客厅上挂有一副对联。联云：

　　囊无半卷书　惟有虞廷十六字
　　目空天下士　只让尼山一个人

虞廷十六字，指的是《书经·大禹谟》中"人心惟危，道心惟微，惟精惟一，允执厥中"一语，后世理学家把它看成修身养性的十六字诀，是"圣人心传"。尼山，指孔子。这副是以圣贤自许的对联，口气太狂妄了，哪有"允执厥中"的味儿？

倪鸿宝看后，不以为然，但当时没有说什么，待到吕晚村回访他时，他在客厅上也挂了一副对联：

　　孝若曾子参　只足当一字可
　　才如周公旦　容不得半点骄

曾参，是孔子的弟子，以孝行著称；周公，周武王的弟弟，有名的贤相。此联意思是说，孝行如曾参，也不过是做到了为人道德的一个方面；即使如周公一样高才，也容不得半点骄傲。两副对联，表现出了两人不同的品格和胸襟。

小姐羞先生

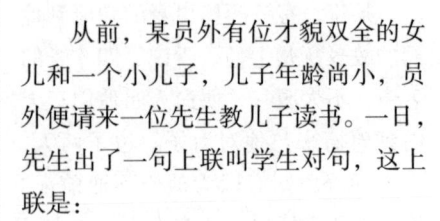

从前，某员外有位才貌双全的女儿和一个小儿子，儿子年龄尚小，员外便请来一位先生教儿子读书。一日，先生出了一句上联叫学生对句，这上联是：

　　有客登堂　惊醒万里春梦

学生对不出来，就请他姐姐代对，小姐对曰：

　　无人共枕　枉费一片痴心

先生一看下联，猜想十有八九是姐代弟对，自以为小姐对他有意，便自作多情地再出一联试探：

　　六尺彩绫　三尺系腰　三尺坠

小姐看了，毫不介意，依然代弟对道：

　　一床锦被　半床遮体　半床闲

先生看罢，得意忘形，满以为小

· 160 ·

姐钟情于他，便欲与小姐定情，又赤裸裸地写一上联：

　　风紧林密　问樵夫何处下手

小姐见先生心术不正，即回复下联，请先生弃除此念，联曰：

　　山高水深　劝渔夫及早回头

先生自讨没趣，作联自我解嘲：

　　竹本无心　节外偏生枝叶

小姐以联表示自己清白无瑕，联曰：

　　藕虽有孔　心中不染垢尘

先生连遭训斥，心中凉了半截，但仍不死心，仍然出联纠缠：

　　桃李杏梅　这些花哪时开放

小姐厉言正色对曰：

　　稻麦黍稷　此杂种是何先生

先生黔驴技穷，仍得不到小姐芳心，心中很生气，一直怀恨在心。在小姐出嫁后，生了双胞胎之时，先生又戏弄小姐，出一联曰：

　　谁是先生子　孰为后生儿

小姐见先生无赖之极，毫不客气地说：

　　后生为我子　先生是我儿

先生的恶劣行迹，把员外气得七窍生烟，不久，员外便将先生赶走了。

恶财主弄巧成拙

从前，某城有个单身汉，不务正业，整天东游西逛，犹如乞丐一样混日子。后来，县衙指派他为更夫，每晚打更，并负责开关城里为了防盗而设立的闸门，好让他混碗饭吃。这对单身汉来说倒是两全齐美的差事。

城里每逢过年，千家万户都有贴对联的习惯，这一年除夕，衙役送来一副对联，吩咐单身汉贴在闸门上。傍晚，他将对联贴了起来，可是，更夫不识字，更不懂对联的平仄，将对联贴反（上下联位置颠倒）变成：

　　盛世无须掩闸门
　　太平不用敲更鼓

大年初一，一位文人雅士路过门前，便向更夫指出对联贴反了，更夫央求他重写一副贴上，免得主管社会治安的衙役责罚，雅士觉得重写比较麻烦，便帮他出了个主意，叫更夫将上下联的末尾一个字刻去，这样一来，上联仄声结尾，下联平声结尾，倒成一副六言妙联：

　　盛世无须掩闸
　　太平不用敲更

在场看热闹的百姓都夸这位雅士学问高。这时，人群中有个街坊里的财主，他目不识丁，为富不仁。只见他毕恭毕敬地请雅士到他门上去看一看，是否将对联贴错，雅士一看，果然财主不学无术，把对联贴反了：

　　积善家福寿无穷
　　发财户金银尽是

还没等雅士开口，他连忙从家中拿来刀子，学着更夫将上下联末尾一个字也刻去，门上对联变成：

　　积善家福寿无
　　发财户金银尽

这一刻之下，对联的平仄声不但没变过来，而且联意也相反了，一时成为全城笑话。雅士平日非常痛恨财主，见财主此举，二话没说就走开了。

夫妻佳联贺寿星

李清照是南宋著名词人，她的丈夫赵明诚是位金石学家。夫妻俩博学多才，又精通诗词格律，是名噪一时的"诗词夫妻"。有一次，两人参加青州有名的乌老寿星的一百五十岁的寿宴，酒过三巡，菜过五味，众人邀请李清照夫妇合写一副对联，祝贺乌老寿诞。赵明诚挥笔而就：

花甲重逢　又增而立年岁

每甲子是六十年，"花甲重逢"即一百二十岁，"而立"是三十岁，两数相加正合乌老寿辰，客厅里顿时响起叫好之声。众人都看李清照如何续联，只见李清照毫不拘谨，握笔在手，也是一挥而就：

古稀双庆　复添幼学青春

"古稀"是七十岁，"双庆"便是一百四十岁，"幼学"是十岁，加在一起，也恰是乌老寿龄，对仗工整，珠联璧合。众人惊叹不止。乌老欣喜异常，亲自铺开宣纸道："二位雅兴正浓，请再为老朽赐书一副。"未等李清照表态，赵明诚抢先应诺，他思索一番，纵笔写下五个大字：

三多福寿子

只见李清照从容镇静，目光落在乌老的书架上，灵机一动，低头写道：

四诗风雅颂

赵明诚一心想难倒清照，于是向乌老施一礼说："这般拙联既得老人家

错爱，我夫妻再献一联，可否？""好，好，好，真是求之不得！"乌老又亲自铺开了宣纸，赵明诚毫不谦让，刷刷刷就是几个大字：

乌龟方姓乌

众人一愣，乌老脸上顿时也失去笑容。李清照不慌不忙，在赵明诚的墨迹后续写道：

龟寿比日月　年高德亮

乌老看罢，手捻长髯连声叫好！赵明诚万没想到如此致命之词，李清照竟能巧对，便"死不服输"地续写下联：

老鼠亦称老

李清照嫣然一笑，将丈夫轻推一旁，提笔而书：

鼠姑兆宝贵　国色天香

（鼠姑乃牡丹花的别称）

众人为这对夫妇的巧对喝彩，乌老见此联中巧嵌"乌老"二字，更是欣喜若狂，拉着夫妻二人，连连干杯！赵明诚也不得不佩服李清照锦心绣口，机敏过人。

大名鼎鼎莫宣卿

唐代的莫宣卿是封川人。他十七岁就成为两广的第一个状元，为"岭南八大才子"之一。

他七岁时，就作过一首表示自己志向的诗：

英俊天下有，谁能佐圣君？

我本岭南凤，岂同凡鸟群？

因此他被称为"神童"。有一个姓梁的知县，路过封川，想试试这位神童到底有多"神"，就去了莫家。有人一喊"梁大人到！"莫宣卿便很有礼貌地走出来迎接，行了大礼。

梁知县问："你就是大名鼎鼎的莫家公子吗？"莫宣卿回答："是，大人。"知县一听，心想，我给你个"大名鼎鼎"，你一点不推让就"接"过去了，于是便想出了个上联责问他：

廿日小孩岂称大

这是将"廿""日""大"三个字合在一起为"莫"。莫宣卿心想："大名鼎鼎"又不是我说的，你为何奚落我呢？略一思索就对了个下联：

三两木头不成官

这是把"梁"字也给拆成"三"、"刃"（商业上对"两"的俗写）、"木"。知县由此知道这个小孩确实聪明，逢人便夸，莫宣卿真够得上"大名鼎鼎"了。

王禹偁幼年妙对

宋初现实主义诗人王禹偁，字元之，济州巨野人。他主张"文以明道"，反对晚唐五代"唯美主义浮靡风气"，是北宋诗文革新运动的主将。王禹偁幼年聪慧伶俐，七八岁便能作诗，是远近闻名的"神童"。宋史本传说他"世为农家"。相传他的父亲是一个磨工。一日，济州从事毕士安听说了他的名气，命他以磨为题作一对联。王禹偁随即吟道：

但取心中正

无愁眼下迟

毕士安对他的才华感到惊讶，邀他至府中做客。席间毕士安一直称赞王禹偁出口成章，能言善辩。众人见他出身庶民，年幼寒酸，仍有鄙视之意。一位私塾先生便出一上联让他对：

鹦鹉能言宁比凤

意思是说，即使你能讲几句诗云子曰，但也只是鹦鹉学舌，怎比得凤凰的高贵呢？王禹偁会其意，便回敬下联曰：

蜘蛛虽巧不如蚕

御花园中巧对句

寇准是北宋时期著名的政治家，也是朝中一位在外敌侵扰面前坚持主战的正直人物，同时，还是一个擅长诗文的儒雅之士。

有一次，寇准和朝中百官在御花园中游玩，来到荷花池旁。他看到红日映在水上，水底也有一轮红日，天上与水底的红日遥遥相对，他顿时感到诗情涌来，给身旁的百官们出了个上句：

水底日为天上日

由于他这个上句，状物绝妙，又富于哲理，一下子把百官们给难住了，没有人能对出下句。

恰在这时，大臣杨大年也来赏花。他听了上句，走到寇准面前，说出下句来：

　　眼中人是面前人

大家一听，不由得齐声称妙。

李解苏联

据传，广东岭南有一绝对，没人对得出来，当地人便把上联刻在石碑上：

　　半边山　半段路　半溪流水半溪涸

有一次苏东坡游广东，当地人引他到碑前，请东坡对。东坡一看，问道："一块碑，只一行字？只一句上联？"说罢掉头走了。于是，当地人说苏东坡也对不出。到了清代，四川才子李调元到广东，当地人又引他到碑前，把苏东坡到时的情况告诉李调元，请李调元来对。李调元说："苏东坡已经对出来了，为什么还要再对！"众人愕然。李调元说，苏东坡对的下联是：

　　一块碑　一行字　一句成联一句虚

众人十分叹服。

苏东坡即景联对

宋朝时期的某年冬天，苏东坡同秦少游各骑一头毛驴去郊外赏雪寻梅。走到山脚河边，迎面遇到一位喝得酩酊大醉的老汉，骑在驴背上东摇西晃。苏东坡即出一对道：

　　醉汉骑驴　颠头簸脑算酒账

秦少游放眼河中，见一船夫摇着橹逆水而来，随即对道：

　　艄公摇橹　打躬作揖讨船钱

东坡欣喜地赞道："好一副诗中之画。"

二人继续踏雪前行，不久来到梅竹村。只见那茫茫雪海之中，缀映着点点红梅、白梅；那片片竹林之上，白雪罩着绿竹，一阵风来，雪落竹现，沙沙有声。秦少游来到一棵白梅树前，吟上联曰：

　　雪里白梅　雪映白梅梅映雪

东坡一听，随手摇着一竿竹子道：

　　风中绿竹　风翻绿竹竹翻风

秦少游拍着驴背赞道："好一个'翻'字，把风声竹影写活了。"

苏东坡被谪贬惠州，一次从惠州经过小梅关来到江西南安府一带，他问别人道："这是什么地方？"答曰："新城。"东坡暗自沉吟，得一联云：

新城几时旧

后来，苦思苦想，久不能对出下联。于是他继续前行，又到一处，东坡又问："这是什么地方？"答曰："浮石。"东坡茅塞顿开，遂得一下联云：

浮石何日沉

"浮石"和"新城"都是地名。"旧"与"新"相对，"沉"与"浮"相对，这属于句内对；"浮石"对"新城"，"何日沉"对"几时旧"，上下联对得工整别致，相映成趣。

煮雪吟联

杭州嘉兴南湖北岸的山丘上，有座宏伟的寺院，寺中正殿前建有一个凉亭，人称"煮雪亭"，说起它的来历，还有一段故事。

相传苏东坡任杭州刺史期间，有一年冬天，他父亲苏洵、胞弟苏辙前去看望他。一日，父子三人同去这个寺院品茶赏雪。寺内老和尚见贵客踏雪来访，急忙出门迎接，并请苏氏父子三人到正殿饮茶叙谈。苏洵手指凉亭天井里厚厚的积雪说："请老方丈在亭间煮雪沏茶，不是更富诗意吗？"老和尚遂令人搬来炭炉铜壶，捧起一掬掬白雪投入壶中，苏氏父子融雪煮茶品茗，欣赏美景。苏洵提议以此为题各作一副对联。说罢，他先吟起来：

东塔寺和尚朝南坐北吃西瓜

春水庵尼姑自夏至冬穿秋衣

随即，苏辙也即兴吟联：

雪落熄房熄扫雪

冰冻兵排兵敲冰

苏辙刚刚念罢，苏洵便说："此联虽好，但写雪景过于显露了。"说着，他抬头看看苏东坡。苏东坡不慌不忙，呷了一口茶，而后吟道：

瑞雪兆丰年

国泰保民安

为了纪念苏氏父子踏雪光临、煮雪品茗这件事，寺院里老和尚便借此把凉亭取名为"煮雪亭"。

兄妹巧得联

一日，苏东坡到小妹的闺房，见墙上画了许多猫，就问："妹妹在墙上画这么多猫，有何用意？"小妹回答："画饼充饥，我是要吓吓那些饥饿的老鼠呀！"东坡听了小妹的话，就说："我出一个上联，请小妹对。"小妹听说要她对对联，高兴地说："请说上联吧！"东坡说：

饿鼠抢墙　妹妹画猫惊饿鼠

小妹听了，寻思半天，想不出下联来。东坡看看小妹一时对不上下联，就说："你慢慢想吧，三日为限。"说完就走了。

东坡走后，小妹左思右想就是想不出下联。到了第三天，东坡不见小妹回话，就来到小妹的院子里，想探听一下情况。这时，院子里正好晒着稻谷，有几只鸡正在吃稻谷。东坡随手拾起块石头，边打鸡边说："鸡吃稻谷了!"小妹从屋里出来,东坡的石头正好打在一只鸡的身上。小妹看到此景,忙说:"哥哥!我的下联有了。"

饥鸡叨稻　哥哥拾石打饥鸡

东坡听后,拍手叫好:"小妹聪明过人,我比不上呀。"

"神童才子"非虚名

有一次,黄庭坚来到江南非常繁华的江州府,当地的文人学者一听他来了,都约他游览名胜古迹,并想借此机会试一试这个"神童才子"的文采。

他们来到了烟水亭,看见一个游人正在美滋滋地吸水烟,一个书生便以此为题,出联说:

烟水亭　吸水烟　烟从水起

黄庭坚知道这个书生的用意,想起刚才他们曾经到过"浪井"这个地方。这个井是西汉的名将灌婴所凿,所以又叫"灌婴井",唐代的大诗人李白曾在诗中写道:"浪动灌婴井,浔阳江上风。"想到这儿,他灵机一动,下联便随口而出:

风浪井　搏浪风　风自浪兴

大家听了,连声叫好,联中不说浪随风起,反说风自浪兴,真是别出心裁。

全家牛

从前有一个财主,家财万贯,但是斗大的字不识一个,平时只知道剥削长工、扣工钱,大家都恨死他了。

快过年了,财主准备写副对联,增加一点喜气,自己不会写,只有请人代写了。他想了想,就去请一个秀才来帮自己写。这秀才恨他平时太霸道,于是想趁机捉弄财主一番。

秀才来到财主家,叫财主亲自磨墨铺纸,他拍拍脑壳,做出很慎重的样子,然后大笔一挥,一副对联就出来了。这对联是:

满门生无底
一家午出头

财主看了满意地摸摸胡子,像很懂的样子,说:"不错,不错!"就欢欢喜喜地把它贴在大门上,的确增加了不少喜气。

对联贴好后,财主总是在门口站着,想听旁人说几句恭维话,可是人们走过门前,都笑个不停。财主这才发觉不对,忙追问他们笑什么,大家更是笑得厉害了。于是他死死揪住一个教书先生非要问个明白,这个教书先生只好说:"生无底是'牛'字,午出头还是'牛'字，意思是说你们全家都是牛。"

巧骂皇亲

清朝雍正年间，有位皇亲贵戚名叫双富，号士卿，曾任某省监使。他为官骄奢，不仅狐假虎威、颐指气使、专横跋扈，还以权谋私、贪赃枉法、中饱私囊，后被人告发而撤职。

双富虽不任职了，但他仗着是皇亲贵戚，依然耀武扬威、横行乡里，村人对他恨之入骨。有一个聪慧的人利用为双富祝寿的机会赠上一联：

士为知己
卿本佳人

双富一见此联，见称自己为"知己""佳人"，还嵌有其别号"士卿"，一时连声夸赞："好！好联！好联！"但是明白的人一看，却暗中发笑：这明明是借祝寿之机，咒他死的意思，居然还说是好联！

原来，上联套用"士为知己者死"，原意为有气节的人愿为知己者效命，联用歇后手法，咒其死期在即；下联套用"卿本佳人，奈何作贼"一句，用以讽刺他贪污如盗贼一样。该联言简意深，讥讽尖刻，祝寿咒死，真乃笔锋如刀也。

爹对妈

从前有一位财主粗通一点文墨，又喜欢附庸风雅，而且非常吝啬。一日，他为母祝寿，大摆宴席，照例得悬挂彩灯、贴大红对联。他舍不得请外人撰写对联，便叫账房先生将常见通用的春联写出来贴在大门上：

天增岁月人增寿
春满乾坤福满门

账房先生写好后，财主一看，才忽然想起，这是给妈祝寿，应该改一下才贴切，于是叫账房先生把上联改为：

天增岁月妈增寿

财主看了改后的上联，很是得意。不过又想：上联既然改了，下联也应改动才工整，于是又叫账房先生把下联改为：

春满乾坤爹满门

账房先生一听，哭笑不得，惊讶地问："东家，这么改不行呀！"财主一本正经地说："你懂个屁！'爹'对'妈'不是十分工整吗？"

巧联讥讽吴省钦

吴省钦是清乾隆进士，有一年去江西主持考试，以权谋私，贪赃枉法，以"财"录人，谁送的钱多便录取谁。为此，士人对吴省钦恨之入骨。其中有一个家境贫穷的考生，虽然文章锦绣，满腹经纶，却因家贫如洗，无钱行贿，自知只能名落孙山，便在贡院大门上贴了一副联语，以发泄心中愤慨。众人读之，皆点头赞许，拍手称快。联云：

少目焉能识文字
欠金安可望功名

联语还配以"口大吞天"的横额。"口""天"合之作"吴"字，正扣吴省钦之姓。其意为："你这个贪官，那张贪婪的大嘴，简直想把天都吞下去。"

此联内容贴切，采用了拆字法，将"省钦"分拆成句，讽刺极其辛辣。

先生真才学

从前，某地有个财主姓陈名家颜，小时候读过几年私塾。他人很聪明，只是生性顽劣，不肯好好读书。父母因为就这一个儿子，不忍管教，由着他胡闹，因此荒废了学业。他成人之后，见不少幼年同窗都有了功名，而自己只是一个土财主，心中非常后悔，便将希望寄托在儿子身上。

儿子六岁那年，陈家颜不肯送他进村塾读书，宁愿多花些钱请个名先生来家中坐馆。几经周折，他终于以高薪请来了当地最好的先生贾席珍。陈家颜对贾先生非常客气，把他当作上宾对待，还吩咐家中之人谁也不许得罪先生。但他自己却有一个至死也改不了的毛病——好开玩笑，好在贾先生也是个幽默的人，因此宾主十分投合。

有一天，陈家颜准备了几样酒菜，与贾先生在院中对饮，二人性格相投，说说笑笑，十分快活。说着说着，陈家颜又开起玩笑来了，他对贾先生说道："我出个对子让你来对吧。"说完，不等贾先生点头，他便吟道：

贾席珍失去宝贝珍珠　　方为西席

贾先生知道他好开玩笑，也不为怪，笑着对道：

陈家颜割落耳朵颜面　　才是东家

这一对，把陈家颜逗乐了，他端起酒杯说："好！好！为此联干杯。"说毕，二人同时举杯哈哈大笑起来。

不久，陈家颜的女儿出嫁，按当地风俗，迎亲之时要写起轿联，男方写上联，女家对下联。当然，这不过是走走形式，大都请人代笔，因为男方既有上联，女方若不能对也很丢脸面。那一天，男方送来的上联是：

取女成娶　　娶取淑女

陈家颜原以为一般对联自己也能对，所以没当回事。此时一看上联却傻了眼，只得请贾先生帮忙。贾先生一笑，提笔便对出下联：

生男为甥　　甥生才男

此联一出，皆大欢喜，一声"起轿"，男方吹吹打打抬着新娘走了。

常遇春对句娶妻

相传元朝末年隆冬的一天，晌午时分，几年来一直跟随朱元璋打天下的常遇春正带领随从路过一座尼姑庵，大门"吱"的一声开了，从里面走出一个带发修行的师姑。她一手拿着根木棍，一手提着一篮萝卜，往门前河边走去。常遇春看她正值青春年华，身段苗条、花容月貌、冰清玉洁，两弯秀眉下，一双桂圆似的明眸脉脉含情，不由方寸大乱，竟呆呆地望着

常遇春

她，久久不肯离去。

那师姑倒也十分机灵，立刻放下木棍和萝卜篮，落落大方地轻移莲步，躬身上前道："贫尼愿出一上联，试试将军的文才。将军若能对得出下联，我可满足您的要求。"常遇春顿觉心中一热，嗫嚅着说："好……我……愿闻您的上联。"

那师姑瞧瞧身旁篮子里带泥的萝卜，不假思索地说：

尼洗泥泥净尼回

常遇春听了，抓耳挠腮了良久，一时竟对不出来，急得红着脸说："请允许我回到营寨去慢慢想来，明天这个时候，一定再来领教。"那师姑一口答应了，拿起木棍和萝卜篮便向埠头走去。

常遇春回营以后，与士兵一起去河边抬水烧饭。那时朔风呼啸，天寒地冻，河面上结着厚厚的一层冰。当他面对坚冰，正思怎么对对联的时候，只见士兵们正挥棍猛击冰块，他灵光一闪，顿时豁然开朗，喜上眉梢。

第二天晌午，常遇春又带领几个随从专程前去尼姑庵，哪知那师姑早已在门前等候了。常遇春满面喜色地念出下联：

兵打冰冰破兵归

那师姑细细品味，这下联对得工整。这位英俊的将军果然文武全才，她便欣然以身相许。

欧阳修茶馆妙对

相传，有一年宋代大文学家欧阳修到随州城游玩。他走进一家茶馆品茶，见墙上有半副对联云：

八角楼　楼八角　一角点灯诸角亮

"好一个上联呀！"欧阳修十分赞赏，经过打听才知道是一位书生半年前写下的，可惜至今无人能对。

欧阳修品茗之后，吟诵一番，未

得佳句。他走出茶馆，来到花溪河边，跨上伍眼桥，八个大字映入眼帘"一泓清泉，五孔流水"。桥下流水淙淙，碧波荡漾。"有了！"欧阳修如获至宝，急速返回茶馆，索来笔墨，在墙上写出下联曰：

伍眼桥　桥伍眼　一眼流水伍眼溪

众茶客齐声赞叹。不到半天时间，欧阳修茶馆的妙对传遍了随州城，连茶馆的生意也跟着兴隆起来。

朱元璋郊外遇才学之士

有一天，明太祖朱元璋微服私访，出了玄武湖，来到法宝寺。这时的法宝寺因连年战乱已被破坏得不成样子，朱元璋转来转去也没遇上一个香客。朱元璋正在叹息，忽然有一件东西吸引了他，原来是一座高大的弥勒佛像。那座佛像慈眉善目，赤着上身，圆溜溜的大肚子，肚脐眼足装下三包草。朱元璋看在眼里，乐在心里，顺口念道：

开口便笑　笑古笑今　笑古今可笑之人

朱元璋又复吟一遍，十分得意。接着搜肠刮肚，却吟不出下联。正当他抓耳挠腮之际，背后有人说道：

大肚能容　容天容地　容天地难容之事

朱元璋心说："好对子！"回头去看，原来是个酒店主人，来此拉客的。朱元璋荒郊野外遇知音，便跟店主进了酒店。三杯五盏过后，朱元璋醉倒

在小店里。店主自然好生侍候了一夜。

等到鸡叫二遍，东方红霞满天，朱元璋一觉醒来，见自己住在郊外小店。正疑惑之际，店主进来了，才记起昨日事来，当下披衣要走，店主拦着说："先生为人豪爽，才气横溢，请你为小店留幅字吧！"这时笔墨纸砚已摆好，朱元璋只好提笔，应付一首。只见朱元璋写道：

鸡鸣一遍撅一撅鸡鸣两遍撅两撅

店主看了大吃一惊，这客人怎么和昨日的言谈出入这么大？心想：这家伙一定是冒牌才子，昨天的对联都是背人家的。他越看这两句越觉得好笑，下边一定是"鸡叫三遍撅三撅"喽。店主正胡猜着，只见朱元璋饱蘸浓墨，继续写道：

三遍唤出扶桑日扫尽残星与晓月

店主见此佩服得五体投地，竖着大拇指连声说"高"。等朱元璋签上名字时，店主惊得目瞪口呆，半天都没回过神来。随后，朱元璋把这个才学不浅的酒店老板也召进宫中，给他封了个官职。

朱元璋联句封官

明太祖朱元璋最喜欢作对联，曾号召家家户户贴春联，他常微服私访，并同黎民百姓唱和对联。传说有一天他在南京走街串巷，来到一家酒店门口，看到一个秀才昂坐独酌，神态潇洒，于是便上前同他攀谈，问他是哪

里人氏。那秀才答是"四川重庆府人"。朱元璋随即出一联曰:

　　千里为重　重水重山重庆府

那秀才也不含糊,他知道这人是要他应对,便据京城形势答道:

　　一人成大　大邦大国大明君

朱元璋一听,高兴万分。不仅这个下联对得工整,而且直接颂扬了这个大明国君。朱元璋于是想封他为官,但还不放心,便随手在桌下拾起一个小木棍叫他以此为题作诗一首。秀才稍一沉思,便又吟道:

　　寸木原从斧削成,
　　每于低处立功名。
　　他时若得台端用,
　　要向人间治不平。

朱元璋一听此人确有真才,回宫后便传旨封他为按察使。

刘伯温联对轶事

有一次,朱元璋率兵包围重庆,驻扎在马驿馆。第一天朱元璋走在街上,遇到一个卖蔬菜的,便和他谈起四川风景来。朱元璋看到这位农民谈吐不凡,便以四川风景为题,出了一个上联求对:

　　朝霞似锦　晚霞似锦　东川锦　西川锦

那位农民不假思索地答道:

　　新月如弓　残月如弓　上弦弓　下弦弓

朱元璋一听,认为这位农民文才出奇,便问那人姓名,才知道这人姓刘名基字伯温,原来也曾读过书,家境破落,才贩起蔬菜来。朱元璋见他机智过人,便邀他共举大事,后封其为军师。刘伯温当了朱元璋的军师后,为朱元璋出了好多主意,灭了元朝,建立了明王朝。刘伯温还是有名的文学家,文章写得特别好。可这位大学问家也有被难住的时候。

这一天,刘伯温从老家探亲回京,要去见明太祖朱元璋。半道上,他坐在船里给朱元璋写奏章,可写到半截儿,写不下去了。这会儿,就听岸上有人喊:"请船停停,请船停停"原来,岸上有个和尚想要搭船。刘伯温让船靠了岸,让和尚上来。

和尚来到舱里,看到刘伯温闷闷不乐,皱着眉头,好像有什么心事。他就问:"大人,您是不是碰上了什么烦心的事了?"刘伯温就实话实说了:"我正给圣上写一份奏章,写到'蹉跎岁月,五旬有三'这句后怎么也写不出来了。"

和尚听了,随口就说:"大人,对句不如写上'补报朝廷,万分无一。'"

刘伯温听了，吃了一惊说："师父真是高才。"这副对联便是：

蹉跎岁月　五旬有三
补报朝廷　万分无一

意思很好懂，上联是说，时间白白过去很多，一晃我已经是五十三岁的人了。下联是说，我报答皇上做的事，还不到万分之一！表现出刘伯温在皇帝面前诚惶诚恐的样子。刘伯温就留和尚在船上住了好几天，两人还挺谈得来。快到京城的时候，刘伯温打算让他去见明太祖，可和尚说什么也不去，跟刘伯温告别下船去了。

徐达百金求下联

南京市的瞻园，在明朝初年为中山王徐达的府邸花园，又是朱元璋称帝前的吴王府。这里风景秀丽，别具一格，南、北、西三面为假山。东边回廊水榭，"工"字厅一面临水，一面为花台、绿地，真是红绿相衬，美不胜收。

据说，有一天，徐达在府邸门口贴了一个长联，联旁一张告示："能对出来的奖赏黄金百两。"文告贴出之后，府邸门前熙熙攘攘，热闹非凡，不少人前来围观，那一长联写的是：

大江东去　浪淘尽千古英雄
问楼外青山　山外白云　何处是唐宫汉阙

徐达这位南征北战的开国功臣，在联中抒发了打江山、创业绩的豪迈情怀。但写完上联之后，却对不出下联，于是悬赏求对。过了几个月，很多人不敢贸然前来应对，也有的虽然对上了，但内容平庸，徐达看了，都觉得不满意。

有一天，来了一位并不出名的读书人，走到徐府官邸前，理直气壮地挥笔写出下联：

小苑春回　莺唤起一庭佳丽
看池边绿树　树边红雨　此间有舜日尧天

这一下联，不但描绘了瞻园的春色佳丽，绿树红花，而且还用"舜日尧天"歌颂了明王朝开国的天子将相。徐达看了，高兴异常，传下命令，赏黄金一百两，并把这副对联刻写在府邸的楹柱上。

杨溥妙对救父

明代诗人，"三杨"之一的大学士杨溥，字弘济，湖北人。杨溥自幼聪敏过人，十多岁就精通诗对，常常妙语惊人。

有一年，他的父亲因为一个公案

的牵连，被抓入县狱。亲友只是着急，却没有办法。杨溥便亲自跑去县衙向县官求情。县官见他胆量不小，口才又好，想要试试他的才学，便出一联曰：

　　四口同圆　内口皆从外口管

这是一条拆合字联，它把繁体的"圆"字拆成四个"口"字，又指明内外口字的关系。此外，县官还另有寓意，含有我乃一县之主，管理万民，一切由我做主之意。杨溥亦明其意，便借此吹捧县官一番，因而对道：

　　五人共伞　小人全仗大人遮

这下联对得确实巧妙。它不但奉承了县官，而且也把繁体的"伞"字拆成五个"人"字，其中又有个大"人"字遮四个小"人"字，也反映了五个"人"字之间的关系。县官一听甚为高兴，因而应允他的要求，把他的父亲放了。

神童奇才李开先

李开先是明朝的文学家，在他小的时候，有一天他的爷爷李聪过生日，当地的一些乡绅名流都来祝寿。李开先家里张灯结彩，大摆酒席。此时年方七岁的李开先跟随他的父亲李淳应酬来宾。来宾当中有一个田进士，看到小开先眉清目秀，举止文雅，非常可爱；又听说他三岁学字，五岁背诗，七岁就能作文章，心里半信半疑。今日见了小开先，就想试试他的学问。

饭后，趁众宾客还没走，田进士就请李淳带他儿子来玩。小开先跟着他的父亲来到客厅。田进士叫他对楹联。小开先心慌起来，怕当众出丑，就说："我字识不了几个，咋能对楹联，怕要叫老前辈耻笑了。"

田进士忙笑着说："不要紧，试试看嘛！"说着随手写了楹联的上联：

　　墙边柳　枕边妻　无叶不青无夜不亲

小开先听了，深深知道这下联难对。正在这时，他看见房檐下挂着几只鸟笼子，百灵、画眉在笼子里跳上跳下，又吃米又喝水，心里一阵高兴——有了词了。于是他工工整整写出下联：

　　笼中鸟　仓中谷　有架必跳有价必粜

这一下子众宾客都高兴了，田进士也笑出了眼泪，连声说："真乃神童！真乃奇才！"

神童解缙妙联趣事

明朝的大学士解缙六岁即能吟诗作对，是当时有名的"神童"。

有一天早上，他母亲叫他扫地、放鸡，他随口应道：

　　打扫堂前地　放出笼里鸡

他母亲说："你又吟诗啦！"解缙接口道：

　　分明是说话　又道我吟诗

解缙七岁时，父亲带他去江里洗澡。父亲把脱下的衣服挂在江边的树枝上，并向解缙吟一上联曰：

　　千年老树当衣架

解缙望望烟波浩渺的大江，立即对道：

万里长江作浴盆

又有一次，解缙的父亲与友人下棋，友人仰望高空，忽吟一上联请解缙父亲续对：

天当棋盘星作子　谁人敢下

解父苦思良久不能对答，这时在旁观棋的解缙接口对道：

地作琵琶路当弦　哪个能弹

妙联趣解

解缙是远近闻名的神童才子，为此，被住在他家对门的曹尚书所忌妒。

有一天，曹尚书把解缙请到家里来，给他出了一个双关对，曹尚书的出联是：

庭前种竹先生笋

解缙敏捷对出：

庙后栽花长老枝

曹尚书笑着说："我这上联的意思是说，庭院前面种上竹子，首先长出竹笋来。"

解缙也笑着说："我这下联的意思是说，庙后头栽的花，已长出了老枝，难道不相对吗？"

曹尚书又是一阵大笑，说道："我这上联另有别的意思，说的是庭前的竹子长得不好，是先生把它损坏了，所以'庭前种竹先生损'。"

解缙马上说："我这下联也有另一种解释，说的是这庙后栽的花被风吹倒，庙里的长老拿棍支起来，这就叫'庙后栽花长老支'。"

最后，曹尚书又说："我这上联还有第三个意思，说的是庭前的竹子长得不好，教书先生拿话损它：你是怎么长的？就是'庭前种竹先生损'。"

解缙仍然没有被难倒，从容答道："我这下联也有讲究，说的是庙后栽了花，小和尚告诉长老，长老说已经知道了，这就是'庙后栽花长老知'。"

伶女有奇才

解缙奉旨巡示运河漕运。途经古城沛县，县衙忙摆筵席，为这位解大人接风洗尘。席间，酒过三巡，解大人忽然雅兴大发，想对对子，便说："今日诸位在此聚会，很是难得，本官不才，愿出一上联，请诸公对出下联，以助酒兴。"说罢，他举杯高诵道：

一杯清水　解解解元之渴

众人听罢，面面相觑，无以对答。此时，忽听一阵筚篌的击打声，众人抬头，见一位被请来筵席助兴的女子正在弹箜篌，轻舒樱桃小口，轻盈盈地吟道：

半榻箜篌　乐乐乐府之词

话音刚落，满堂的文人都感到惊讶。解缙又说："我这上联一'解'三意：前一'解'乃'解渴'之'解'，中'解'乃本官之姓，末一'解'乃'解元'之'解'，本官曾夺得科考解元。不知你下联的三'乐'怎么解释。"只见那伶女并不害羞，轻声而答："俺这三'乐'乃是：前一'乐'是'快乐'之'乐'，中一'乐'是弹奏之意，后一'乐'乃是'乐府'之'乐'。

解缙听罢，顿起敬意，感叹不已：娇小伶女却有如此奇才！

和尚求联

永乐年间，有位尚书来到一座庙里，他看到这座庙殿堂宏伟，气派不凡，一时心血来潮，就以这座庙为题，在墙上写了一首诗。

尚书走了以后，庙里有个小和尚看见了这首诗，就在旁边胡诌了几句，与他这首诗相应正好和了他的诗。后来，尚书又到庙里来玩，看见了小和尚这首和诗，心里挺有气：这种歪诗也配和我的诗！一打听，才知道是个小和尚写的，就派人把他叫了来。

尚书数落了小和尚几句，然后说："我有个上联，你要是能对上下句，我就饶了你。不然，对你不客气。"说完，他念了个上联：

和尚和书诗　因诗言寺

意思是说，你这个和尚和了尚书写的诗，从诗里说到了这座庙。这个上联水平挺高，不单说了和尚和诗这件事，而且构思也特别巧妙。"和""尚"两字连用了两次，可用法大不一样。头一个"和尚"是名词，第二个"和"是动词，第二个"尚"又跟"书"组成了另一个名词。后半句是拆字联，把"诗"拆成了"言"和"寺"。自然巧妙，富有情趣。

小和尚一听，这么难对的上联，自己怎么对得出？他急得出了一身汗，只得向尚书讨好："请大人消消气。您想，我的学问哪能跟大人比

啊！您得容我两天工夫，两天以后我准能对出来。"尚书听了点头答应了。小和尚赶紧到处求人。可一连问了几个秀才、举人，没有一个人能对出来。小和尚急坏了，忽然想到了老乡——大学士解缙。他就想法托人见到了解缙，把这事跟他说了。解缙笑了："这个上联确实不好对。我想了一个，你看看成不成。"解缙的下句是：

上将上将军位　以位立人

意思是，上将坐上将军的座位，靠着这个位置，树立个人威望，管束三军。下联对得完全符合上联的要求。小和尚一听，乐得嘴都合不上了，赶紧找那位尚书"交差"去了。

袁老者名不虚传

清朝嘉庆年间，在洪雅有个姓袁名文藻字鉴亭的人。他二十八岁中秀才，补为廪生，后乡试屡落第，于是无意功名，在家乡设馆教书。因他为人和善、

谦逊，人们都称他为"袁老者"。

一天，有个自恃才高而称"朱先生"的人从外地远道来访。会面后，他见袁文藻竟是一位衣冠俭朴、面貌不扬的"乡巴佬"，便不放在眼里。几句客套话之后，他即借拆字出一联嘲笑他：

袁老者一派土气

袁文藻随口应道：

朱先生半个牛头

朱先生有点惭愧，但还想难住对方，即又以附近的小地名出一对云：

走马岗岗走马马走岗不走

袁略一沉思，亦用本地地名对之曰：

飞水岩岩飞水水飞岩未飞

朱先生见其才思敏捷，想以平时少见之事为联来难倒袁文藻，遂再出一对：

和尚撑篙篙打江心罗汉

袁文藻微微一笑，随即对道：

尼姑汲水水系井底观音

朱先生连连赞道："真是名不虚传，佩服，佩服！"拱手告辞而去。

宋湘妙联戏权贵

宋湘才思敏捷，人们称他为"广东才子"。宋湘性情豪放，幽默诙谐。在梅县侨乡，有不少关于他才思敏捷的轶事。

有一仕宦人家，依仗权势，平日横行乡里，乡人敢怒而不敢言。但在他们家大红门上却贴着这样一副对联：

诗第一　书第一　诗书第一
父状元　子状元　父子状元

其骄横之气，由此可见。宋湘看到后甚感不平，存心想戏弄他家一番。只见那仕宦人家的对面是一家新药行，他遂与店主商定，为其写一对联：

生地一　熟地一　生熟地一
附当归　子当归　附子当归

生地、熟地、当归、附子皆是中药名，"附"字谐音"父"，"归"字谐音"龟"。于是下联就成了：父当龟，子当龟，父子当龟。两联相对，看到的人都说痛快。

戏题讽刺联

岳飞是我国著名的民族英雄，他的死是千古奇冤。八百多年来，人民一直在心里纪念他。而秦桧之辈的人间败类，虽曾猖獗一时，终于被钉在历史的耻辱柱上。《西湖古今佳话》记载：清代阮元铸秦桧夫妇铁像，跪于岳飞墓前。石柱上刻着一副对联：

正邪自古同冰炭
毁誉于今判伪真

还有一人用秦桧夫妇追悔互怨的口吻，戏题了一副讽刺对联，挂在跪像上。上联挂在秦桧脖子上，以他怨王氏不贤的口气写道：

咳　我纵丧心　有贤妇必不如此

下联挂在王氏的颈上，以她破口反骂的口气写道：

呸　余虽长舌　无奸夫何至于斯

此联虽属游戏之作，但幽默风趣，刻画出两个奸人的丑态，游人莫不会心而笑。

春联道穷苦

从前，有个穷书生，每逢过年，总有一番感慨。眼看有钱人家张灯结彩、喜气盈门，穿的是绫罗绸缎，吃的是山珍海味，真是富人一席酒，穷汉半年粮。而穷苦之家，衣衫褴褛，门庭极为冷落，境遇十分悲惨。除夕，穷书生叹息无奈之际，写上两副春联，一副是：

人穷双月少

衣破半风多

门框两边的一副是：

富人家过新年二上八下

穷书生除旧岁九外一中

大年初一，乡邻一看，什么"双月""半风"，什么"二上八下""九外一中"大家都不解其意，有的人猜出联中的底蕴，对书生深表同情。

村中的一位老先生，明白其中的意思，于是便一一讲与众人知晓。"双月"即两个"月"字并立，合成"朋"字，"半风"即半个"风"字，乃是个"虱"字。原来对联的意思是：人穷朋友少，衣破虱子多。

第二联后半部也都是"谜"。"二上八下"，是指包饺子的动作，两只手，二个手指在上面，八个手指在下面。"九外一中"是捏窝头的姿势，两只手，九个手指在外面，一个手指在中间。全联含意是：富人包饺子，穷人家只好捏窝头。

两副谜联内容极为含蓄，抒发出普天下穷人心中的忧郁和愤懑之情。"谜联"道尽人世苦，任何人闻之都不禁要为普天下的穷人洒下同情之泪。

才盛命短

从前，有一个姓张的秀才和一个姓李的秀才。一天，他俩结伴踏春，来到郊外，登上一座小桥。他们放眼回顾，起伏的山峦，淙淙的流水，绿油油的油菜，洁白的桐花。李秀才不禁雅兴大发，口中啧啧称好，"好风景，如无佳诗相配，岂不负了春光。你我何不对吟一下，试试你我之文才？"张秀才一听，拍手附和："妙，妙！老兄才华出众，就开个头吧！"李秀才微微一笑，背手踱了几圈，然后摇头晃脑地说道：

人在桥上过

"高，高，果然名不虚传。"张秀才吹捧了一句之后，说："现在该看我的了。"只见他眉头紧皱，两眼直瞪，想了片刻，才蹦出几个字：

水在桥下流

"妙，妙，真是绝世佳句也。"李秀才竖起大拇指。接着李秀才又说出一句：

菜籽出菜油

张秀才紧接着说：

桐籽出桐油

"哈哈，对得妙！"两个秀才几乎不约而同地叫起来，有些得意忘形。正当两人为他们的"文才"沾沾自喜时，李秀才突然号啕大哭起来。张秀才莫名其妙地问道："老兄这是为何？"李秀才拉着哭腔说道："老弟有所不知，世人皆云：'才盛者命短'。如今你我能对如此佳联，岂不聪明过人，看来断断不会长寿。"张秀才一听，说的也有道理，于是也捶胸顿足大哭起来。良久，李秀才恍然大悟道："老弟啊，你我在此痛哭，终不是长久之计，何不趁早料理后事呢？""老兄之言甚是，快去买棺材吧。"张秀才也如此说。

棺材店老板看到两个秀才，一前一后哭泣而来，忙迎上去问道："二位相公，何故如此伤心呀？"李秀才声泪俱下地把缘由说了一遍。老板一听，突然顿足道："两位来得不巧，本店只剩下两口棺材了。"张秀才一听迷惑不解地问："我等正要两口，老板因何说我们来得不巧？"老板说："听了你们的对句，连我也会羞死，岂不要为自己先留一口？"

杨升庵巧得佳对

传说，一日中午，杨升庵经过一所私塾，见老师正用戒尺责打一个学生，便走上前去询问。

老师告诉他说："今晨，我出一下联，要他对上联，时过半日，尚未成句，所以我要责罚他。"年幼好学的杨升庵忙向老师请教下联的内容，老师说：

谷黄米白饭如霜

杨升庵思虑许久，对老师说："先生，这上联我一时也对不上，容我回去再慢慢思索。"此后，他一直都在寻思。可还是没有得到满意的答案。

后来，他随在京城做大学士的父亲杨廷和来到北京。一日，弘治皇帝在御花园宴请朝中大臣，升庵也随父前往。时值寒冬，取暖的火盆中，黑木炭正燃着熊熊的红火。弘治皇帝触景生情，对众大臣说："朕有一联，看谁先对上。"于是念道：

炭黑火红灰似雪

说完，弘治皇帝笑望群臣，等候答对。这时，峨冠博带的大臣们，个个低头沉思，盛筵之上，鸦雀无声，气氛显得有些紧张。"我来对！"一个幼稚的童声，打破了沉寂。众大臣用惊愕的目光一看，原来是年纪最小的杨升庵。只见他向前走了两步，从容答道：

谷黄米白饭如霜

弘治皇帝一听，不禁拍掌称绝，高声赞道："对得好！对得好！"顿时，在座的大臣以惊讶的眼光看着杨升庵，发出一阵赞叹声。可是，他们哪里知道，正是这个下联，难着了杨升庵，多少年都没对好上联。

杨廷和

师生春景对

明代弘治年间，礼部尚书兼文渊阁大学士顾鼎臣，是一个才华横溢的人。他从小就读过许多诗书，尤其喜欢对对子。他父亲也经常带他到外面去游玩，给他出联作对，帮助他增长学问。

年幼的顾鼎臣在学馆里读书时，老师看出这孩子不但勤奋好学，而且聪明机敏，这天，特意出了一个上联让他对：

花鸣春晴　鸟韵吹成无孔笛

顾鼎臣听了，对答如流：

树庭日暮　蝉声弹出不弦琴

上句是"鸟鸣"，并说成"无孔笛"吹，很形象和生动地把小鸟啼鸣描绘出来；而下句呢，"蝉声"比喻成"不弦琴"弹，更是生动而形象。师生的对句把一幅春景图有声有色地描绘出来了，对仗既工整又有趣。老师听罢，放声大笑，从此，就更加器重这孩子了。

严嵩巧对复字联

严嵩是分宜人，弘治年间的进士，嘉靖中，历任礼部、吏部尚书，后任武英殿大学士，直入文渊阁。他之所以成为内阁首辅，是因为原来的首辅夏言和曾铣因为河套的事情被杀害。严嵩入阁二十一年，专擅国事，排斥异己，侵吞军饷，军队松懈，国库空虚，财政枯竭，怨声载道。世宗帝震怒，下令诛杀严嵩的儿子严鹄、严鸿，严嵩也因为此事回家养老，在家两年后死去。

虽然严嵩当权时坏事做尽，是个大奸臣，可他小时候却是聪明不凡。县令曹忠很喜欢他，让他和自己的小儿子住在一起，喝、吃、玩、学都在一起。

严嵩十一岁的那一年，有一天天气燥热，县令曹忠见严嵩手拿一把纸扇扇风取凉，扇面上画的是一群金鱼在水中戏游，便想出了上联，要严嵩对：

画扇画鱼鱼跃浪　扇动鱼游

此联是个复字联，"画""扇"重复两次，"鱼"重复三次，尤其是把扇面上静止的金鱼，给说"动"了。

严嵩也在"静中有动"上动脑子，工夫不长便对道：

绣鞋绣凤凤穿衣　鞋行凤舞

这也是复字联，"绣""鞋"重复两次，"凤"重复三次，特别是把绣鞋上静止的凤凰给说"活"了，人一走动，鞋面上的凤凰好像在上下"飞舞"。

"好，对得妙极了！"曹县令一个劲地夸严嵩。

善对学士李东阳

李东阳是明代的大学士，他的诗文闻名天下，他有很多学生，人们都很敬重他的才学。他的才学之所以这么引人注目，是和他少年时代刻苦学习分不开的。他小时候，勤奋好学，才思敏捷，尤其善于对对子。

有一次，一位爱开玩笑的人将"李东阳"嵌入句中，出了一个上联：

李东阳

李东阳气暖

这句联句的意思是说，李树的东头阳气回升，显得格外温暖。

李东阳觉得这联句挺有意思，不但把自己的名字嵌了进去，还挺有诗意。于是，他摸着脑袋想了一会儿，就想出了一个下联：

柳下惠风和

柳下惠是春秋时鲁国大夫，以善于讲究贵族礼节著称。李东阳以柳下惠与自己的名字相对，加了"风和"两字，就是说柳树下面惠风和畅，柳枝轻轻地拂动着，景色宜人。

这副联语不仅对仗工整，而且"阳"与"惠"一字两用，既是人名的一部分，又是联意中的重要字词。

人们见李东阳年纪这样小，才气却这么高，都赞叹不已。

阁下李先生

李东阳，官至大学士，按当时的习惯，人们称他为李阁老。有一次，十多位新进士去他家做客，有位进士行礼时，口称"阁下李先生"，李东阳听了微微一笑。

大家落座以后，李东阳说："我出个上句，请诸位对个下句。"他的出句是：

庭前花始放

几个人你看我我看你，弄不明白他为什么让大家对这么简单的句子，便谁也不敢贸然答对了。

李东阳笑了："怎么都不说话？这对句是现成的，刚才不是有人说了吗？"

众人都在想：刚才说什么了？原来是——

阁下李先生

众人赶快站起来说："阁下高明！阁下高明！"

高明在什么地方呢？这里的"阁下李先生"已经不是称呼人的意思了，变成与"庭前花始放"相对应的一种景象。"阁下"，就是楼阁下，与庭前对仗；"李"，是李子，李树的果实，与花对仗；"先生"，是最先生长出来，与始放相对仗。这就是字面对仗所产生的双关效果。

唐伯虎对句交友

相传，唐伯虎年轻时为了追求秋香姑娘，从苏州来到无锡东亭，卖身相府，改名华安，做了书童。

第二天，老管家领他到街上剃头并要给他换身装束。理发师傅听说华安善吟诗作对，就请他为店堂题写一副对联。唐伯虎推辞不过，只好写了一联：

长发长发长长发
发长发长发发长

理发师傅看了，连连称妙。唐伯虎以为他只是出于礼貌，才有这番恭维，便问："妙在哪里？"理发师傅指着对联道："好就好在此联虽用'长''发'两个字，但含义却十分丰富；'长'字，有'长短'的'长'，'生长'的'长'和解释为常常的'长'这三个意思；'发'字，不仅有头发的意思，谐音也可有发财的'发'这个意思，以音寓意，变化出不同的意思。"

唐伯虎见这位理发师傅竟然也有这么好的文字修养，有心与他结交，但是，又想试试他的对句功夫再行定夺，于是，便笑着说："昨日我到东亭，偶得上联，不知师傅能否对出下联？"说罢吟道：

东亭亭阁阁东亭

理发师傅听了知是考他，便对道：

虎丘丘石石虎丘

唐伯虎听理发师傅如此对答如流非常高兴，笑吟道：

无锡锡山山无锡

理发师傅随即答道：

平湖湖水水平湖

唐伯虎见这位理发师傅文思敏捷，对答如流，便和他交了朋友。据说，后来唐伯虎邀祝枝山来帮助自己娶秋香，就是请这位理发师傅去送的信。

乞丐巧对祝才子

有一年夏天，祝枝山和一位文友在街上闲逛，路过一个池塘，塘里种着荷花，但见绿叶如盖，鱼儿都游到荷叶下乘凉。祝枝山见景生情，出了个上联：

池中荷叶鱼儿伞

友人称赞这对子出得好，形象生动，是很好的比喻，可如何对呢？他一抬头，见一户人家屋檐下有个燕窝，恰好由一网蛛丝挡着入口，立时有了下联：

梁上蛛丝燕子帘

祝枝山也称赞友人的答对很恰当。这时，就听身后响起沙哑的声音：

被里棉花虱子巢

他们回头一看，原来是个老乞丐，脸上一副麻木的表情。原来，乞丐听到他们对对子，也根据自己的生活对了一个。祝枝山很惊奇，乞丐中原来也有如此能人，不知为什么落到如此地步。于是，他俩把所带的碎银子都给了乞丐，表示一点心意。

林大钦实景妙对

明朝万历年间，潮州出了一个状元，名叫林大钦。他从小就很聪明，十四岁时，便被银湖乡吴氏富翁聘请为私塾教师。相传他刚刚到达时，乡里吴氏族长看他稚气未脱，怀疑他的学识，便提出要和他对对子。林大钦答应了。

族长举目四望，书塾后边茂盛的虎耳草触发了他的灵感，即兴出了一个上联：

　　　　银湖院后虎耳草

　　林大钦仰首思索，忽然想起家乡的景色，即高声答道：

　　　　金石宫前龙眼花

　　这真是一副天然妙对，从此，林大钦的才名就流传开去了。金石宫在潮州，他是以实景对实景。

李元阳联出四声调

　　大理文人李元阳，一日与学生共游三塔，见和尚们正在修塔，小和尚正法送汤饭到塔坛上去，便即吟出一上联叫学生对：

　　　　和尚正法　提汤上坛　大意失手　汤淌烫坛

　　"汤淌烫坛"四字同音，刚好包含了四部声调，读起来颇有趣，但学生们面面相觑没人能对上。后回到城内，李元阳见徐裁缝正与妻子下棋，徐妻看到李元阳等人走来，害羞起来，对丈夫说："你下漏眼棋，我不下了。"学生们从这件事得到启发，把下联对出：

　　　　裁缝老徐　与妻下棋　不觉漏眼　妻起弃棋

　　"妻起弃棋"四字同音，也恰好包含四部声调，与"汤淌烫坛"相对。真是绝对。

李灌十县联

　　明朝时，陕西同州府管辖华阴、华县、潼关、大荔、白水、蒲城、澄城、韩城、朝邑、合阳十个县。一日，同州知府想在府衙大门两旁刻一副对联，便将各县才子召来，让他们当场把对联作出来。

　　有什么要求呢？只有一条：无论长短，都要将十个县名包括进去。

　　各县的才子绞尽脑汁，想尽各种办法把这二十来个字都用进去。知府看了他们的"作品"，很不满意：有的冗长，有的粗糙，有的以辞害意。知府问了声："还有没交的吗？"

　　大家不约而同地把目光集中在一个年轻后生身上。只见他从容地在纸上写了一副对联：

　　　　二华关大水

　　　　三城朝合阳

　　写毕，双手呈上，说："请大人过目。"

　　知府看了，连连称赞，说他的对联简洁明快，将各县进行合并的方法，也很巧妙。知府命人将此联刻出，挂在府衙两侧。

　　这年轻人便是"合阳才子"李灌。他后来中了举人，待到明清之际，剃发为僧，云游黄土高原去了。

秀才改联气权贵

　　从前，有一个世袭官吏的富豪之家，他们依仗权势，横行乡里，鱼肉乡民，庶民对这家人无不咬牙切齿，痛恨至极。

　　一年除夕，这家父与子戴着崭新的乌纱帽，穿着鲜艳的官服，为了显示自己的富贵，老富豪亲自挥笔书写了一副对联：

　　　　父进士　子进士　父子皆进士
　　　　婆夫人　媳夫人　婆媳都夫人

恰好，村里的一位秀才路过他家门口，一眼看见此联，恼恨中心生一计。当天晚上，他趁夜深人静，用饱蘸墨汁的毛笔，在春联的上联上描了三笔，在下联添了九笔。

第二天一早，许多村民都赶到富豪家大门口来看热闹。人群中有一识字的老者对着春联高声念起来：

　　　　父进土　子进土　父子皆进土
　　　　婆失夫　媳失夫　婆媳都失夫

大家听了，无不捧腹大笑，十分惬意。笑声惊动了富豪之家，父子匆忙直奔门前一看，气得面如土色，不知所措。

人名巧嵌联

左宗棠和曾国藩，是清代洋务派中赫赫有名的人物，可是在对外问题上，两人的态度却截然不同。曾国藩是地道的投降派，左宗棠却是抵抗派。左宗棠在军事上消灭英俄走狗阿古柏政权，并从沙俄手中收复伊犁。在经济上，主张造船"抵洋"，并创办了福州船政局，抵制洋商垄断，维护我国海运主权。

由于政见不合，曾国藩对左宗棠心怀恨意。有一次，曾国藩出了一个上联，差人送给左宗棠，让左宗棠对出下联，联曰：

　　　　季子敢言高　与吾意见大相左

左宗棠字季高，曾国藩在联中嵌上左宗棠的姓、字，指名道姓地进行指责攻击，气焰逼人。左宗棠看后默然一笑，立刻挥毫回敬，对云：

　　　　藩臣徒误国　问伊经济有何曾

"经济"，指经纶济世，即治理国家的才能。对子中巧妙地嵌入了曾国藩的姓名，讥讽他身为国家重臣，却无政治远见，只知屈膝媚外，白白误国误民。

才子讽考官

雍正十三年（1735）在顺天府进行乡试，主考官为工部侍郎顾祖镇，副主考官为翰林学士戴瀚。秀才许某才疏学浅，却以行贿手段打通关节，得中乡试第一，引起人们的愤慨。有一才子听说了这事后，特撰一联以讥讽。联曰：

　　　　顾司空　顾人情　不顾脸面
　　　　戴学士　戴关节　未戴眼睛

上联以顾祖镇之姓"顾"作为动词用，取"照顾""顾及"之意。言此主考大人只顾私情，不顾脸面，直言其贪赃受贿、腐败堕落。下联用同样手法，以副主考之姓"戴"作动词，取"传递""佩戴"之意，言其只"戴关节"，为应试者潜通消息，"未戴眼睛"，嘲讽他有眼无珠、昏庸无耻。

"倪三怪"喷茶戏同僚

清朝年间，昆明有个文人，名叫倪蜕，人称"倪三怪"，在巡抚衙门里当师爷。一天，他和几个幕僚在一起喝茶聊天，同僚们要开他的玩笑。其中一个说："有个对联要请你对。"说着念出上联：

山羊上山　山触山羊角　咩咩咩

同时，那同事还"咩咩咩"地学了三声羊叫。那师爷丝毫没有为难的样子，即刻对道：

水牛下水　水淹水牛头……

稍顿，他又喝了一大口茶，含在嘴里，朝着同事们"噗噗噗"地喷了三下，喷得同事们满头茶水，师爷大笑着说："谁叫你们出难对子考我呢！"

趣改门联

相传有个老进士，是个财迷，爱钱如命，告老还乡后，置了千亩良田，还开当铺，放高利贷，剥削、坑骗了不少良民百姓，可在表面上装出慈善样，时常吃斋念佛，有一次，他在大门上写了副对联：

色即是空空是色
人不恕我我恕人

村里的人一看，便知道他又在标榜自己，有人想拆穿他的把戏，便将对联改动了两三个字，变成：

命即是钱钱是命
人不害我我害人

老进士一见，气了个半死。

苏小妹以联探女

传说苏小妹的女儿是个很有志气的女孩子，特别是在婚姻问题上她很有主见。父亲的包办，母亲的"参谋"，媒婆的牵线搭桥，都没有起作用，最终她自己作主嫁给了一个家境不好却十分有才气的穷秀才。

女儿嫁出去之后，苏小妹很不放心，总担心女儿在夫家受不了那份罪。有一天，风雨交加，苏小妹想起女儿住的那两间房也不知漏雨不漏雨，便带了丫鬟，撑上雨伞，顶着风雨到女儿家去了。一进女儿家小院便听到女儿与丈夫在一起念书的声音。苏小妹急忙进屋，先打量了一下两间屋顶上半瓦半草的房子，窗子已经因年久失修而坏了，大概是为了遮风雨吧，窗台上一盆挨一盆地摆满了海棠花，海棠花的枝叶把大半个窗户都遮住了。苏小妹走上前去，刚到窗下，便听到室内的读书声骤然停止了，女儿欢笑着冲出屋来，把母亲让进屋里。苏小妹坐定之后，环顾室内，见摆设虽然简陋却有条不紊，她便指着摆满窗台的海棠问女儿：

半窗红花为防风雨

女儿刚要点头说"是"，又一想，"不对，母亲这不是说了半副对联叫我对吗？"便马上改口说：

一阵乳香便知母来

苏小妹知道女儿明白了自己的意思，因为自己在上联中用了"红花""防风"两味中药名，聪明的女儿不但巧妙地用"乳香""知母"两味中药相对，而且说明了刚才读书骤停的原因，看来女儿出嫁后才学确是增长了。

这时，女儿端上茶来，一边请母亲饮用，一边问母亲冒雨而来有何急事，苏小妹说："哪有什么急事，就是为了来跟你对对子的。"说罢，她又道出了一个上联：

　　高阳台上酷相思　为娘心念天仙子

女儿一听便知母亲是因为放心不下才来的，并在上联中用了"高阳台""酷相思""天仙子"三个词牌，对起来不易，她便故意在母亲怀中撒了一会儿娇，拖延了一段时间后，下联也构思出来了：

　　满庭芳中诉衷情　小女难得相见欢

下联中也用了三个词牌名："满庭芳"、"诉衷情"和"相见欢"。苏小妹见女儿生活虽然清苦，但夫妻相亲相爱，志同道合，便给女儿留下一些钱，放心地回去了。

牧童妙联难书生

从前，有个书生读书非常刻苦，每天都要读到很晚才肯睡觉，第二天早早就起床。他有个习惯，清早起来必定要去村外小河边散散步，吟吟诗，这样读起书来更有精神。

邻村有个小牧童，每天早晨也必定牵牛到河边去放牧。牧童来时，都是骑在牛背上悠闲自在地唱着山歌，每天唱的都不相同。

有一天，秀才问牧童："这些山歌是谁教你的？"牧童说道："这还要人教？自己编的嘛！"秀才大奇，认为这牧童不简单，编的词都很有意思，便对牧童说："你会对对子吗？我考考你好不好？"牧童说道："对对子有什么难的？我和伙伴们也经常对呢！"秀才忽然闻到一阵花香，抬头一看，不远处有一片金银花开得正艳，便张口吟道：

　　金银花小　香飘七八九里

牧童正歪着脑袋想下联，忽然发现前边有一棵梧桐树，想起母亲常炒梧桐子给他当零食吃，便笑着对道：

　　梧桐子大　日食五六十九

秀才又惊又奇，连连称赞。牧童却说道："我也说一个对子让你对好吗？"秀才心想，一个小孩能出什么难题？便笑着答应了。

牧童指着河边饮水的牛，说道：

　　牵牛喝水嘴对嘴

秀才没料到牧童出此怪联，一时竟对不出来。直到有一次，他进山访友，有了亲身体验才对出了下联，但那已是几年以后的事了，他对的下联是：

　　隔山讲话音回音

虽然牧童早已忘记了此事，但书生却像了了一桩心事似的轻松了许多。

牧童改联气不凡

清代文学家李调元，才思敏捷，以善对而闻名。被调任广东当学政后，有一牧童故意在李调元赴任的路上以三块石头垒成一座石桥，用来阻拦李调元。李调元坐轿路经此地，石桥被轿夫踢倒，牧童责问轿夫，双方争吵不休。李调元下轿调解。牧童说："你既是李大人，听说善于作对，小子出个上联请你对吧！"李调元欣然答应。

牧童念道：

＜＜踢破磊桥三块石＞＞

李调元想了好久，也没能对出，只好约第二天再来应对。回家以后，他冥思苦想，无心茶饭，妻子问知其故，微微一笑，在纸上写了一个大大的"出"字，然后用剪刀一剪，剪成两个"山"字。李调元恍然大悟。于是次日一早李调元即到约定地点，见到牧童，对出了下联：

＜＜剪开出字两重山＞＞

牧童哈哈大笑："李大人，这下联恐是你夫人想出的吧？"李调元吃惊地问："你怎么知道？"牧童答道：妇人常与针线、剪尺打交道，男子汉大丈夫则应将剪子换作斧头。何不就将下联改为：

＜＜劈开出路两重山＞＞

李调元面红耳赤，但内心颇为佩服，不禁连连点头，称赞这牧童是个奇才。

李因培巧作谜联

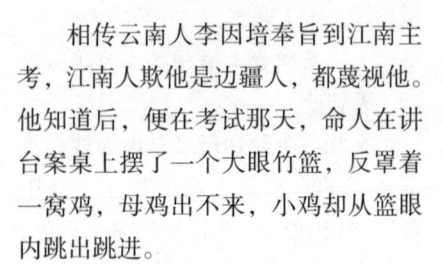

相传云南人李因培奉旨到江南主考，江南人欺他是边疆人，都蔑视他。他知道后，便在考试那天，命人在讲台案桌上摆了一个大眼竹篮，反罩着一窝鸡，母鸡出不来，小鸡却从篮眼内跳出跳进。

考试时间到了，考生坐好等候试题。监考宣布："大主考吩咐，今天的试题已摆在案桌上了，诸生快快作文吧！"

有人说："难道试题就是这窝鸡吗？"

监考道："对，就是这个，你们快作，以免耽误！"

考试完毕，有的作"论小鸡"，有的作"论大鸡"，都是文不对题，主考阅卷后说："一个都不及格！"

考生质问："题目是什么？"

主考答："是四书上的'大德不逾闲，小德出入可也'，大鸡是大德，小鸡是小德。"

李因培临走那天，考生们也如法炮制，摆了一个玉兔在池塘边的草地上，那玉兔抬着头看月亮。他们拦住李因培，要他来对对子，对不上来就每人一砚台打死他。李因培看了一眼，命人端盆墨水来把双手染成黑色，就上了轿。考生们说："你还没有对呀，不许走！"

李因培说："我染了手就对上了，还不能走？"

考生问："我们出的是什么？你对的是什么？"

李因培朗声念道：

　　素耳银蹄白玉兔　望明月卧在青草塘边

　　乌须黑爪紫金龙　驾祥云飞过碧波渡口

考生们佩服得五体投地，一致要求主考再留下讲学三个月。

父子即景吟联

明朝的文人陆采，小时候聪明文雅，常常跟着父亲吟诗作对。有一天，他跟父亲兴致勃勃地去游园，花园里黄莺飞入石榴花丛中，红红的石榴花和黄莺互相映照，十分好看，父亲就高兴地出了一个对句：

　　莺入榴花　似炼黄金数点

陆采马上对道：

　　鹭栖荷叶　如堆白玉一团

这副对联色彩鲜明，莺鸟的羽毛是金黄色的，石榴花的颜色是火红的，黄莺飞入石榴花丛中，就像火炼黄金那样；白鹭毛色雪白，荷叶碧绿，白鹭落在荷池里，就像白玉堆在绿盘中一样。出句是红黄相间，对句是绿白相映，就好像两幅美丽的水彩画。

陆采年纪虽小，但却懂得色彩美，他父亲听了儿子的对句，心里特别高兴。

李时珍巧对师联

明朝的"药圣"李时珍，从小就是个聪明的孩子，他跟着父亲认字，作诗吟对，本领不比大人差。

有一天，李时珍在做完功课后，跟着老师到院子外面散步。老师是位才华出众的人，他望着远处静静的树林环抱着幽静的青山，不禁生出了雅兴，轻声吟出一句：

　　远声隔林静

李时珍见老师的联句出得很巧妙就想对下句。正好，他看见田野大路上行走的旅客来来往往，天边的朝霞红得像一团火那样，"烧"得绚丽多彩，呈现出特别好看的景象，于是，他便道出了下句：

　　明霞对客飞

出句显出了老师的沉静，对句显出了李时珍少年的活力。而且一动一静，一老一少的性格都反映出来了。李时珍的老师非常高兴，认为李时珍一定会有大作为。果然，后来李时珍用毕生精力写出了一部巨著《本草纲目》。

一联好结忘年交

明末著名文学家张岱擅长对对子。六岁那年，他的祖父带他到杭州玩，在杭州他们遇到了文学家、书画家陈继儒（号眉公）。由于陈继儒经常来往于官绅之间，因此有些人对他时有讥讽。

此时陈继儒骑着一只角鹿去钱塘县做客，在县衙见了张岱他们祖孙二人，就对张岱祖父说："听说令孙善作对子，今天是不是当面一试？"他指着县衙书房里画屏上一幅《李白骑鲸

图》出了一个上联：

夫子之墙数仞高　得其门而入者寡矣

太白骑鲸　采石江边捞夜月

张岱想了一下，便对出下联曰：

眉公跨鹿　钱塘县里打秋风

这下联不仅对仗工整，而且颇有幽默风趣之意，眉公听了哈哈大笑，说："你聪明敏捷，真是我的小友！"后来他们成了忘年之交。

何孟春年少智高

何孟春，号燕泉，字子元，明代郴州人，弘治六年进士，授兵部主事，历任河南参政，太仆少卿、太仆卿、右副都御史。明世宗即位后，何孟春任南京吏部右侍郎。隆庆初年，赠礼部尚书衔，谥文简，留有《何燕泉诗》等。何孟春幼时的一天晚上，月白风清，景色宜人。塾师触景生情，吟道：

窗外一团风月　这般情趣少人知

何孟春对道：

架头几部诗书　那里精微皆自得

塾师追求的是风月清幽的趣味，尽管这种境界不为人所知，但他却能独赏其乐。这种特殊情趣，反映了封建文人的孤傲。何孟春却与他大异其趣，喜爱诗书。诗书中精细隐微之处，都是他孜孜以求的地方。这种认真学习的精神应该提倡。

有一天，何孟春随父亲来到县学堂，县学堂的先生命他对对子：

夫子之墙数仞高　得其门而入者寡矣

这个典故出自《论语·子张》，意思是：拿房屋的墙打比方，我家的围墙只有肩膀么高，谁都可以看到房屋的美好；我老师家的墙却有几丈高，如果找不到大门走进去，就看不到房舍的形状；能够找到大门的人可能不多吧。何孟春对《孟子·梁惠王》十分熟悉，《孟子》里的典故他信手拈来，对道：

文王之囿七十里　与其民同乐不亦宜乎

其意为：周文王的猎场纵横七十里，同老百姓一起享用，百姓嫌小，

这是自然的；而大王却与此相反，七十里的猎场对老百姓来说如同陷阱一样，认为太大，不也是自然的吗？

这副对联的难度很大，既要用典故，又是长短句组成，字数较多，加之能对的事物很少，如果没有丰富的书本知识和对对子的技巧，是对不出来的，小小的何孟春不仅对出来，而且对得很出色，用《孟子》对《论语》可谓"门当户对"。尤其难得的是上下联都不是原书中的现成句，而是经过删减压缩了的，但对得十分工整。

小曹宗应联得大鱼

广东饶平的曹宗，七岁能诗善对，神童之名传遍乡里。一天，他去看捕鱼，渔民逗他说："听说你善对对子，若对出我们这一联，送你一条跟你一样大小的鱼，而且要自己拿回家去。"曹宗高兴地说："请出上联。"一个渔民指着一条大"沙马鱼"说：

沙马钻沙洞　沙蒙沙马目

曹宗见旁边小溪中有一头水牛，便对道：

水牛食水草　水浸水牛头

渔民果然把那只二十多斤重的大沙马鱼送给他，看他如何拿回去。聪明的曹宗找来一根绳子拴住鱼鳃，沿着小溪流水拖回了家。

曹宗作联更夫免打

从前有一个打更的更夫，有一天喝醉了酒，在更楼打鼓时，糊里糊涂地在东门打了三更，在西门报了四更，出了大差错。这件事让管理此城的监吏知道了。这个监吏很厉害，马上传讯更夫，要处罚他，更夫跪在地上再三求饶。那个监吏看着更夫，心里也觉得这更夫怪可怜的，于是就想出了一个主意，对更夫说："我出一个上联，你如果能对上，就饶你一次，如果对不上，就打你四十大板。"说着，道出上联：

东楼三　西楼四　更鼓朦胧
朦胧更鼓

那更夫虽然也认得几个字，但可不是作对联的材料，他想了半天也对不上，就请求回家想想看再对，监吏答应了。更夫想起了曹宗，就偷偷地溜到曹宗家求教，这时，曹宗正在浴池洗澡，更夫满头大汗闯了进来，说明了来意，曹宗一边搓着后背，一边思索着对联，思考了一会儿，他对更夫说：

南斗六　北斗七　诸星灿烂
灿烂诸星

更夫听完，马上跑着告诉了监吏，监吏一听，对得不错，就免了更夫的四十大板。

才童应联得巡抚金腰带

张居正幼年聪慧乖巧，七岁能诗善对，成为湖广闻名的"江陵神童"。

有一年夏天，湖广巡抚顾应璘听说江陵有位神童，便趁出巡荆州府时亲自访察。走到江陵县岑河口附近的东司庙休息时，庙主捧上几个大西瓜对巡抚随从说："些小礼物奉送给巡抚

· 189 ·

大人和各位解渴。"顾应璘诗兴大发，顺口道出一联曰：

　　东司和尚送西瓜　些小礼物

　　这时正好庙里的教书先生前来参见巡抚，顾巡抚便请他对下联。老先生搔首拈须，苦思半响仍不能对。忽然一个十岁左右的儿童跑到老师的跟前轻轻地说了几句。老先生喜出望外，连连点头，并即向巡抚禀道，这下联应该对：

　　南极仙翁拜北斗　天大人情

　　顾应璘一听，拍手叫好。他知道这联是那小学童对的。原来这正是他要找的"江陵神童"。当顾应璘得知张居正马上就要去参加县试时说："我先出一联考考你如何？"张居正恭敬地说："请赐上联。"顾应璘满腔激情地说：

　　雏凤学飞　万里风云从此始

　　张居正略思片刻，随即对道：

　　潜龙奋起　九天雷雨及时来

　　顾应璘连夸好对，并对老先生说："那小子出口不凡，必有大用，望先生悉心辅导，定能成才。"说着又解下腰间金带一根赠给张居正。

老学究联讽逢迎拍马

　　从前有一个小官吏，善于巴结上司，拍上司的马屁。有时为了博取上司的欢心，好使自己占点小便宜，宁可把自己贬得一钱不值，同他共事的人都很厌恶他。一次，这个小官吏要给上司祝寿，专门请一个老学究作一副寿联。老学究知他底细，故意问他："你说该怎么写呢？"小官吏答道："把我上司称得高高的，把我贬得低低的就行了。"老学究低头一想，提笔写了一副有趣的讽刺联：

　　大太爷　太爷在上　上至三千里凌霄　玉皇盖楼　您来楼头做寿

　　愚晚生　晚生跪下　下到十八层地狱　龙王淘井　我去井底挖泥

改横额趣作讽联

　　清同治、光绪年间，任两江总督的人大多不得人心。如杨金龙颐指气使，专横跋扈；刘坤一贪恋于游乐山水之间；幕僚亲随无所事事，整日沉湎于秦淮河边钓鱼巷中，寻花问柳，歌舞取乐，致使军政日渐颓靡，吏治每况愈下。有一善于讥讽的文人以拆字法变辕门横额"两江保障""三省钧衡"为一联：

　　两江呆人障

　　三省钓鱼行

　　"呆人"由"保"字分解得来；"鱼行"由"衡"字分解得来，其中"钓"与"钧"相比，含有"没有一点钧"之意。整个联句意为：两江实为庸之"呆人"作障，三省政事皆作"钓鱼"之行。

老百姓怒"挽"贪官

　　清朝末年，有一个姓陈的官吏，在任职期间，巧立名目，盘剥勒索，巧取豪夺，贪污受贿，无恶不作，百姓对他恨之入骨，怨声载道，只盼他早死早滚蛋。一天，果然传来这个贪官的死讯，百姓无不拍手称快。有一个村子的乡亲们要送一副挽联，请两个读书人写，大家在一旁掺和。你一言我一语地嚷了一阵，只见一个读书人挥毫写下上联：

　　早死一时天有眼

　　另一个读书人不甘落后，马上又续写出下联：

　　再留三日地无皮

　　大家都说写得好，出了心中的气，把"挽"联送到贪官家去。

讽贪官连升三级

　　相传，清朝时有一个姓王的人，中举之后，媚上欺下，官从司马升到观察，不久又从观察升到廉访使。他官越做越大，连升三级，心却越来越贪，常常横行乡里，强抢乡间物产，欺压百姓，弄得百姓怨声载道。有一个好打抱不平的人，撰一联献给他：

　　王司马　王观察　王廉访
　　连升三级
　　一条弄　一只船　一坑粪
　　遗臭万年

　　王廉访一见此联，气得咬牙切齿，大骂作联之人。

歪打正着巧姻缘

　　从前有位公主，名叫吾同，对求

婚的人很挑剔，直到四十岁了还没有选中意人。国王很是着急，就问她："你到底要许配何人？"公主说："我出个上联，谁能对上我就嫁给谁。"于是公主就把择偶联写在皇榜上贴了出去：

　　累累结就梧桐子

　　上联公主用自己的名字加了偏旁"木"，要求应对的人也应如此。事有凑巧，城里有个皮匠，名叫鸟皇，是个四十四岁的光棍，每日给人补鞋子，认不得几个字。一天有个和尚对他说："公主招亲了，我看你去揭皇榜最好！"皮匠不会作对子，和尚便替他写了一联：

　　单单只待凤凰求

　　皮匠就壮着胆子揭了皇榜。公主一看他的下联，恰与自己的上联成对，且与自己的年龄相仿，于是皮匠就被招为驸马。洞房花烛夜，公主为试驸马文才，又出一个上联：

　　何时金莲开

　　皮匠哪会作对，心想这作对的事还得和尚帮忙，一着急把心里的话说了出来：

　　要等和尚来

　　哪知这句话恰巧对上了公主的上联。原来公主用的是三圣母与凡人刘彦昌爱慕成婚，因触怒上天被囚于山下的典故。皮匠一句对了故事的半部：三圣母的儿子被和尚救去，长大后劈山救母，使金莲重开。

乾刘贺寿

　　传说，有一年刘墉陪同乾隆去安

州微服私访。那时候村与村相隔几十里，路上也没有饭馆。两个人走了一天，又饥又渴。当他们来到柳庄子村时，正赶上村里的一个老头过寿。刘墉灵机一动，对乾隆说："皇上，咱们也送一份礼吧，这样咱们就有饭吃了。"乾隆点头表示同意。

刘墉上礼的时候，庆喜的人们都走了，只剩下礼房和帮灶的人。礼房的人问："你们是哪里的？"刘墉说："京城皇村的。""写什么名字？"刘墉想了想说："姓乾名刘。"这时过寿老头来了，一看他们的言谈、穿着就知道不是一般人物，便热情地邀请他们一同吃饭。

吃饭的时候，老头说："今天是我一百四十一岁大寿，活到我这个年龄的不算多。有今年，可能就没有明年了。你们都是义人，给我留个纪念吧！"礼房的人插嘴问："留个什么呢？"老头说："给我留副对子吧！"边说边让人准备文房四宝。

乾隆皇帝略略思索一会儿，提笔写了上联：

花甲重逢　又增三七岁月

然后把笔交给刘墉说："你写下联吧！"刘墉接过笔，马上写出了下联：

古稀双庆　再添一度春秋

老头看后非常高兴，连连说："这对联太好了，这对联太好了！"

乾隆、刘墉走后，人们都很纳闷，这两个人才气这么大，到底是什么人呢？后来一打听，才知道是乾隆皇帝和吏部大官刘墉刘罗锅。

乾隆题联"皇家鞋铺"

乾隆喜欢私访。这年除夕，他在皇宫里坐不住，便换上便服，走出紫禁城。当时北京城千家万户都贴上了新的春联，挂着红灯笼，街道打扫得干干净净，到处欢声笑语，一片太平盛世的景象。乾隆内心甚是舒坦。但当他转过一个街口，却发现一个小屋的门口冷冷清清，门上既没贴春联，也没挂灯笼，屋里灯火暗淡，还传出乒乒乓乓的声音。走到跟前，他发现一个老人正在做鞋子。原来这是一个鞋铺。

乾隆走进小屋，老人以为来了定做鞋子的客人，赶紧让座。乾隆拿起一双做好的鞋看了看，虽然他是外行，也觉得鞋子的做工很好，老人干活很实在。

"掌柜的，今年生意发财吧？"乾隆开始和老人攀谈。

"发什么财，客官，不是过年不说吉利话。我这活是疥巴打苍蝇现供嘴儿。顾客不多，价钱又低。就是这样，还有人赖账。一天不干，就揭不开锅啊！"

"你为什么不贴春联？"

"纸我买好了，还没请人写。"

"让我给你写吧！"乾隆皇帝来了兴头。老人摆好纸墨笔砚，乾隆皇帝笔走龙蛇，写了这样一副春联：

大楦头小楦头乒乒乓乓打出穷鬼去

粗麻绳细麻绳吱吱嘎嘎拉进财神来

横批是：天子万年

写完之后，又留下一文大钱说是入股。老人不识几个字，他也不深究春联的内容是什么，就贴在了房门上。

大年初一早晨，刘墉上朝给乾隆拜年。他坐在轿子里，边走边看各家门口新贴的春联。恰好路过鞋铺门口，他一眼便认出了乾隆皇帝的字，赶紧命令落轿，到鞋铺里问明了缘由。他看到鞋铺还没有店号，便挥笔写了四个大字：皇家鞋铺。

刘墉跟乾隆说起此事，乾隆哈哈大笑，并传旨说：文武百官都要到皇家鞋铺定做一双鞋，先交钱后交货。这样，老人发了一笔大财，生意也越做越兴隆。

少年中举希圣希贤

杨一清，字应宁，号邃庵，又号石淙，云南安宁人，官至吏部尚书、武英殿大学士。

杨一清十二岁时中举，后到京城会试。一位尚书见他年幼，就在席间出上联试他的才学：

手掌两盅文武酒　饮文乎饮武乎

杨一清不加思索地对了下联：

胸藏万卷圣贤书　希圣也希贤也

满座为之叫好。先总述后分述，是此联妙法所在。上下联对仗工整，无可挑剔。十二岁童子能对得如此严谨，实为奇才！

陈圆圆妙联拒做妾

太仓诗人吴伟业奉召进京，途经昆山时，知县杨永言在翠微阁设宴送行。喝酒到兴头上，杨永言命邢畹芬临席演唱昆曲。吴伟业被她的声色深深吸引，情不自禁地赞道："好声音，真是唱得万般圆润，十分圆满。我送你一个号'圆圆'吧！"自此，邢畹芬被叫作'圆圆'。她原姓陈，便叫陈圆圆。

吴伟业三十多岁了，尽管已有出身名门的娇妻，但一见陈圆圆的姿容，一听陈圆圆的唱曲，竟对她十分钟情，很想纳她为小妾，直接带往北京。杨永言看出他的心思，为巴结吴伟业，他趁机将陈圆圆赠给他了。

当时，陈圆圆才十六岁，一个年轻貌美的少女，怎么甘心嫁给有家室的男人呢？她要是当场说个"不"字，深恐有违杨永言的收养之恩。她无可奈何，只得暂且跟着上船，看看情况再说。

船抵苏州，陈圆圆对吴伟业说："我想上岸一趟，看看我的姑父。"吴伟业毫不阻拦，放她去了。不久，陈圆圆回来道："我姑父知道你是个著名诗人，他有个对联的上半副，想考考你，若能对出，老人家同意你纳我为妾，若对不出，他不让我跟你进京……"

吴伟业知道她姑父是个厨师，心想他肚里只有油水，没有墨水，对联肯定不会难到哪里去，便点头要陈圆圆说出来。

陈圆圆就将家乡昆山城里酒坊桥、通河桥、无不利桥三座桥名联起来出了一个上联：

酒坊通河无不利

吴伟业料想不到会有这样的怪联，一时竟找不到适合的内容作成一联对答。

陈圆圆妙联难倒吴伟业，拒绝做妾，一笑拜别。这个上联一时成为绝对。

事隔十多年，吴伟业写长诗《圆圆曲》，来到昆山搜集陈圆圆当年在昆山的生活情况。他在归庄陪同下，走访了不少士人，熟悉了城里许多街巷弄堂，忽有所悟，试用果老弄、管家弄、东太平弄三弄的名称，作成下联，正好对出陈圆圆的上联：

果老管家东太平

仙人张果老来管家，东家当然太平了。归庄听后拍手大笑，妙联终于对出来了。

金圣叹茶馆应联

有一天早晨，金圣叹在一家茶馆吃茶，听到邻桌上有几个人在谈论对对子。一个中年人出对道：

猫伏墙头风吹毛　毛动猫不动

一个长须老者对道：

鹰立树梢月照影　影移鹰不移

中年人听了忙说："您老真不愧为对对子的老手，佩服，佩服！"

长须老者捻捻胡须说："我也出一联给你们对对。"他指着盘中的月饼，吟道：

上素月公饼

这"上素"是"尚书"的谐音，不易应对。大家听了，一时对不出，只能抓耳挠腮。

金圣叹见半天没人对出，心里一急，脱口而出："这有何难？"即对道：

中糖云片糕

这"中糖"和官名"中堂"同音，"云片糕"也是食物，对得工稳，大家点头称赞。

长须老者见金圣叹一表人才，又出口不凡，便邀金圣叹一起吃茶。金圣叹也不谦让，端着茶壶坐了过来。

长须老者拱拱手说："看来先生十分精于对句。我这里有一对子，想请教先生，不知意下如何？"

金圣叹高兴地说道："快请讲出来，让我试试。"

长须老者不慌不忙地说道：

大小子　上下街　走南到北买东西

众人都以为金圣叹难以对出。怎料金圣叹低头略一思索，即对道：

少老头　坐睡椅　由冬至夏读春秋

他话音一落，满堂喝彩。长须老者询问他的姓名，方知是大名鼎鼎的金圣叹，大家更是赞叹不已。

联难尚书女婢对

清朝康熙三十八年，安徽桐城才子张英，官至礼部尚书。相传，一次微服出访时，他被一村姑出的对子难住了。那联是：

红荷花　白荷花　何荷花好

张英当时无言以对，回到府内，愁眉敛容，苦思不得妙句。后来，下联让府内的一个女婢对上来了。下联是：

黑葚子　赤葚子　甚葚子甜

上联难点在"何荷"二字上，既是同韵同音字，又是形近字，"荷"只比"何"多个草头。下联对得妙绝了！妙就妙在"甚葚"二字不仅与上联的"何荷"对得工整，而且可以说是天衣无缝，非它莫属。"何""甚"又皆是表示疑问的同义字。

上联语句自然不必说，下联也毫无造作之嫌。桑葚子刚显熟时呈红色（赤葚子），熟透时为黑紫色（黑葚子）。

小廷玉才华横溢承重担

张廷玉自幼聪敏伶俐，八岁即能出口成章，尤其擅长对对子。在张廷玉九岁那年的除夕，张英相府中灯火辉煌，炮声阵阵。张英把小廷玉叫到身边，指着红烛吟出上联：

高烧红烛映长天　亮　光铺满地

为了当面试验他的才华，他要张廷玉即兴作对。

小廷玉望着门外点炮的仆人，随口对道：

低点花炮震大地　响　气吐冲天

对句时间、事物完全符合，对仗工巧，联语不凡，乐得张英不住点头称妙。他认为小儿才华横溢，锋芒毕露，将来一定大有作为，所以经常出联考他。

一天，张廷玉看到父亲吃的尽是素食，没有荤菜，他睁大眼睛望着老父，不解他怎么吃得下去。张英看出了儿子的心思，触景生情，吟出上联要他对：

粗茶淡饭布衣裳　这点福老夫所享

小廷玉从容不迫对了下联：

齐家治国平天下　那多事儿辈承当

此联道出了小廷玉远大的志向和报负，正合老人意。所以张英喜形于色地说："对得好！以后就看你的了！"

一"子"百金

乾隆二十六年，王杰赴京赶考，途中盘缠用完，食宿没有着落，书童唉声叹气，王杰却毫不介意。他们走过一个小集镇，王杰命书童从行囊里取出文房四宝，自己挥笔写了一个斗大的"子"字，让书童拿到当铺当五十两纹银，作为路上膳宿之用。书童将信将疑，来到了当铺，当铺的小伙计听说一个字要当五十两纹银，执意不收。双方正在争执不休，掌柜的闻声赶来，问明情况，又看了看王杰那遒劲苍凉的书法，当即付银五十两，将书童打发走了。

王杰来到京城，经过殿试，终于夺魁，中了头名状元，得到乾隆皇帝的重用。

有一天，乾隆命群臣为金殿拟一副对联，要求上下联各三个字，横额五个字，既要颂扬皇帝圣德，又要囊括万里河山。群臣听了，面有难色，有人存心刁难王杰，向皇帝进言说："王大人才智过人，独占鳌头，何不让他大展雄才，以谢皇恩。"金殿上群僚随声附和。

王杰拱手道："下官献丑了。"说毕吟出一联：

　　天一统
　　　地万年

横额：天子重英豪

乾隆听罢，连声称好。即命快快书来，悬于金殿之上。王杰大笔一挥写对联，但在写横额时故意漏掉一个"子"字。乾隆十分吃惊，问王杰是怎么回事。王杰说："启禀万岁，这个字臣已经写过了。"他随即将赴京赶考途中写字当银的原委禀告一番，并将当票呈验。

乾隆随即命人快马日夜兼程，用一百两赎金，赎回王杰书写的"子"字，又亲自嵌在横额之中。远远望去，竟是天衣无缝，浑然一体。

纪晓岚探亲告假联

纪晓岚是侍读学士，要陪乾隆皇帝读书，每天除了陪皇帝读《汉书》以外，别无他事，真觉得无聊，同时，还要处处小心。俗话说："伴君如伴虎。"一时言语、行动不慎，惹恼了皇上，可就有罪受了。因此，纪晓岚心中闷闷不乐。

乾隆知道他不大安心，也体谅他背井离乡、深居皇宫的苦衷，加之他才学出众，就不忍责备他。

一天，乾隆半开玩笑似的对他说："纪爱卿这些日子脸色不好，必有心事。"说罢吟出一联：

　　口十心思　思妻　思子　思父母

纪晓岚正找不着理由提探亲的事呢，一听皇上出对子，立刻跪下，虔诚地说："皇上说对了。如蒙恩准，回去省亲，我感激不尽。"说罢也吟出一联：

　　言身寸谢　谢天　谢地　谢君王

乾隆一听，人家都谢恩了，便顺水推舟地准了纪晓岚的探亲假。

纪晓岚闲聊自难

清朝乾隆五十三年，工部衙门被大火烧光，工部尚书金士松亲自监工，重新督造工部衙门。纪晓岚此时正在军机处供职。这天，议事过后，大家闲聊。

一位说："这工部，所主皆水利工程之事，不妨称为水部。"

另一位说："其实早有人称水部了。有趣的是，水可以灭火，火也可以烧掉水，也是因果报应了。"

纪晓岚说："我这里有个上联，请各位大人对下联。"待他缓缓说出后，众人谁也对不上。原来是副嵌金木水火土五行的对子：

　　　　水部火灾　金司空大兴土木

司空，本来是汉代官制，与司徒、司马合称"三公"，清朝常称工部尚书为司空。因此，上联所说的，全是实事，对句也不能虚构。众人皆对不出，齐向纪晓岚拱手说："愿闻下联。"

其实，纪晓岚也没想出答案。正巧，一位内阁中书挑帘进来。此人是南方人，长得身高体壮，常说自己是"南人北相"。纪晓岚一击掌说："有了。"他走到中书面前，拍拍中书的肩膀说："正在对句，只好借你一用，请不要在意。"于是，他吟出下联：

　　　　南人北相　中书令什么东西

此联以"南北中东西"对上联的"水火金土木"，如天造地设一般，很快就流传开了。

"仙人自白"联

相传有座仙桥山，山上有座庙叫仙人庙，本来香火很旺，方圆数百里的善男信女都来献贡朝拜，庙主趁机诓骗钱财。邻村有一个穷秀才不信鬼神，见状颇为不满，于是以泥塑的"仙人"口气写了副对联，夜里贴在庙门两边：

　　你求名利　他卜吉凶　可怜我全无心肝　怎出得什么主意
　　庙遏烟云　堂列钟鼎　堪笑人供此泥木　空费了多少钱财

自此以后，烧香朝拜的人渐渐少了，庙门日渐冷落，"仙人"也经风雨侵蚀而残破，可是，还有一些人常来对着破泥像求神问卜，秀才便又写上一副对联：

　　我若有灵　也不至灰土处处堆　筋骨块块落
　　汝休窃想　须知道勤俭般般有　懒惰件件无

人们想想，觉得有理，于是就再也不进庙烧香问卜了。

先生出联讽主人

从前有一私塾先生，聘他的主人每逢农历七月七日，都要设宴款待先生。可是连续两年，主人都把此事忘了。第三年七夕，先生发现厨房中并无动静，于是先生很不高兴，把学生叫去，出了一个上联：

　　　　客舍凄凉　恰是今宵七夕

学生不知个中寓意，对不出，只好回家问父亲，他父亲一看，明白了先生的用意，笑道："对不起，这是我忘记啦！"于是代儿子对了下联：

　　　　寒斋寂寞　可移下月中秋

转眼到了中秋，先生见主人还是无所准备，于是又叫来学生，出联云：

　　　　绿竹本无心　遇节即时换不过

学生的父亲照例代子对了下联：

　　　黄花如有约　重阳以后待何迟

谁知到了重阳节，主人还是没动静，先生忍耐不住，当着学生的父亲出对云：

　　　汉三杰　张良　韩信　狄仁杰

学生的父亲笑着说："错啦，错啦，狄仁杰是唐代人，并非汉代人，先生忘记了吧？"先生讥讽道："前唐后汉的事记得这么烂熟，一顿饭的事却为什么如此健忘？"原来先生是引"蛇"出洞，主人顿时满面羞惭，说不出话来。

兄弟一联娶姐妹

　　明朝年间，山西太谷县有一位名医乔嗣祖，年近花甲，膝下只有两个女儿：珍姐和珠妹。乔老先生有心想把祖传医术传给两个女儿，又怕违背祖训。最后，乔老决定招婿上门，定下了三个条件：

　　一、精通医术，热爱医道，愿终生从医；

　　二、年纪与女儿相当；

　　三、应征者须亲自登门应试，以"珍珠双花红娘子"为上联，应对下联。

　　消息传出后，应征者甚多，不少名门贵少也频频而至。但过了三月有余，竟无一人能对出下联，登门者也渐渐稀少，乔老心中甚是担忧。

　　就在这时候，一位身着绿锦袍的"公子"前来拜访。此人十七八岁年纪，面色古铜，体格健壮，像是种田之人。乔老见他相貌与衣着不是很搭配，感到奇怪，便问了一句："相公多大年纪了？"少年答曰："十八岁。"这比珠妹尚小一岁，乔老想借此谢客，忽又轻念：人不可貌相，且让他试试再说。一问一答，前两个条件都符合，当让他对下联时，少年答曰："在下对的是'枸杞二丑绿宾郎（槟榔）'，不知仙翁以为如何？"乔老沉思片刻，喝退左右，不露声色地对少年道："我不知你的下联如何解释，能否明示一下？"少年听后，如释重负地长吁一口气，然后像背书一样道："仙翁的上联中，珍珠、双花、红娘子，都是中药名，此其一；珍姐、珠妹乃府上两位小姐，全联同时指两位小姐待定婚配，此其二；这第三……还要仙翁允许后方敢明说。故在下对以'枸杞、二丑、绿宾郎（槟榔）'。不瞒您说，在下姓吴，名杞，哥哥吴枸。今身穿绿锦衣前来，乃是哥哥的嘱咐，权以'绿宾郎'自许，还望仙翁见谅才是。"

　　乔老听罢，觉得对联颇佳，释义又恰到好处，不免暗自欢喜。随口道：

"既是兄弟二人，为什么是你一个人来的？"少年道："仙翁有所不知。哥哥文才医术胜吾十倍有余，人品、相貌亦均属上乘，只可惜有疾在足，走远路多有不便，故此在下只身前来。"

乔老深感少年诚实可信，便道："我意已准，只是令兄不在当面，还需见后方能定夺，请叙其三吧！"少年也不推辞道："这其三是'双'为数，必对以数，又只能对以'二'。'花'既是一对姐妹，'丑'必将是一对兄弟。红绿乃颜色对，自不必说了。往日众多来访者均是单来独往，当然对不出下联。方才仙翁面带愠色，想必也是因我只身前来之故吧？"乔老听了，心中甚是欢喜，立即命下人抬轿去接吴枸前来。

原来，吴枸、吴杞兄弟住在绵山脚下，也是医药世家。哥哥幼时随父上山采药，不慎跌伤，脚从此残疾，此后便常年在家中攻读诗书和医书，才学医术均有很高的造诣。弟弟虽不善文墨，却喜欢种药、采药，兼种粮田，故而黝黑、健壮。几年前，父母双亡，兄弟俩相依为命。当听得太谷县乔家赘婿之事时，哥哥吴枸深思数日，认定已有七八成把握，便教吴杞一一背会言辞，长途跋涉，前去应对。今能如愿以偿，实乃天赐良缘。

花烛之日，前来观看的人特别多。乔老门上贴的婚联正是：

珍珠双花红娘子

枸杞二丑绿宾郎

洞房时，珍姐望着如意郎君吴枸，取笑道：

吴嫁吴嫁枸杞嫁

吴枸一听，非常高兴，脱口对道：

乔婚乔婚珍珠婚

珍姐听后，含嗔说道："我是夸你兄弟贤才，千金难得呢！是'无价无价枸杞价'。"吴枸笑道："是啊，我兄弟正是把今天的婚事看作天赐良缘的呀！我对的是'巧婚巧婚珍珠婚'啊！"珍姐心中高兴万分，也就不再难为吴枸了。

鳏夫出联试孀妇

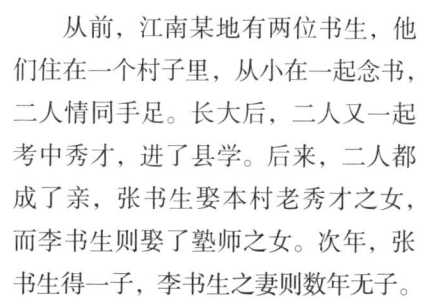

从前，江南某地有两位书生，他们住在一个村子里，从小在一起念书，二人情同手足。长大后，二人又一起考中秀才，进了县学。后来，二人都成了亲，张书生娶本村老秀才之女，而李书生则娶了塾师之女。次年，张书生得一子，李书生之妻则数年无子。

不想，两年以后，疫病流行，张书生夫妇双双染病身亡。临终前，张书生执李书生的手含泪以幼子相托，李书生此后也一直视此子如同亲生。又三年，李书生之妻产下一子，却因产后受风，不久便得病而亡。李书生拉扯着两个孩子，过起了光棍的日子。有心再娶吧，又怕后娘虐待两个幼子；不娶吧，下有幼子嗷嗷待哺，上有年迈双亲无人照应，再说家中没个女人也真不像过日子的。

一天，有位同窗来访，见他日子艰难，便说："我有一表妹新寡，很有文才，有意寻一文士再嫁，兄若有意，弟弟为你们牵线。"李书生道："此事重大，让我考虑两天，三天后去弟弟府上拜访。"同窗走后，李书生就此事去征求岳父意见，岳父说道："你正壮年，续弦本无不可，但如新妇不贤，反害老父幼子受苦，一定要三思。"李书生见岳父有反对之意，只得告辞回家。心中却想道："错过这个机会，难道要我打一辈子光棍不成？"

恰巧，舅父来看妹妹，李书生便向他请教。舅父说："你一个人孝敬双亲抚养子女也太难了，如果女子贤惠，不妨娶回，你妻子地下有知也会同意的。"李书生见舅父赞同，一时没了主意，舅父走后，便又去向父亲请示。父亲说："孀妇再嫁，古有先例；鳏夫续娶，理所当然。"

李书生见父亲也支持，心中高兴，但转念一想，岳父的话也不无道理，若是新妇生子，她会不会嫌弃前妻和张书生之子呢？为这事他非常痛苦，整整想了两天，忽然想出了一个主意。第三天，他去同窗家中说："听说此女很有文才，我有一上联，她若对得好，

此事就烦兄玉成；若对不好，只得作罢。"说完，递上一个信封，请同窗转交他的表妹。同窗表妹拆开信封一看，里面写的上联是：

  岳父舅父生身父　三心二意

李书生家的情况她早从表兄口中知道得一清二楚，心中明白他的意思，便提笔写道：

  义子继子亲生子　一母三雏

李书生接到女子下联，欣喜若狂，答应了这门亲事。婚后新妇果然贤惠无比，对公婆如同亲生父母，视继子犹如亲生子女。

郑板桥应对驱恶霸

清代扬州有个姓张的恶霸，外号"张老虎"。他仗着在京城做官的舅舅的势力，在地方上欺压百姓，横行霸道。他在运河边建了一座花园，经常

和一帮不学无术的文人乘船在河面上饮酒作乐，霸占住河面，不让过往船只通行。有人有急事请求让路，他就故意刁难，言称谁要想过去，必须对个对联，否则就一直等下去。等一天还是两天，由"张老虎"说了算。"张老虎"对子的上联是：

吃墨看茶听香读画

据说这是"张老虎"家的一位清客，少年时从他先生的对联里弄来的。这一上联乍看起来好像不难，但仔细推敲却极难对出。对子里的每件事似无理却又极有理，似不通却又极有神韵。

这件事传到郑板桥的耳朵里，他很气愤，决定要惩罚这个恶霸一下。他扮成渔翁，划条小船，唱着渔歌，来到"张老虎"霸占的河面上。"张老虎"的爪牙一见小船，便出来拦阻。"张老虎"走出船舱，高声说道："老头儿，你要过去吧，可知你家张大爷的规矩吗？"

郑板桥说："知道，知道！不就是对对子吗？你那对子我们渔人对起来可容易了！""张老虎"以为渔翁口出狂言，冷笑着说："好，你若能对出，大爷我便把这河岸的花园拆掉，不再到这河上来玩乐了，若对不出来，可别怪我张大爷对你不客气。"

只听得郑板桥答应了一声"好"，便高声对道：

吞风卧露喝月担云

"张老虎"与这帮闲文人一听，顿时无话可说，便灰溜溜地让开了河道让郑板桥过去。郑板桥说："从今以后你不能再在这里挡道了！""张老虎"一打听，知道了这渔翁便是郑板桥，只得老老实实拆掉了河边的花园，再也不敢来河上横行霸道了。

谜语故事

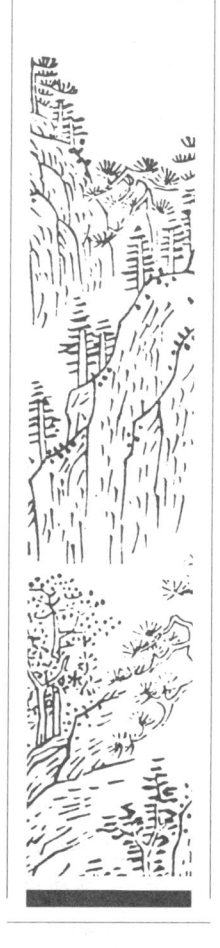

鲁班考孔圣

孔子有七十位弟子。颜回是孔子最得意的门生。

古时候,字都刻在竹板上,颜回读了许多书,也学会了作文章,很想帮助老师著书立说,但他刻字的速度却很慢,于是,颜回便请来当时有名的木匠鲁班替他刻。鲁班手艺高超,他一边听颜回念,一边用凿子刻,又快又好,不久就把竹板都刻完了。

书刻完了,鲁班说:"孔子好是好,就是不爱劳动,种田做工的事都不行,因此,我不太赞成他!"颜回说:"孔子学问很高,他每天讲学,根本没空做工……"鲁班说:"孔子学问高,我刻个字他若认得,我也拜他为师。"颜回说:"已经没有竹板了,你就说怎么动凿子就行,说不定我都认得!"鲁班说:"竖凿六下横凿九下。"颜回听了目瞪口呆,想了半天也没答出来,就去请教孔子。孔子说:"鲁班要答案有没有规定期限?"颜回说:"他临走时只伸了三个手指头。"孔子问:"三年?"颜回摇摇头说:"不能这么长吧!""那么三个月吧?""也太长了吧!"孔子说:"那他是叫我们在三日内回答他吧!"第三天,鲁班问颜回:"孔子猜到没有?"颜回把他同孔子的对答从头至尾讲了一遍。鲁班说:"他到底学问高,猜对了。"可颜回仍然蒙在鼓里。

请您猜猜鲁班要刻的是什么字?

谜底:"晶"字。

伍子胥猜谜

据说战国时期,文武双全的伍子胥,初次上朝时,在殿前刚举完千斤鼎,君主又传谕试文才。结果,满朝文武都论不过他。这时相国就给他出了个字谜:

东海有大鱼,无头又无尾,
丢了脊梁骨,一去直到底。

伍子胥当即答了出来,接着他又回敬相国一个字谜:

出东海,入西山。
写时方,画时圆。

其实谜底都是一个,却难住了相国。猜一猜是什么字?

谜底:"日"字。

魏文侯送衣召子

公元前397年,魏国国君魏文侯年老多病,太子却一直驻守在外。京城人心浮动,朝中大臣担心魏文侯死后会发生内乱。魏文侯自己也想到了这一问题的严重,便想尽快让太子回京,但没有一个信得过的人去送信。

后来,魏文侯终于想出了一个办法。他派遣手下大臣臧唐给太子送去一箱衣服,并要臧唐一定要在鸡叫时到达。臧唐按照魏文侯的吩咐准时见到了太子,太子打开衣箱,只见里面所有的衣服都颠倒放置。他看了一会儿,不知什么意思,又经过仔细思考,终于悟出了道理,就命臧唐赶快驾车一同回京。臧唐急忙说:"我出京时,文侯并没有说让殿下一同返京呀！"太子说："我父王送我衣服并不是因为我寒冷，就是要我赶紧回京。"太子这样一讲，臧唐更加糊涂了。

太子星夜赶回京城。魏文侯见儿子回来了，知道儿子猜到了自己的意思，非常高兴。不久，魏文侯死了，太子当了国君，就是魏武侯。

谜底：《诗经》有"东方未明，颠倒衣裳。颠之倒之，自公召之"之句。文侯用此诗句暗示儿子赶紧回京。

汉武帝猜谜评谜

相传东方朔博学多才、才智过人，尤其喜欢猜谜。汉武帝经常叫东方朔上殿猜谜做游戏。

汉武帝手下有一掌管宫中之事的郭舍人，人称郭大人。郭大人身材瘦小，不吸烟，却很爱吃肉。由于职责所在，他常在夜间出来巡视宫廷。这位郭大人也很喜欢猜谜，并且经常和东方朔斗谜。

有一年夏夜，汉武帝和东方朔、郭大人三人在庭中乘凉。郭大人要和东方朔打赌斗谜，请汉武帝做公证人。郭大人出了这样一个谜：

　　客来东方，歌讴且行。
　　不从门入，逾我垣墙。
　　游戏中庭，上入殿堂。
　　击之拍拍，死者攘攘。
　　格斗而死，主人被创。

东方朔一听，不仅知道这谜的谜底是什么，而且知道郭大人是借谜来讽刺自己的。于是他不甘示弱，马上回敬：

　　长喙细身，昼匿夜行。嗜肉恶烟。

　　最惧拍扣。臣朔愚憨，名之曰蟁。

郭大人一听，既佩服又气恼。因为他知道东方朔不但猜中了，而且以谜还谜讽刺了自己一下，故而一言未发。

汉武帝听得一清二楚，不禁也谜瘾大发，就说了六句话，既是猜谜，又是以谜评谜，结束了这场斗谜。这六句话是："好凶好凶，斗嘴英雄。难听难听，赶快收兵。免遭不测，各自西东。"

您知道这三个谜语都指的是什么吗？

谜底：三个人的谜底都是蚊子。"蟁"字是古代"蚊"的异体字。

诸葛亮病危发兵

三国时，司马懿听说诸葛亮病危，不久将死，但不知是真是假，不敢轻举妄动。他就命夏侯霸领一千人马去五丈原探哨，临行嘱道："若蜀兵怕扰，不敢出战，诸葛亮必定病入膏肓，吾当乘势进击。"

蜀军营帐内，诸葛亮吐血不止，昏倒在地，半响才苏醒过来。姜维入帐告急："魏兵将至，我军将士出战还是固守，请丞相决断！"诸葛亮非常清楚司马懿的意图，可张不开口。只见诸葛亮朝姜维点点头，缓缓伸出手来把头上的帽子丢在地上，随后又昏迷不醒。姜维对着帽子沉思了一会儿，猜中了丞相丢帽子的意图，即令魏延引兵杀出营寨。夏侯霸一见魏延率兵杀出营寨，急忙率领将士后退，并速告司马懿，诸葛亮还健在。

您可知道诸葛亮把帽子丢在地上的意图何在？

谜底：诸葛亮将帽子丢在地上，意思是"丢"字去掉上面的一撇，成了一个"去"字，即命令姜维速去迎战。

张飞卖小猪

据说张飞曾卖过小猪，是个粗中有细的人。

一天，张飞挑着两筐小猪来到市场上卖。刚放下担子，就有一个红脸大汉走来说："我要买你两筐小猪的一半零半只。"

红脸大汉话音刚落，又走来一个黑脸大汉说："你如果卖给他，我就买剩下的一半零半只。"

还没等张飞答话，又挤过来一个白面书生说："你如果卖给他俩，我就买他俩剩下的一半零半只。"

张飞一听，两眼圆睁，怒上心头，心想：小猪哪有卖半只的，这不是存心欺侮俺老张吗？刚要动粗，但又仔细一想，又答应了。结果张飞照他们三个人的说法卖，小猪正好卖完。

您知道张飞一共卖了多少头小猪，他们三人各买多少头吗？

谜底：共卖七头小猪，红脸汉四头，黑脸汉两头，书生一头。

曹操咏鸟考子

一天，曹操带着儿子曹丕、曹植，策马郊游，观赏丹枫金菊。曹操抬头看见天空中一群群大雁纷纷飞向南方，感叹不已。曹操顿时心血来潮，想以鸟雀为题，出个字谜考考两个儿子的才学。能诗善文的曹操，捋须沉吟了一会，突然挥手指天，吟出四句：

　　一对候鸟秋空飞，
　　公的瘦来母的肥。
　　一年四季来一次，
　　月月见人啼三啼。

弱冠之年的曹丕，苦思冥想良久，也解不了。天生聪敏，才高八斗的小曹植，只琢磨了片刻，便答出了谜底。

曹操听后大喜，从此对他十分宠爱，并一度欲立曹植为太子。

您能猜出这四句诗暗含一个什么字吗？

谜底："八"字。

曹操修门难匠人

三国时期曹操新建了一座府邸，

于是请几位木匠来修门。当木匠师傅来到府邸时，曹操却出府办事去了。家人不知曹操想把门改大还是改小，感到束手无策。

这时有个眼尖的木匠突然发现门当中写着"活"字。家人说，这是曹操亲笔书写的，但没人知道是什么意思。

这时，有位老师傅忽然醒悟过来。他对大家如此这般地一讲，师傅们都心领神会，立即动手修门。

木匠们修好门，刚走出府邸，曹操就回府来了。他缓步走到新修好的门前站定，捋捋胡须满意地笑了。

请问，曹操写这个"活"字是什么意思？

谜底："阔"字。

自无一是

一年春天，江南才子祝枝山在家里宴请朋友，并邀请朋友们观赏他家后花园里的牡丹花。园子里牡丹盛开，五彩缤纷，雍容华贵，艳丽芬芳，令宾朋陶醉。

席后，大家一边饮茶，一边高谈阔论，谈论最多的自然是牡丹花，祝枝山提议大家各抒己见，评出牡丹花中之魁。一时间，文朋诗友雅兴大发，有的说姚黄最为富丽，有的认为魏紫应是上品……溢美之词，不绝于耳。

这时，唐伯虎说："依晚生看来，园中牡丹，百无一是！"

此言一出，满座皆惊，想不到这位诗画大师对满园多姿多彩的牡丹花竟全盘否定，无一看得上眼，令人失望。

祝枝山明白唐伯虎的话，随口附和说："贤弟说得对，自无一是，自无一是！"

众人以为这是祝枝山自找台阶收场，岂料，一位文人点破了唐伯虎和祝枝山的话。原来二人所说："百无一是""自无一是"有异曲同工之妙，肯定了牡丹是花中之魁。众人恍然大悟。

字谜："白"字。

小妹制谜难姐夫

南朝梁代的文学家刘孝绰，兄弟及子侄数十人都能诗善文。他的三妹令娴，满腹经纶，世称刘三娘。后来刘孝绰罢官回家，在门上题诗道："闭门罢庆吊，高卧谢公柳。"令娴看后，在后面续了两句："落花扫仍合，聚兰摘复生。"传为佳话。

相传有一天令娴的大姐夫、二姐夫来看望刘孝绰，几个人在一起饮酒作诗。两个姐夫素知三妹有才，二姐夫便出了一个诗谜让令娴猜，诗谜曰：

竹做栏杆木做墙，
只关猪来不关羊。
三个小子来捉猪，
吓得猪儿乱撞撞。

令娴嫣然一笑，不加思索地说出了谜底。二姐夫点头称是。

接着，刘令娴也出了个字谜让二姐夫猜：

砍去左边是树，
砍去右边是树。
砍去中间是树，
只有不砍不是树。

二姐夫猜了半天也没有猜出来。你能猜出这两个谜吗？

谜底：算盘、"彬"字。

冯梦龙的谜语

明代文学家冯梦龙饱读诗书，多才多艺，由于他放荡不羁，被人称为"天才狂士"。

一天，冯梦龙来到吴江，和好友叶仲韶（也是当时的才子）一同在街头闲逛。走到一个测字摊前，冯梦龙见围着许多人，灵机一动，便出了一个谜让叶仲韶猜，谜面是：

上无半片之瓦，下无立锥之地。
腰间挂个葫芦，口吐阴阳怪气。

叶仲韶思考一会儿，笑着对冯梦龙说："学上大人不愧是制谜高手，才思敏捷，你看那边围着许多人，就让我猜一个字说完写出了这个字。"

冯梦龙点头称是，佩服叶仲韶的才学。

谜底："卜"字。

比珍珠更有价值

元朝顺帝时，财政大臣叶尚文非常关心百姓疾苦，能体察民情，一向政绩斐然。

一天，从西域来了一伙商人，带来一批西域特产，另外带来一颗珍珠，索价八十万两银子。宰相是一个古玩爱好者，对这颗名为"耶忽大珠"的稀世珍宝垂涎三尺，暗示叶尚文将它买下。

叶尚文笑着说："区区一颗珍珠竟有如此价钱，买下又有何用？"

宰相抚摸着胡须回答："你有所不知，这种珍珠放在口中会生津止渴，放在脸上按摩，能令人容光焕发，真乃稀世之宝。"

"这算不得稀世珍宝。"叶尚文不以为然地说，"一颗珍珠只能供一人玩赏，天下有一种更珍贵的东西，它可以使百姓安居乐业，天下太平，比起这颗珍珠不知要贵多少倍！"说着，提笔在纸上写了两行字：

黄布袋，包珍珠，秋天一到遍地铺。

宰相一听，心领神会，于是打消了买下这颗珍珠的念头。请您猜猜谜底是什么？

谜底："稻谷"。

谜底相同

苏东坡的妹夫秦少游很有学问，是个猜谜的高手。一天，秦少游和苏氏兄妹一起闲聊，不远处传来一阵阵锯木声，不由得触动了诗兴，秦少游提出一起来猜谜，于是他首先说道：

　　我有一间房，

　　半间租给转轮王。

　　有时射出一线光，

　　天下邪恶不敢挡。

苏小妹接着说：

　　我有一只船，

　　一手摇橹一手牵。

　　去时拉纤往，

　　回时摇橹还。

苏东坡听了，笑着说："你们一个有房，一个有船，为兄寒酸，只有一张琴。这便是：

　　我有一张琴，琴弦腹中藏。

　　对着树木弹，专引锯木声。

请您猜猜这是什么？

谜底：墨斗。

一寸佳人

从前，有家古董店的老板是一个制谜能手，喜欢出一些谜语供人猜。有一年正月，老板特地从古玩中拿出一个玉人儿放在桌子上，作为实物谜要大家猜一个字，谁猜中了，便将玉人送给他。

玉人儿长一寸左右，玲珑剔透，令人爱不释手。一时间，人们趋之若鹜，都想碰一碰运气，却没有一个人猜中，转眼十多天过去了。一天，一个书生模样的人来到这里，端详着桌子上的玉人，想了一会儿，便伸手想将玉人拿走，老板急忙上前阻止，说："且慢，你必须猜中谜底，才能将玉人拿走。"书生一把将玉人抢来揣在怀中说："我的这一动作已表示出来了你要猜的字了。"围观的人大感不解，老板笑着对大家说："他已猜中，这玉人属于他了。"请您猜猜是什么字？

谜底："夺"字。

刘伯温画谏朱元璋

朱元璋称帝之后，需要处理很多国事，其中一件就是封官行赏，对于那些跟随朱元璋打天下，立下了汗马功劳的文臣武将封赏比较容易，而对自己的亲戚朋友，朱元璋却发愁了，因为这部分人沾亲带故，人数众多，如果都封个一官半职，岂不成了见者有份，无功受禄；如果有所得罪，势必背后受到指责，落个六亲不认的骂名。为此，朱元璋进退维谷，拿不定主意。

这时军师刘伯温体察到了他的矛盾心理，欲直言进谏，又恐惹怒了朱元璋，左思右想，便画了一幅画进献给朱元璋。朱元璋仔细观赏着，画上画着一个男子，头发蓬乱如麻，一束束的头发上顶着一顶顶小帽子，除此之外，并无其他。朱元璋百思不得其解，为何刘伯温送他这样一幅画。夜深了，朱元璋仍在灯下仔细琢磨着，终于领悟了刘伯温送的这幅画的含意。

朱元璋当机立断，只封有功之臣，不封亲戚朋友为官。请您猜猜此画是什么意思？

谜底：此画意思是冠（官）多发（法）乱。

小姐出谜难书生

明朝天顺年间，一位王员外有一千金小姐，年方二八，长得国色天香，楚楚动人，而且文才出众。王员外想将小姐许配于人，登门求亲的人络绎不绝，然而没有一人能合小姐的心意。因为小姐喜欢猜谜作对，便出了个谜让人猜，猜中者以身相许。然而小姐的谜语一时无人猜出，一个个只好乘兴而来，败兴而归。

过了一些日子，一位读书人上门求婚。小姐见他年轻英俊，端庄大方，谈吐不凡，芳心欲动，便说出谜语让读书人猜。小姐的谜语是：

下朱楼奴只好焚香去卜卦，天欲明还不见人儿归家，想玉郎全无一点实心话，罢（罢）罢罢欲罢不能罢，吾只得把口哑，论交情原本不差，皂谣歌遭了许多不白话，分离时心中如刀割，鸠鸟儿一去不回家。

书生乍一听也觉得难解，他冷静地思考了一会儿，才知小姐的谜语十分有趣，每句话猜一个字，便将谜底说给小姐听。

小姐见书生猜出了谜语，心中大喜，含情脉脉地应允了婚事。你能猜出谜底吗？

谜底："一、二、三、四、五、六、七、八、九"九个数字。

一字千金

唐朝乾封二年中，文学家王勃在洪都滕王阁挥笔写下：

闲云潭影日悠悠，
物换星移几度秋。
阁中帝子今何在？
槛外长江自流。

王勃有意空下一个字不写，将诗文呈上，佯笑而去。

都督阎伯屿甚觉惊奇，迷惑不解。在座的人有的猜是"水"字，有的猜是"独"字，但阎都督总觉得不对头，于是派人赶往会馆，请王勃重返滕王阁，将这个缺字补上。

赶到驿馆，王勃的随从书童拦住他们："我家公子有言，'一字值千金'，望都督海涵。"来人将此话传回去，阎都督想：自古人才难得，我应礼贤下士，于是备好千两银子，亲自率领文人们赶至驿馆求教。

王勃出来迎接，故作惊慌，拱手笑着说："区区小事何劳都督大人亲自出马，我不是早已把字都写全了吗？"于是把那个字说出来，众人恍然大悟，无不称妙。

阎都督嘻嘻一笑，说道："一字千金，果是奇才！"

你能猜出是什么字吗？

谜底："空"字。

猜灯谜

正月十五元宵节举行猜谜晚会。某制谜者在一张椅子的后脚两旁各竖一根竹竿，一根上面挂着一个脸谱，一根上面挂着一百文钱，中间悬着一个横额，上面写着："以左右二物为谜面，猜一俗语，猜中者以一百文钱相赠。"猜谜者众多，围得里三层外三层，众说纷纭，就是没有一个人猜中。这时只听见一阵吆喝声，叫众人闪开，走来的是一个官员模样的人，他走到椅子边，二话没说，伸手就去扯竹竿上挂着的一百文钱，在手掌中掂了掂，转身就走。猜谜者见他那副凶相，都纷纷抱不平："哼，没本事猜，还想把钱抢走！"这时制谜者却笑了笑，当着围观众人的面大声解释说："诸位，你们误会了，这一百文钱应该归他所有，他猜中了。

你知道是什么意思吗？

谜底：要钱不要脸。

丫鬟难倒先生

从前有位教书先生，自命不凡，一贯瞧不起平民百姓。

一天，他去拜访远乡的员外。丫鬟开门见是个老夫子，便有礼貌地问："请问先生高姓？找我家老爷有何贵干？"

先生傲气十足，故意卖弄地吟道："老夫本姓'十字路口，嫦娥路边走'。"聪明的丫鬟立即明白过来，笑了笑说："啊，先生姓胡。"丫鬟心想，你存心要难为我，我也要难为你。于是她笑着说："也请先生猜一猜我姓什么，猜对了就让你进去见我家老爷，猜不对就别想进门。你听着，一点一画，二点又一画，目字少一画，上字无下画，己字画三画。"哪知道先生想了老半天，也未能猜出丫鬟出的谜，羞得无地自容，只好灰溜溜地走开了。

请您猜猜丫鬟姓什么？

谜底："龙"字（"龍"的繁体字）。

半个鲁

从前有两个朋友，是一对吝啬鬼，但又十分客套。一天，甲向乙发了张请帖："明日中午请到寒舍吃'半个鲁'。"乙接到请帖，琢磨不透"半个鲁"是什么菜。次日，乙起床也不吃早饭，饿着肚皮，想做客时大吃一顿。谁知到了甲家，端上桌的却是一条很小的鱼。甲对乙说："别客气，请吃'半个鲁'！"乙这时才明白过来，原来"半个鲁"是"鱼"。乙憋着一肚子气，饭也不吃回去了。过了几天，乙也写了份请帖回敬甲，请帖上也写"半个鲁"。骄阳似火的七月，特别炎热，火辣辣的太阳当空挂着。甲一大早就来到乙家，只见乙已把饭桌摆在大院的天井中，上头没有遮盖，甲只好汗流满面地坐在桌旁等待。等呀等，晌午过了还不见乙端鱼上桌。心里好不纳闷，感到奇怪，乙这时笑眯眯地从屋里走出来，对甲说："请呀，别客气，请吃'半个鲁'！"甲这时才恍然大悟。

你猜到乙是什么意思了吗？

谜底："日"字，让甲来吃太阳。

先生考门生

一位年老体弱的私塾先生，准备告老还乡。一天，他备置一桌酒席，唤来自己的三个得意弟子，酒席间，先生说明请三个弟子来的意图。酒至半酣，老先生捋了一下自己的山羊胡子，大笑一阵后说："为师教了大半辈子书，两袖清风，也没有什么事情放不下心，你们三人都是我一手栽培出来的，各自学有专长，老朽年纪大了，现已力不从心，为此我想从你们三人中，选择一个继任塾师。为师先考考你们，看谁才思敏捷，聪颖过人，老夫便将教鞭传给他。"说罢，拿出三张早已准备好的试卷，分发给三人。

三个弟子展开一看，只见上面写着十四个字：

一女牵牛过独桥，
夕阳落在方井上。

大弟子一看洋洋得意，灵机一动，以这几个字为题，写了一篇数百言的八股文章，二弟子自作聪明，也作了一篇《落日赋》。

只见那年岁小的三弟子，两手拢在袖管内，坐在那里至交卷时未动笔墨，待先生收卷子时，才拿笔在纸上写上自己的名字——李伯龙。

先生看完卷子后，将教鞭传给了第三个弟子。

你知道是什么意思吗？

谜底："姓名"，原来先生出的是一则谜语。

祝枝山猜谜

明朝时期，江南四大才子之一的祝枝山，很喜欢唐伯虎的水墨画，绞尽脑汁想请唐伯虎为他画一幅水墨观音图。

一天，祝枝山风尘仆仆地登门拜访唐伯虎，并说明了来意。

唐伯虎笑着对祝枝山说："祝兄要一幅画并不难！然而有个条件，今日要画，先得猜一个画谜，如果猜中了，水墨观音图立刻画好送给你。"

祝枝山听后，心里很高兴，便满口答应。

唐伯虎来到斋室，提笔画了一条浑身长满黑毛的狗，让祝枝山猜一字。

祝枝山站在画前，仔细思考了片刻，便提笔在纸上写了一个字。

唐伯虎看后点头微笑，祝枝山站在那里一言不发。

唐伯虎见祝枝山猜中画谜，立即画了一幅水墨观音图送给祝枝山。

你能猜出故事中的画谜谜底吗？

谜底："默"字。

智取玉雕

从前有个姓王的雕刻老人，仅有一个女儿。转眼间，女儿已到了出嫁的年龄，老人想为女儿找个聪明能干的丈夫，一方面了却自己的心愿，另一方面想把自己的雕刻手艺传给女婿。

这一年正月十五，老人邀请村里的亲朋好友来家里聚会，当着众人把一只玉雕的玲珑小盒放在盘子里。他指着精雕细刻的玉雕盒说："这是一则字谜，谁能准确猜中的话，我就把我的女儿许配给他。"

众人看着这精致的小盒，都称赞老人的手艺高超。这时，人群中走出来一位英俊的小伙子，他左手把盘子放在地上，右手托着玉雕盒举过头顶转身就走。

老人连忙叫住这位青年，说："小伙子，恭喜你！你就是我的女婿了。"

众宾客都露出惊讶的目光。

你能猜出这个谜底吗？

谜底："拿"字。

明太祖为牛贩写春联

明太祖朱元璋不但喜欢写春联，

而且号召百姓过年贴春联，以增添节日的喜庆气氛。

一年除夕夜，朱元璋带上文臣，微服出巡，察看百姓贴的春联。夜深人静，正好路过一家姓牛的牛贩子家门口，见这一家未贴春联，朱元璋便进屋问明缘由。原来，牛贩子因忙于做生意，归来已迟，此时，正请一位私塾先生为他写春联呢。

私塾先生想了几副春联，可牛贩子都不大满意，时候不早了，两人还在斟酌。

朱元璋小时候放过牛，加之牛贩子又姓牛，他稍加思索，就想出了一副佳联。朱元璋写的是这样一副春联：

满堂生无底

全家午出头

私塾先生在一旁拍手称好，而牛贩子却莫名其妙。等朱元璋走后，私塾先生慢慢说出缘由。这时，牛贩子也高兴得合不拢嘴，于是就高高兴兴地把春联贴在大门上。

你能猜出朱元璋是什么意思吗？

谜底：上下联谜底都是"牛"字。

王冕猜字

元朝著名的画家、诗人王冕，小时候家里很穷，十岁时母亲就送他到财主家去放牛。财主一看，是个小孩，还不懂事，就对他的母亲说："这孩子年纪小，干不了啥活。这样吧，我们立个字据，先试一年，如果干得好，能解答我提出的问题，就发给一年的工钱，第二年继续在我家干；如果回答不出我所提出的问题，我不但不给工钱，还请你另找户主！"母亲听了此话，犹豫不决，王冕说："母亲！不要犹豫！尽管照字据内容办就是了。"于是，双方在字据上画了押。

王冕把财主家的牛养得膘肥体壮，转眼到了年底，王冕去向财主索要工钱。财主本应按合同办事，但却故意刁难王冕，要讲一个故事谜，让王冕猜一个字。王冕说："你讲吧！"财主说："从前有一伙穷孩子在挖地，忽然挖到一块有花纹像篮盖的东西，可谁也认不出是啥东西。当时有人把它放到水里洗了洗，大家才看出原来是一块玉璧。大伙叫道：'是块宝贝呀！我们每人分一块吧。'于是就把玉璧砸碎了，一人分了一块。可是，他们却不懂，这块价值连城的玉璧一旦砸碎了就分文不值。结果，这伙穷人仍旧是两手空空。"

王冕听完财主讲的故事，立即就用水在桌上写了一个字。财主无话可说，只好把一年的工钱如数付给了王冕。你能猜出王冕写的是什么字吗？

谜底："贫"字。

陆游出谜教子

南宋杰出爱国诗人陆游，一生创作了大量的诗词，抒发政治抱负，反映人民疾苦，批判当时的封建统治，表现出渴望国家统一的强烈感情。

陆游晚年闲居老家越州山阴，还时时挂念国家大事。

一年，陆游的次子陆子龙赴吉州

任职，陆游为儿子饯行。酒宴上，他谆谆告诫儿子，要爱国爱民，自立自强。酒酣耳热之际，陆游诗兴大发，吟出四句来告诫儿子：

　　头戴四方帽，
　　身背一张弓。
　　问君何处去，
　　深山捉大虫。

儿子才思敏捷，立刻便向父亲鞠了一躬，说："父亲，孩儿一定铭记您老人家的教诲。"你能猜出陆游告诫儿子的是什么吗？

谜底："强"字。

一方素帕寄相思

杨慎是明朝正德年间的状元，他才思敏捷，除精通"四书五经"外，对俚曲谜语也很有研究，他的妻子黄娥也是一位知书达礼、能诗善曲的文学家。

杨慎在仕途上很不顺意，正德皇帝死后，嘉靖皇帝即位，杨慎被贬谪至云南永昌。当时，朝廷腐败，奸臣当道，大兴文字狱。

杨慎一去多年，黄娥日夜思念远在边关的丈夫，想捎信问候，然而又怕招来横祸。只得托人捎给丈夫一方白丝绢，将万语千言寄托在上面。

杨慎接到妻子托人捎来的白丝绢，心中感慨万分。可是，打开一看，一个字儿也没有，他翻来覆去地看了许久，终于猜出妻子的无限情意。妻子黄娥的这则空白谜面，杨慎用一首诗写出了谜底。

杨慎在《素帕》一诗中写道：

　　不写情词不写诗，
　　一方素帕寄相思。
　　郎君着意翻复看，
　　横也丝来竖也丝。

你能猜出其中的意思吗？

谜底："丝"与"思"谐音，杨慎夫妇用谐音表达对双方的思念。

皇帝招贤解字

古代，北方匈奴常常举兵侵犯中原，妄图吞并中原来扩张自己的版图。

一年，匈奴又要进攻中原。匈奴首领首先派人送来一张"战表"。皇上展开一看，"战表"上只写有"天心取米"四个大字，苦想半天，怎么也不解其意。无奈，皇上只得张榜招贤。可是，满朝的文武大臣竟没有一人能破解，皇上又令人将告示贴在城门口。这时，京城有位名叫何瑭的小官看完告示后说，他愿为皇上献上退兵之计，皇上连忙宣何瑭上殿。

何瑭在殿上指着"天心取米"四个大字对皇上说："天者，指吾国也；心者，指中原也；米者；指皇上也。不得了！这'天心取米'就是要夺我江山，擒拿皇上。"皇上急忙问："那怎么办呢？"何瑭说："皇上别急，我自有退兵之计。"说着，何瑭在四个字上各添上一笔，将原信又送回匈奴。

匈奴首领原以为中原不敢应战，拆开信一看竟吓得浑身发抖，也不敢轻易出兵了。

你能猜出何瑭改成了四个什么字吗？

谜底：未必敢来。

巧骂和珅

清朝乾隆年间，大贪官和珅为了自己享乐，不惜用几百万两白银在沧州修建了一座规模宏大的花园。

花园建好了，和珅为了拉帮结派，便请了不少朝廷官宦和地方恶霸来园中作乐、庆贺。正当庆典达到高潮时，乾隆皇帝最宠信的大臣、大学士纪晓岚南巡结束返京路过沧州。

纪晓岚本来就对和珅的结党营私、专横跋扈深恶痛绝。他听说和珅在搞建园庆典，便想去看个究竟。

纪晓岚一到，和珅自然不敢怠慢，左一个"大人"，右一个"大人"。纪晓岚见花园建得十分豪华，庆典搞得乌烟瘴气，心里很不是滋味。这一切和珅也看在眼里，为了讨好纪晓岚，和珅请他题写匾额，纪晓岚看看眼前这一片茂密的竹林和亭阁，再看看和珅身后那一群贪官污吏，灵机一动，欣然提笔，题写了"竹苞"两个大字。《诗经》里有"竹苞松茂"的诗句，和珅乐得眉飞色舞，佩服得五体投地。

不久，东阁大学士、宰相刘墉回乡探亲，路过沧州，看了这两个字后掩鼻直笑，对左右随从说："骂得好。"

你知道纪晓岚是怎么骂的吗？

谜底：将"竹苞"拆开读作"个个草包"。

教师戏贪官

从前有个私塾先生，专为百姓打抱不平，常替百姓打官司，经他手就告倒了十多个贪官污吏，知府十分恼火，于是将他传到衙门问道："你为百姓鸣冤告状，图个啥？"

先生说："图的就是正义二字。"

知府说："假如我东厢房里有金钱美女，西厢房里有'正义'，你挑哪一样？"

先生毫不犹豫地说："我要东厢房的金钱美女。"

知府一听大笑："听这话就知道你不是个好人，如果是我，一定要西厢房的'正义'"。

先生说："我和大人不一样，我有的是正义，恰恰缺少金钱美女。你有的是金钱美女，恰恰缺少正义，所以我们想要的也就不一样了！"

从上故事打一个四字成语。

谜底：各取所需。

孔子劝顽童

孔子和众弟子乘坐马车到一个地方讲学，见前面有两个顽童坐在路中间玩耍，子贡赶紧停住车，大声嚷道："你们这两个顽童快让路，这是孔夫子的车！"孔子连忙喝住子贡，下车对顽童客客气气地说："我们有要事在身，借个路让我们过去吧！"

一个顽童问："你们有什么要事呀？"

孔子捋须笑答："周游列国，讲学

传道。"

另一个顽童接着说："那你这个老先生一定是有本事和才学的了？"

"不敢当，不敢当。"孔子连声说道。

那个顽童接着说："我问你四个字！"说罢唱道：

一点一点分一点，
一点一点合一点，
一点一点留一点，
一点一点少一点。

孔子本上知天文，下晓地理，且精通文史，顽童岂能难倒他，很快就答出来了。

接着，孔子笑道："老夫也回敬二位小才子四句。"说罢吟道：

一横一横又一横，
一竖一竖又一竖，
一撇一撇又一撇，
一捺一捺又一捺。

孔子见二顽童抓耳挠腮答不出，劝道："还是回学堂读书去吧，别在路上玩耍了。"说罢乘车而去。你知道各是什么字吗？

谜底：汾、洽、溜、沙、森。

项羽长叹

据说秦朝末年，楚霸王项羽被沛公刘邦围困垓下，血流成河，尸横遍野。项羽全军覆没，宠妾虞姬刎颈自杀。楚霸王悲痛欲绝，杀出重围，逃至乌江边上。一位船家劝项羽快快渡江，以图东山再起。谁知此时的楚霸王悔恨交加，深感无脸见江东父老，拒不上船。他含泪将坐骑赶上小船。小船划至江心，坐骑不舍主人坠水而亡。项羽望着阴云惨淡的长天和浊浪翻滚的乌江，顿觉万物皆空，不禁仰天长叹，吟诗一首：

忆当年八千子弟，
到如今只有孤人立，
美人名马化作两点伤心泪。
眼前是江水横流，
扁舟一叶。

这首诗生动地反映了项羽当时的心情，而这种心情又通过这首诗体现在一个字上。

聪明的读者，请你猜猜这是一个什么字？

谜底："愁"字。

孔子出题

据说孔夫子有一天在堂前给学生讲课，在灶下烧火煮饭的颜回和子路却为一个字的读音争执了起来。孔夫子过去为他们作出裁决后,回到堂前,对大家说:我出个谜,谜底就是刚才那两位所争的字。接着,他便念念有词道:"颜回喟然而叹曰是也,子路率然而对曰非也;夫子莞尔曰是也而直在其中矣。"子贡、子张等人,多在"是"呀"非"呀上面琢磨,结果全没猜对。有子却根据"是也而直在其中矣"的提示,猜出这个字。夫子非常高兴,于是当场任命有子担任他的助教。请您猜猜这是个什么字?

谜底:"乜"字。

韩信受书

韩信贫困时,大家都瞧不起他。一天,韩信在城楼下向一位老人请教如何才能求取功名。老人拿出一捆竹简来送他。韩信便问:"不知道这是部什么书?"老人回答说:"《九丘》《八索》,除却两头。"韩信想,"三坟五典""九丘八索"都是传说中的古籍,读这等古书有什么用?正待推辞时,突然省悟到,"九丘八索"除却两头之后,其实是个字。赶紧翻开来看,竟然是当时严禁民间收藏的《孙子兵法》。韩信赶忙拜谢老人,恭敬受书,回家后发奋攻读,终于成为一代名将。请猜猜是个什么字?

谜底:"兵"字。

我是和尚老祖宗

狄青还没有功名时,生活很艰苦,靠背着弓箭去林中打猎为生。树林里有座寺庙,庙里的和尚常借口他杀生渎佛,结伙儿抢他的猎物。有一年元宵节,四乡居民借寺庙办灯谜会,和尚们也挤在人群里凑热闹,狄青见了,就出了个谜让他们猜:

一人身背一张弓,
两支箭儿穿当中。
有人问我名和姓,
我是和尚老祖宗。

和尚们大怒,要捉他去见官,乡里父老也有说狄青出言不逊的。狄青却不慌不忙地说:"这是个字谜,不信我解给你们听听。"接着便说出了缘由。众人听他说完后,都道这个字谜出得妙。和尚们无言以对,只得自认晦气。

请你猜一猜这是个什么字?

谜底:"佛"字。

王冕识字

王冕出身贫寒，从小就替别人打工，每天清早牵一头牛去山坡上放牧。

山坡下有一所村塾，一个老学究教七八个孩子读书写字。王冕经过村塾时，总要扒在窗上羡慕地看上一会儿。日子一长，也偷学了不少字。一天，老学究对学生们说：我出个字谜，考考你们。说罢念道：

四个不字颠倒颠，

四个八字紧相连；

四个人字不相见，

一个十字在中间。

学生们一个个抓耳挠腮，都回答不上来，气得老学究拿起戒尺，要一个个打他们手心。这时，扒在窗上的王冕急了，忍不住大声说出了谜底。

老学究一看是每天去山坡上放牛的小牧童，就立刻把他叫进屋来，板起面孔说："你是哪儿来的顽童？竟敢在学堂大声叫喊！"王冕忙向老学究作揖认错，请求宽恕。老学究说："你再猜一字，若是猜对了，我就饶你。"说罢念道：

四个王字转又转，

四个日字肩并肩；

四个口字紧相连，

四个山字尖对尖。

王冕很快又说出了谜底。老学究转怒为喜，连连称赞。原来，他早就注意到这个"偷学"的孩子了，从此便收下了这个免交学费的学生。

请你猜一猜这两个字是什么字？

谜底："米""田"二字。

刘老汉诉冤

从前，有个靠撑船为生的刘老汉，总被当地土豪欺侮。刘老汉有冤无处诉，便常用歌声来宣泄心中的愤懑。一天，有位观风肃政使扮成了一位客商，乘他的船过江。船到江心时，只听见老汉放开喉咙唱道：

一条木船两根桅，

九只燕子绕船飞。

六只落在桅杆上，

一只直往舱里坠。

还有两只无着落，

木船左右各徘徊。

肃政使仔细想了一下，便对刘老汉说："你有什么冤屈，就对我说吧！"刘老汉一听，知道今天遇上清官了，连忙屈膝跪拜。请你猜猜为什么？

谜底：刘老汉道出一个"悲"字。

李二先生买荔枝

李二先生在外乡当县署文案。有一天乡亲来访，临走时，李二先生陪他到街上南货铺里买了几斤干荔枝，当作薄礼。南货铺的老板知道李二先生穷，就故意打趣说："您老是付现钱呀，还是让伙计回头到衙门里去取？"李二先生笑道：

添土路不平，逢哥成曲调，

开口就有风，见谷就想要。

老板一听，便猜出是个什么字了，只因平常敬重李二先生正派，所以没有道破，只说："好，好！"你能猜出

219

这是一个什么字吗？

谜底："欠"字。

高爽题诗

孙柏是南朝萧齐政权的官员，长得腰肥体胖，因善于拍上司马屁，外放到比较富裕的延陵县当县令。老朋友高爽正处于穷困时期，专程去延陵拜访他，期望得到他的帮助，没料到孙柏面对昔日的老朋友，态度却十分冷淡。高爽见话不投机，作了一揖，便扬长而去，孙柏也没有相送。

高爽满肚子怨气出门，经过县衙大堂时，看见一面新鞔的堂鼓放在那儿。他想了一会，便取出行囊中随身携带的笔墨，在鼓上题诗一首：

徒有八尺围，腹无一寸肠；
面皮如许厚，受打未渠央。

县中衙役见了，都说写得妙，抄下来让人猜谜。孙柏明知道这是高爽借谜底来嘲骂自己，却有苦说不出来。你猜出谜底是什么了吗？

谜底："鼓"字。

红娘索物

张生进京赶考途中，在河中府普救寺里巧遇相府千金崔莺莺，惊艳之际，还捡到莺莺掉下的一件东西。当晚，丫鬟红娘奉小姐之命，前去讨还。张生故作痴呆，反问红娘要讨何物？红娘恼道：

这东西呀，皇帝有，大臣无；

元帅有，将军无；师父有，徒弟无；市上有，集上无；小姐绣帷中有，秀才书房中无。

原来，红娘在用包含法制谜，顺便奚落对方是个书呆子。张生只好认输，乖乖地将东西交了出来。你能猜出谜底是什么吗？

谜底："巾"字，（即手帕）。

县官听讼拟物谜

有个县官应地方士绅邀请，要在元宵之夜参加灯谜会猜。他叫人买来了一盏灯笼，却想不出一条好谜。正为此事大伤脑筋时，来了个喊冤的姑娘，自述与兄嫂一块过日子，今天有人在家门前向其问路，她照实回答了。但嫂子对兄长说她和陌生男人攀谈勾搭，害得她挨了兄长一顿打。县官一边听讼，一边看着没有拟就谜面的灯笼思考，突然灵机一动，当即拟成一条：

你打我知晓，背后有人挑，

因何出门来，为指路一条。

晚上，县官的这条谜语，士绅们都称构思巧妙，谜味浓郁。

谜底：灯笼。

草鞋情

某穷秀才，做了教书先生的女婿。丈人死后，全靠他妻子编织草鞋摆摊叫卖为生。到了乡试的日期，秀才进京赶考，可是秀才一去三年，杳无音信。妻子在家盼星星，盼月亮，最后竟盼来一张休书：原来丈夫三试连捷，已授京官，想要休掉妻子，另攀高门做东床佳婿。父老乡亲们闻讯后，大为不平，自动募集盘缠，资助她去京里找丈夫当面评理。

京城路途坎坷，加上风餐露宿，气急攻心，秀才娘子出门不久，便病倒在一家小客栈中。恰巧，客栈里有个测字先生，听她诉说冤屈后，十分同情，为她请医诊治，开方服药，她这才免于客死异乡。秀才娘子感其救命大恩，拜其为义父。此后，父女结伴同行，终于来到京城。这时，义父才说破自己身份，原来他正是义女之夫会试时的主考，因抡才有功，皇上钦点七省巡按，所以扮成测字先生，微服私访，体察民情。哪料到奉旨抡才，竟选拔了一个富贵忘本的家伙，因而决定回朝之后就上本弹劾，同时帮助义女告御状。

秀才娘子一听，惊喜莫名，但又念及当年夫妻恩爱一场，反过来倒替丈夫求情了，说是只要他承认错误，回心转意，可以既往不咎。巡按大人其实是爱才惜才，听她这么一讲，也就趁风转篷，答应再试他一试，看看他是否真的无药可救了。

且说巡按大人将义女安顿好后，马上央请同僚做媒。那个乖门生听到官居一品的宗师有意招他为婿，喜不自胜，赶快写就八字龙凤庚帖，送上门去。正式订婚之日，其人袍服朝靴，上下一新，满面春风地去巡按府上喝相亲酒。酒过三巡，巡按说，小女有意试试娇客之才，写下一首谜诗在此，等你猜出是何物后，方肯出来相见。这乖门生接过诗笺一看，笔迹很熟，不暇细顾，紧看内容。诗云：

嫩时青青老来黄，

千捶万结打成双；

双双连就同心结，

又被别人说短长。

雨雪泥涂我承当，

何曾移步到兰房。

有朝一日肝肠断，

弃旧恋新抛道旁。

一篇读完，他马上猜出谜底是"草鞋"，更因诗意谜味，触动心事，不由愧从中来，疚悔莫及。就此向宗师跪下，说出自己原籍已有草鞋之妻，含辛茹苦，助他成就功名。只因一时名欲熏心，想攀高枝，这才休妻另娶。幸亏小姐这首谜诗，激发天良，救他于万劫不复。他明日就向皇上告假，准备亲自回乡，重新迎娶原配。

巡按大人见其良心发现，哈哈大笑，马上说破原委，让夫人陪着义女出来相见。夫妻重逢，滋味莫名，做丈夫的百般赔罪，这才得到妻子原谅。

接下来亲事照做，巡按大人以岳丈身份嫁女，他则以一双草鞋做了聘礼。

塾师吃瘪

绍兴名人徐文长，从小在宗祠办的学馆里念书，聪敏伶俐，但调皮捣蛋，不到三年时间就气走了四位先生。不久，族中父老又请来一位老先生，看似木讷，据说降伏"小猢狲"却是一把好手。

果然，三天之后，老先生便让惯于取笑、捉弄他人的徐文长当众出了一次丑。这一日，先生叫学生各制谜语，品评优劣。徐文长一口气作了四五个谜，揭出谜底后，全是同学的绰号，稀奇古怪，惹得众人大笑。老先生不动声色，笑眯眯对他说："你很聪敏，我这儿也有一个谜，请你猜猜。"说着，一字一句，慢慢念道：

傅粉儿郎，一貌堂堂。何曾为貌不扬，借我增光，也不为性轻薄，赖我包藏。却着上我这狐裘黄黄，他就会改换了心肠。

徐文长自从学习制谜猜谜迄今，还没见过这等谜面，沉思老半天，只好认输。老先生嘿嘿冷笑："这也猜不出？这不就是你吗——皮蛋！"

同学们哈哈大笑。从此，徐文长也有了绰号。

制服了调皮捣蛋的头头，老先生马上大立规矩，背不出书打手心，写错了字立壁角，对课出错夹耳朵。天资聪明的徐文长，自然轮不到这类处罚。最厉害的是连学生的大小便也被先生管得死死的——讲台上放着一叠"出恭纸"，学生欲去方便，必须向先生领用"出恭纸"，每领一张，当天要多写一张楷书相抵。偏偏徐文长近来肠胃不好，一天总要领七八张"出恭纸"，为交齐正楷书帖，他累得腰酸背疼，加之"皮蛋"事件，窝了一肚子气，总想找个机会报复。

机会终于来了。老先生又叫学生各制一谜，限定谜底必带一"纸"字。学生有咏"宣纸"的，有咏"皮纸"的，也有咏"蜡纸"的。轮到徐文长时，他也像先生当初那样，一字一句，慢慢念道：

不但命薄，而且粗恶，做文章原不是我，画丹青也难上凌烟阁，将我来分肢解体块块割。有时间急急寻我，偏让我临池磋砣，几回后门经过，把我视如粪土同消磨。

这等拖泥带水的谜面，老先生也

没见过多少，反复琢磨，猜不出谜底，便让徐文长先自揭谜底，然后处罚。徐文长嘿嘿冷笑："这也猜不出？这不就是你吗——出恭纸！"

同学们哈哈大笑。连老先生回味起"偏让你临池磋砣"这一句，亦觉妙不可言，只得认输。从此，大家背底里都叫他"出恭纸"。他知道后，自感再无尊严可言，便自己卷铺盖回家了。

才女试新郎

南宋著名女词人李清照，不仅风姿绰约，才貌双全，且善制佳谜。

花烛之夜，李清照想试试新郎解诗破谜之才，于是双眸含情地对赵明诚说："素闻官人抱玉怀珠，才华横溢，我愿当面领教。"说罢娇声而吟：

三面有墙一面空，
妙龄裙钗住其中；
有心和她说句话，
可恼墙外有人听。

接着掩面戏嗔："郎君倘猜不中此谜，今晚请往厅堂独度良宵。"

才思敏捷的赵明诚，思虑了片刻，嘻嘻一笑，取过文房四宝，悬肘落笔写了个字，然后双手捧上："娘子，不才交卷了。"

李清照看罢，嫣然一笑，妩媚生采，让新郎进了洞房。

你能猜出赵明诚在纸上写了个什么字吗？

谜底："偎"字。

草堂联句

唐朝著名诗人杜甫，怀有富国强民之志，参加科举考试，却因口蜜腹剑的奸臣李林甫耍弄阴谋而连连落第。在"朱门酒肉臭，路有冻死骨"的封建社会里，他连遭挫折，穷困潦倒，三十八岁还靠亲戚朋友的资助，在成都浣花溪畔筑一草堂，靠种草药谋生，过着清苦的生活。

一天，当地三位年轻秀才，相约前来朝拜"诗圣"，杜甫用自酿的黄酒，招待他们。

席间，诗人为助雅兴，提议以字制谜，联句成诗。

杜甫先吟：无风荷叶动，
秀才甲吟：骑牛过板桥。
秀才乙吟：日月分西东，
秀才丙吟：江水往下流。
杜甫捋须大笑："妙哉！妙哉！"

你能猜出这四句诗的谜底各是什么字吗？

谜底："衡""生""明""汞"四字。

痛骂奴才

清朝的蒲松龄是一位"写鬼写妖高人一等，刺贪刺虐入骨三分"的讽喻大师，因怀才不遇，在乡里私塾教书谋生。

当时，蒲老夫子的家乡山东淄川县有个王大官人，家中养了一大帮狗腿子，其中有个叫金彪的独眼管家，为虎作伥，常对穷苦百姓张牙舞爪，

· 223 ·

为非作歹。

这家伙作恶多端，却偏爱舞文弄墨，好示风雅，他听说蒲松龄诗才出众，便托人上门求赠一首《七绝》。

爱憎分明、疾恶如仇的蒲松龄微微一笑，挥笔写了四句：

　　一头尖尖一头扁，
　　扁头只有一个眼。
　　独眼只把衣衫领，
　　任凭主人来使唤。

这首骂狗腿子金彪的打油诗，还是一个物谜，你能猜出是件什么东西吗？

谜底："针"字。

但愿如此

有一年春节，杭州西湖总宜园举行灯谜盛会，吸引了许多游客。

恰巧，江南才子徐文长路过园门口，只见一群人拥挤在大门口，在昂首观看高高悬挂的一首诗谜。又见一群文人墨客立在旁边抓耳搔腮，苦苦思索。徐文长上前一看，只见上面写着这样四句：

　　二人抬头不见天，
　　一女之中半口田；
　　八王问我田多少，
　　土字上面一千田。

徐文长读罢微微一笑："不难，不难。"

文人墨客一听，围了上来，都说："请讲，请讲。"

徐才子却没有直接说出谜底，而是说了句："但愿人间家家如此。"便含笑而去。

有个诗人静静地琢磨徐文长的话，忽然恍然大悟，连称赞："不愧才子，不愧才子！"

你知道这首诗谜的谜底吗？徐文长为何要说"但愿人间家家如此"？

谜底：诗谜的谜底是"夫妻义重"，所以徐才子才说了这么一句。

悬榜征射

清末著名谜师张起南，字味鲈，号橐园，福建闽侯人。他少年时便爱射"虎"，才思敏捷。毕生嗜好制谜、解谜，自称"谜癖"。

一年张起南在辰州任职，见窗外雪花纷飞，遂触景生情，巧制字谜一则，即"雨余山色浑如睡"，于元宵灯节悬于街衢，言明猜中者有奖。

有位才思过人、喜读状景古诗的俊逸书生，挤在围观者中沉思良久，拍手说道："此谜富有诗情画意，堪称谜林一绝！"

张起南一听，拱手笑问："看来这位才子已胸有成竹，愿洗耳恭听，当面领教。"

那书生一拱手答礼后回道："请先生听不才赋诗一首。"说罢，当众吟哦：

　　此花自古无人栽，
　　一夜北风遍地开。
　　近看无枝又无叶，
　　不知何处长出来。

张起南见其以谜猜谜，赞叹不已："才子真乃辰州射手，佩服，佩服！"然后，他将自己所著谜书《橐园春灯话》双手奉上一册，并邀他一道发起组织辰州谜社，湖南谜坛极盛一时，称雄神州。

你能猜出两人同咏何物吗？

谜底："雪"字。

俏话连篇

北宋熙宁九年（1076年），王安石第二次罢相后，隐居在钟山南麓江宁府东门。因那里位于去钟山的中途，故起名为"半山园"。半山园东北有座佛寺叫定林庵，是王安石的常去之处。王安石不乘轿舆，喜欢骑头小毛驴缓行前往，在古道上怡然自乐。定林庵中的寺僧，见王安石常来常往，十分辛劳，便特地为他准备了一座房舍供他读书、著述和休憩。王安石在此赋诗为文，并借此幽静之地，潜心编著了一部《字说》。

王安石不仅在定林庵写作，且在此处接待宾客。一次，著名书画家米芾前来探望他。二人品茗笑谈，十分开心。幽默的米芾笑着说："听说老相公正在编一部《字说》，我曾听人巧借元稹《莺莺传》赋一字谜，久思不得其解，想当面求教"，说罢曰：

莺莺小姐去上香，
香头插在案几上。
远看好似张秀才，
近看却是一和尚。

王安石见米芾俏话连篇，先是哈哈大笑，旋即捋须回曰："老夫日日相见，岂能不知？"说罢道出了谜底，二人又相视而笑。你能猜出谜底吗？

谜底："秃"字。

老僧借竹

北宋著名的政治家、军事家、文学家范仲淹，小时候家里贫穷，只好到醴泉寺一间僧房中去读书。寺前有一片苍翠的竹林，山下溪流环绕，环境十分幽静。范仲淹在这里读书，经常独自挑灯读到深夜。他的生活十分清苦，每天晚上用糙米煮一锅粥，等到凝冻以后，用刀划成四块，早晚各取两块充饥。没有菜，他就切一些用盐水浸泡过的野菜来佐餐，这就是被后世传为佳话的"断齑画粥"的故事。

冬去春来，范仲淹不知不觉在醴泉寺苦读了三年，寺中长老想试试他的学问如何，于是口出一联：

芳草春回依旧绿

令其应对。范仲淹心入佳境，欣然而赋：

梅花到时自然香

长老捋须微笑，连声称好。

二人踏着黄昏暮色，来到翠竹苍

范仲淹

苍、巨石错列的反园，长老略一沉思，又制字谜一则：

　　　竹林高高留僧处

才思敏捷的范仲淹细细一想，拱手回曰："妙哉，妙哉。"接着便道出了谜底。

那长老频频点头，笑道："你可出山求仕了。"

你能猜出这是个什么字吗？

谜底："等"字。

各斗巧思

镇江从明代起就非常繁华。每逢元宵灯市，到处张灯结彩，火树银花，鞭炮齐鸣。彩灯各种各样，有的是飞鸥狡兔，虎豹虫鱼；有的是天孙织锦，龙女踏青。那大户人家，管笛笙箫不绝于耳，真是"一到上元相庆赏，家家灯火乐春情"。

清朝乾隆时期有一年正月十五，文人雅士为斗巧思，纷纷悬挂灯谜，供人射覆，中者有赏。当时，有位风流倜傥的才子王文治，不仅自创中锋侧使之法，独步书林，且爱游戏笔墨，奇构佳谜。这年元宵灯节，王文治又在自家门上挂出一条"文虎"，谜面为五言诗四句：

　　珍珠白小姐，许配竹叶郎。
　　穿衣去洗澡，脱衣上牙床。

他的老师柳大年先生是位学识渊博的老儒。一日，他路过学生家门口，见此灯谜，捋须笑曰："我这弟子嘴馋。"旋即道出了谜底，并拿出文房四宝，和诗一首，贴于其旁，诗云：

　　长脚小儿郎，吹箫入华堂；
　　爱喝米红酒，拍手见玉皇。

题毕含笑而去。

王文治闻报而出，细细读之，拍手大呼："妙极，妙极！"

你能猜出师徒二人各咏何物吗？

谜底："粽子"和"蚊子"。

夫妻逗乐

自洞房花烛之夜，苏小妹三难新郎秦少游之后，互猜隐语，便成了这对伉俪的玉房雅乐。

一日清晨，丫鬟送来甜粥和几碟小菜，秦少游俯身一看，连连摇头，然后对苏小妹说："娘子，今日早晨，为夫还想再添一个菜。"小妹笑问："夫君请讲，奴家当即照办。"

秦少游嘻嘻一笑，也不明说，却摇头晃脑而吟：

　　一刀剖开身两叶，
　　内载黄金白玉。

苏小妹云："这有何难？"当即令

丫鬟去厨房取了来。

几天后，秦少游应诗友黄庭坚之约，前往赴宴。行前，苏小妹笑云："夫君路过街市之时，为我买一物如何？"

秦少游连连拱手道："小生洗耳恭听，洗耳恭听。"

苏小妹嫣然一笑，也吟道：

　　双手打破坛一个，
　　中藏玛瑙珍珠！

秦少游翻身上马，扬鞭说道："知道了，知道了。"

你能猜出这对诗苑夫妻各要何物吗？

谜底："咸蛋""石榴"。

进士猜书

清朝文学家梁章钜，字闳中，一字茝林，晚号退庵，福建长乐人。青少年时代他就博览群书，熟于掌故。他爱好写笔记小说，也能作诗。

嘉庆年间，梁章钜参加科举考试，连中三元，金榜题名为进士。

琼林宴上，嘉庆帝听说这位福建才子熟于掌故，便对身旁的一位翰林老学士俯耳悄悄说："爱卿，你用书名编个诗谜考考这位南方士子，看他如何？"

那翰苑名贤暗接"圣旨"，沉思了片刻，捋须一笑："有了，有了！"于是捧觞步至梁章钜桌边："梁才子，今日幸会，老夫借助酒兴想了四句，供才子破之。"说罢，朗声曰：

《三国志》魏、蜀、吴各有据点，《水浒传》诸英雄同奔一方；《西游记》多神怪似人非人，《红楼梦》大观园佳人才子。

梁章钜略一思忖，拱手回道："老大人的佳谜，乃诗仙李白平生最喜之字，这字亦在贤翁谜面之中。"

那位学士一听，拍手大赞："不愧才子，不愧才子！"四座肃然起敬。

你知道那翰林老学士说的是何字吗？

谜底："游"字。

险交白卷

在清代的诗人中，王士祯堪称佼佼者。当时，康熙皇帝的身旁有一位文学侍臣张英，常在圣上面前极力推荐他。康熙于是召见王士祯，御笔一挥写了个字，命他以此为题写一首诗献上。王士祯虽是大诗人，但反应却较为迟缓，再加上皇帝在一旁坐等，顿时紧张得汗流浃背，憋了半天也想不出半个字来。张英见状暗暗叫苦，只好在一旁代替他写了一首，然后揉成小团悄悄放在他的桌角上。王士祯照抄了一份，这才交了卷。

康熙接过诗笺，一字一句吟道：

　　凝翠挂金垂珞丝，
　　临风摇曳舞芳姿。
　　异株吐絮漫香雾，
　　正是归棹系缆时。

读完，康熙对张英笑着说："都说王士祯的诗词风骨神逸，别具一格，依朕看与你的文采差不多。"

张英忙推诿道："哪里，王兄是诗家大手笔，下官岂能相比。"说罢私下窃笑，闹得王士祯支支吾吾，哭笑不得。

你能猜出皇帝当面出了个什么诗题吗？

谜底："柳"字。

唐伯虎卖画

相传唐伯虎曾在杭州西湖畔卖过画。

一天，他挂出一幅水墨画来，上面画的是一人牵狗，逍遥自在。唐伯虎对顾客说："这是一则字谜。要买，须付三十两银子；如果猜中了，则以画相赠，分文不收。"过了半天，仍无一人猜中。

这时有一年轻人说："我猜中了。"唐伯虎请他说出谜底，他只蹲下身子，做个匍匐状，取下画便走。

唐伯虎望着他的背影哈哈大笑说："他确是猜中了！"

你能猜出这谜底吗？

谜底："伏"字。

唐伯虎扇面隐语

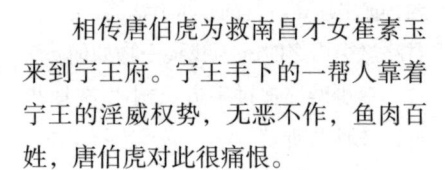

相传唐伯虎为救南昌才女崔素玉来到宁王府。宁王手下的一帮人靠着宁王的淫威权势，无恶不作，鱼肉百姓，唐伯虎对此很痛恨。

一天，有个名叫李自然的人带了他的把兄弟李日芳到阳春书院来找唐伯虎。这两个家伙先扯了半天闲话，然后才从袖筒里摸出一把白面扇说："久闻大名，今日有劳大驾，画张扇面吧。"唐伯虎本想骂走这两个混账东西，可一想自己身在宁王府，不便得罪他们，只得强忍着和他们敷衍一番。只见唐伯虎调好丹青，落笔画了庭中的一枝丹桂。这时，李自然冒充斯文赶紧奉承："唐先生真神笔也，我辈好像闻到了扇面上的桂花香。"一旁李日芳也说："真的好香啊！"唐伯虎一看两人丑态，灵机一动，心想，待我借画来骂骂这帮无耻之徒。于是他提笔在桂花旁又画上了两只张牙舞爪的青壳蟹。画毕，拂袖而去。

请你想一想，唐伯虎这幅扇面画上隐藏着一句什么话？

谜底：横行乡（香）里。

祝枝山猜谜

祝枝山小时候就显得很聪明，小小的年纪便会猜谜语。

有一天，杂货店的老板见小枝山进店来买两对蜡烛，便对他说："小相公，我家今天来了两位客人，他们很喜欢猜谜。如果你乐意的话，我叫他俩设个谜语让你猜，猜中了，不但你要买的两对蜡烛我不收钱，而且我还另外再送你两对，行吗？"

"行！"小枝山当即同意。

于是，老板将两位客人请了出来。这两位客人给小枝山出了两个字谜，分别猜他们各自的姓。客人甲说："我的姓是'水田长禾又有米'。"客人乙说："我的姓是'有人有口现添丁'。"

小枝山听后沉思片刻，便猜出了他俩的姓，大家都称赞小枝山聪明伶俐。小枝山从店老板手中接过四对蜡烛高高兴兴地回家去了。

请你来猜猜，店老板的两位客人各姓什么？

谜底：潘、何。

谜讽贪官

绍兴有个官员，人称四老爷。四老爷仗势欺人，鱼肉百姓，人人都痛恨他。

有一次四老爷把脑筋动到和尚庙里来了，硬说庙前的一口池塘是他的祖传家产。三天两头来跟寺庙争吵，大小和尚好说歹说都不行。

看热闹的人群中有个小孩子笑着说："官员与和尚口角，官员不成官员，和尚不成和尚。"四老爷一听，举起手杖就要打。小孩子一闪躲过，解释说："四老爷，我是在做字谜玩呢！"四老爷说："什么字？你说！说不出我揍你！"小孩子说："这是……"四老爷听完，用右手食指在左手心里一比画，见果真是个字谜，无话可说了。但他仍不肯甘休，说："这次算给你过去了，但你必须再出个字谜给我猜猜，否则还得挨揍！"小孩子说："好！'四山相会，日日相争，非他不富，有他受累'。打一字。"四老爷一听，猜着了，心想这不是明明在讥笑我吗？只是觉得他说得在理，只好悻悻地走了。

这个小孩子就是人称神童的徐文长。

您能猜出徐文长前后两个字谜的谜底分别是什么字吗？

谜底：赏、田。

解晋笑煞一群牛

明朝朱元璋时期，江西吉水县出了个才子，此人叫解缙。解缙才思敏捷，出口不凡，且生性风趣，常令人啼笑皆非。

有一天，解缙正在家绘画，忽有人来报喜，说他考中了进士。年轻的解缙一听，喜上心头，马上向他的亲朋好友传达喜讯。但天公不作美，没想到半路上下起了雨，他脚一滑，摔了个四脚朝天，把长袍撕开了一个口子。但他自己并未发觉，右脚一跷一跷地走进一家瓷器店躲雨。正好店里有几个人也在躲雨，看得一清二楚，不由得哄堂大笑。店老板本来就认识解缙，忙请他坐下，还给他泡了杯茶。解缙兴冲冲把考中之事告诉了店主。店主心想机会难得，忙拿纸笔，请他题诗一首，留作纪念。解缙客气了几句，便大笔一挥，写了四句这样的诗：

春雨贵如油，下得满街流。
跌倒解学士，笑煞一群牛。

大伙儿看到最后一句，知道是挖苦自己的，不由得怒火中烧。店主连忙打圆场说："大家不是笑你摔跤，而是笑你的长袍后面裂了一个口子。"解晋回头一看，果然如此，感到有些不好意思。店主说"没关系。"便叫站在旁边的大女儿快拿针线来缝。

这位姑娘叫赵秀娟，知书识礼，才智过人。秀娟拿来针线对解缙笑笑说："恭喜相公，金榜题名！你的即兴诗真好，特别是'笑煞一群牛'一句，也把我笑在内了。现在你要我缝袍，我也有一诗要念，并且是个字谜，你若猜中，我就遵命。"

解缙见姑娘说得有理，忙说："请念吧！"那姑娘说：

天雨路成沟，跌跪一只狗。
此谜若得解，任你骂我牛。

解缙毕竟是江西才子，略一思索，便把这个字猜中了。

你知道解缙猜中的是个什么字吗？

谜底："尤"字。

考官谜试汤显祖

汤显祖是明代杰出的戏剧家、文学家，自幼聪明好学，少年时代便能应对如流。由于他博览诗词与乐府歌行，涉猎诸史百家，二十一岁时就考取了江西乡试的第八名举人。

重阳时节，这位临川才子去拜谢考官张岳，应邀同往新建登游西山云峰寺。那考官见文质彬彬的汤显祖傍池照影搔首，灵机一动，捋须笑曰："汤才子，本官今日颇有雅兴，想要再考考你！"接着，他摇头晃脑吟了几句诗：

半边大，半边小，
半边跑，半边跳；
半边奔驰疆场上，
半边偷偷把人咬。

文思敏捷的汤显祖，略一沉思，从禅房中向主持和尚借来爱国诗人屈原的名篇，指指封面，诙谐地说："老师，字谜便在其中。"

张岳一看，连声赞道："真不愧是才子！名不虚传，名不虚传！"

您知道考官诗谜的谜底是个什么字吗？

谜底："骚"字。

施耐庵茶馆"相面"

相传施耐庵晚年，常出门会友，吟诗作赋，谈古论今。

一日，他受几个友人的邀请，在

茶馆讲述他潜心编著《水浒》的经历和书中有关的故事。这时，走进一个赴京赶考的举子，他见状，以为施耐庵是个占卜的先生，便想图个吉兆，讨个好"口气"，于是高声喚道："诸位且退，让我先相，能否金榜题名？说得好，本公子重重有赏。"施耐庵见来者如此高傲，便想奚落他一下，问道："请问公子，是文举还是武举？""文举怎样，武举又如何？"施耐庵答道："观你气色人品，这次赴考，我看会是：

　　文如智多星下凡
　　武似玉麒麟降生

举子闻之大喜。谁知众人"哗"的一声哄笑起来，举子一愣，细细一琢磨顿时垂头丧气，悻悻而去。

您能猜出施耐庵的言外之意吗？

谜底：落地（第）。

李时珍求学问路

明代的医学家李时珍为了编著《本草纲目》，走遍了大半个中国。

有一次，他去四川乐山拜访一位精通医学的隐士，走到一个三岔路口，正在不知该往哪条路上走时，迎面走来了一位樵夫。李时珍急忙上前问路，樵夫没有说话，拾起一根树枝，在地上写了一个"主"字就走了。

李时珍琢磨了好一会儿，才弄明白樵夫的意思，便顺利地找到了那位隐士。

您能猜出樵夫叫李时珍走哪条路吗？

谜底：往左边走。

刘伯温巧救工匠

刘伯温是明太祖朱元璋最得力的大臣，他足智多谋，为人厚道。有一天，刘伯温听说皇上新建的宫殿要竣工，就前去观看。谁知刚跨进宫殿门，只见迎面匆匆走来一人，此人来到刘伯温面前，双膝跪下，大呼："刘大人救命！"弄得刘伯温莫名其妙。

原来此人是个雕花工匠，他正在新建宫殿的一根大梁上雕花时，不料碰上朱元璋一人来游殿。朱元璋看到这豪华的新殿，好不得意，禁不住"哈哈哈"狂笑起来。就在这当口，突然梁上传来一阵咳嗽声。朱元璋抬头一看，见殿梁上有一老工匠在干活，顿时觉得十分尴尬。心想：堂堂皇上，如此轻狂，传扬出去，岂不有失尊严。但他又不便马上发作，便一脸怒气地离开了新殿。这下可吓坏了梁上的工匠，他心想，皇上的轻狂，怎能让平民知道？看来凶多吉少，命难保了！他早就听说刘伯温对人宽厚，因此看到刘伯温进殿，便跪倒在地，叩头求救。

刘伯温听后，捋着胡子稍加思索，便凑近工匠耳边轻声嘱咐了一番。

过了几天刘伯温装着不知朱元璋已去过新殿，启奏道："臣闻皇上的新殿已快落成，何不前去审视一番。"朱元璋因恐泄露了"天机"，不好说自己已经看过，便君臣一同来到了新殿。

两个人在殿内转了一圈，正要离去，忽听梁上传来一阵咳嗽声，朱元璋抬头一看，又是那名工匠，顿时脸沉了下来。这时刘伯温大声喝道："大胆刁民，为何见了皇上还不回避？"这时工匠按刘伯温所教的办法做了个动作，朱元璋见了就打消了杀人灭口的念头。

您能猜刘伯温教给工匠的是什么办法吗？

谜底：装哑。

巧救公公

明朝嘉靖年间，奸臣严嵩造了一座用巨鱼骨头当梁的新客厅，客厅落成那天，特设宴庆贺。许多阿谀奉承之辈都早早来到，独有他的亲家罗洪先却迟迟未来，引起了严嵩的不满。

罗洪先是嘉靖年间的状元，为官清廉刚正，深受大家尊敬，严嵩为了网罗党羽，想拉拢他，便把自己的女儿许配给了罗洪先的儿子，但罗洪先并不买这个账。今天他又迟到，严嵩认为亲家怠慢了自己。

宴会前，严嵩特邀众宾客参观新客厅，并得意地问大家客厅造得如何。众人赞不绝口。唯独罗洪先不知道客厅的正梁是用巨鱼骨做的，因此淡淡地说："美中不足的是材料小了些。"严嵩听了，心里更加生气。

当晚，严嵩留罗洪先在书房歇息，然后连夜赶写奏章，罗织罪状，准备明天早朝参本陷害他。但这事却被他的女儿知道了。他的女儿对父亲的所作所为，早就不满，今夜又见父亲要加害自己的公公，更是气恼，她急中生智，想出了一个办法。她叫侍婢到书房给公公送茶，在茶杯中偷偷放进

两颗红枣和一撮茴香，并嘱咐丫鬟说："望公公体会这茶的意思。"

儿媳妇献茶，这原是礼节，但为什么要体会这茶的意思呢？罗洪先觉得奇怪。等他掀开茶杯盖一看，见到两颗红枣、一撮茴香，更觉得奇怪，他沉思了一会，才恍然大悟：儿媳妇是在救我！一定是奸相严嵩要害我。

第二天，天还没亮，罗洪先就骑着马，匆忙登上了返乡的行程。天亮以后，严嵩听说罗洪先已逃走，也只好作罢。

请猜一猜，罗洪先儿媳妇送的茶是什么意思？

谜底：早早回乡。

陶潜为少女解谜

有一天，诗人陶渊明在郊外闲游，偶遇一少女在河边掩面啼哭，便上前询问缘由。那少女抽抽噎噎地说道：适才遇一算卦先生，说俺：

风流女，河边站，
杨柳身子桃花面。
算命打卦她没子，
儿子生时娘不见。

陶渊明听罢，不禁拍额大笑，连说："不要啼哭，算卦先生说的乃是一个谜语，是称赞你长得漂亮。"接着，陶渊明说出了谜底，少女果然破涕为笑。你能猜出谜底吗？

谜底：荷花。

燕窝与牛犊

隋朝人侯白，滑稽善辩，喜好俳谐杂说，朋友们都很喜欢和他在一起聚会玩乐。有一次做猜谜游戏，他对朋友们说："拿出来猜的谜，必须是实物，且要贴切，不能自以为是，胡编乱造，虚解惑众。猜后亮出谜底，如果解释不通，不能令大家信服，则应罚酒三杯。"说完，侯白首先出一谜：

背共屋许大，
肚共碗许大，
口共盏许大。

大家听了，猜了很长时间也猜不出，于是，议论纷纷：天下东西固然很多，但哪里会有背像屋一样大，而肚子像碗这样小的东西呢？一定是你拿我们作耍，快说出来，要我们大家都见过这样东西才算。

于是，侯白和大家打赌。然后，指着屋檐下的燕窝说："你们看，这样东西是不是呢？"

大家抬头看，原来是近在眼前之物，谜面看似云雾虚幻，对照实物，却又无可挑剔，只好认罚。

又有一次聚宴，大家要求侯白出谜助兴，并提出要求，所作谜必须是大家所常见而又熟悉的东西，不能生僻难猜。侯白听完大家的要求，略一思索，便咏道：

有物大如狗
面貌极似牛

大家听罢，有猜獐子的，有猜鹿的，一时众说纷纭，但没一人猜对。

侯白解释道："这个物谜，按大家提出的要求，可以说再通俗不过了。谜底也是大家常见而又熟悉的。"接着又说出了谜底。

大家听罢，忍俊不禁，都拍手大笑起来。你能猜出来谜底是什么吗？

谜底：小牛犊。

唐玄宗谜考孟浩然

唐朝时期，湖北有位诗人孟浩然，和王维是好友，两人都擅长以五言诗吟咏自然景物，在唐代诗坛上独树一帜，世称王孟诗派。但就是这样一位享有盛名的大诗人，在科举应考中屡遭失败，年过四十，还是一介布衣。

一天，王维邀孟浩然到翰苑读诗论文，恰遇玄宗皇帝驾到，孟浩然一时来不及回避，便在床侧躲避。王维见了玄宗，不敢隐瞒，便将浩然来访之事相告，玄宗微微笑曰："朕早就听说他的名字了，愿赐一见。"

玄宗当即召见了孟浩然，并要他当面吟诗，孟浩然于是以悠扬缓慢的声调吟咏了自己的一首近作《岁暮归南山》，玄宗听后冷笑不语，未置可否。

时值盛夏，玄宗略一沉吟，嘲笑道："孟才子在诗中自伤不遇，朕倒想当面试才。"说罢，笑吟诗谜两句：

　　荷花露面才相识，
　　梧桐落叶又离别。

孟浩然沉思片刻，以诗作答：

　　一户没有墙，好汉内中藏。
　　人说像关公，吾云是霸王。

玄宗点头称是，一笑而去。

你知道二人所咏何物吗？

谜底：扇。

醉客点菜

唐朝天宝元年，李白从西蜀来到长安城，满腹诗才却没人赏识。有人劝他去找秘书监贺知章。他抱着试试看的态度，带上自己的诗稿，来到了长安紫极宫。

贺知章不仅是位学识渊博的名臣，而且还是个热情好客的学士。他招呼李白坐下，便翻阅起了诗稿。贺知章读着读着，不由站起身子吟咏起来："噫吁嚱，危乎高哉！蜀道之难，难于上青天！"吟罢暗叹道："竟有如此雄奇瑰丽之句！"于是，拉着李白上街喝酒。

二人来到临河的一家酒楼，一边喝酒一边谈诗论文，大有相见恨晚之感。

谁知，走得匆忙，贺知章忘了带钱，他解下随身佩带的金龟，对店小二说："再换些好酒菜！"

店小二知道这金龟乃是皇上所赐之物，说什么也不敢收，无奈贺知章执意要押，只好暂且收下，笑曰："小店今早刚杀了头猪，二位大人要点什么下酒？"贺加章要李白点菜。已有半醉的李白，爽朗一笑，用手指蘸了点酒，先在桌上画了个大圆圈，接着在其中写了个"千"字。

你知道李白要点什么菜下酒吗？

谜底：一盘猪舌头。

流浪少年白居易

唐朝中期安史之乱使众多家庭妻离子散，著名诗人白居易就生活在这个时期。他十一岁就独自离家，孤苦伶仃，漂泊异乡。在动荡不定的年代，他一面勤奋读书，一面从民间文学中吸取"营养"，把当时流行的口语写进诗歌，反映穷人的痛苦，讽喻朝廷官僚及劣绅污吏。

京都长安有位官居著作郎的善良老学士顾况，读了白居易的诗句"离离原上草,一岁一枯荣。野火烧不尽,春风吹又生。"拍案叫绝,连声称赞:"倘若胸中无秀气,腹内欠才识,小小年纪岂能写出如此神韵盈溢、妙语惊人之佳作!"顾学士想资助这位才学出众的少年,便问白居易需要什么。

白居易略一沉吟,拱手敬答:"感谢先生厚意。眼下,为斥恶扬善,小人急需之物乃是……"只见他淘气地一笑,吟出四句:

　　此宝瘦又细,说话把头低。
　　不吃农夫粮,能为民出气!

你能猜出白居易希望老学士送给他什么东西吗?

谜底:"毛笔"。

刘禹锡巧出匠心

中唐时期的刘禹锡,是王叔文改革集团的重要人物,他主张打击权宦,削弱藩镇,反对疯狂的土地兼并和残酷的剥削。后因改革失败,他与柳宗元等八人同时被贬逐,刘禹锡来到朗州做了司马。十年后,刘禹锡才被召回长安。

这年元宵节,他仰望夜空皎月,不禁对天感叹:"月儿呀,你徒长一株香桂,枉自清辉;吴刚呀,你的斧头该砍向人间的不平;嫦娥呀,你的长袖该拂尽人间的污秽,和黎民共忧乐,和百姓共呼吸!"刘禹锡正在对月长叹,诗友邀他同往街市观灯。

刘禹锡为排除胸中的闷气,便同好友一道来到了街上。

刘禹锡

至闹市街头,见一清瘦老者正在悬榜征射。刘禹锡和好友上前一看,见挂着两张白纸条,下面写着:"此无字谜应以诗句作答。"

刘禹锡见此老者所制之谜如此巧妙,动了破谜之心,他细细琢磨,赋诗一句,结果猜中。

那清瘦老者微微一笑,撕开一张白纸条,只留一张白纸条,捋须笑道:"猜成语一句,请才子再试一射。"

刘禹锡十分敬佩老者的匠心。他思忖有顷,又猜中了,围观者无不拍手称赞。

结果,刘禹锡满载而归。

你能猜出这两则巧妙佳谜的谜底吗?

谜底:两处茫茫皆不见、一纸空文。

怀素和尚考徒弟

唐朝有位名叫怀素的和尚,喜爱

喝酒，擅长书法，他运笔如骤雨旋风，以"狂草"出名。

一天，平原太守颜真卿路过怀素和尚的"绿天庵"，两位书法家相见，异常兴奋，于是二人开怀畅饮。酒至半酣，怀素嬉笑挥毫，写了一联：

　　白蟒过江，头顶一轮明月。
请颜太守即兴而对。

那颜真卿乃开元进士，曾任殿中侍御史，乃是位饱学之士，应对此联有何难的，于是接过大笔，以工整的正楷写出下联：

　　乌龙挂壁，身披万点金星。

怀素一看，拍掌称好，赞曰："太守不仅行书遒劲有力，正楷更是炉火纯青。难得，难得。"正在夸赞之时，小和尚前来添酒，怀素指着上下联笑曰："徒儿，这上、下联各咏一物，你可知道？"

那小和尚本是个聪颖过人的少年，他略一思索，便答出来了。颜真卿夸曰："名师出高徒，可喜可贺！"

你能猜出上、下联各咏何物吗？

谜底：油灯、杆秤。

细雨洒轻舟

唐朝晚期的一个清明节，诗人皮日休和好友陆龟蒙漫步郊野，在村头小酒店落座，皮日休见细雨霏霏，有感而发，随口吟出了一首五言绝句。诗云：

　　细雨洒轻舟，
　　一点落舟前，
　　一点落舟中，
　　一点落舟后。

吟罢，问诗友陆龟蒙是个什么字。自幼就有盛才之誉的陆龟蒙，本是位天资聪颖的才子，岂能不知。但他并未直言相答，而是笑曰："请仁兄也听我赋一联句。"旋即吟道：

　　月伴三星如弯镰，
　　浪花点点过船舷。

皮日休一听，连连拍掌，当即敬其一杯，二人直喝得酩酊大醉，方才离开村头酒店，回城而去。

你知道皮日休为何要敬诗友陆龟蒙一杯美酒吗？

谜底：因为他俩都射出了一个"心"字。

面试"神童"

宋朝时，江西临川有个才子名叫晏殊，他七岁能赋诗答对，被人誉为"神童"。十四岁那年，有个叫张知白的朝廷大官巡视江南，经面试，他认为晏殊文思敏捷，才华非凡，于是推荐他进京应考。

那年春天，晏殊与来自各地的千名举人同试。晏殊年龄虽小，却从容不迫，挥笔成章。真宗皇帝见了他写的文章，大加赞赏，于是召见了他，并赋诗一首考其智力。诗云：

　　古月照水水长流，
　　水伴古月度春秋。
　　留得水光映古月，
　　碧波荡漾见泛舟。

晏殊听后略思片刻，拱手以答："敬禀万岁，此乃字谜，汴梁城里举目可见!"接着道出了谜底。

宋真宗赵恒拍手叫好,当即御笔一挥,赐尚未到弱冠之年的晏殊为"同进士"。

你能猜出这首诗谜的谜底吗?

谜底:"湖"。

王安石余兴未尽

王安石与他的诗友共游褒禅山,他们拿着火炬走进了一个深深的山洞。开始时,道路还比较平坦,洞景也很平常;愈往里深入愈坎坷曲折,行走艰难起来,景色也逐渐奇特;最后,他们到达了人迹稀少的深邃之处,那瑰丽的景致,更加令人惊叹了。王安石不由得感慨道:"真可谓入之愈深,其进愈难,而其见愈奇也!"于是,他从中悟出了一个道理:道路平坦而近的地方,到的人很多,但景致却十分一般;艰险而深远的地方,到的人逐渐少了,景色却奇特起来;而世界上不为人知的大好景色,往往就在那艰难险阻、人迹罕至的地方。

从洞里出来,王安石余兴未尽,感慨而赋,制一字谜让诸好友试猜,其云:

　　日月一齐来,不把明字猜,
　　冒字更不是,闷煞老秀才。

你能猜出是个什么字吗?

谜底:"胆"。

辛弃疾猜谜学武艺

南宋绍兴二十年,年方十岁的辛弃疾已颇有才学。

一个寒冬的黎明,辛弃疾捧着诗卷正要吟诵,忽见不远处梅树下,有位鹤发童颜的老者正在练武。他行如风,站如钉;如鸢飞,如鸟落。辛弃疾越看越出神,便走上前扑通一声跪在老者面前,要求学习武艺,报效国家。

老人见辛弃疾满脸虔诚,笑着说:"看你手不释卷,一定读了不少名篇佳句!"说罢,挥手指着傲雪斗霜的寒梅,令其背一首诗。辛弃疾举目思忖,吟了北宋诗人王淇的七绝《梅》:"不受尘埃半点侵,竹篱茅舍自甘心。只因误识林和靖,惹得诗人说到今。"老人连连称好,答应教他武艺。辛弃疾一听,乐得直跳,忙问应先学什么?老武师避而不答,只是说"老夫仿王淇诗一首,听后你就知道了。"说罢吟了四句:

　　不受脂粉半点侵,
　　穿麻吞石自甘心。
　　只因误入少林寺,
　　惹得拳头捶到今。

聪明的辛弃疾听罢连声称是,从此他锤炼筋骨,终于练得体魄强壮,可以以一敌百。后来,在老武师的精心指教下,辛弃疾学会了十八般武艺,成了一名文武双全的抗金将领。

你能猜出辛弃疾学的是哪般武艺吗?

谜底:打沙袋。

罗贯中以词答词

元朝至顺四年（1333），三十七岁的施耐庵因不愿为权贵欺压百姓，毅然辞去了杭州钱塘县县尹的官职，回到了老家苏州。他一面教学谋生，一面根据梁山故事的话本写作《水浒传》。

春暖花开的一天，有位常来往于苏杭的商人，因久闻施耐庵博学多才，精通诗词文史，特意从家乡山西太原带来儿子罗贯中投师求学。

罗贯中年约十四五岁，长得眉清目秀，文质彬彬，但施耐庵不知他是否聪明好学，于是咏词一阕试探：

云落不因春雨，吹残岂藉东风。结成一朵自然红，费尽工夫怎种？

有蕊难藏粉蝶，生花不惹游蜂。夜阑人静画堂中，曾伴玉人春梦。

熟读唐诗宋词的罗贯中岂能不知施耐庵的用意，他略一思忖，拍手笑道："禀教师，学生也吟诗一句作答。"说罢吟道：

白蛇游过清水塘，
一朵莲花开岸上。

施耐庵一听，连声称好，当即收他做了徒弟。

请你猜猜二人所咏为何物？

谜底：油灯。

老冬烘求药

有个老冬烘，平素最讲男女授受不亲这一套。有一年，他的姨太太得了一种病，坐卧不得，痛苦不堪。老冬烘想替她请郎中来诊疗，又怕姨太太某部位暴露不雅。他想报个病症请药铺里的先生开药自疗，又怕被贫嘴的家仆们当笑话传出去。想来想去，他终于想出了一个办法。

这一天，某家仆手持一纸来到药铺，对老板说："我家姨太太得了纸上写的病，老爷说请您斟酌抓药，对症了，十倍付钱！"老板接过纸来，只见上面写着："佛庙盖库房；摘顶格。"善解谜语的老板按谜格要求，很快便猜出了病症。于是笑而不言，开出药方，一一配齐，发了一笔小财。

谜底：痔疮。

解缙巧解哑诗

吉水举子解缙高中进士后，授官翰林院庶吉士，每日随侍明太祖朱元璋左右，起草诏制。有一天，处理公文之暇，朱元璋与解缙闲聊，问起他故乡的文风。解缙信口开河，道是江右文风，肇始吉水，向有"一门三进士，五里一状元"的美誉。仅文峰镇上，连山樵田农、贩夫走卒之辈，亦解联诗对句。朱元璋大喜，传旨礼部，今后江西乡试，可为吉水增加十个举人名额，以招人才。

都察院的袁泰听说此事，专折举控，说解缙在欺君，哪里有种庄稼之人也会作诗对联的。太祖便要袁泰亲赴吉水，实地考验。

袁泰来到吉水太平山下，看见几个樵夫挑着柴走来，忙勒住马缰绳道："你们几个，家在什么地方？"一个樵夫放下柴担回答："我们都住在文峰。"袁泰道："好，听说文峰人个个都能解对句，我来请教一下。"他用手中马鞭遥指着太平山上的龙华塔说："就以这座塔做上联吧：石塔巍巍，六面四方八角。"

那樵夫不知他说什么，又见伙伴已经走远，忙挑起柴担，对他伸出手掌摇了几下，表示听不懂，随即急急离去。袁泰大笑，对两个随从说："我说姓解的在吹牛吧？你们都是见证人。"随从说："老爷说的是，我们不妨再试一个，也好叫他心服口服。"

一行人来到文峰镇前，看见一个菜农在河边洗菜，河岸正泊着一只装着漆桶的小船。袁泰骑在马上，趾高气扬地说："我们来对句，我出上联，你对下联。"说罢，也不等对方答话，他便用马鞭指着那只船道："船装大桶，油桶漆桶，七桶八桶。"

菜农莫名其妙，懒得搭理这几个外乡人，站起身来，指指担子两头的十把韭菜、九把香葱，意思是我忙着去卖菜，哪有工夫与你闲扯？随即挑起菜担，匆匆走开。袁泰又一次证实了自己的猜想，于是急忙回京禀告。

朱元璋听了袁泰一五一十的汇报，转过脸来问解缙："你竟敢欺君？"解缙忙跪禀："臣不敢欺君，是袁泰欺君。"太祖疑惑："此话怎讲？"解缙说："敝乡之人因誉满江右，所以自视极高。倘遇唐突之徒有意考较，每以哑谜相对，反过来考较对方。袁泰奉旨查验，未识深浅，草率复命，岂不是先存欺君之心？"

袁泰在一边听了，急忙申辩："你，你说那樵夫摇手也是哑诗对句？"

解缙道："正是！他伸出巴掌向你摇摇，是说'玉掌平平，五指三长两短'，正好对你的'石塔巍巍，六面四方八角'，可谓天衣无缝。"

朱元璋乐了，连称："对得好，对得好。"袁泰紧问："那么，那菜农手指担子，又当何解？"

解缙说："这哑谜对句就更妙了。你说'船装大桶，油桶漆桶，七桶八桶'。他指指十把韭菜、九把香葱，意为'肩挑菜把，葱把韭把，九把十把'。岂非珠联璧合？"

朱元璋大乐。袁泰吓得磕头不止，连称"臣才疏学浅，有眼无珠，死罪！死罪！"朱元璋说："饶你这回，以后好好向解翰林请教。"

吴殿邦中计

明朝时期，广东海阳有一名士叫

吴殿邦，写得一手好字。有个富商花重金求他写个"福"字，却被他回绝了。

有人给富商出主意：吴先生爱猜谜，何不设个谜阵让他上钩？果然，吴殿邦一听说有人悬谜征射，立刻前往。连破数谜后，擂主请他进一书房，说是有个哑谜，需要三个动作破一句八字俗语。吴殿邦不知是计，欣然入屋。只见桌上笔砚边有一个红包，东西两壁各悬条幅一轴，一条上书个"灾"字，一条则是空白。这时他才明白上了圈套，可又不甘承认自己猜不出这个哑谜。只得先取红包入怀，再将"灾"字扯碎，然后提笔蘸墨，在空白条幅上大书一个"福"字，离别而去。擂主在一边看着他完成这取钱、撕纸、写字的三个动作，连声叫"好"。你能猜出这是为什么吗？

谜底：因为谜底正是"受人钱财与人消灾"。

哑谜治恶婆

从前有位老妇，三十年媳妇熬成了婆，三个儿子都在外面经商，各娶一房媳妇在家侍候她，她又拿出当年婆婆欺压自己的手段来对付三个儿媳妇。儿子回家探亲时，却偏信母亲一面之词，责骂妻子不孝顺。为此，三个儿媳妇都愤愤不平。

又一年除夕，三个儿子回家过年。初一早上，他们各自带着媳妇去堂上给老娘拜年，没想到三个儿媳妇已经商量好了：既要当面出口恶气，又要让丈夫抓不住把柄。大媳妇弄顶草帽往头上一盖，一脸晦气地从她面前走过，表示恶婆婆当家，做媳妇的暗无天日；二媳妇抱着男婴，趾高气扬地从她面前走过，表示我也有了儿子，迟早会有出头之日；三媳妇更厉害，气势汹汹地从她面前走过，还张大嘴巴瞪起眼，表示恨不得咬她一口！

三个媳妇不言不语却各有一番表情动作的"拜年"，险些将做婆婆的当场气昏过去，她马上命儿子行"家法"。三个媳妇们都喊冤枉，谎称平素在家百般孝顺，总是不讨欢喜，所以今天变个花样，各出一个哑谜让婆婆猜猜，也好让她老人家开心开心，谁知道一番好意却被误会了！

三个儿子闻言困惑，便要妻子各解哑谜。大媳妇说：女人头上戴顶帽子，不是一个"安"字吗？我向婆婆请安哩。二媳妇说：女人身边抱个儿子，不是一个"好"字吗？我向婆婆问好哩。三媳妇说：女人张大一张嘴，不是一个"如"字吗？我祝婆婆万事如意哩。

丈夫们听了，恍然大悟，反过来都说老娘不该固执己见，错怪了做媳妇的一片好心。老妇啼笑皆非，从此知道了三个媳妇的厉害，态度也就和蔼多了。

宋高宗立嗣

南宋高宗赵构原有个儿子，在这个孩子三岁那年，禁军发动兵变，劫持这个孩子当皇帝，孩子因受惊吓而夭折了。此后，高宗一直没有儿子。

宋高宗

四十岁以后，他估计不会再有儿子了，便从同宗侄子辈中选了几个，养在宫里，但也没明确谁是继承人。就这样一直拖了好多年。

封建时代，皇帝立嗣是关系国家长治久安的大事，何况有几个"候选人"等着，一旦皇帝驾崩，皇子必会发生皇位之争。为此，大臣们都忧心忡忡，可是谁都不敢向他进言，因为"陛下"正值壮年，催着他安排后事，岂不触犯大忌。

一转眼，高宗的五十寿辰要到了。宫里早早准备，要为他好好庆贺一番。郑贵妃知道皇帝喜欢猜谜，特意授意大臣届时各献谜语，让他猜射觅趣，开心一番。

"万寿节"到了，文武官员送来的祝寿谜语摆满了仁寿宫，有写在彩帛上的，有刻在雀屏上的，有悬在珠灯上的，琳琅满目，美不胜收。宋高宗一一猜射，十扣九中，兴致勃勃。接着，小太监又捧上一只锦盒。熟谙此道的皇帝一看，便知道这是个"实物猜"，即命人打开盒子。开了盒盖，只见漂亮的衬垫上放着一枚红枣，一颗板栗，一粒松子。这是什么意思呀？高宗一怔。在边上瞧热闹的郑贵妃嘴快，嚷道："这个谜呀，我也猜得出。"高宗忙说："你且说来。"郑贵妃笑道："枣、栗、子，'早立子'也。"

高宗默然，知道这是哪一个官员煞费苦心，借献谜进谏。不久，他便正式宣布选定普安郡王赵昚为皇子。

顽童指路

明朝洪武二十一年，江西乡试，来自吉水县的"神童"解缙三场皆优，一举得中解元。来年春天，解缙又与他大哥解纶、妹夫黄金华结伴，一起去南京参加会试。

这一天，三人离船上岸，来到一个岔路口，不知哪一条路通往南京。正焦急时，对面走来一个背箩拾粪的小孩，黄金华便上前招呼，向他问路。那小孩很顽皮，也不答话，跑到岔路口那块大石头后面，先猫起腰，再往上伸了伸脑袋。解纶和黄金华正莫名其妙，解缙却连声向那孩子道谢。那孩子也会意地一笑，就走了。

解纶问解缙："他又没指点我们，你谢他做什么？"解缙笑道："他给我们出了一个哑谜。石上出头，不就是一个右字吗？他叫我们往右边走呢？"大哥和妹夫这才明白过来，都佩服解缙的聪明。

墨客拜寿

宋朝仁宗年间，为人正直的清官

谜语故事

·241·

张升，曾任御史中丞和参知政事。他告老还乡，皇帝赏赐给他许多金银珠宝、珍贵器皿，并派了许多仆婢随身服侍，让他安享晚年。可他认为功名利禄都是产生烦恼的根源，人生百年，应以清静为上。因此，他对皇上的赏赐一概婉言谢绝。

张升回乡后，在嵩阳紫虚谷搭建一草堂，应四时之变，荷锄阡陌间，种瓜点豆，春种秋收，素食淡饭，布衣草履，怡然自乐，过着陶渊明一样的田园生活。

张升八十岁的时候，当地文人墨客和亲朋好友来为他祝寿。一位书法家亲笔写了一幅斗大的字送给老寿星，老寿星边看边念：

  王司徒走去说亲，
  吕布将高兴十分；
  貂蝉女横目一笑，
  董卓相怀恨在心。

另一位丹青妙手也献上自己的贺礼，老寿星又念：

  竖划三寸，当千仞之高；
  横墨数尺，体百里之回。

大家听后举杯而饮，欢声满堂。

你能猜出这两个谜语的谜底各是什么吗？

谜底："德"和"山水"。

庞显拜师

明朝时期，湖北蕲春有位书生李时珍，从小热爱大自然、热爱医学。他讨厌做八股文章，三次参加省府的科举考试都名落孙山，于是毅然向在乡村行医的父亲李言闻表示，要立志行医，为穷苦百姓减轻病痛。

在随父行医的十几年中，李时珍发现古代有些药书差错百出，误人性命，于是决心去深山老林采集草药，逐一验证，并深入民间收集药方偏方。

临行前，儿子李建元和邻家少年庞显都要随他进山。李时珍笑道："此次进山，翻山越岭，风餐露宿，十分艰苦，在崇山峻岭中常会做一个动作，你俩谁能猜出，我就带谁前去。"说罢念了四句：

  左边右边全是树，
  中间是个麻雀窝。
  大哥掏雀叉开腿，
  小弟伸手往上摸。

李建元猜了许久也未猜出，倒是天资聪慧的庞显猜对了，李时珍收庞显做了徒弟，带他进入深山老林。

你能猜出那四句诗说的是个什么

字吗？

谜底："攀"字。

幽默学士

北宋大文学家苏东坡，不但诗文写得好，被誉为"唐宋八大家"之一，而且非常幽默，爱开玩笑，常出些有趣的难题考别人。

有一年，苏东坡从湖北黄冈应召回京城，任翰林院学士。

当时，有位江西才子黄庭坚，喜欢写诗，想登门拜苏东坡为师，但又担心他不肯接见，于是先写了一封信，试探苏学士的反应。

不久，黄才子便接到了苏东坡的回信，但纸笺上只写了个"笕"字。聪明的黄庭坚一看，笑逐颜开，第二天，便带着自己的诗稿去苏学士的官邸求教苏东坡。

结果，黄庭坚成了苏东坡的得意门生，与秦观、晁补之、张耒三位书生被称为"苏门四学士"。你能猜出"笕"字何意吗？

谜底：把"笕"拆开就是"个个见"。

巧遇伯乐

唐伯虎生于明朝成化六年，父亲在苏州街头开了家酒店，常有文人骚客前来开怀畅饮，吟诗作赋。

唐伯虎从小读书用功，十分喜爱绘画。一天，江南大才子祝枝山登楼饮酒，见四壁贴的画山清水秀，花鸟灵活，连声称赞："店老板这少年公子有才气！有才气。"他拉过小伯虎，拍着他的头说："我再帮你找位丹青妙手指点指点！"于是，祝枝山匆匆而去，拉来了当地著名画师沈石田。

沈石田捋着胡须，细细看了唐伯虎的画作，又见他文质彬彬，很有礼貌，心想：这酒家少年看来是个可塑之材，但不知是否灵性，文才如何，于是略一思忖，吟了古人的四句诗，要唐伯虎当堂猜答。诗云：

解落三秋叶，能开二月花。

过江千尺浪，入竹万竿斜。

聪明的唐伯虎当即挥笔写了个字，双手奉上。沈石田一看，点头微笑，便收他做了徒弟。

你能猜出这首诗所咏的是什么吗？

谜底：风。

梁上君子

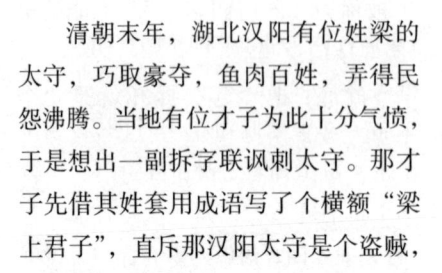

清朝末年，湖北汉阳有位姓梁的太守，巧取豪夺，鱼肉百姓，弄得民怨沸腾。当地有位才子为此十分气愤，于是想出一副拆字联讽刺太守。那才子先借其姓套用成语写了个横额"梁上君子"，直斥那汉阳太守是个盗贼，然后用其名字作成上下联骂之。

一目不明，开口便成两片；
廿头割断，此身应受八刀！

这一副对联中暗含了太守的姓名，写得真可谓痛快淋漓，令人拍案叫绝。

你能猜出那贪官叫什么名字吗？

谜底：姓"梁"，名"鼎芬"。

追回钱财

从前有个淳朴、厚道的庄稼人姓陈名焱，因无田地，只好外出谋生，在山里当窑工。他辛苦了三年，用血汗换得不少银两。

这年腊月，有位同在煤窑当账房先生的老乡，要回家探望生病的母亲，陈焱便托他带回一封信和一包银子给自己的妻子。

途中，那账房先生偷偷拆开信一看，见信上只画了一棵大树，树杈上站着八只八哥和四只斑鸠，并没有写明带回多少银子。见财起意的账房先生于是扣下一半，包入了自己的行囊之中。

谁知，陈焱的妻子看完信后，数了数银两感到不对，便问："李先生，我丈夫带回的是一百两银子，怎么少了一半？"

那姓李的账房先生一惊，支支吾吾地说："没有的事，没有的事。"

陈焱的妻子把信一展，将内容说了一遍，然后气愤地说："真是画虎画皮难画骨，知人知面不知心！"

那贪财的账房先生哑口无言，只好交出另一半银子，灰溜溜而去。

你能猜出陈焱的妻子为啥知道少了银子吗？

谜底："八只八哥"，即六十四两，"四只斑鸠（九）"即三十六两，共一百两。

贵在一字

相传有一天，鄂比读着曹雪芹的手稿，感慨万千，赞道："老兄之作，不但以生花妙笔传达出悲凉之雾，遍布华林，又描绘出灵秀之气，钟于心窍。"

曹雪芹连连拱手："过奖，过奖，实不敢当。"

鄂比呷了口酒，又说："依我看，老兄笔下男女生动自然，活灵活现，乃贵在一个字！"

曹雪芹捋须问道："请赐教，愿洗耳恭听。"

鄂比诙谐一笑，也不直说，提笔写了唐朝诗人吴融的一首七绝。诗云：

依依脉脉两如何，
细似轻丝渺似波。
月不长圆花易落，
一生惆怅为伊多。

曹雪芹一看，含笑点了点头。

你知道鄂比说曹雪芹的《红楼梦》

贵在哪一个字吗？

谜底："情"字。

寻父受考

南宋杰出的民族英雄文天祥，出身贫寒，父亲文国斋是个穷困潦倒的布衣秀才，曾从家乡庐陵漂泊到澄江教书谋生。

寒秋的一天，年少的文天祥寻父来到异乡，村中有位黉门秀士见是私塾先生的儿子，想试试他有无才华，先出了句谐联要文天祥应对：

出嫁闺女哭是笑

熟读诗文的文天祥知道这是一副反语联的上句，于是拱手回曰：

落第举子笑是哭

围观的村民和秀才无不称妙。

那黉门秀士又吟诗四句让他猜。诗云：

一物生前五寸长，

秀才带它上书房。

一团哀情为君表，

点点热泪洒桌上。

文天祥略一沉吟，很快又答出来了。村民见他文思如此敏捷，集资供他衣食，免费入学。由于文天祥勤奋刻苦，二十岁就考中了头名状元。

你知道那黉门秀士所吟为何物吗？

谜底："烛"。

黄庭坚中举

苏东坡的门生黄庭坚，字鲁直，自称山谷道人。他于宋仁宗庆历五年出生于江西修水县一户文墨之家。祖父黄湜，父亲黄庶都是金榜题名的进士，当过大夫之类的文官。在书香门第的熏陶下，黄庭坚学识长进很快。乡亲们和当地文人无不夸赞他是位聪颖过人的"神童"。

宋英宗治平三年，二十二岁的黄庭坚参加州府举行的乡试，主考官李洵见其文章不凡，善构新词；书法博涉广采，骨神秀逸，不由得连连惊叹，当即大笔一挥，取其为本届科举考试的头名举人——解元。

那李考官为了一瞻才子风采，次日召见了黄庭坚，亲自将他迎入客厅，并幽默地吟了四句诗：

面对青山来谈心，

二人席地说古今。

三人骑牛牛无角，

草木中间藏一人。

黄才子一听，连连拱手躬身："谢谢大人。"

你知道黄庭坚为何连声道谢？

谜底：因为四句诗射出四个字"请坐奉茶"。

宫女报案

从前有位皇帝，一生只有一个儿子，将其视为掌上明珠。一天，年纪不到十岁的宝贝太子突然失踪了，皇帝、皇后急得乱转，命令宫廷所有的人到处寻找。大家找到深夜，仍无一点线索。

当日深夜，皇帝正在求神拜佛，

求列祖列宗，保佑太子平安无事。贴身太监禀报，说西宫宫女王蕊前来，要求叩见圣上，说她知道太子的下落。那宫女一进门，见两个嫔妃搀着皇帝，在香炉前烧香，便支支吾吾不敢明说。皇帝见她吞吞吐吐，大声催道："快讲，快讲。"那颇通文墨的聪明宫女取过纸笔，写了"芥妄惟大了"五个清秀的小楷字，然后禀曰："万岁只要在每个字上添一笔，便……"她望了望两个嫔妃，想起南朝文学家鲍照编纂成集的一首瘦辞隐歌，于是接着又吟了四句：

　　　　二形一体，四支八头，
　　　　一八五八，飞泉仰流。

吟毕，那宫女躬身退去。

那皇帝落笔加之，又细细琢磨宫女之言，恍然大悟：原来如此……他顿时昏倒在地。

你知道太子的下落吗？

谜底：五字各添一笔为"芬妾推太子"，四句射一个"井"字，意思是"太子被芬妾推下井了"。

贪心的妻子

从前，浙江绍兴有一对夫妻开了个酒店。因酒味醇美，价钱又公道，加之老板待客热情周到，生意一直很红火。

一天，酒店老板因要下乡去收购糯谷，离了店，只留妻子在家继续经营生意。妻子是个贪心的女人，夜里偷偷往酒坛里放了一些水，第二天开门营业，仍照原价出售，结果比往日

多赚了十两银子。

丈夫回家后，妻子兴冲冲地告诉他生财的"秘诀"，不料丈夫听后捶胸顿足，责备妻子说："你把我最值钱的东西卖掉了！"

妻子疑惑不解，丈夫失声痛哭说："我那最值钱的东西，乃是无价之宝，而你只卖了十两银子，太亏本了！"从此，酒店生意一落千丈。

你能悟出那忠厚的老板所说的无价之宝是什么吗？

谜底：信誉。

岁寒聚会

明朝成化十八年，由无锡人秦旭发起，在惠山之麓建造了一座碧山吟社。当时参加碧山吟社的十位雅士都是上了年纪的老人，故有"碧山十老"之称。

据《慧山记》记载：碧山十老约定，每月聚会一次，到会的人各赋诗一首，诗成聚餐，欢娱晚年。

初冬的一天，他们又带着酒菜来到"十老堂"聚会吟诗，议定各吟一首咏物诗。

八十六岁的李庶，捋须先吟：

　　青丝头发粗布衣，
　　藤缠雪倚岁地居；
　　傲立山头迎风笑，
　　坚韧不拔名不虚！

年近古稀的秦旭接着吟元朝诗人杨载一首诗：

　　风味既淡泊，颜色不妩媚；
　　孤生崖谷间，有此凌云气！

不满六十岁的潘绪，想起前朝王冕的一首名作，脱口吟出：

吾家洗砚池头树，
朵朵花开淡墨痕；
不要人夸好颜色，
只留清气满乾坤！

你能猜出这三位老人各咏的是何物吗？

谜底：松、竹、梅。

宋献策京城卖画

明末杰出的农民起义军领袖李自成手下有一位军师，叫宋献策，外号"宋矮子"或"宋孩儿"，为人足智多谋，目光远大。他为李自成献计献策，屡立战功。

李闯王率领大军一路杀向北京。这下可吓坏了明朝崇祯皇帝，他慌忙调兵遣将，想做垂死挣扎。

为了涣散明将士的斗志，宋献策向闯王献计，让军队在河南、河北的交界处休整，他自己先去北京城走一趟。

没几天，宋献策便进了北京城。在乱哄哄的长街上摆了一个画摊。

宋献策卖的画只有一张，高高地挂在竹竿上，不时地高声唱道："买画买画请买画，此画本是神仙画。哪位看破神人意，分文不取送给他！"不一会儿，便围了不少人，大家都想开开眼界，要耍聪明，看看究竟是一张什么神画。

这是一张横幅画：远处是一座高大的城楼，好像北京西城楼，上边没有兵将，没旗没有枪。两扇城门大开，一匹一抹墨黑的高头大马正半进半出；远处一条小河，河边上长着一棵大李树，枝叶间结满了绿里透红的大李子。

这张画让人看得直流口水，当然也免不了有人七嘴八舌地议论一番。有的皱眉头，有的唉声叹气，有的却欢喜非常，直喊着要到馆子里去喝顿痛快酒。

没几天，这张画就轰动了北京城，人们长街谈，短巷议，都说："大明要完了，李闯王要坐拥天下了！"

没多久，整个北京城的人们都知道闯王要坐拥天下了。等到崇祯知道这回事，慌忙派人捉拿卖画的人时，宋献策正在闯王大营里饮酒呢。

这是怎么回事呢？从这张画里怎么能看出李自成要坐天下呢？

谜底：远处城门里一匹马半进半出，这"门"里添个"马"字，就是个"闯"字，而且那匹马还是李闯王的坐骑乌龙驹。河边的李子树，结满了要熟的李子，那是李子开花李子（自）成之意。这就是说，闯王李自成要进北京坐天下了！

康熙微服访贤才

康熙皇帝十分注重选才举贤，常微服出访。一年寒冬，下着鹅毛大雪，康熙冒着严寒来到一座山庄，见私塾学堂有一俊逸儒生正在伏案，便拱手道："先生，我借贵处取取暖，望行个方便。"年轻的教书先生见是个过路人，忙热情地迎客进屋，以礼相待。

过了一会，外面的雪渐渐停了，康熙起身告辞。他一腿迈出门外，一腿留在门内，笑问年轻儒生："先生，你猜我是否要走？"

那先生见问得怪异，重新打量了眼前这位怪客。他略一沉思，机智地答了一席话。

康熙见其文思敏捷，答言巧妙，连声赞好，当即亮出自己真实身份，笑说："先生正是朕意中之人！"不多久，这位年轻的儒生便被召至京城，委以重任。

您能猜出那儒生是如何巧言以对的吗？

谜底：机智的儒生当即上前一步，笑曰："客官，你猜晚生是留你，还是送你？"

康熙路考大学士

清康熙帝喜好游山玩水，吟诗作赋。一次巡游杭州，在去灵隐寺途中，康熙帝对陪游的大学士高江村说："爱卿乃饱学之士，朕制四句诗谜，你猜猜看。"说罢吟道：

半边有毛半边光，
半边味美半边香。
半边吃的山上草，
半边还在水里藏。

高江村苦苦思索，未能开窍。桥边一位洗衣村姑扑哧一笑，说："老先生，这有何难。"接着道出了谜底。

康熙见村姑如此聪慧，朝高江村嘲笑道："爱卿，看来你还得回翰林院再苦守三年寒窗，方能赛过这位妇人的学问啊！"

高学士面红耳赤，连连称是。幸好后来高学士在灵隐寺因题匾一事为康熙解了围，才免了折回翰林院去。

您能猜出那诗谜的谜底吗？

谜底："鲜"字。

吴育辨别牡丹图

北宋仁宗时，参知政事吴育，非常喜欢收藏书画，鉴别能力也很高。一天，一位官员兴冲冲地送来一幅新近得到的名画，请他鉴别。

吴育将画轴慢慢展开，那画面上是几株花瓣张开且很有精神的牡丹。一看这牡丹，吴育觉得很眼熟，不禁脱口而出："这不是亲家欧阳公家的《正午牡丹图》吗？这牡丹下面还有一只可爱的小猫呢。"那官员听吴育这么一说，马上赞不绝口："吴公果真是慧眼，这确实是《正午牡丹图》。"可是，当画轴全部展开，吴育又将整幅画面反复仔细地看了一遍，不禁双眉紧皱，问道："这幅画，你是从哪儿得来的？"那官员见吴育神色不对，赶紧说："这是张画师的珍藏，花费千金，好不容易弄到手的。"

这时，吴育已没有心思跟他多谈，含含糊糊应酬几句，便把客人打发走了。客人一走，吴育就吩咐备轿，直往欧阳修府中而去。

吴育见了欧阳修，便直截了当地要求欧阳修把珍藏的《正午牡丹图》取出来让他看看。欧阳修欣然从命，并亲自将画取出，把画轴全部展开，真的《正午牡丹图》。

您知道张画师故意留在两幅画上的一个微妙差异是什么吗？

谜底：中午的猫眼应是眯成一线，绝不会滴溜滚圆。这就是张画师故意留在两幅画上的微妙差异。吴育也正是据此判断那两幅画是假的。

慈禧作谜皇帝猜

清代猜灯谜很盛行，民间谜社有很多，活动频繁。每逢新春，不仅民间到处有猜谜活动，就是在皇宫内亦有此举。在节日期间，宫内的喜庆娱乐活动除耍灯、演戏等外，还有猜谜。元宵节的晚上，院里各式各样的灯上都贴着谜条。凡是宫里的人都可以随便去猜射。猜中者有赏，赏品非常别致，是装在一个大黄托盘中的元宵，每盘大约有元宵一百多个。

慈禧也是一个比较喜欢猜谜的人。有一次，慈禧令太医作谜给她猜，太医作了一则"踏雪寻梅"，打中药名"款冬花"的谜，她大加赞赏。

慈禧不但喜欢猜谜，而且也能制谜。八国联军攻入北京时，慈禧与光绪帝率领宫廷后妃、大臣仓皇逃到西安，有一次皇后说道："老佛爷，说个谜语让我们猜吧。"慈禧应道："好。"这个谜语是：

一家好好过，
怕听五更鸡；
鸡鸣三唱后，
白昼失东西。

慈禧说完让光绪猜，光绪猜了三

但见几株牡丹花下，有一只可爱的小猫，猫眼滴溜滚圆，非常动人。看到这里吴育十分惊讶："怎么和那官员的那幅一模一样呢？怎么又是一幅假画呢？"欧阳修听说是假画，不禁惊讶地反问："吴公平常观赏此画时，曾十分肯定'这是幅稀有珍品'，怎么今天变成假画了呢？"

吴育问道："欧阳公可曾将此画借给他人看过？"欧阳修思索了一会说："张画师不久前曾来借去过，不过第二天一早便还回来了。难道其中有变吗？"吴育不等欧阳修说完，接着说："对了，问题就出在这儿，看来真画在张画师手中。"

事情果然不出吴育所料，原来张画师从欧阳修那里借画后，连夜复制了两幅，一幅送还欧阳修，一幅卖给了那个官员，并且在这两幅假画上，故意留下了一个与真画不同的标志。欧阳修一时疏忽大意，就收下了。幸亏吴育识破，张画师才不得不交还了次才猜中。

请问谜底是什么？

谜底：月亮。

曹雪芹解谜做菜

曹雪芹不仅是个文学巨匠，相传他还是个烹调好手。一天，他邀请好友敦敏和于叔度到家里做客，笑呵呵地问两人道："你们二位喜欢吃什么菜？"

敦敏张口说：

身体白又胖，常在泥中藏，
浑身是蜂窝，生熟均可尝！

曹雪芹说声知道了，转身又问于叔度："你想吃什么？"于叔度慢条斯理地说：

有头没有颈，有气冷冰冰，
有翅不能飞，没脚千里行。

说完又补充道："听说你做这个很是拿手。做一盘尝尝，如何？"

曹雪芹频频点头说："好，好！我这就去做！"

不大工夫，两盘佳肴端上桌来。那真是香味四溢，令人垂涎。于是，三人围坐桌前，开怀畅饮，直喝得酩酊大醉。

请猜猜敦敏、于叔度两人各要的是什么菜？

谜底：前者是藕，后者是鱼。

姑娘去买药

有一户五口之家：老两口和三个姑娘。大姑娘叫红根，二姑娘叫绿叶，三姑娘叫白花。闲来无事，她们常猜谜取乐。

这一年秋天，老太太生了几天小病，叫大姑娘去抓药。

大姑娘去了很长时间没回来，老太太就叫二姑娘去找。结果连二姑娘也没回来。

三姑娘说："妈，我再去看看吧！"老太太说："你别去。先猜猜我这个谜语吧。"说罢吟道：

红根去打药，绿叶不还家，
宁可等它黑，莫折小白花。

老头子一听笑了，说："我来做一个同样谜底的谜让你猜猜。"说罢，吟道：

红根子，绿叶子，
开白花，结黑子。

老太太一听，乐得哈哈大笑。

不一会儿，两个女儿抓药回来了。老太太服了药，猜猜谜，心情舒畅，病也好了。

您能猜得着这两个谜同指一个什么吗？

谜底：荞麦。

老农考孙子

从前，有个老农和其孙子一起去锄地。烈日炎炎，两人干了一会儿活就来到地头边上的一棵大树下乘凉。

为了解除疲劳，爷爷提议猜个谜。孙子急着要爷爷快点说出谜面。老农小时候读过几天私塾，当时的教书先生和学生一起对对子、猜谜语，有的谜他至今仍记忆犹新。他略微想了想，便给孙子出了这样一个谜语：

忆当年，头戴彩色缨帽，身穿罗衣数套。别人见了喜悦，自己也觉俊俏。不幸老年到，衣帽被剥，悬空高吊。受尽风吹雨打，皮干心躁难熬，待到被放下，还不轻饶，打得骨肉分离，还不免到那衙门走一遭。

该锄地了，孙子还没猜出来。爷爷说："你一边锄地一边好好想想吧！"

请你帮这位老农的孙子猜猜看。

谜底：玉米棒子。

张船翁考子

从前有个老船翁，名叫张海，以帮人运货为生。张海除了白天驾船以外，晚上还把自己学到的一点文化知识教给儿子，有时还为儿子买些诗书供其自学。

有一天，父子运货到了一个集镇，儿子在街上看到朝廷考状元的榜文，儿子向父言明要进京赶考。张海恨透了封建士大夫的残忍，便不让儿子去。在儿子的苦苦哀求下，张海没办法，于是指着邻近的一条船对儿子说："你去那里给我借一样东西来。拿错了就别去考，拿对了，你就去吧！"儿子满口答应。

张海便叫儿子拿出纸笔来，顺手写了这样一首诗：

忆当年，生在深山，青枝绿叶。叹而今，来到人间，青少黄多。经过几多风波，受尽几番折磨。莫提起啊，莫提起！若提起，无非点点泪滴江河！

写毕，儿子很快到邻近船上借来了父亲要的东西，父亲无奈，只得允许儿子上京赴考。

您知道张海要儿子到邻近船上借什么东西吗？

谜底：借船篙。

王秀才借物

从前，有个姓王的秀才，满腹经纶，只因奸臣当道，穷困潦倒。

一天，王秀才赛诗归来，腹中空空，就叫儿子阿聪赶快煮饭。可是家中早已没有米了，这时，他才想起今天是大年三十。去哪儿借钱买米呢？王秀才急得像热锅上的蚂蚁。突然，他看见地上有一段圆竹，不由灵机一动，忙用刀往圆竹筒上劈去，当劈到三分之一、靠近竹节处就不再劈了，他叫儿子拿了这带刀子的圆竹筒，到邻村最要好的朋友李秀才家去。

李秀才家中富裕，是个喜欢猜谜语的人。当阿聪把这段圆竹给他时，他拿着竹筒，仔细地看起来。看了一会，他突然哈哈大笑，立即吩咐家人，拿出一袋米和几吊钱交给阿聪。

聪明的读者，您知道李秀才怎么猜出王秀才家中缺钱少米的吗？

谜底：圆竹筒的三分之一处有个竹节，因刀搁在竹节上没有劈过去，就是说缺钱少米，过不了节。

昔日丰姿新样妆

从前有户人家，妻子操持家务，

丈夫是一个教书先生，日子过得虽然不富裕，倒也不缺吃少穿。夫妻俩膝下只有一女。小女聪明伶俐，从小读书识字，吟诗作画，父母把她视为掌上明珠。当时，朝政不稳，兵荒马乱，人们三天两头东躲西藏，到处逃难。有一次，他们在逃难的路上碰上了官兵，亲人无法相顾。天黑以后，她与父母走散了。

几天来，姑娘到处打听父母的下落，但一直没有消息。在当时的战乱年代，一个姑娘怎能生活下去呢？她整天哭哭啼啼，思念父母。为了活命，她不得已给一个地主当了女仆，打算以后再慢慢与父母团圆。

不料，主人非常刻薄，给她穿的是破衣烂衫，给她吃的是残汤剩饭，让她干的是又脏又累的活儿，她受尽了折磨。

这天，她累得精疲力尽，饥肠辘辘，对着一块残缺不全的菱镜，看着自己憔悴的面容，想起自己从小虽然没有锦衣玉食，却也无忧无虑，心情舒畅，眼下落得如此下场，好不伤感。她又想起父母不知是死是活，不觉潸然泪下，自叹道：

昔日丰姿新样妆，
如今褴褛实堪伤；
堂前厨下来服侍，
啜饮残羹剩茶汤。

这四句诗隐一件日常用品，请你猜猜是什么？

谜底：抹布。

八月十五光明月

从前，有个老先生，总爱占小便宜，哪个学生送他的礼重，他就另眼相待；那些送不起礼的穷学生，就要遭他的白眼。

老先生有个女儿，名叫金花，能诗善对，聪明过人。她常劝父亲不可以势利待人，但老先生始终听不进去。

这年八月十五快要到了，学生们都给先生送节日礼物，只有穷学生刘海因家境贫困没送。老先生很不高兴，便想羞辱他一番。

八月十四日那天放学前，老先生说："明天中秋节放假一天。刘海例外，留下对对。我出上联，他对下联，什么时候对出来，什么时候回家。"

书房里只剩下刘海一个人，他惦念家中的母亲，心情烦乱，看着老先生出的上联"八月十五光明月"，就是想不出合适的下联来，急得在书房里团团转。他想，"光明月"要对"月黑天"才好，嘴里便不断地念叨："八月十五光明月，什么什么月黑天……"

金花见刘海着急的样子，既同情他，又不满父亲的做法，就悄悄地写了四个字，揉成一个纸团，扔进书房。

刘海拾起纸团一看，大喜。立即在"月黑天"三字的前边加上"岁末除夕"四个字，写成了下联，送到老先生屋里。

老先生看了刘海对的下联，觉得不错，但不相信是他自己对的，便严厉地追问他。刘海不敢隐瞒，只得把师姐相助的事讲了出来。

老先生一听，火冒三丈，认为女儿败坏了门风，丢了他的脸面，百般辱骂金花，还说："你这么不要脸，还不如死了好！"

老先生骂完走了，金花心想：只不过帮刘海想了四个字，父亲就这样大发雷霆，骂个不停，她越想越生气，于是提起笔在墙上写了四句诗：

自幼红颜薄命，处处被人刁难。
只为四个大字，含羞吊在门前。

写完，便上吊自尽了。等老先生发现时，金花已经死去多时。

金花写的这首绝命诗是一首诗谜，谜底为一物，您能猜出来吗？

谜底：红纸糊的灯笼。

丘书生射"虎"

明朝时期，广东有位书生丘浚，因博古通今，广闻强记，被人誉为"丘书柜"。

有一年，丘浚前往粤州府参加三年一次的科举考试，途中在一家旅店投宿。店主有个聪慧的小女名叫鹧鹉，笑着对丘浚说："丘秀才，人都说你解诗破谜胜烘炉点雪，今天我出个字谜试试你！"说罢娇声吟道：

二人并坐，坐到二鼓三鼓，
一畏猫儿一畏虎。

丘浚听罢，低声说道："二人并坐，是两个字合而为一。畏猫者，鱼也；畏虎者，羊也。"想到这儿，书生矜持一笑，拱手答道："小生猜中了，是个'鲜'字！"

"不对！"鹧鹉嫣然一笑，"你再猜猜。"

丘浚听说未猜中，顿时面红耳赤。他急忙变换思路，苦思冥想："这二鼓乃亥时，三鼓乃子时。亥时生者肖猪，猪亦畏虎，子时生者肖鼠，鼠亦畏猫。"想到这儿，书生不由得拍案叫绝，笑道："这回我肯定猜着了！"说罢道出了谜底。

店女一听，拍手称赞："真不愧是丘书柜！"

您知道谜底是个什么字吗？

谜底："孩"字。

黄周星酬"落汤鸡"

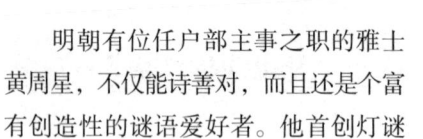

明朝有位任户部主事之职的雅士黄周星，不仅能诗善对，而且还是个富有创造性的谜语爱好者。他首创灯谜"酒令体"，谜面如诗词，且谜味醇正。

一天，黄周星为养父周老爹庆寿，邀请文朋诗友赴宴。席间，他笑着说："今日实属难得，为助雅兴，请君轮流出谜猜射，以代酒令如何？"众宾客拱手回礼表示同意。

有一诗友笑道："黄大人乃谜坛高手，理当先吟一则。"

黄周星也不推辞，随口吟一谜：

忽而冷，忽而热；

冷时头上暖烘烘，

热时耳边声戚戚。

并说："此为分扣谜，隐三国一人名。哪位才子能猜中，当以'落汤鸡'酬答。"

宾客中有位猜谜老手，听后细细推敲片刻，拍手称绝，笑道："乃'貂蝉'也！"接着，他做了解释："天冷时戴貂皮帽子，便可'暖烘烘'；天热时，'蝉'就叫，其声凄楚，耳边便时常'声戚戚'了。"

黄周星赞道："老兄才高，'落汤鸡'受之无愧也！"

黄周星所说的"落汤鸡"也是一个谜语，你能猜出谜底吗？

谜底："酒"。

郑成功招贤

相传郑成功在厦门招募兵勇举义时，想出了一个好办法。他吩咐手下的亲兵在招贤馆门前摆了一张桌子，旁边高挂一幅"招志士"的招牌。桌上分别放有一个盛满清水的玻璃缸，一盏点燃的油灯，并散置着火石、火刀、火绳等几样物品。

当时，有数百名百姓前来围观，人们都感到新奇。这样的摆设是什么意思呢？连续三天，也没有人猜中。

到了第四天，来了一位浓眉大眼、虎背熊腰的黑大汉。只见他大步走到桌前，用眼扫视了一下桌上的东西以后，便伸手把一缸清水泼翻在地，接着拿起火石、火刀，打着了，点着火绳，然后从容不迫地将油灯点亮。守在两旁的士兵看得清楚，急忙入内向郑成功禀报。郑成功满心欢喜地说："快请这位壮士来相见。"

原来，郑成功的摆设是一则哑谜，谜底是四个字。请你猜一猜是什么字？

谜底：反清复明。

孔雀名花雨竹屏

康熙二十九年，八大山人朱耷六十五岁时画了一幅水墨画，上面画着一块上大下尖显得站立不稳的顽石，顽石上蹲着两只尾巴上长着三根花翎的孔雀，孔雀的上面是石壁，石壁的后面垂着竹叶和牡丹花。石壁上有一首题诗：

孔雀名花雨竹屏，
竹梢强半墨生成。
如何了得论三耳，
恰是逢春坐二更。

这幅作品，画意隐约，究竟隐含着什么寓意呢？

"三耳"引用了《孔丛子》所记"臧三耳"的典故。"臧"是奴才，奴才对主子总是俯首帖耳，言听计从的，就像多生了一只耳朵。

清朝官员帽子的后面都拖着用孔雀尾羽做成的"花翎"，即所谓"顶戴花翎"。花翎的多少标志着官级的高低，从一翎到三翎，三眼花翎是最高等级的标志。画中的孔雀，尾巴上拖着三根花翎，即是隐刺清廷大员。这些大员虽然地位显赫，其实也都是些奴才。"恰是逢春坐二更"，即使在"春眠不觉晓"的春天，为了上朝，也得二更时分就早起候驾。而那下面尖尖站立不稳的石头，不仅象征着这些"奴才"伴君如伴虎，时刻会遭遇到意想不到的危险，而且，也象征着整个统治阶层的动荡不安，时刻都有倾覆的危险。

明亡以后，明皇室贵族后裔的朱耷被降为平民，他既无力反抗，又不愿归降做顺民，只好装哑、佯狂，将悲愤寄于笔墨，用来表示他不屈的抗争。这不仅是一幅书画精品，而且还是一则书画谜，具有极强的思想性。

乾隆放"虎"

传说清朝的乾隆皇帝酷爱瘦辞隐语，经常要一些学士墨客编制灯谜给他猜，他自己也曾即兴作过一些谜语给宫廷里的人猜，射中谜底者当众赐赏。

一天黄昏，用完晚膳，乾隆谜兴突发，放出一条"文虎"，让侍候他进餐的太监、宫女试射，言明"猜中者赏白银五十两"。

乾隆皇帝所制谜面为四句诗：
腹内香甜如蜜，
心中花红柳绿。
白沙滩上打滚，
清水河中沐浴。

众人绞尽脑汁想了许久也未猜出，有位长相俊俏的太监忽然想起刚才膳食之物，笑道："万岁爷，给银子吧！我猜中了！"接着道出了谜底。乾隆拈须一笑，当即行赏。

你知道皇帝所吟何物？

谜底：元宵。

纪晓岚难倒皇帝

相传有一年元宵灯节，乾隆皇帝雅兴大发，同大臣们一起来到翰林院文华殿猜灯谜。走到中厅，只见一只大灯上写着一副谜联。

上联为：黑不是，白不是，红黄更不是。和狐狼猫狗仿佛，既非家畜，又非野兽。

下联为：诗不是，词不是，论语上也有。对东西南北模糊，虽为短品，却是妙文。

素以圣才自诩的乾隆反复吟诵，苦思冥想许久也没能猜出，很是难堪。

身旁有位文官见状，忙为皇帝打

圆场，笑道："常言道'解铃还须系铃人'。还是请制此联谜的纪学士自己揭开谜底吧。"

纪晓岚眯着眼嘻嘻一笑，朝皇帝拱了拱手，然后挥笔写了两个大字。众人俯身一看，无不称绝，连乾隆也拍掌大赞："妙哉，妙哉！"

你知道这谜底是哪两个字吗？

谜底：猜、谜。

苏小妹的新花样

一天，苏东坡邀请山谷道人黄鲁直和佛印和尚到家中做客。这三人在一起少不了吟诗作对一番。正在三人兴致正浓之时，苏小妹出来了，黄鲁直连忙请她坐下，要她参加。苏小妹笑笑说："吟诗我比不上哥哥，写字我比不上山谷道人，念经我比不上老僧。要我参加可以，但必须玩猜谜游戏，行吗？"山谷道人和佛印异口同声说："行啊，你先开头吧。"苏小妹说："这次猜谜我们要玩个新花样，我先出个七字句谜打一字，谁猜中了，先不要说出来，就由他继续出一个七字句谜打一字，该谜底必须与上一个谜底相联；第三个人也是一样；第四个人则要用一哑谜形式来表示一句七字句作为谜面，同样射一个字。然后，四个字加起来正好连成一句成语，而这个成语又必须符合我们现在猜谜的情景。你们说行吗？"三个人一听都觉得难，但是又不肯服输，只得齐声说行。于是，苏小妹说了：

月伴三星月如镰

三人马上沉思起来，一会儿，谜底被苏东坡先猜出来了，于是他就抢先作第二个字谜：

日映召陵如火燃

黄鲁直着急了。心想，得抢先联上第三句，否则，要用哑谜联第四句就更难啦。黄鲁直不愧是个大文学家，他脱口而出：

丕儿一去不复返

这时，三个人都望着佛印。佛印听了上面三句，心中已有数了，就不慌不忙地把头上的帽子摘下，马上又戴上，再用右手食指向上一指，说："这就是我的哑谜，不知道是否跟你们的三个字联得上？"三个人不约而同地笑了起来，因为大家都猜对了。

你知道这些谜的谜底吗？

谜底：心照不宣。

岳父助力破谜

程敏政，明朝时期的文学家，休宁（今安徽）人。小时候就刻苦读书，弱冠之年便博通六籍，成化年间以才思敏捷而金榜题名，高中进士。宰相李觉见他相貌才华都很出众，文质彬彬，便将风姿绰约的女儿许配给了他。

一天早晨，李小姐与丈夫来到后花园散步，当时太阳刚刚升起，花草鲜艳，李小姐灵机一动，笑着说出了四句话：

　　种个芝麻，长棵桃树。
　　开朵牡丹，结个橄榄。

并让程敏政猜是什么花。

程敏政虽善吟诗作赋，但对猜谜却不擅长，想了许久也未猜出，急得抓耳挠腮，十分尴尬。李小姐嫣然一笑："那就再想想吧，何时猜中，为妻赏酒三杯。"

这天，李觉退朝回到官邸，腰酸背痛，叫女婿陪他饮酒来放松身体和精神。程敏政说起早上之事。李觉听后朗声笑道："这有何难！"说罢拿起筷子指了指窗前的那一盆花，程敏政恍然大悟。吃罢晚饭，他采了不少花，拿到绣楼，缠着李小姐染指甲。他仔细地给李小姐的指甲涂上花泥用细线捆绑好。小姐说："我出的谜你猜到了没有？"敏政说："正等着领赏呢。"小姐会心地瞟了他一眼："别急，一会儿咱们再慢慢喝。"

你知道谜底是什么花吗？

谜底：凤仙花（指甲草）。

才貌双全

明朝人瞿佑，是一位高逸不羁的风流才子，他才华横溢，文思敏捷，许多名人雅士都想招其为婿，但他对这些人的女儿都不屑一顾。

在一年元宵灯节的热闹街市上，瞿佑见一春风满面的妙龄女子，窈窕妩媚，心想，这妙龄佳丽虽无美女的纤腰、花卉的姿色，却着实令人心动。

那个与女子同行的丫鬟看见大名鼎鼎的瞿才子对自己家小姐含情脉脉，回家后便如实禀报了老爷。

主人一听，忙派人送去请帖，邀瞿佑来家赴宴。

酒席上，瞿佑才知道摆这桌酒席的原因，心想，这家"千金"论外貌倒是秀逸女子，但不知才学如何，于是借着三分酒意，他要来文房四宝，赋咏物诗一首，让主人把它交给那位小姐。诗云：

　　巧制功夫百炼钢，
　　持来闺阁共行藏。
　　双环对展鱼肠快，
　　两股齐开燕尾长。

不久，瞿佑便接到那家丫鬟捎来的一纸香笺，上面写着两个秀气的小字。瞿佑一看，笑道："这真是才貌双全的意中人啊！"

你知道那小姐在香笺上写了两个什么字吗？

谜底：剪刀。

雀屏选佳婿

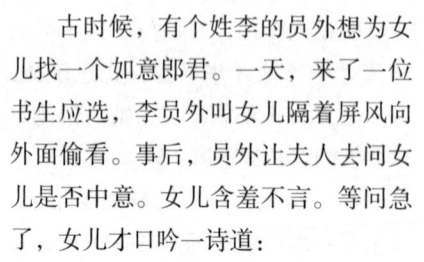

古时候，有个姓李的员外想为女儿找一个如意郎君。一天，来了一位书生应选，李员外叫女儿隔着屏风向外面偷看。事后，员外让夫人去问女儿是否中意。女儿含羞不言。等问急了，女儿才口吟一诗道：

雀屏选佳婿，双亲询女意；
元旦欲观灯，怎奈才除夕。

母亲不懂其中含义就去告诉了员外。李员外听后哈哈大笑说："这四句话是个字谜，射一个字，女儿已经答应了。"母亲细细一想，恍然大悟。

请你猜猜，这是个什么字？

谜底：除夕为正月少一日，隐"肯"。

虎丘山遇知音

相传，苏州虎丘山下居住着祖父孙女二人，祖父是忠厚的穷秀才，嗜好养花；孙女儿在虎丘山下垦地种花，长得文静秀气，且又聪颖能干，每日除了与祖父一起养花诵诗，还时常到城里去卖花。

一天，姑娘卖完花正打算回家的时候，不料于小巷中遇到了一个纨绔恶少，他见姑娘美如天仙，不禁动了邪念。姑娘见苗头不对，转身便跑，那恶少在后紧追不舍，眼看姑娘体力不支，难逃魔掌。正值危难之际，恰逢一个后生路过，他见光天化日之下，竟有人追辱女子，不禁义愤填膺，上前揍了恶少一顿，救下了姑娘。

姑娘千恩万谢，并问后生的姓名。后生本不想告诉她，但见她态度坚决，便随口吟道：

一自幽山别，相逢此寺中，高低俱出叶，深浅不分丛，野蝶难争白，庭榴暗让红，谁怜芳最久，春露到秋风。

吟完，他带着歉意笑了笑对姑娘道："恕我未能直言，不过这诗所说的花名便是我的姓名，你与花朝夕相处，我想，你是一定能知道我的姓名的。"说完，他便走了。

姑娘低头略一思索，已悟出谜底，便对着已走出挺远的后生高喊一声："石——竹——！"

听到这一声，后生顿时停住了脚步，没想到那姑娘竟然在这样短的时间里就喊出了他的姓名。

他来到姑娘身边，道："小姐，好聪明，这么快就说出小生的姓名！只是不知小姐芳名……"

姑娘见他想知道自己的名字，便莞尔一笑："我的名字嘛，也是一种花。"说罢吟道：

  能白更能黄，无人亦自芳，
  寸心原不大，容得许多香。

哪知姑娘话音刚落，那后生便道："多好的一种花啊，不为无人而不芳，不因清寒而萎缩。"姑娘听罢，不禁顿生敬佩之意、爱慕之情，向青年许了终身。

你知道姑娘叫什么名字吗？

谜底：兰花。

杜门谢客

从前有个书生，一心一意地刻苦读书，无论在学校，还是在家里都一样。可是，有几个同窗总是爱找他玩，扰乱他的注意力，使他不能安心读书。一天，这个书生写了一个对联谜，贴在了门上：

  古月门中市
  言青山上山

几位同窗看到后，便再也没有人来打扰他学习了。请猜猜，这副对联是什么意思？（打四个字）

谜底：胡闹请出。

珊瑚鞭打海棠灯

在扬州，有一年的元宵节，一个盐商于大门口挂一巨大的灯笼，上书"悬谜征答，射者请进"八个大字，一些好奇者皆蜂拥而入。庭院内陈设精美酒菜一席，香气浓郁，令人馋涎欲滴。桌上另放酒一壶，杯一只，筷一双，桌前有锦椅一张，旁边还侍立妙龄女婢一名。墙上挂有珊瑚鞭一条，堂口悬一巨灯，状如海棠花。堂下有健马一匹，鞍具齐全。另一边竖有一牌，写着：庭院内所设，请射唐诗二句，中者以鞭、马相赠。

一时间，扬州城内文人学士纷纷前来观赏猜谜。每天开放两个时辰，然而，连续三天竟无人猜中。

到了第四天，忽有一少年弟子昂首直入内庭，径自登堂入座，旁若无人，随手取壶自斟自饮，举筷大吃。壶中酒尽，少年面露醉意，脚步踉跄，乃招女婢扶之，伸手取下墙上所悬之珊瑚鞭，步出堂下，命女婢扶其上马。临走前，以珊瑚鞭击海棠灯一下，即乘马而去。观者莫不惊异，可是主人却哈哈大笑起来，并不让人追赶，任其远去。

事后，众人追问主人，谜底究竟是什么？盐商道："当年李白醉草吓蛮书，书成后出宫上马，曾口吟'醉后玉人扶上马，珊瑚鞭打海棠灯'二句而去。今日乃重现当日李白的故事，诸君为何没想到？"

众人这才恍然大悟。

店嫂

从前有两个进京赶考的书生，晚上同住在一家小店。店主是个农村大嫂，模样俊秀，端茶送饭招待得十分周全。晚上临睡前，她又送茶水来，夜没睡！"大嫂一听哈哈大笑起来，爽快地说出个姓氏，两位书生如梦初醒，惭愧地告别大嫂赶路去了。

谜底：巴。

姜太公到此

相传古时候，有个内阁大学士，是一位大孝子。一次，他回乡省亲，他母亲对他说："儿啊，人家都说皇宫非常气派，可惜为娘从来没有见识过。"大学士想这倒不难。他按照皇宫的结构布置画成一张大图纸，找来当地一位名建筑师，要他照图样兴建。建筑师一看图样，吓了一跳：回绝吧，怕得罪大学士；接受下来吧，害怕以后被人告发。情急中他灵机一动，提笔在图上写了"姜太公到此"五个字，即将图纸卷起，交给来传达命令的大学士的家人，说此图有几处不妥，请大人再斟酌斟酌。

大学士打开图纸，一眼便看到了这五个字，先是一愣，又皱着眉头仔

两个书生很感激。大嫂一边倒茶一边问："二位公子贵姓？"两人都有学问，开口就成文："弓长十八子。"大嫂一听，接口就说："原来是张李二先生。"两书生见大嫂对答如流，就反问说："大嫂贵姓？"大嫂微微一笑，说了一句："横日挂金钩。"两个书生苦思冥想了一会儿，抬头你看看我，我看看你，硬是没有猜出来。大嫂一看就明白了，忙说："二位歇着吧，明日好赶路。"说完收拾茶具走了。两个书生不知大嫂姓什么，翻来覆去一宿没睡着。天亮了，两人更是恐慌，还是赶考的举子，连大嫂的姓都猜不出来，待会见大嫂怎么搭话呢？正在此时，忽听大嫂叫门，两个人慌了神！他们急忙穿好衣服。大嫂送了早茶、洗脸水，二人满面通红，开不得口。吃过早饭，要赶路了，他们不得已硬着头皮说："大嫂贵姓，请明示！您的'横日挂金钩'，钩得我二人一

姜子牙

细想了一会儿，就明白了建筑师的意图。原来这是个用"摘顶格"破解的谜语，限定谜底字数在两个以上，要部首相同，将这些部首摘去后能扣合谜面。此谜之底即"宫室"，摘去两个宝盖头便是"吕至"，恰能对应"姜太公到此"，因姜太公本名吕尚。而建筑师则是借此谜提醒：私造宫室，"僭越"之罪是逃避不了的，否则会招来杀身之祸！

破了谜的大学士吓出一身冷汗，马上打消了建宫室的念头，还厚赏了建筑师。

聪明的小二

晚清时期，北京城里有座酒馆叫东兴楼，楼中有个店小二善破各种谜语，因此招来了众多喜欢制谜征射的谜友光顾。

这一天，店里来了两位客人，他们在一张桌子边坐好后，甲对殷勤招呼的店小二说："我俩要的酒不一样，'绿肥红瘦'。"乙则取下头上戴的瓜皮小帽，顺手递给他。

不用再问，就这一言一行，店小二便明白了。原来他俩各出了一个"落帽格"谜，其格式规定谜底字数在三个字以上，而且必须将第一字摒除后正好扣合谜面，好像脱去头上帽子。店小二根据客人乙的动作提示，扣出谜底是竹叶青、花雕两种酒名，摒除"竹"字后，"叶青花雕"（雕与凋同音）恰能扣合"绿肥红瘦"。结果两位谜客如愿以偿，并同店小二结为朋友。

韩信不肯反

苏东坡同孙贲一起在朝为官。孙贲非常害怕老婆，不仅同僚们都知道，在汴京酒楼茶馆里人们也常谈论此事。

有一天，苏东坡请孙贲去酒楼共饮，还点名要一个善猜谜语的歌女陪酒。席间，孙贲要苏东坡出个谜让歌女猜，借此取乐。苏东坡说："蒯通劝韩信反，韩信不肯反。"这个歌女马上猜了出来，只是碍着孙贲在座，迟迟不肯说，偏偏孙贲又逼着她快说。岂知一经说破，乐坏了苏东坡，气坏了孙贲。

原来此谜是"玉带格谜"，规定谜底字数为单数，至少三个字，中间一字须谐读后才能扣合谜面，即故意用白字，如同有人围上玉带后腰间一圈白之特征。苏东坡讲的这个谜面，用历史典故：汉朝建立后，功臣韩信不肯接受谋士蒯通劝其叛汉的建议——怕辜负了汉高祖刘邦对他的信任。歌女据此以玉带格式扣底，就是"怕妇（负）汉"，既对应谜面，又刻画出了孙贲怕老婆的形象，难怪孙贲要生气了。

叶天士处方

明朝时，江南有位名医叶天士，他医术高明，药到病除，所以人们送了他一个外号叫"叶一帖"。

请叶天士看病的人很多，他只问病情轻重，不管病家贫富，为此得罪了当地的一个恶霸李三麻子。李三麻子勾结官府，诬他"非法行医"，砸了他的医馆和招牌。从此，叶天士成了在破庙里栖身的游方郎中。

说来真巧，李三麻子使坏不久，突然得了急症，不得已管家只好去破庙里请叶天士看病。叶天士慢条斯理地问过症状后，说："不用出诊啦，我给你写张药方，包你一帖见效。"说罢，提笔写道：

柏子仁三钱，木瓜二钱，官桂二钱，柴胡三钱，益智二钱，附子三钱，八角二钱，人参一钱，台乌三钱，上党三钱，山药二钱。

管家接过方子，飞快地直奔药铺去抓药。药铺里的伙计接过方子一看，忍不住笑出声来："这哪是什么药方？明明是一个藏头谜嘛。"

管家一愣，忙拿过来仔细一瞧，原来这是：柏木官（棺）柴（材）益（一）附（副），八人台（抬）上山。

谋财害命

文征明和祝枝山都是明朝时期的江南才子，不但是丹青妙手，而且是谜坛名家。

一年元宵节，祝枝山和文征明一同到苏州玄妙观赏灯猜谜。二人走到文虎厅，只见一张桌子上放着只鸟笼，笼中有一只啁啁啾啾鸣叫的花鸟，笼子旁边放着一百文铜钱，注明"射衙门术语一句"。

文征明才思敏捷，手疾眼快，将铜钱揣入怀中，然后开笼让鸟飞去。站在一旁的制谜者含笑点头，连声称赞："高手，高手！"

祝枝山因眼睛近视，还没有来得及细看，就被文征明抢先得彩，于是他也跃跃欲试。制谜者见状，拱手笑曰："祝才子莫急，那边还有一只鸟笼，也悬赏钱，请君一试。"

祝枝山一听，快步上前，他和文征明一样，也将钱收入袖中，将笼门打开，伸手捉住小鸟，做出欲放之势。

制谜者连忙摇手："一谜二底，岂能重复？"

祝枝山哈哈大笑，伸开五指，鸟已被他掐死了。制谜者点头微笑，称赞不绝。

文征明、祝枝山所猜的谜底各是什么？

谜底：得钱买放、谋财害命。

王举人告状

清朝初期，扬州城发生了一桩案子。罪犯刘二，夜半翻墙进入王举人家的小姐房内，夺下了熟睡的小姐手腕上的金镯，之后又淫心大发，揭开被子将王小姐强行奸污了。案发后，刘二很快被抓获。

怒火冲天的王举人，亲笔书写了一份文绉绉的状词，呈上衙门，请求地方官严惩罪犯刘二。

州官见状词上写有"揭被夺镯"四字，只罚重打罪犯二十大板，准备将刘二释放。

王举人听说后，心中十分不满，登门拜访了衙门当师爷的刀笔吏，求他重新代写一份状子。

那精通法律的刀笔吏收下厚礼后，只在王举人原状词的"揭被夺镯"四个字上，做了一点小小文章，然后捋须笑道："你再呈上去试试，保你能出心头之气。"

果然，地方长官接过新状词后，遂以抢劫、强奸两罪，将刘二改判为死刑。

你知道刀笔吏在"揭被夺镯"四字上做了点什么文章吗？

谜底：将"揭被夺镯"改为"夺镯揭被"。前者只是抢夺罪，较轻；后者则是抢夺、强奸罪，则会判死刑。

农夫得妻

从前，有一对夫妇，他们生有一个女儿，今年只有十六岁，长得十分漂亮，因此上门说亲和求婚者接连不断。

有一天，来了三个眉清目秀的年轻人，一个是还俗和尚，一个是书生，一个是年轻农夫，三个人同时来求亲。

老头子一看乐开了花，笑着说："我只有一个女儿，不能要三个女婿，谁要娶我的闺女，就看猜谜猜得好不好！"

三个求婚者争先恐后地说："请老伯出谜吧，我先猜！"

老头嘻嘻一笑："我只想问问三位，天下什么东西最肥？什么东西最瘦？"

还俗和尚抢先答道："天下肥的肥不过清油煎豆干，瘦的瘦不过干盐菜。"

书生赶紧说："天下肥的肥不过龙袍马褂，瘦的瘦不过毛笔杆！"

老头听了哈哈大笑，还俗和尚和书生面面相觑，摸不着头脑。

年轻农夫笑了笑，朝老头拱了拱手，然后说了两句。老头听了大喜，留下了他。

结果，这年轻的农夫因"独占鳌头"，而将这个漂亮的女子娶回了家。

你知道那年轻农夫怎样回答的吗？

谜底：天下肥的肥不过春雨，瘦的瘦不过霜寒。

以诗考画

宋徽宗赵佶，酷爱绘画，尤其是花鸟。他在位时广为搜集历代名人书画墨宝，并亲自掌管宣和画院，经常考察宫廷画师的画技。

有一天，赵佶踏春而归，雅兴正浓，便以"踏花归来马蹄香"为题，在御花园举行了一次别开生面的画画比赛。由于花之香气难用形象表现于画面，致使许多虽有丹青妙手之誉的画师面面相觑，无从下笔。只有一个青年画师奇思巧构，一会儿就完成了。

宋徽宗俯身细览，拍掌大赞："妙！妙！妙！"接着评道："此画之妙，妙在立意妙而意境深。把无形花香，有形地跃然于纸上，令人感到香气扑鼻！"

众画师一看，莫不叹服，皆自愧不如。结果，这幅构思奇巧的丹青妙作被选进内宫精裱镶挂。

你知道那年轻画师画的是什么吗？

谜底：画的是蜜蜂围着马蹄飞。

童仆戏主

古时候，有一个财主骨瘦如柴，十分怕死。他在六十岁的时候，突然得了一场大病，四处求医，进行治疗，仍不见好转。他久病不起，自知命不久矣，便问站在病榻前的两个"宝贝"儿子："小犬在外读书，可曾听贤哲论及阴曹地府的境况如何吗？"

两个只会嫖赌逍遥的"宝贝"儿子，被问得面面相觑，支支吾吾，无言以对。

站在一旁侍候的仆人，出身农家，天资聪慧，他灵机一动，上前拱手曰："阴间甚好，大老爷尽可放心而去。"

那土财主一愣，瞪起眼睛问道："小奴才！你没读过圣贤书，从未死过，怎么知道阴间之事？"

童仆嘻嘻一笑，巧言回答，说得那土财主父子连说："阎罗殿果然去得，当真去得。"

你知道那个仆人是怎么说的吗？

谜底：仆人说："阴间若非极乐世界，死者怎会流连忘返，一去不回。"

鹿獐之辨

王安石是北宋时期的政治家、文学家，他在二十三岁时喜得一子，取名王雱。

王雱自幼就十分聪明，加之常随父亲与文人、名流交往，学问大进，出口成诗，王安石十分高兴。

一天，王安石正与诗友在后花园饮酒作赋，忽报有位远亲送来幼獐、幼鹿各一只。大家走近铁笼一看，两只活蹦乱窜之物容貌体形竟一模一样，难于分辨。

一位诗人笑曰："相公，素闻令郎才情超人，能否请他辨认一下。"

王安石还没答应，王雱就早已闻声赶到后花园。王安石只好令儿"应试"。

王雱凝视片刻，很巧妙地说了一句话。那诗人听了，叹曰："令郎有奇才！令郎有奇才！"

你能猜出王安石之子是怎么回答的吗？

谜底：獐旁为鹿，鹿旁为獐。

戏改古诗

纪晓岚是清朝乾隆时期的大学士。一日，他在书房里，随手翻阅古诗时发现了一首五言绝句：

久旱逢甘雨，

他乡遇故知；

洞房花烛夜，

金榜题名时。

他一边品味一边细细吟诵，忽自嘻嘻而笑："此首五言古诗太瘦，待老夫医之，使其'肥'也！"说罢，取过文房四宝，挥笔在每句前加了两个字，成了一首令人读之捧腹的谐趣七绝。

你能猜出纪晓岚各加了哪两个字吗？

谜底：四句依次加"十年""万里""和尚""寒儒"。

怪翁捎"醋"

范仲淹是北宋著名的政治家、文学家，天圣五年他任西溪盐官。这位"先天下之忧而忧，后天下之乐而乐"的贤官，见当地洪水祸害百姓，灾民叫苦连天，惨不忍睹，十分不安。身为小小盐官的范仲淹，位卑而忧民，向泰州知府张纶呈书提出修筑河堤的建议。张纶也是个爱民如子的父母官，立即同意了范仲淹的建议。

一天，张纶面对潮水奔涌的江面，不知何时动工为好。他听说对岸有位古稀渔翁，对水文气象十分精通，外号"浪里飞"。张纶于是派人前去请教那位老者。

被派去的差官，带回了渔翁的一张纸条，上面只写了个斗大的"醋"字，张纶好生奇怪，召来府中幕僚解释其中含义，但无一能解。

正在此际，范仲淹来了，见知府愁眉不展，上前问道："大人为何烦恼？"

张纶叹了一声，递上怪翁捎来的纸条："老弟你看，真急煞人也。"

范仲淹见是个"醋"字，细细琢磨推敲，恍然大悟，立即说出了下基足的日期，从那天开工之日起一直到工程结束也没有遇到涨潮。

你知道渔翁说的是何时下基足吗？

谜底："醋"暗示"廿一日西"时下基足。

冯梦龙取物

冯梦龙是明朝著名的文学家，他自称"墨憨斋主人"。他才情出众，风流潇洒，后世人又把他称为"天才狂士"。冯梦龙喜欢读书但不热衷于功名利禄，视高官显宦如浮云流水，视荣华富贵为过眼烟云。

一日，有位姓李的雅士前来找他评品诗赋文章，当时正值桃花吐艳、杏花含丹的春季，冯梦龙笑云："老兄，常言道'桃李杏春风一家'，何不同我去后花园会会你的本家。"说罢，挽起李雅士出了客厅，就往后面而去。

冯梦龙走着走着，忽然传呼贴身书童，说："敏儿，快代我取件东西送到后花园来。"

那名叫敏儿的书童拱手问道："主人要小人取何物送往花园？"

冯梦龙嘻嘻一笑："你听着！"接着吟了四句：

　　有面无口，
　　有脚无手。
　　又好吃肉，
　　又好吃酒。

敏儿这孩子十分聪明，一听就知是什么东西，马上就送去了。

你知道书童送往后花园的是何物吗？

谜底：桌子。

登门显才

明朝时期，河南洛阳出了位才子，他的名字叫文必正，此人笔墨清新，且蕴委婉之情，为文人骚士所赞叹。

为了向天官霍荣之女霍定金表白爱慕之情，文必正去拜访霍府，并欲显示一下自己的才华。他见客厅摆设，潇洒一笑："老大人，你这厅堂古朴典雅，琳琅满目，可谓古色古香。但依晚生看来，似乎还缺一物。"

"啊？"霍荣一听，有些不解。他想，我这厅堂之上，古玩玉器价值连城，书画墨宝谁家能比！还会缺少什么呢？于是假装一笑而问他说："依才子看，老夫这厅堂还缺何物，不妨直言相告。"

文必正并不直说，只是笑道："依不才之见，这厅堂之上如果再添一字，便可突出您老贵重之身份，又能增添烘云托月的气氛。"

"此字如此之妙，你且说来。"

文必正拱了拱手："恕晚生吟诗四句，老大人自会明白。"旋即吟曰：

　　初下江南不用刀，
　　大朝江山没人保；
　　中原危难无心座，
　　思念君王把心操。

霍大人一听十分高兴，并把文必正招为女婿。你知道文才子这首诗谜说的是什么字吗？

谜底：福。

名士试寒儒

清朝康熙年间，山东淄川县蒲家庄有个儒生名叫蒲松龄，他自幼苦读诗文，学识渊博，才华横溢，只因是汉族书生，被清朝统治者看不起，因而多次参加科举考试屡屡不中。

一天，大名士王渔祥见穷困潦倒的蒲松龄，挑着书箱正要外出谋生，打算考察一下他的才华，于是口出一

联"芙蓉花开，红粉佳人争望月"，令蒲松龄应对。

才思敏捷的蒲松龄苦苦一笑，拱手便对："梧桐落叶，青皮光棍打秋风。"

王涣祥赞道："对得好！对得好！"他略一沉吟，笑曰："我在京城听人出了一个诗谜，久不能解，你是否愿意试试？"不等蒲松龄回答，他便将谜面念了出来：

　　崔莺莺失去佳期，
　　老和尚笑掉口齿。
　　小红娘没有良心，
　　害张生一命归阴。

蒲松龄略一思忖，朝远处高山指了指，以此作答。

王涣祥大惊其才，于是留他在自己家中教家馆。从此，蒲松龄这个落第秀才便成了教书先生。你能猜出这四句诗的谜底吗？

谜底："巍"字。

戏谑土财主

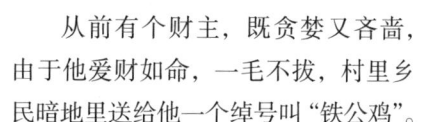

从前有个财主，既贪婪又吝啬，由于他爱财如命，一毛不拔，村里乡民暗地里送给他一个绰号叫"铁公鸡"。

一年，这个吝啬财主满六十岁，为了庆祝自己的花甲大寿，他大摆"盛宴"，遍请当地缙绅名流。

缙绅名流接到请帖，以为吝啬财主开斋，会花钱买些酒肉，于是有个学究写了一副贺联"米颜白发洵堪夸，海屋添筹甲子赊"，准备在酒席上乘兴相赠。有个秀才想借此机会显露一下肚子里的学问，他想到此时正是五月，于是写了一首祝寿的七言诗：

　　麻姑酒献千年绿，
　　榴火花明五月红。
　　桃实凝香樽北海，
　　榴花献瑞谱南山。

到了大寿的日子，大家乘兴而来，但见桌上既无酒也无肉，只有豆干、笋干、菠菜、青菜及红白萝卜，不禁暗暗叫苦。

一位生性诙谐的落第举人嘻嘻一笑，朝吝啬财主拱了拱手："六十花甲，可喜可贺，晚生送副贺联。"说罢要来笔墨纸砚，挥笔便写：

　　一二三四五七八九十
　　一二三四五六七八十

接着又写了一张五个字的横额：

　　文口从土回

缙绅名流一看，都偷偷地笑了起来。

你知道他们笑什么吗？

谜底：上联缺"六"，下联无

"九"，谐缺肉少酒。横额五字，组合起来，为"吝啬"二字。

秦桧剪烛

宋高宗绍兴二十三年，秦桧的孙子秦埙参加了京城临安（今杭州）举行的科举考试。在封建社会的门荫制度下，秦埙已经官居敷文阁待制了，但秦桧仍命其应试，以求峨冠博带，攀龙附凤，更加荣华富贵。

一日，秦桧召见考官陈阜卿，暗示这次应试得让他孙子中会试第一名，以便能参加殿试。

这对于主考官可是个很大的难题：一边是颇有名气的志士才子，如陆游等；一边是权倾当朝的奸相之孙。昧着天理良心取秦埙为头名进士，虽然可以博得秦桧的欢心而加官晋爵，但要遭到天下人的讥讽。正直的陈主考毅然按文章的优劣，把陆游取了第一名。

秦桧听说后，十分生气，公然把陆游除名，并将爪牙汤思退召来，阴阳怪气地说："我孙秦埙，这次应考……"说罢，取来笔墨，写了"剪烛"二字。

精于文墨的汤思退，心领神会，遵嘱办理，结果，在发榜之后激起了人们的强烈不满。

你知道秦桧所写的"剪烛"二字蕴含何意吗？

谜底："剪烛"二字，含"一夹一明"之意，谐"一甲一名"，即状元。

拍案叫绝

苏东坡不仅擅长诗词歌赋，而且画画也非常传神，《百鸟归巢图》就出自他之手。

相传明代有位翰苑名贤，花重金在积古斋买到了苏学士的这幅真迹。为了"锦上添花"，那翰苑名贤欲为此画配一首好诗，猛然间想起故友伦文叙。此人出身贫寒，曾卖过菜，但其才华出众，诗文能臻跌宕流美、荡气回肠之境。

伦文叙看过《百鸟归巢图》之后，略加思索，便挥笔写起来。诗云：

天生一只又一只，
三四五六七八只。
凤凰何少鸟何多，
啄尽人间千万石。

翰苑名贤细细品味：此诗之中用谐音"巢"暗指"朝"，以"鸟"比喻奸佞。这些"鸟"啄尽人间千万石，弄得民不聊生，可谓寓意深刻！

翰苑名贤经过仔细品味，才发现伦文叙的题诗不仅寓意深刻，且有数学情趣，不禁拍案叫绝，连赞："妙绝！妙绝！"

你知道翰苑名贤为何拍案叫绝吗？

谜文：伦文叙的题诗，不但寓意深刻，而且扣住"百鸟"二字，"天生一只又一只"，是两只鸟；"三四五六七八只"就是 $3 \times 4=12$；$5 \times 6=30$；$7 \times 8=56$，四个数加起来正好是一百只，这才是翰苑名贤拍案叫绝的最主要原因。

皇帝招驸马

从前有位皇帝，膝下只有一个女儿。皇帝和皇后商量：一定要给女儿找个最有学问的人做郎君。

有一年大考，皇帝下令将考中状元、榜眼、探花的三个青年人一齐招到殿上。他说："朕给你们出一个谜，谁先猜中，就招谁为驸马。"

三个才子听说皇帝要猜谜招驸马，既高兴又紧张。皇帝朝他们瞟了一眼，便说出了谜面：

木字多一撇，
正字少一点，
一点不见，
两点全欠。

——打四个字。

三位才子听后，都在默默思考。过了一会儿，聪明的状元向前跨了一步，抬起头来，两眼直勾勾地望着皇帝，一句话也不说。殿上的文武大臣们都被状元这奇怪而失礼的举动弄得大为不安，替他捏了把冷汗。没料到，皇帝见此情景，却龙颜大喜，立即宣旨："招状元为驸马！"

您知道谜底是哪四个字吗？

谜底：移、步、视、钦。

三男求一女

从前，有一个私塾老先生，带了三个学生。先生为了鼓励学生勤奋读书，对三个学生说："尔等读书须用心，日后赴京赶考，谁登上龙虎榜，老夫就把闺女许配给谁。"这老先生的闺女，有沉鱼落雁之容，闭月羞花之貌，早已闻名乡里。三个学生早已看中了老先生的闺女，只是平时不敢表露而已。今天先生这一许诺正中他们下怀，学生们好不喜欢，不约而同地说："先生不可食言！"先生说："师无戏言。"从此以后，三个学生更加勤奋，日夜苦读。

后来三个学生一起进京赶考，等榜出来以后，三人一个考中了状元，一个考中了榜眼，一个考中了探花。不久，三人同时来到老先生家，上门求亲。这可急坏了老先生：他只有一个闺女，许配给谁呢？

老先生便将自己的难处告诉了女儿，女儿说："爹爹不必着急，我出四句话，让他们填句，四句话打一物，内藏谜底。女儿若能将谜语合上，即否定亲事；女儿合不上谜语，也就只有应允亲事了。"

老先生将女儿的意思传达给三个学生，并出题说："不明不白，明明白白；容易容易，难得难得！"

状元听老先生说完马上填上四句：

飘在空中不明不白，
铺满大地明明白白；
落到地上容容易易，
飞上天去难得难得！

填完交给老先生。

老先生将状元写的谜底填句交给女儿，小姐看后，呵呵一笑，未多加思索就合上了谜语：

织白布，不纺纱，盖天盖地盖庄稼，鸡在布上画竹叶，狗在地上印梅花。

揭了状元的谜底。

榜眼苦思良久后，也填上了四句：

它在屋中不明不白，弹上木头明明白白，它弹上木容易容易，木头变它难得难得！

小姐看到榜眼的填句后，又是呵呵一笑，当即合上谜语：

我有一只船，一人摇橹一人牵，去时牵纤去，归时摇橹还。

探花略一思索便成四句：

我的心中不明不白，她的心中明明白白，她想我容易容易，我想娶她难得难得！

老先生将探花的填句交给女儿，小姐看了喜出望外，心想：探花郎的填句虽无谜底，倒也直爽，扣住了今天来求亲的主题，于是写上一个谜语：

身比天高，春少一日。

探花接到小姐的谜语，笑得合不拢嘴，说："小姐还没有同我拜堂，就这样亲热地称呼我，哈哈！"

谜底：状元猜的是"雪"、榜眼猜的是"墨汁"，小姐称探花为"夫"。

老秀才买布

从前，松江府华亭县有个织布娘，她聪明绝顶、玲珑乖巧。她不仅有一手织布绝技，而且很有文才。

离此六里之外有个老秀才。他听说织布娘的才能，有点怀疑，有心要会会她。一天，他见织布娘的丈夫在集市上卖布，灵机一动，计从心来。他走上前去说："你这布织得确实不错，老夫要买一匹。无奈我身边没带铜钱，烦你明日跑一趟，把布送到我家里来，你看行吗？"织布娘的丈夫说："跑一趟可以，不知先生姓啥叫啥？家住哪里？"老秀才一本正经地说道：

鄙人姓氏西北风，
家住正南屋高耸；
屋旁船儿常出洞，
屋里嚷嚷众儿童；
屋后有棵倒头树，
门前有个倒烟囱。

丈夫回到家里，把老秀才买布的事一五一十地讲给妻子听。织布娘听后说："这好办。"就凑近丈夫耳朵如此这般地说了一番。

第二天，丈夫根据妻子的嘱咐，很快找到了老秀才家。他一面施礼，一面说："韩先生，你好，我送布来了。"老秀才一听，惊奇地问："你怎么知道我姓韩？又如何知道我住在这个地方？"

"是我家娘子告诉的。"

老秀才不由暗暗佩服，并付给了他双倍的价钱。

请大家猜一猜，织布娘是怎样知道老秀才姓韩和他的家庭住址的。

谜底：西北风象征"寒"，"寒""韩"同音；正南指庙宇，因庙宇都是正南方向的；"船出洞"指船从拱形石桥下面经过；"嚷嚷儿童"指学堂；"倒头树"即杨柳树；"倒烟囱"则是一口井。老秀才的意思是：我姓韩。住在拱形石桥旁的庙宇里。庙宇内有私塾学堂，庙宇后有一棵杨柳树，前面有一口井。

诗隐成语

从前，有四个同胞兄弟，他们每人都懒惰成性，庄稼地里的杂草比庄稼苗长得还高。一天，雨过天晴，正是为庄稼除草的好时机，弟兄四人懒洋洋地走到地边，谁也不肯先下地干活。老大看看三个壮壮实实的弟弟，又瞅瞅地里黄巴巴的庄稼苗，琢磨了一阵子，然后对他们说："咱们弟兄都还念过几年书，我想了个好主意——咱们一人一句续诗，从大到小，我先起头，轮到谁接续不上，就罚谁下地拔草。"弟兄们齐声说："妙。"

这时，老大望着西边那一道耀眼夺目的彩虹和云雾缭绕的远山，诗兴大发，便脱口而出："只见远山雾腾腾"，老二不假思索，立即接道："不是下雨便刮风"，老三触景生情，续上了一句："这天怎能把活干"，老四年龄虽小，可也略知三位兄长的意愿，

就不甘示弱，续上了可谓"精彩"的末句："咱都回家睡觉去"。

就这样，这一帮懒兄弟虽然都到了庄稼地边，可谁也没有下田。更不曾拔一棵杂草，就都空着手，哼着小曲儿，慢慢悠悠地转回家睡觉去了。

这是一则独具特色、巧布疑阵的故事谜，只要你用心猜射，就一定能够猜中。

谜底：各不相干。

穷人的儿子

从前，有两个孩子要去读书。一个是财主的儿子，一个是穷人的儿子。

他俩一块来到教书先生那里。先生说："想读书是好事，不过，我先出个题考考你们，看你们谁最聪明。"

先生说完，便把他俩领到一间漆黑的空屋里，对他俩说："我现在给你们每人二百钱，你们拿去买样东西来，买来的东西必须要把这间屋子装得满满的，但你们必须在明天一早的时候完成。"

财主的儿子回家后便对他父亲说了。他父亲皱着眉头思考了一会儿，忽然笑着说："这好办！你去告诉长工，明天一早准备十车干草，拉到学堂里，不就把那间屋子装满了吗？"

财主的老婆搂着她的儿子，教他说："先生明天问你，你就说是你自己想的，不要说是你老子教的，记住了没有？我的好乖乖！"

第二天清早，天刚亮，先生便起来了，随后，两个孩子也都起来了。

财主的儿子命长工把一车车干草搬进那间空屋里，干草果然将屋子装得满满的。他得意地对先生说："老师，我交的是头卷！"

先生微微点了点头说："好，把草搬出来吧！"

等屋里的草搬出来以后，财主的儿子看穷人的儿子两手空空，就讥笑地说："嘿，该你啦！"

财主的儿子心想：穷人的儿子准交不了卷！

先生问穷人的儿子："你把题做了没有？"

"做好了。"他从容地答道。

"那你就装给我看嘛！"

只见穷人的儿子走进屋去，从衣兜里掏出了一个东西……顿时，屋子便被装满了。穷人的儿子的眼睛里，露出兴奋和期待的目光。

先生也满意地笑了，他摸着穷人的儿子的头说："好孩子，你是最聪明的！"

刚才还洋洋得意的那个财主儿子此时站立在那儿，一句话也说不出来了。

你知道穷人的儿子掏出了什么东西，是怎么装满那间空屋子的吗？

谜底："蜡烛"，将蜡烛点着，用灯光装满了房间。

巧服狂武生

从前，有个练武之人，自恃武艺高强，臂力过人，平日里总是趾高气扬，目空一切。人们对他只得敬而远之。

一日，武生外出闲游，与一群年轻小伙子发生了争执。武生平日骄横惯了，如今有人竟敢和他顶撞，他挥拳便打。其中一个小伙子，也不示弱，两人便交起手来。那小伙子哪是武生对手，只三个回合，便支持不住。他的同伴见状，立即一哄而上，围攻武生。那武生果然身手不凡，只见他挥拳踢脚，转眼间，五六个小伙子都被打倒在地，爬起身狼狈地逃跑了。武生望着他们的背影，不禁得意地哈哈大笑。这时，他一转头，只见一个身穿白袍的书生，站在一旁"嘿嘿"冷笑。武生见了勃然大怒，冲到书生面前，大声呵斥道："我是个赫赫有名的武生，你敢小看我吗？"

"雕虫小技，难登大雅之堂。"书生双手交在胸前，继续平静地说："仁兄既是武艺高强，小生冒昧一试。小生将一本书置于地上，仁兄若能跨得过去，才算武艺高强。"

武生气得大声吼道："别说是区区一本书，就是一二丈宽的水沟，我也一跃而过。"

"那就请仁兄到寒舍一叙，以便取书。"书生说着便和武生并肩走了。

两人到了书生的书房，书生取出一本书，放好后，武生果真没有跨过去。

此刻，武生一下跪在书生面前，说："仁兄，多谢你，你使我明白了一个道理，就是强中还有强中手啊！"从此以后，两人成为莫逆之交。

谜底：书生将书本放在了墙角。

财主听故事

从前，浙江省衢州府里有一个既有钱又有势的地主，当地老百姓对他既恨又怕。但他有个癖好，喜欢听人家讲故事。

这位大财主在大南门开了一家米行。有一年，衢州闹灾荒，饿死了好多百姓，可是大财主不但乘机抬高粮价，还幸灾乐祸地要籴米的人讲一个故事才肯让人家把米挑走。

一天，一个青年农民好不容易借了一点钱来米行籴米。可是大财主硬是叫他讲一个故事，否则就不肯把米给他。青年农民无奈，只好讲一段有关"三国"的故事给财主听。

青年农民说："刘皇叔在襄阳时，刘表暗地里计划害死他。刘皇叔知道后，就连忙骑马逃走了。在逃跑的途中，忽然被前面一条河拦住了去路，河水湍急。马因跑不过去，就兜起圈子来，眼看后面刘表的兵马就要到了，刘皇叔慌了，就狠狠地在马屁股上猛抽一鞭，大喝一声：'畜生！我生命危在旦夕，你却跟我开起玩笑来，还不给我快跳！'那马吃了一狠鞭，又听皇叔一吆喝，就用力一跳，结果真跳过河去了。刘表的兵马正好追到河边，可是被急流所挡，无法过河，只好眼睁睁地看着刘皇叔跑掉了。"

大财主听得很有兴味，忙吩咐伙计把米卖给那青年农民。青年农民走后，大财主又仔细回味起这个故事来。忽然，他若有所悟，不禁拍案大怒，喊起来："来人哪，快把那个穷鬼追回来！"然而，那青年农民早已不知去向了。

大财主刚才不是听得很有兴味吗，为什么又发脾气要叫人把那青年农民追回来呢？

谜底：故事是借题发挥，骂财主为"畜生"。

仆人的妙招

从前有个富人，十分吝啬，为了不给仆人们发工钱，他经过一番苦想，终于想出了一个自认为很绝妙的方法。他买了一条很短的毯子，每当仆人们跟他要工钱时，他便躺下命仆人给他盖上那条毯子，并说盖好毯子再谈工钱。

可是，那条毯子太短了，不能将他的全身都盖上。如果仆人给他盖上了头，他就嚷道："还没盖上脚呢！"如果仆人给他盖上了脚，他就又大喊道："还没盖上头呢！"接着，他就又会说：" 连毯子都盖不好，还想要工钱？"

一天，又来了一个要工钱的仆人，富人又使出了他那得意的一招。忽然，这个仆人发现了床边有根木棍，便灵机一动，想出了一个好办法，最后用那条短毯子给富人既盖上了头，又盖上了脚。富人只好给了这位仆人工钱。

您能说出仆人是用什么方法用那条短毯子既盖上了富人的头，又盖上了富人的脚吗？

谜底：仆人用毯子盖上了富人的头，就拿起床边的木棍，朝富人的脚打了一下，那双脚立即缩到毯子里去了。这样一来，仆人就用那条很短的毯子，既盖上了富人的头，又盖上了富人的脚。

醉汉和尼姑

从前，一个汉子喝醉了，摇摇晃晃地来到一个庵堂门口，就跌倒了。这一幕刚好被一个从庵堂里走出来的尼姑看见了，尼姑就把他背了进去。

旁人不知这尼姑和醉汉是什么关系，便请教一位当地的老先生。

老先生并没有直说他俩的关系，只念了两句诗。诗曰：

醉汉妻弟尼姑舅，
尼姑舅妹醉汉妻。

请想一想，他们俩到底是什么关系？

谜底：醉汉和尼姑是父女关系。

秀才辱公子

明代嘉靖年间，江南有一个富家子弟一心想当官，但由于他胸无点墨，只得巴结官府来谋求官职。三日一小饮，七日一大宴，他终于弄了个七品官衔，乐得终日摇头晃脑。他还以为这是名正言顺的"捐官"，不以为耻，反以为荣。

一日，他对一个屡试不第的秀才嘲笑道："弄一官半职，本公子易如反掌，何需寒窗苦读？"秀才欲顶撞他几句，又恐得罪不起，只得苦笑道："可不是吗，像你这么有能耐的人，想求取功名，哪里用得着赴考费笔墨呢？"言毕，又吟出二句：

烈火何须风助
快马不用鞭催

公子听罢，更是得意，拍着秀才的肩道："说得好！说得好！"然后还想请秀才去酒馆喝酒。秀才却大笑着拂袖而去。公子见状，这才开始琢磨起刚才秀才说的那两句话，又去询问他人，方知上当，原来秀才话中有话，将自己辱骂了一番自己却还不知道！

亲爱的读者，您可知秀才言外之意是什么？

谜底：烈火何须风助——好奴才（好芦柴）。快马不用鞭催——拍马屁。

秀才过桥

徐家庄有位酸秀才，读了几本"之乎者也"的书后，便打点行装赴京赶考了。

一路上他风风火火，这一天他来到一座独木桥边。他正要抬脚过桥，忽听见洪钟般的声音从桥上传来："公子，请稍等！"秀才一看，只见桥中间站着一位童颜鹤发的老人，肩上挑着一对箩筐。

秀才很生气，说："老头，你退回去，让我先过桥。"老人哈哈大笑说："哪有这种道理？不过，你想先过桥，就得猜猜我筐里挑的是啥东西。"说罢，老人吟了四句诗：

　　长在高山上，死在泥洞中；
　　魂魄飘青天，骨头暖人间。

秀才抓耳挠腮想了半天，也没有猜出来。老人说道："连这都猜不出，还想考状元，回去吧！"说完，挑着担子走了。

你猜得出老人挑的筐里是什么吗？

谜底：木炭。

故作风雅猜哑谜

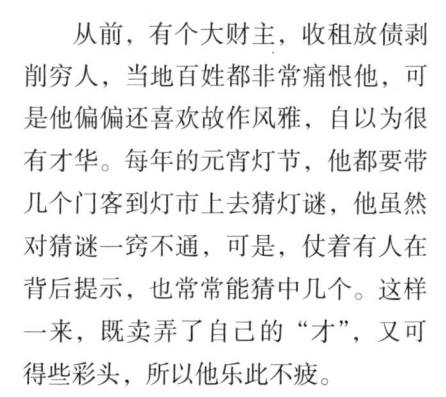

从前，有个大财主，收租放债剥削穷人，当地百姓都非常痛恨他，可是他偏偏还喜欢故作风雅，自以为很有才华。每年的元宵灯节，他都要带几个门客到灯市上去猜灯谜，他虽然对猜谜一窍不通，可是，仗着有人在背后提示，也常常能猜中几个。这样一来，既卖弄了自己的"才"，又可得些彩头，所以他乐此不疲。

这一年，他对门的一个秀才在门口摆了哑谜。他想这可真是送上门来的好机会，就带上他那聪明的门客出门去看个究竟。只见对门摆着一张方桌，桌上放着一个白胖胖的糖人大阿福，旁边还有数量可观的一串大铜钱，红纸上写着：打俗语两句。尽管当时有很多人围观且议论纷纷，但没有一个猜中的。

财主一看，这串钱的数量真不少，便动了心，悄悄地朝身边的门客瞟了一眼。这个门客心领神会，沉思片刻，就猜出来了。他对东家轻声说，你只要如此如此，这般这般就行了。财主一时哪能明白门客的指点，将要再问，只听秀才高声说："猜哑谜、猜哑谜，要猜快快来，不许多说话。"财主生怕别人抢了先，顾不得再思考，便急步走上前去，一手把糖阿福抓起来放在嘴里，大口大口地吃光后，又把那串铜钱抓起来揣到怀里，转身就跑。四周围观的人一把拉住他说："你慢慢走，讲给我们听听呀！"财主一听，满脸涨得通红，结结巴巴，一句话也讲不出来。这时，秀才站起来说："他已经猜中了，这串铜钱就赏给他吧。"

你知道谜底是哪两句俗语吗？

谜底：吃人不吐渣、认钱不认人。

悟空戏八戒

唐僧、孙悟空、猪八戒和沙僧，师徒四人过了万妖洞以后，第二天一大早就上路了。这天天气晴朗，风和日丽，四人的心情格外舒畅。为了减轻旅途的疲劳和寂寞，悟空道："师弟，俺老孙给你们出两个谜儿猜猜如何？"八戒、沙僧齐声说好。悟空一本正经地说：

　　嘴巴尖尖，两耳扇扇。

肚子圆圆，蹄子四半。

还没等八戒反应过来，沙僧已捧腹大笑。八戒猜出来后，噘着大嘴道："猴哥呀，又拿老猪开涮啦。"

"八戒，你不要生气。"悟空道："我是与你开个玩笑。我再说一个你来猜。若是猜着了，我就请你吃一顿美斋。"八戒一听说有好吃的，馋虫早爬到喉咙眼上，高兴地说："一言为定。"悟空道：

一人骑二虫，
日在当中横。
黑狗背一者，
弯腰直哼哼。
——打两个字。

八戒想了半天也猜不着。悟空悄悄告诉了沙僧，二人同时大笑起来。

请猜猜悟空所出的两个字谜的谜底。

谜底：蠢猪。

老秀才出谜制胜

从前，有个叫李三的人，稍懂一点文墨，就自恃天下第一了。一次，他和别人赌猜字谜，谜面是：

两个幼儿去爬山，
没有力气上山巅。
归家又怕人笑话，
躲在山中不肯还。

李三琢磨了很久，最后总算猜出了谜底。他兴冲冲地拿着这个谜去考村中的老秀才。秀才一见，便哈哈大笑起来，原来这则谜正是他出的。秀才拍拍李三的肩膀，说："我这里还有一则字谜，也请你猜猜。"说罢，道出谜面：

老大老二和小三儿，
弟兄三人逗着玩儿，
老大踩着老二的头，
剩下小三儿在下边。

这下可把李三难住了，一连想了好几天，还是猜不出来，你能猜出这两个字吗？

谜底：幽、奈。

店小二巧破字谜

传说，从前有位姓张的秀才，平时以街头卖字为生，他字虽然写得很好，但生意却不景气，常因手中无钱而忍饥挨冻。

清明快到了，让他写字的人慢慢多了起来，他的口袋里逐渐有了几个钱，便来到不远处的一家酒店要了几道好菜和二两烧酒。店小二知道秀才的底细，便提醒道："秀才，老板说最近生意不好，不赊账的。"秀才听后不以为意说："我是不会赊账的。"你瞧这钱够用了吧？说着将钱递了过来。小二接过钱连声说："够了，够了。"小二转身想走，又被秀才叫了回来："小二，我有一谜，猜得着，余下的钱就赏给你了。"小二说："有谜只管道来，何必赏钱？"秀才听后，摇头晃脑地说："句中有一字，每月猜三次，就是秀才猜，也得猜十日。"小二听了，马上就知道了答案。但又不好直说，怕秀才面子过不去，便说："等酒菜上齐了，再猜也不迟。"

不一会儿，酒菜上齐了，小二并没有提猜谜的事，而是招呼其他客官去了。张秀才自认为小二猜不出，也不再提起，得意地自斟自饮起来，不多时，便有了几分醉意。这时小二端来一盘包子说："今天的水饺改为包子你看可好？"秀才正在得意之时，也就没有多想，伸手拿起一个包子就咬了一口，店小二此时忙说："秀才你可真行，一口吃掉半个包。"秀才听了，恍然大悟，立即领会了小二将饺子改为包子的用意，便连连称道："妙，妙！实在是妙！"说完，就悻悻离开了。

张秀才字谜的谜底是个什么字？

谜底：勺。

哑谜戏富豪

相传在很久以前，陕西安康有个叫刘智灵的人，他心地善良，才思敏捷，曾在金牛山的一户财主家当长工。有一年春天，赵财主的三个女婿到此踏青。不料天不作美，下起雨来，正是："清明时节雨纷纷，路上行人欲断魂。"前不挨村，后不着店，三人只好到刘智灵的茅屋内避雨，一住就是五宿。到第六天天刚放晴，这三个女婿拔腿就要走。刘智灵心想：财主家的人太不近人情，三个人打扰了五天，如今屁股一拍起身就走，连句客气话都没有，我非得挖苦他们几句不可。于是，刘智灵便将三人拦住要食宿钱。三人听说要钱，就你瞅我，我望他，他看你。刘智灵见他们不想掏腰包，便说："不想给钱嘛也可以，不过，我得出个哑谜让你们猜，猜着了再走。"

听说猜个哑谜就不用给食宿钱了，三个女婿心里就琢磨：一个穷长工，能出个啥了不得的难题？三人便冷笑着齐声说："行，你出谜吧。"

刘智灵用手指在上、下、前、后、左、右各一指，又伸出三个指头，再伸出五指，然后一巴掌拍在胸口，"唉"一声叹口气说："你们照我的动作，说说是啥意思。"

大女婿是个阴阳先生，他先答道："天干、地支、前朱雀、后玄武、左青龙、右白虎，三个指头掌罗盘，能知金、木、水、火、土五行。"接着他将胸口一指："唉！生地不如心地。"

刘智灵说："错了。"

二女婿是个郎中，接着便猜："天花粉、地骨皮、前仁、厚（后）朴、左为男、右为女，三个指头诊脉，能知心、肝、脾、肺、肾五脏。"接着他将胸口一拍："唉！身病好治，心病难医。"

"不对。"刘智灵说。

三女婿是个教书先生，他急忙说："天文、地理、前唐、后汉、左传、幼（右）学，三载寒窗苦读书，学就琴、棋、书、画、算五科。"接着他将胸口一拍："唉！只要心底明白。"

刘智灵还是说没有猜着。这三个女婿慌了，连忙询问正确答案，刘智灵不慌不慌地说："天上下雨、地上滑、前无村、后无店、左无邻，右无舍，你们三人在此住了五天，走时分文不给，连句客气话也没有。"说着他伸手将胸口一拍，叹口气说："你们良心何在？"

才子救酒家

明朝年间，广州城西街口有家夫妻小酒店，酒是陈年佳酿，味道醇厚，只是店面不惹眼，加之两口子不擅长以花言巧语招徕顾客，因此，生意一直十分惨淡。

这年，有位叫伦文叙的才子，乘船来广州府参加科举考试，路过夫妻店小歇。他为解乏，要了二两酒，喝后连声夸赞道："入口醇正甘洌，下肚绵柔回甜，余香悠悠，果然好酒！"伦才子赞罢，见店老板愁眉苦脸，唉声叹气，于是疑心顿生，忙问这是为什么。伦文叙听罢笑道："老板无须犯愁，我有办法使你的生意兴隆起来！"说罢，他要酒店老板取来文房四宝，写了一首诗，让其贴在店家门口，诗曰：

一轮明月挂天边，
淑女才子并蒂莲。
碧波池畔酉时会，
细读诗书不用言！

在当地喝酒的人多是文人墨客，路过此处一看，便纷纷进店喝酒，从此这家夫妻店生意兴隆了起来。

原来，这首诗每句为一字谜，合起来是句广告词，你能猜出来吗？

谜底：有好酒卖。

李调元写斗方

清朝乾隆年间，绵州才子李调元高中进士，先入翰林院为庶吉士。来自江南的同僚张立德，与之同榜登科，但他善于溜须拍马，巴结和珅，经常被李调元当面奚落，为此怀恨在心。

有一年除夕，同僚们各写对联斗方，互相赠送。张立德送了一纸斗方给李调元，上书一个"独"字。他人见了诧异：斗方上的字，总不外福、禄、寿、喜这些吉字，为何写个独呢？张立德嬉皮笑脸地说道："此乃谜也。"李调元一想，明白了，这个"独"，是说四川人李调元是犬。他也不动声色，回送了张立德一纸斗方，上书一个"鸿"字。旁人见了更觉奇怪，张立德心里明白，这个"鸿"，专射江南人张立德是鸟（南方骂人的话）。

知县请客

清朝时期，有位候补知县在省城

候差，一连几年过去，仍没有放过实缺。结果盘缠花光了，只能靠借贷典当过日子，但他又爱摆七品老爷的空架子。

有一天，有故人从家乡来，候补知县让跟班去菜馆叫菜，叮嘱他要去"佘贝"家买。跟班去了一会儿，回来禀报道："外面王老爷求见！"候补知县皱了皱眉头，说："叫他小门口田家会吧！"跟班于是退下了。又过了一会儿，一个菜馆伙计随着跟班送上一屉四样菜，总算没让候补知县丢脸。

原来这对主仆的一问一答，全是字谜。"佘贝"即是"赊"，"王老爷要见"就是"现"（现钱），"小门口田家"，便是"当"（當）字。为此一席酒菜，候补知县的一件皮坎肩进了当铺。

徐之才嘲戏

北齐时期有个叫徐之才的人，聪明并且喜欢辩论，说话滑稽，尤其善于拆白道字，经常以此和同僚互相嘲戏。有一天朋友聚宴，有个叫卢元明的先向他发起"攻击"说："卿姓是未入人，名是字之误。""未入人"就是徐，在座者一听就懂；可"名是字之误"是什么意思呢？卢元明笑着往下说："之当为乏也。"这一来，"徐之才"便成了"徐乏才"了，一句话引得大家哈哈大笑。

徐之才不动声色，马上"反击"道："卿姓在亡为虐，在丘为虚，生男则为虏，养马则为驴。"紧接着，又把对象转向其名字："去头则为兀明，出颈则为无明，减半则为无目，变声则为元盲。"话音未落，席上之人已笑得前仰后合。自讨没趣的卢元明羞得满脸通红。

辛未状元

明朝以科举取士，进京参加会试的各省举人在走进考场时，多提写有吉语的灯笼以取吉兆，如"一路连科""喜报三元""蟾宫折桂""魁星点斗"之类，更有干脆以本年干支配"状元"二字的，如今年是甲辰，就写"甲辰状元"。

明穆宗隆庆五年，又到了会试的时候。考场内各号房前，均可见写有"辛未状元"四字的灯笼高悬，唯有来自江苏江阴的袁舜臣，却在灯笼上题着一首七言律诗，诗云：

六经蕴藉胸中久，
一剑十年磨在手；
杏花头上一枝横，
恐泄天机莫露口。
一点累累大如斗，
掩却半牀何所有；
完名直待挂冠时，
本来面目君知否？

凡是看了此诗的人，都说此人口气太狂，来自苏州的刘瑊冷笑道："难怪他有资格狂，满场考生，居然无人能识其中'天机'！"众人大惊，都向其请教"天机"何在？刘瑊道："六一加十，辛也；杏遮口加一，未也；牀掩半是爿，合上大加点，状也；完字挂冠，元也……"

· 279 ·

没等他说完，大家都嚷了起来：原来他是以"辛未状元"自居啊。

正是这个自负的袁舜臣，不仅顺利登第，殿试后，居然中了状元，一时传为奇谈。

王谢子弟

清朝末年，南京乌衣巷里，有两个破落户：一个姓谢，自称是东晋名相谢安的后裔，因嗜赌成性把家产输光了，如今在赌场里替人装烟讨几个小钱谋生，人称"讨虫"；一个姓王，自称其先人是东晋名相王导，因吸毒卖光祖业，如今在烟馆里帮人捧痰盂，剔点灰烬过瘾，人称"土虫"。他们到此地步，还都以"世家"自居，被当地人所耻笑。

有一晚，"土虫"和"讨虫"不约而同来到巷口的"小神仙命馆"，想混一顿白食，填饱肚子。适逢"小神仙"今天收入不错，正沽来一壶酒在自酌。眼看两个"虫"儿上门，十分讨厌，

但表面还得敷衍，就请他们一起喝。孰知这对宝贝还为座次尊卑、身份高下争执一番，相互揭发对方冒认祖宗，假充世家。"小神仙"又气又笑，便建议大家先喝起来，等行个"四柱令"判定胜负。

"土虫"马上赞成，抢先起令道："旧管是个射字，新收一个言字，便成一个谢字；开除身字，实在是个讨字。"

"讨虫"见对方借令讥讽自己，马上续令道："旧管是个丁字，新收一个二字，便成一个王字；开除一字，实在是个土字。"

"小神仙"听了好笑，遂使出排字算命强词夺理的看家本事，接令道："旧管是个蠱（虫）字，新收一个皿字，便成一个蠱字；开除蛊字，实在是两个虫子。"

王、谢两人听后，也不禁笑了起来。

乞求赏识

唐朝中期，诗人朱庆馀年轻时为走仕途，多次参加科举考试，但屡屡落第。

有一年临考之前，他特意写了首七绝小诗《近试上张水部》："洞房昨夜停红烛，待晓堂前拜舅姑。妆罢低声问夫婿，画眉深浅入时无？"张水部为当时著名诗人张籍，任水部员外郎，在当时享有很高的声誉。朱庆馀赠诗的目的，是希望得到张籍的赏识后，代为宣扬，以使主考官知其才名，易被录取。他借闺房之情隐喻考试，自比新娘，弦外之音就是问："我的诗文是否合于潮流，是否适合主考官的胃口？"

张籍读后，觉得朱庆馀这首诗很巧妙，读来生动风趣且有浓厚的生活气息，感到这名学子很有才气，便召见了他。

二人品茗笑谈之间，张籍想对眼前这位书生再做一番考查，于是以一鸟名为题，令其即席赋诗咏之。朱庆馀略一沉思，出口便赋：

丁丁向晚急还稀，
啄遍庭槐未肯归。
终日与君除蠹害，
莫嫌无事不频飞。

张籍听罢连连称好，于是极力推荐这个才华横溢的书生。在张籍的推荐下，朱庆馀于宝历二年中进士，官至秘书省校书郎。

你能猜出朱庆馀诗题的鸟名是什么吗？

谜底：啄木鸟。

谜中佳品

明末，李自成派尚炯到北京去访牛金星。正值元宵佳节，尚炯与牛金星相约在市衢观赏花灯。到了正阳门街，牛金星见一盏花灯上写着：挑灯闲看《牡丹亭》，猜古人一名句。他不禁想起了一个传说：

相传明朝时，扬州有一烟花女子冯小青，十六岁嫁给一纨绔子弟为妾，大妇凶悍而善妒，容不下小青，把她软禁于孤山佛舍下。小青满含幽怨，赋诗一首："冷雨幽窗不可听，挑灯闲看《牡丹亭》。人间亦有痴于我，岂独伤心是小青。"

想到这里，牛金星不由得感叹了一声，然后问尚炯，"尚大人，请猜一猜如何？"

尚炯虽是位通晓古今的文士，但是对于出自汤显祖《玉茗四梦》的这个谜面，却猜不出那位古人之名句，于是拱手回道："鄙人不才，还望指教。"

牛金星笑了笑，然后指着花灯，向坛主报了谜底。坛主点头称是，将一把湘妃竹骨的折扇奖赠给他。

尚炯在一旁听了谜底，连声赞说："底面天然巧合，意趣清新，真是谜中难得之作啊！"

你能猜出这谜底吗？

谜底：是王勃《滕王阁序》的"光照临川之笔"一句，因为《牡丹亭》作者汤显祖为江西临川人。

联句成谜

宋朝有位官居一品的文学家晏殊，为人耿直，举贤任能，被朝野人士誉为"贤宰相"。

有一年，晚春的时候，晏殊携随从到西湖游玩。微风吹来，飘落的花瓣随流水而去，他随口吟出："无可奈何花落去。"苦思良久，竟想不出合适的下文。

第二年，晏殊奉旨又南下巡视，路过扬州。他听说当地有座古刹"大明寺"，吸引了不少文人墨客，殿堂四壁题了不少佳诗妙句。晏殊听罢，不觉动了选才之心，于是专程来到大明寺。他从壁间题诗中，了解到江都尉王琪很有诗才，就命人把王琪请来，款以酒饭，邀他一同游览，吟诗作对。

谈笑间，晏殊面对晚春景色，笑曰："老夫去年游西湖，偶得'无可奈何花落去'一句，辗转苦思，终未对出，才子是否肯成全？"

王琪略一沉吟，拱手回道："可以对'似曾相识燕归来'。"

晏殊一听，拍着手连声称好。

陪游的一个文官特别喜欢猜谜，且才思敏捷，他接着说："都尉大人这一联句，亦是一个字谜，妙不可言！"

你知道王琪的这句"似曾相识燕归来"又暗射了一个什么字吗？

谜底："鹊"字。

书生遇皇帝

明朝永乐年间，有位饱读诗书的文弱书生白简，正准备进身仕途。

一年元宵灯会，到处是各种各样的彩灯：有的是飞鸿狡兔、虎豹虫鱼；有的是天孙织锦，龙女踏青。白简坐在表兄开的"玉龙酒店"里饮酒观灯，不禁诗兴大发，脱口而吟："一到上元相庆赏，家家灯火乐春情。"

恰巧微服私访的永乐皇帝也在这家店里喝酒，听此书生所吟，感到这个书生不同凡俗，便再出一谜试其才思：

骨头零零星星，
皮肤薄薄轻轻。
问得什么顽疾，
佳人热火烧心。

白简朝这"算命先生"拱了拱手，道出了谜底。

永乐皇帝见白简文思敏捷，十分喜爱。临别，他故意向白简借用胭脂

明成祖

宝褶。白简欣然应允。

永乐皇帝回到宫里，立即封俊逸书生白简为招宝状元，巡案河南。

你知道皇帝所吟诗谜，咏的是何物？

谜底：灯笼。

滴酒未沾

从前有个智叟，酷爱猜谜，善制佳谜，远近闻名。每逢元宵灯节，这老翁总要在自家门前设一谜坛，悬赏征射。

这一年的正月十五，月色如昼，彩灯万千，老翁雅兴又发，贴出三条佳谜，并宣称"连连中射者，赏酒一壶。"谜面是：

一、左右开弓，百发百中。

二、一个老汉爱饮酒，一天只能喝一口。

三、浅草遮牛角，疏篱露马蹄。

一些爱好猜谜的乡绅秀才，纷纷前来围着试射，但三射三中者却无一人。有个学究远远站着，叫书童将谜面一条一条报告给他听，结果，全被

学究射中。

智叟斟满一杯好酒，双手捧到他面前。那学究却连连摇手："老朽平生滴酒不沾，只想回敬一则词牌谜，请你来猜。"说罢，摇头晃脑而吟：

清清闲闲，

处处安安静静；

说说笑笑，

人人喜喜欢欢。

那智叟苦思冥想，也未猜出，围观者无不大笑。

你能猜出智叟的三个字谜和学究的词牌谜各是什么吗？

谜底：智叟的三则字谜，谜底分别为"弼"、"嗜"和"燕"。学究的词牌谜谜底为"太平乐"。

贪官上大当

有个老翁名叫孙三，平时靠卖熟肉为生，每天出门前都要大声吩咐妻子："千万要看管好我那心肝宝贝猫，要是丢了，我就不想活了。"

孙三的邻居是个昏庸贪婪且善拍上司马屁的官吏，他每听到孙三老头的话，心里就暗暗想："他家那只猫，肯定非同一般，可能是个活宝贝！"于是他偷偷去瞧看。那贪官凝目而视，不禁叹了一声："天哪，原来是只稀世红猫！"他高兴极了，心想若将此活蹦乱跳的宝贝献给皇帝，一定能连升三级，前途无量。

一日，他派人将老翁孙三叫来，热情地寒暄了一番，然后言归正传，表示愿以高价买他家那只红猫。

孙老翁一听，头摇得像拨浪鼓，说："我年老无子，这只天下无双的红猫就是我的亲骨肉、命根子。大人要我割爱，实难从命。"

那贪官软硬兼施，决意要买，终于用五百两白银换得了那只宝贝红猫。

贪官为了讨好皇帝，决定把这只红猫养肥一些，再献上去。

谁料半月后，那猫身上的红颜色却逐渐变淡，一个月不到，便成了只普通的白毛猫。

贪官立即派人去找孙三老头算账，可是孙三早已经远走他乡了，只在门上写了个"孔"字。

你猜这到底是怎么回事？那"孔"字又是何意？

谜底：红猫，是用颜料染的毛色，故会渐渐褪色变为白猫。门上写个"孔"字，是笑那贪官"老鼠上钩（按照十二生肖，子，乃鼠也）。"

一见钟情

唐朝大历年间，有个姓崔的书生，英俊潇洒，磊落清奇。他博览群书，能够出口成章。他的父亲是朝廷中的文官，和功勋盖世的一品宰相交情甚笃，亲如兄弟。

一天，崔生奉老父亲之命，前往相府探望宰相的病情。

情窦初开的宰相女儿见他面如冠玉，温文尔雅，顿起爱慕之心。于是，她回到闺房，取出香笺，挥毫写了一个"您"字，然后让贴身丫鬟在无人注意时，悄悄递给崔生。

崔生回到自家书房，放下门帘，

然后从衣袖中取出那丫鬟递给他的香笺，那香笺是著名的薛涛笺，上面绘有《梅花图》，并有一首小诗印在右上角："横斜玉枝，著花甚繁，寒葩冻萼，雪梅交香。"崔生读罢，不禁暗自惊叹："行文飘忽，妙语难解！"

崔生虽赞美香笺，却不解笺上为何只独独写一个"您"字，他在屋中走来走去，嘴里还不停地念叨着。

他的书童看到这个情景，也细细沉思起来，突然大笑道："公子走桃花运了，恭喜，恭喜！"

你知道这是为什么吗？

谜底："您"字，意思是"有心与你配"。

高天三尺

清朝同治年间，江西南昌有一知县。虽是七品芝麻小官，可胃口却很大，贪婪无比。他平日巧取豪夺，千方百计搜刮民财，又喜欢别人奉承巴结，叫他"青天大老爷"。

这个贪官五十大寿这一年，他扬言要开宴庆贺，摆酒款待乡绅名流。百姓闻知叫苦不迭，纷纷东借西凑，准备送礼。有位私塾学堂的老先生对乡民们说："诸位父老兄弟无须焦急犯愁，你们各凑十几枚铜钱买一块横匾，待老朽在上面题上四个大字，管叫那平日敲骨吸髓却佯装清廉的狗官眉开眼笑，手舞足蹈！"

到了贪官寿辰那天，乡民敲锣打鼓，扛着写有"高天三尺"的大匾送到县衙门，那贪官果然拍手叫好，连连捋须谦称："父老乡亲过奖了，过奖了。"

老学究和乡亲们见其丑态百出，无不相视窃笑，于是痛快地吃喝一顿后就离开了。

回去的路上，乡民们一个个跷起大拇指夸赞老学究："先生才学真高，骂了贪官他自己还不知道呢！"

你知道"高天三尺"的真正含义吗？

谜底：老学究在大横匾上所题的"高天三尺"四个大字，是拐弯抹角地骂那贪婪县令"挖地三尺"。

娘娘捎礼盒

朱元璋称帝后，听信宰相李善长的甜言蜜语，渐渐疏远了国师刘伯温，后来对他又产生了猜疑之心。

一天，朱元璋对娘娘说："国师满腹经纶，才高八斗，让他去教太子读书吧。"娘娘虽感到这样做有点儿委屈刘伯温,但想到太子能有个好先生,心里倒也欢喜。

于是,刘伯温便成了太子的老师。那太子才十岁,朱元璋每晚都要查问他读什么书、写什么字,国师说过什么话,做过什么事。原来朱元璋只是想借此摸摸刘伯温的心思,寻他的不是。

一天黄昏,刘伯温领太子散步,过了桃花溪,来到了一座村庄,太子见农夫正把一个黑乎乎、毛茸茸的活物,抬到凳上,便问:"老师,他们这是干什么?"

刘伯温说:"宰猪。"

太子又问:"为啥要宰猪?"

刘伯温回道:"杀来吃。"

太子又问:"猪都要杀掉吗?"

刘伯温说:"小猪不杀杀大猪。"

当晚朱元璋得知后,疑心顿起:"'朱''猪'同音,这不就是在说我吗?刘伯温啊,你竟敢指桑骂槐,侮辱寡人,朕决不饶你!"

善良的娘娘悄悄在盒子里装上了一枚枣、一颗桃,叫太监快把礼物送给刘伯温。

刘伯温一看,暗暗称谢,连夜离开京城快马逃往南阳去了。

你知道国师为何感谢娘娘吗?

谜底:善良的娘娘知道朱元璋要杀害刘伯温,于是巧送礼盒,内装枣、桃,暗示国师"早逃"!

背后大笑

黄道周,明朝末年杰出的书画家,福建漳浦人。他的书法遒劲有力,别具一格,善画山水、松石。

当时,漳州有个叫黄梧的人,因为献海澄城去投降清军,被封为"海澄公"。

黄梧不但权势盛极一时,而且好附庸风雅。他听说黄道周的书画出众,于是派人前去索要中堂条幅。

那被派去的爪牙来到黄家时,黄道周正在与朋友下棋。他听那人说了来意之后,笑着说:"你家主人有权有势,黄某怎敢不从命?请稍等片刻。"旋即收了棋盘,令书童取来文房四宝。

黄道周稍稍一想,便在一张纸上挥毫画了日、月、牛、桥四物,并题了十二个字:

日头下,

月亮旁,

有头牛,

站桥上!

那爪牙连声称谢,卷画而去。黄道周待那人走后,将题字含义向棋友道破,两个人哈哈大笑,捧腹不已。

你知道黄道周与棋友为何大笑吗？

谜底：这四句是个字谜，谜底为"腥"字，暗含讥讽。

小太监巧夺兵权

南北朝时期，宋明帝病危，他事先为年幼的太子安排好了一切，但还有扬州刺史王景文和衮州刺史张景云让他放心不下。这两个人都屡建战功，又握有兵权，如果不甘侍奉幼主，后果难以设想。但是，宋明帝也不愿意在身后留一个"杀功臣"的恶名，因此左右为难，不知如何是好。

宋明帝的心事被一个在其身边打杂的小太监看出来了，于是他说自己有办法让"二景"自解兵权。明帝大喜，说如果你能办成此事，朕赏你千金，封爵赏侯。小太监便请皇上颁旨，要"二景"火速进京述职。

"二景"立刻赶回了京城，才得知皇上病重，便忙去宫门前递本请安。孰知等候了一天，皇上始终没有召他们进宫的圣旨，返回馆舍的路上，他们不断听见一群群儿童边做游戏边唱道："一士不可亲，弓长射杀人。"

张景云感到困惑。聪明的王景文却猜出了谜底："'士'上加'一'是'王'，'弓''长'相合是'张'，"不可亲""射杀人"，不就是暗示你我兵权在握，已引起了陛下的猜忌吗？怪不得皇上召你我火速来京，却又迟迟不见。"

猜到了谜底，"二景"吓出一身冷汗。回到馆舍后他们便各自上表，请求解除兵权。不久，诏书颁发了，赐给每人一座宅第，允许他们留京居住。这样，小太监仅凭两句谜式童谣，便替宋明帝化解了难题。

寿　联

相传，一次乾隆皇帝带着大学士纪晓岚微服出游，途经门头沟百花山前，看见一个耄耋老人坐在一块石头上哭泣。乾隆大怒，我大清朝以孝治天下，谁敢欺负如此高寿的老者？便走过去询问。老人用手背擦着眼泪，伤心地告诉皇上："我父亲打我。"

乾隆大惊，忙说："你快带我去见令尊。"老人起身，领着他们君臣，沿着一条弯弯曲曲的山道，来到一处小宅院前，指着一个正斜倚柴扉、面呈怒色的老者说："那就是我父亲。"乾隆一看，只见一位老叟白发银髯，年龄已超过了百岁。乾隆忙走上前去行礼，又说："令子纵有不对，也是年过耄期之人了，您老也犯不着打他呀？"孰知这老叟气呼呼地说道："这小子竟敢顶撞他爷爷，你说该不该打？"

乾隆一听，差点儿晕过去："他，他，他还有爷爷健在？"他定下神来，忙求老叟引见，结果在茅屋里拜识了一位鹤发童颜、颇似神仙的老人。"仙翁"在前，皇上都感到有点自卑，恭恭敬敬地请教老太公高寿。老翁笑笑，指着身后"寿"字中堂两边的一副对联说："前几天，山里人给我做寿，这是他们送的贺联。"

乾隆抬眼端详，联云：

花甲重开　外加三七岁月

古稀双庆　内多一个春秋

君臣告辞后，乾隆问纪昀："你猜出来了没有？"纪昀虽已猜出了谜底，却装作疑惑不解。乾隆得意地说："花甲一轮是六十年，重开是一百二十年，再加二十一，就是一百四十一岁；古稀乃七旬别称，双庆是一百四十，又多一个春秋，也是一百四十一岁。"纪昀作如梦初醒状，连颂"皇上圣明，天聪莫测"。

过了两年，乾隆要举办"千叟宴"，特诏顺天府抬着三顶轿子去百花山中邀请那祖孙三代进京，谁知那一家三口去年就离开了百花山，再也没人知道他们的去向了。

见面礼

南北朝时期，宋朝末年，皇帝昏庸，皇族内战，眼看国运已到了尽头。原为禁军将领的萧道成乘机在淮阴发展个人势力，成了国内举足轻重的大人物。当时荀伯玉正在南徐州当学校校长，认准此人前途不可限量，便假称去广陵老家探亲，投靠新主子去了。

一个小小学校校长前来投靠，未必会引起雄心万丈的萧道成的重视。不过，荀伯玉对此自有妙计。当萧道成问他为何来此时，他谎称："卑职在广陵省亲时，曾做了一个梦。梦中登上广陵城楼，遇见两个青衣小童在唱：'草中肃，九五相追逐。'再看城楼下，果见有许多头上长着青草的人。卑职醒后，甚觉奇怪。琢磨了许久，才悟

萧道成

出此梦竟与大将军有关……"

萧道成被绘声绘色的讲述吸引了，问道："怎么会与我有关呢？"

荀伯玉故作神秘地说："草中肃，合为萧；'九五'者，飞龙在天，乃帝王之谓也。当今皇帝无道，朝纲不振，这不明摆着是说大将军才是九五之尊的真命天子吗？卑职既得天意指点，哪有不弃职'追逐'飞龙的道理？"

萧道成大喜，马上用隆重的礼仪再次拜见了荀伯玉，并把他当成心腹来共商夺位大计。后来，萧道成果然废掉刘宋皇帝，自立为帝，改国号为齐。

车金相报

清朝初期，金圣叹和一批江南士绅为抗议官府役赋太重，一起去文庙哭灵，结果被扣上"聚众闹事"的罪名，听候判决。

金圣叹自知必死无疑，于是便整天和难友在一起说说笑笑，一副毫不在意的样子。到了将要宣布判决的这一天早晨，他郑重其事地说："昨晚，我梦见关云长了。当时我正在批点

《三国演义》中'千里走单骑'这一回，心里一直犹豫不决。想那关羽原乃好色之徒，千里送嫂，到夜里车马耽搁一处，男女同歇一屋，难免瓜田李下之嫌吧？岂知这念头一动，关云长显圣了，求我笔下留情，道是他通宵达旦，在读《春秋》，不曾起过半点邪念。我说此事姑且存疑，不过你关老爷该如何报答我？关羽一怔，接着便说，明天是先生听判之日，届时关某定以车金相报！"

听金圣叹这么一说，众难友都乐了，道此梦是吉兆，一定是皇帝予以特赦，还要发还抄没的家资，正与"车金相报"验合。只有金圣叹的挚友李某哈哈大笑，说你们这些人，至今仍"执谜不悟"。

不一会儿，狱卒们拿来许多酒菜，口称"大喜"。众难友这才明白啥叫"执谜不悟"：原来金圣叹是借梦出谜，所谓"车金"，非黄金之金，而是斤两之斤；车与斤相合，正是一个"斩"字。

众人酒菜吃完，知府亲自跑来宣读顺治皇帝的朱笔御判，通通是"斩立决"。

半山老人

南京中山门外，历史上曾有一处风景幽雅的小园林，名叫半山园，是当年北宋著名政治家、文学家王安石晚年居住的地方。王安石自号"半山老人"，在那里度过了他最后十年的隐居生活。

王安石住在半山园时，有一个邻居叫杨德逢，别号湖阴先生，两个人经常相互往来。

一天，王安石去拜访老邻居，正好有位丹青妙手赠了湖阴先生三张条幅，有画无字，湖阴先生请王安石在每幅画上题一首诗。

王安石捋须细览，见是岁寒三友——梅、竹、松，笑曰："老兄要我题咏，不难，但得先猜个字谜。"原来王安石为了丰富自己的生活，正在编著一部《字说》，只见他略一沉吟，笑着说出了几句话：

四个口，
尽皆方，
十字在中央；
不作田字道，
不作器字商。

湖阴先生也是一位饱学之士，对汉字颇有研究，很快破了此谜。王安石连连点头称是，立即挥毫代他题咏了三张条幅。

你知道王安石所咏的是个什么字吗？

谜底：图（圖）。

文人点戏

苏东坡在杭州时，喜欢与西湖寺僧交朋友。他和圣山寺佛印和尚最要好，两人不仅经常在一起饮酒吟诗，还常开玩笑。

佛印和尚比较好吃，每逢苏东坡宴会文朋诗友，他常常不请自来。

一天，江西才子黄庭坚专程来到杭州，看望自己的老师。苏东坡见到了门生，十分高兴，邀他同去游西湖，船上备了许多酒菜，还带了梨园弟子和琴师鼓手。游船离岸，苏学士捋须笑曰："佛印每次聚会都要赶来白吃一顿，今天他总算捞不到半点油水，哈哈！"谁知话音刚落，躲在船底下的佛印双手一推，爬了出来，笑曰："我这不是来帮你陪客了吗？"苏东坡师徒二人面面相觑，不禁笑了起来。

三人在画舫中喝过酒之后，便开始点戏了。

生性诙谐的苏东坡捋须一笑："我先来点！"于是取来文房四宝写了一个"刽"字。

黄庭坚接过老师的笔写了"乔木"二字。

佛印放下筷子，也没有说话，只写了"满江红"三字。

你知道三人各点的是什么戏吗？

谜底：苏东坡点的戏为《开刀会》，黄庭坚点的戏为《断桥》，佛印和尚点的戏为《火烧赤壁》。

王勃逛街

唐朝上元二年（675），才子王勃来到了南昌（洪都）。当时，王勃在官场上不得意，生活上也陷入了窘境，从京都到交趾省父，连盘缠都凑不齐。

王勃到南昌之时，正值重阳佳节，都督阎伯兴在滕王阁举行盛会，邀请文人墨客为滕王阁作序。王勃为弄点盘缠，欣然前往，挥毫写了篇句句锦绣、字字珠玑的《滕王阁序》，受到阎都督的重赏。

王勃走出滕王阁，漫步洪都街头，只见这条街很繁华，栈行、作坊、茶酒、烟馆等各式各样的店铺一家挨着一家。王勃一边走一边欣赏着店铺门前的楹联。他见一家门前写道：

　　志在济人　　缾罂广被
　　功推御暴　　晴雨皆宜

不由得暗暗称好。

王勃走着走着，被一副门联吸引了，他不禁停下脚步念道：

　　试倾王府千春饮
　　为涤人间万古愁

王勃禁不住拍掌暗赞："妙！妙！妙！"

你知道这两家店分别是卖什么的吗？

谜底：前者为伞店，后者为酒店。

唐伯虎推窗

唐伯虎是明朝江南大才子，他小的时候就非常喜欢画山水人物、竹松奇石。母亲见儿子有些天赋，便送给他一个行李卷和一包碎银，要他去拜大画家沈周为师，继续学习深造，以求更上一层楼。

沈周见小伯虎俊逸清秀、聪明伶俐，便收下了这个徒弟。

一年之后，唐伯虎偷偷地把自己的画与师父的作品比了比，感到不相上下，不愿再学下去了，于是提出要回家"孝敬父母"。

沈周看出了唐伯虎的自满情绪，就叫妻子做了几样菜，端进了东厢一间小屋里。

师徒二人坐下，一边饮酒一边闲

沈周

聊。沈周笑着说:"学画一年,想念母亲,是吗?"

唐伯虎连连称是。

沈周又说:"你的画本来不错,又学了一年,可以出师了。"

唐伯虎拱手施礼:"感谢老师大恩。"

沈周笑了笑,说:"这酒喝得为师全身发热,你帮为师将窗户推开,凉快凉快。"

唐伯虎起身走到窗前,他推了推西窗推不开,又转身推了推北窗,也未推开。唐伯虎细细一看,大为震惊,扑通一声双膝跪下:"师父,我不想回家了,留下我再学三年吧!"

你知道这是为什么吗?

谜底:沈周见徒弟唐伯虎自满,便在小屋的墙壁上画了两个惟妙惟肖的窗户,使唐伯虎自知画技相差尚远,所以要求留下继续学习。

蒙头作诗

清朝乾隆年间,江苏武进有位少年名叫黄仲则,四岁时他父亲死了,母亲教他读书。七岁时,他又跟着祖父生活在一家私塾学堂,他不喜欢八股文章,但对祖父所藏的古代名家的诗集却发生了浓厚的兴趣,于是边看边学着作诗。

乾隆二十年,九岁的黄仲则前往江阴参加科举考试,住在一座小楼上。临考的时间到了,他却还在蒙头作诗。同来应试的书生以为他还在睡大觉,就上前用手推醒他,黄仲则不高兴地说:"我刚刚想到'江头一夜雨,楼上五更寒'两句诗,正要作下去,不要打扰我!"

这件事传到了主考官耳中,他觉得十分有趣,于是就召见了这个诗才非凡的神童,并诙谐地吟了四句小诗,让他猜一个字。诗云:

一个懒书生,
睡到日当顶;
鸡在旁边叫,
他才把眼睁。

黄仲则天真一笑,蹦到主考大人的书案前,挥笔写了个字,然后双手捧到主考大人眼前:"我交卷了,大人请瞧,请瞧!"

主考官一看,摸着胡须称赞说:"这孩子天资聪明,日后必成大才!"

你能猜出黄仲则在纸上写了个什么字吗?

谜底:"醒"字。

万事不求人

从前,有个叫李羊德的农夫,他十分强壮,娶了一个叫秋月的媳妇。

这秋月不仅能干而且还十分聪明。小两口男耕女织，勤俭持家，过着丰衣足食的日子。

有一天没事的时候，李羊德靠在大门边，边搓草绳边晒太阳。他想，由于自己和贤妻秋月的勤劳节俭，过上了好日子，不缺钱，不少吃穿，什么也不用求人了。一时高兴，他顺手拾起土块，在大门上写了"万事不求人"几个大字。

一天，知县大人乘轿路过，见这赫然醒目的五个大字，冷冷一笑："穷鬼竟敢说如此大话，我来教训教训他！"于是喝令停轿，将李羊德叫到轿前："想必你有大本领，才敢夸此海口，那好，明天给我送样东西到衙门来！"

壮实的李羊德问："不知道大人想要什么东西？"

那县令捋着山羊胡冷冷一笑："你听好！"接着念道：

高山上面迭高山，

高山下面行竹滩；

毛竹滩下滚龙潭，

滚龙潭下火焰山。

秋月听罢丈夫的叙述，笑着说："这难不倒我们，明早准办到！"于是，小夫妻忙了一夜，第二天一早就送去了。

那县令一看，暗暗称赞道："果然有些本领！"

你知道县令要农夫送何物吗？

谜底：县令四句诗暗喻"蒸馒头"，于是农夫第二天便给县令送了一篮馒头。

教谕赏花

曾巩是北宋时著名的文学家，他自幼聪明，有"神童"之称。一天，父亲带他到教谕晁怀德家做客。晁公见曾巩聪明伶俐，很是喜欢，便留他在家与自己的女儿晁文柔同窗读书。

阳春三月，晁公领着曾巩和女儿去春游，三人沿着蜿蜒曲折、淙淙流淌的桃花溪漫步而行。千树万树的桃花竞相开放，各显姿态，妖艳动人，一树挨着一树，一朵挨着一朵，就像九重云天落下了一片片绯红的云霞，又像是铺展了一块鲜艳的锦缎。

文思开阔的老教谕晁怀德，此时此刻，诗兴大发，摸着胡须，当即吟诵道："红树青山，斜阳古道；桃花流水，福地洞天！好一处新桃花源！"

老教谕灵机一动，又吟了四句考问曾巩和女儿文柔，让他们猜一个字，只听他唱道：

头上草帽戴，

帽下有人在，

曾巩

短刀握在手，
但却人人爱。

曾巩和文柔沉吟了片刻，便异口同声地道出了谜底。老教谕乐得直捋胡须。

你知道这四句诗暗射一个什么字吗？

谜底："花"字。

王冕猜画

元朝时，有一个画家叫王冕，在他小的时候，家里非常穷，十岁时母亲就把他送到财主家去放牛。那财主假惺惺地说："我是个积德行善的文人，愿给他一碗饭吃，不过得先试用一年。如果干得好，又能随时答出我提出的问题，就每月给你一斗米的工钱，否则不给。"

王冕不等母亲回答，就立即答应："那好，一言为定。"说完他送走了母亲，留在财主家当了个小长工。

一天，王冕牧牛归来，啃了几块锅巴，便回到柴房练起绘画来。

酒足饭饱的财主，一摇三晃地路过，从窗户中见王冕正在俯身作画，他眼珠转了转，走了进去，笑着说："王冕，早就听说你酷爱丹青，画得也不错。老爷我平生也爱琴棋书画，文章经史，今日要你帮我画样东西。"

王冕知道财主又要耍鬼把戏了，便假装笑着问道："老爷要画何物？请您直说吧。"

"直说？"财主心想：没那么便宜！只见他贼眼一转，然后摇头晃脑地吟了四句：

司马相如忙操琴，
文君小姐屏后听。
书生听得琴声妙，
推开画屏看分明。

王冕一听，回道："承老爷看得起，敢不遵命。"立即挥毫画了一张。

你能猜出财主要王冕画什么东西吗？

谜底：那个财主也颇通文史典故，借卓文君与司马相如厅堂相会的典故，巧置一谜。才思敏捷的王冕知其所咏，乃隐射"蟋蟀"，于是当即挥毫，画了一张《蟋蟀图》。

大惭而去

唐朝贞元年间，吉州有三个举人，同往京城参加三年一次的科举考试，由于一路疾行，累得口干舌燥。他们来到一座依山临水的小村庄，向一位老农夫讨茶解渴。那瘦骨嶙峋的山野老者看见要水的是前往京城参加考试的书生，便笑着对他们说："看来三位才子是既受祖庭之教诲，又得严师之诱导，方敢前往京城参加会试，夺那进士之冠，很好，很好。"原来，那老者并非农夫，而是位门前垂杨排列，绿荫满阶的隐士，平时整日与书墨为伴，以飞扬文采著称。他接着笑曰："三位才子想喝老夫家的茶，说难不难，说易不易。"

其中一位举人拱手相问："贤翁此话怎讲？"

那隐士笑云："我制一谜，请三位才子试射，若能猜中，香茗伺候。"

另一举人应道："小可愿洗耳恭听。"

那隐士嘻嘻一笑，"那就先猜猜老朽的姓名。"旋即吟曰，"有水有田有米，添人添口添丁。"

三举人你看我，我看你，无言以对。隐士见状又嘻嘻一笑，复又咏两句："求之不得，不足为凭。"问他们各隐哪个典故。三举人更是目光茫然，惭愧而去。

你能猜出来吗？

谜底：隐士姓"潘"，单名"何"；"求之不得"隐射典故"刻舟求剑"，"不足为凭"隐射典故"郑人买履"。

取物待客

胡瑗是宋朝时的才子。在他少年时，家境贫困，只好去投奔一家有钱的亲戚，一边在家馆里为少爷伴读，一边做仆人。

一天，那富人家来了一位骨瘦如柴的县教谕，主人叫胡瑗奉茶之后，又叫他去后厢房取一件东西招待客人。

胡瑗拱手问："大人要小人去取何物？"

那乡绅为了在客人面前炫耀自己的学问，并没有直接说出，只是吟了两句诗：

西城脚下站一女，
左邻火烧因家楼。

聪明的胡瑗思索了一会儿，然后说："小人马上就去取。"说罢便向厅后走去，不一会便取来了招待客人的东西。

乡绅和教谕都连声夸赞这书童才智不凡，日后一定有所作为。

后来，胡瑗刻苦攻读，诗赋文章都出类拔萃，受到范仲淹的赏识，被推荐做了保宁节度使。

你知道那乡绅要小书童去取何物招待客人吗？

谜底：前一句"西城脚下站一女"

为"要"字,"左邻火烧因家楼"为一"烟"字,这是要胡瑗去后厢房取烟袋来给客人吸烟。

巧分伯仲

北宋初年,有一次进士参加殿试,试后名次大致排定,就是王嗣宗和赵昌言两人才学相当,难分伯仲,究竟定谁为状元众人说法不一。王嗣宗和赵昌言都想攀龙附凤,峨冠博带,于是便在琼林宴上自夸,以致发生争执。

无奈之下,宋太祖赵匡胤把翰林院的一位老学士召来,要他出题考考王、赵二人,以定谁为状元。

那须发如雪的老学士乃翰苑名贤、文章巨公,他领旨之后,略一沉吟,摸着胡须大声吟诵:"刘邦闻之喜,刘备闻之忧。"言明上下句皆为古人古事,谜底同为一字,要王嗣宗答前句,赵昌言答后句。

两人思索了良久,结果,平日熟读文史,能倒背如流的王嗣宗答出来了,而赵昌言却只是抓耳挠腮,始终答不出。

宋太祖当即御笔一挥,钦点王嗣宗为头名状元。

你知道老学士那"刘邦闻之喜,刘备闻之忧",为哪两件古人古事,又为哪个字吗?

谜底:前半句隐射"项羽乌江自刎",下半句隐射"关公走麦城",皆为一个字谜,谜底为"翠"。

花烛之夜难新郎

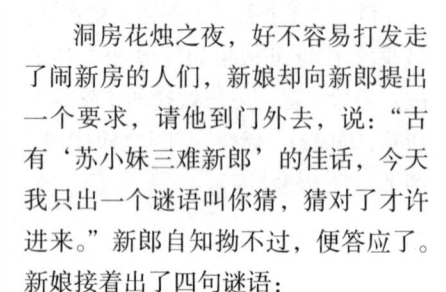

洞房花烛之夜,好不容易打发走了闹新房的人们,新娘却向新郎提出一个要求,请他到门外去,说:"古有'苏小妹三难新郎'的佳话,今天我只出一个谜语叫你猜,猜对了才许进来。"新郎自知拗不过,便答应了。新娘接着出了四句谜语:

八字胡须嘴下分,
牛过板桥要当心。
万字都要从此始,
地支首尾巧联姻。

她要求四句各猜一个字,连成一句话。新郎经过一番苦想之后,终于知道了答案,他把谜底一说,羞得新娘打开了门。

你猜出谜底了吗?

谜底:只生一孩。

数字家书谜

汉朝时期,司马相如和卓文君在成都完婚。不久,司马相如就独自一人到长安求官,最终被汉皇拜为中郎将。卓文君在家朝思暮想,终日盼望夫信。殊不知等了五年,盼来的却是写着"一二三四五六七八九十百千万"的数字家书。聪颖过人的卓文君当然知道丈夫的用意,因数字中无"亿",表明丈夫已对她无"意",只不过没有直说,而是用数字谜的谜底谐音罢了。卓文君悲恨交加,当即写了一封回信,交来人带回。

司马相如接到文君回信，拆开一看，原来是文君用数字连成的倒顺诗词：

一别之后，二地悬念，只说是三四月，又谁知五六年。七弦琴无心弹，八行书无可传，九连环从中折，十里长亭望眼欲穿。百思想，千柔念，万般无奈把郎怨。万语千言说不完，百无聊赖十依栏，重九登高看孤雁，八月中秋月不圆。七月半烧香秉烛问苍天，六伏天人人摇扇我心寒。五月石榴如火偏遇阵阵冷雨浇花端，四月枇杷未黄我欲对镜心意乱。急匆匆，三月桃花随水转。飘零零，二月风筝线儿断。噫！郎呀郎，巴不得下一世你为女来我为男！

司马相如读后，觉得十分惭愧，觉得对不起才华出众、对自己一片痴情的妻子。他决定回心转意。后来，他亲自回家乡迎卓文君到长安，同她一起生活。